Né à Stockholm le 3 février 1948, Henning Mankell a passé son enfance dans le Härjedalen (nord de la Suède). Romancier, essayiste engagé, auteur de pièces de théâtre et d'ouvrages pour la jeunesse, il partageait son temps entre son pays et le Mozambique, où depuis 1996 il dirigeait à Maputo la troupe du théâtre Avenida, « la passion de sa vie ». Il avait d'ailleurs écrit ses premiers textes pour le théâtre à l'âge de dix-neuf ans. Mais ce sont ses romans policiers, traduits dans une trentaine de langues, qui lui valent une immense célébrité. De nombreux prix littéraires – Grand Prix de l'Académie suédoise, Deutsche Krimi-Preis allemand, CWA Gold Dagger anglais, prix Mystère de la critique, prix Calibre 38 et Trophée 813 en France – ont récompensé la série d'enquêtes menées par Kurt Wallander et son équipe du commissariat d'Ystad, en Scanie. Henning Mankell est l'auteur tout aussi remarqué de dix romans qui ont trait à l'Afrique, à des questions de société et aux mystères de l'âme humaine, notamment *Les Chaussures italiennes*, qui ont enthousiasmé les lecteurs. Il est décédé en octobre 2015.

Henning Mankell

LES BOTTES SUÉDOISES

ROMAN

Traduit du suédois
par Anna Gibson

Éditions du Seuil

TEXTE INTÉGRAL

TITRE ORIGINAL
Svenska gummistövlar
ÉDITEUR ORIGINAL
Leopard Förlag, Stockholm
© Henning Mankell, 2015

Cette traduction est publiée en accord avec Leopard Förlag, Stockholm,
et l'agence littéraire Leonhardt & Høier, Copenhague

ISBN 978-2-7578-6655-9
(ISBN 978-2-02-130389-6, 1ʳᵉ publication)

© Éditions du Seuil, 2016, pour la traduction française

Pour Elise

Le présent récit est la suite indépendante
du roman *Les Chaussures italiennes*.

Quelques années ont passé.

Il a beaucoup appris, celui qui connut
la douleur.

La Chanson de Roland, CCXI

I

L'Océan Nu

1

Ma maison a brûlé par une nuit d'automne. C'était un dimanche. Le vent s'était levé dans l'après-midi et, le soir, l'anémomètre indiquait des rafales à plus de 70 km/h.

Un vent du nord, très froid pour la saison. En allant me coucher vers vingt-deux heures trente, j'ai pensé : Voici la première tempête de l'année.

Bientôt l'hiver. Une nuit, la glace commencerait son lent travail jusqu'à recouvrir entièrement la mer autour de mon île.

J'avais mis des chaussettes aux pieds en me couchant le soir. Le froid prenait ses quartiers.

Un mois auparavant, j'avais réparé tant bien que mal le toit de la maison. Un gros travail pour un seul homme, beaucoup de tuiles abîmées qu'il fallait desceller, enlever, remplacer. Mes mains, autrefois habituées aux interventions chirurgicales complexes, n'étaient pas faites pour cela.

Ture Jansson, l'ancien facteur de l'archipel, désormais à la retraite, a bien voulu aller chercher les nouvelles tuiles au port et me les apporter. Il a refusé que je le paie. Vu que je le soigne gratuitement depuis toujours sur le banc de mon ponton, il s'est peut-être dit qu'il me devait un service.

Pendant des années, je l'ai examiné pour une quantité innombrable de maux imaginaires. J'ai palpé son dos et ses bras, je suis allé chercher le stéthoscope que je garde suspendu à un crochet dans la remise, j'ai ausculté son cœur et ses poumons. Jamais, au cours de ma carrière de médecin, je n'ai rencontré quelqu'un qui soit tenaillé par une telle peur de la maladie alors qu'il se porte comme un charme. Jansson est un hypocondriaque professionnel. Pratiquement son deuxième métier.

Une fois, il s'est plaint d'avoir mal aux dents. Ce jour-là je l'ai envoyé paître. Je ne sais pas s'il est allé voir un dentiste. D'ailleurs, a-t-il jamais eu la moindre carie ? J'en doute. Peut-être s'était-il fait mal à force de grincer des dents dans son sommeil ?

La nuit de l'incendie, j'avais pris un somnifère comme d'habitude et je m'étais endormi rapidement.

J'ai été réveillé par la sensation que de puissants projecteurs s'allumaient tous à la fois, qui m'ont aveuglé lorsque j'ai ouvert les yeux. Puis j'ai vu une épaisse couche de fumée grise. Je me suis jeté hors du lit, hors de la chambre, j'ai dévalé l'escalier. J'ai noté que l'horloge au mur indiquait minuit passé de dix-neuf minutes, et que j'étais pieds nus – j'avais dû me débarrasser des chaussettes dans mon sommeil, à cause de la chaleur. J'ai attrapé l'imperméable noir suspendu à côté de la porte, j'ai enfilé mes bottes en caoutchouc. La deuxième m'a donné du mal, mais j'ai quand même réussi à la mettre. Je me suis précipité dehors.

La maison brûlait de partout. Le bruit était assourdissant. J'ai dû descendre jusqu'au ponton avant que la chaleur ne devienne supportable. Ensuite, je n'ai plus bougé. Bras ballants, je suis resté là à contempler le spectacle de ma maison qui disparaissait en fumée. Pas une seconde je n'ai pensé à ce qui avait pu provoquer le désastre. Je regardais simplement ce spectacle irréel qui se déroulait sous mes yeux. Mon cœur battait à se rompre, prêt à exploser dans ma poitrine. L'incendie se déchaînait autant en moi qu'au-dehors.

Le temps lui-même avait fondu dans le brasier. Des bateaux commençaient à arriver, des voisins mal réveillés débarquaient les uns après les autres. Mais je n'ai aucun souvenir de ce qui s'est passé ensuite, ni même de l'identité de ces gens, pourtant familiers. Mon regard était rivé aux flammes, aux gerbes d'étincelles qui jaillissaient vers le ciel nocturne. L'espace d'un instant, en une vision effrayante, j'ai cru apercevoir les silhouettes voûtées de mes grands-parents.

Nous ne sommes pas nombreux sur les îles pendant la saison d'hiver, quand les estivants sont partis et que les derniers voiliers ont regagné leur port d'attache. Mais quelqu'un avait dû voir le feu se refléter, le réseau téléphonique avait fait le reste, et tout le monde voulait à présent se rendre utile. Les gardes-côtes sont arrivés à leur tour et ont déployé leur matériel, pompes et lances d'incendie, mais il était trop tard ; l'odeur est devenue insoutenable. Le bois, le papier peint, le linoléum et le plastique brûlés combinés à l'eau de mer dégagent une puanteur qu'on a peine à oublier.

L'aube s'est levée sur un spectacle de désolation. La belle maison de mes grands-parents n'était plus qu'un amas de ruines nauséabondes. Entre-temps, le vent était retombé. La tempête poursuivait sa route vers le golfe de Finlande.

C'est à ce moment, tandis que le jour se levait, que j'ai eu la force de m'interroger pour la première fois sur la cause de la catastrophe. Je n'avais pas allumé de bougies la veille au soir ni laissé brûler la moindre lampe à pétrole. Je n'avais pas fumé ni allumé un feu dans la cheminée. Le circuit électrique avait été refait à neuf l'année précédente.

Il n'y avait pas d'explication. À croire qu'elle avait pris feu de sa propre initiative.

Comme si une maison pouvait se saborder elle-même à force de vieillesse, de fatigue, d'ennui.

J'ai compris alors que ma conception de l'existence avait toujours reposé sur une idée fausse. Quand j'avais emménagé sur l'île, après l'erreur fatale qui avait coûté un bras à une jeune femme, c'était avec la certitude que cette maison serait encore debout longtemps après ma mort.

Je m'étais trompé.

Les chênes, les bouleaux, les aulnes avaient été épargnés. Mais de la belle maison de mes grands-parents, il ne subsistait désormais que les fondations. Elles étaient là, devant moi, noires de suie – de grands blocs de pierre taillée qui avaient autrefois été halés sur la glace depuis l'ancienne carrière de Håkansborg, sur la côte.

J'étais si absorbé par mes réflexions que j'ai sursauté en découvrant soudain la présence de Jansson à mes côtés. Il portait ses gants de motard. Je les reconnaissais. C'étaient ceux qu'il mettait en hiver dès que la glace s'installait et qu'au lieu du bateau il se servait de son hydrocoptère pour transporter le courrier.

Il observait mes bottes. Mes vieilles Tretorn vertes en caoutchouc. En baissant les yeux, j'ai vu que, dans ma panique, j'avais enfilé deux pieds gauches. Je comprenais mieux pourquoi j'avais eu tant de mal à passer la deuxième et à me déplacer ensuite.

– Je peux te donner une botte si tu veux, a dit Jansson. J'en ai plusieurs à la maison.

– Je dois en avoir dans la remise…

– Non. J'ai regardé. Il y a juste une paire de crampons comme on en mettait dans le temps pour la chasse au phoque.

Le fait que Jansson soit allé vérifier tout cela n'aurait pas dû m'étonner. Je savais depuis longtemps qu'il ne se gênait pas pour fouiner dans ma remise à bateaux. C'était sa nature. J'avais soupçonné très tôt qu'il lisait tout ce qui passait entre ses mains.

Jansson avait l'air fatigué après cette longue nuit.

– Où vas-tu habiter maintenant ?

Je n'ai pas répondu. Je n'en avais aucune idée.

Je suis remonté vers les ruines en clopinant. Voilà ce que je possédais à présent. Deux bottes gauches. Tout le reste avait disparu. Je n'avais même pas de vêtements à me mettre.

À cet instant, en réalisant la véritable ampleur du désastre, j'ai été traversé par un long cri d'angoisse. Mais aucun son n'est sorti. Je n'entendais rien ; tout était silencieux.

Jansson est reparti à mes côtés. Je détestais sa façon sournoise de se déplacer ; cet homme-là semblait avoir des coussinets à la place des pieds. Pourquoi l'incendie n'avait-il pas détruit sa misérable maison de Stångskär plutôt que la mienne ?

Il a eu un mouvement de recul comme s'il avait lu dans mes pensées.

– Tu peux toujours loger chez moi en attendant, si ça t'arrange.

Je ne savais pas quoi dire.

– Je te remercie.

Au même moment, j'ai aperçu la caravane de ma fille Louise entre les aulnes, dissimulée en partie par les branches basses du grand chêne qui n'avait pas perdu toutes ses feuilles.

– Il me reste la caravane. Je peux habiter là.

Jansson m'a dévisagé, l'air incrédule. Mais il n'a rien dit.

Tous ceux qui étaient venus prêter main-forte au cours de la nuit retournaient à présent à leurs bateaux. Avant de partir, ils passaient me voir à tour de rôle. N'hésite pas, surtout. Tu sais que tu peux nous appeler si tu as besoin de quoi que ce soit.

La vérité était qu'en quelques heures ma vie avait tellement changé que j'avais soudain besoin de tout. Je n'avais même plus une paire de bottes qui m'appartienne.

2

J'ai regardé disparaître les bateaux l'un après l'autre. Le bruit des moteurs s'est estompé.

Je connaissais tous ces gens par leur nom. La vie de l'archipel est dominée par deux familles, et la plupart de leurs membres sont brouillés entre eux. Ils se voient seulement lors des enterrements ou en cas de force majeure, un naufrage par exemple. À cette occasion une trêve s'instaure, et on rouvre les hostilités dès que le calme est revenu.

Mon grand-père, lui, était un Lundberg – famille de peu d'influence, qui s'est toujours arrangée pour rester en dehors des conflits. En plus, il avait fait le choix de se marier avec une native de la lointaine île d'Åland.

Quant à moi, mes origines ont beau me rattacher à l'archipel, je reste un étranger. Pour les gens d'ici, je suis le médecin qui vit reclus sur l'île des Lundberg. C'est un atout, bien sûr, d'avoir des connaissances médicales, ça fait de moi quelqu'un d'utile. Mais je n'appartiendrai jamais vraiment à leur communauté. En plus, ils savent que je me baigne tous les jours dans la mer, y compris en hiver. J'ouvre un trou dans la glace et je m'y plonge sitôt levé chaque matin. Ils voient ça d'un œil très méfiant. Ils pensent que je suis fou.

De façon générale, ils s'interrogent depuis le début sur la vie que je mène. Que suis-je venu faire ici tout seul ? Je ne pêche pas, je ne suis pas membre de l'Association de l'Archipel ni de quoi que ce soit d'autre. Je ne chasse pas, et je ne m'occupe même pas de réparer ma remise à bateaux qui en aurait pourtant besoin, tout comme mon ponton, d'ailleurs, dont le pilier en pierre a été bien attaqué par la glace ces derniers hivers.

Les rares habitants à l'année se méfient donc de moi. Les estivants, eux, me trouvent chanceux d'échapper au bruit et à l'agitation de la ville.

Une fois, j'ai vu arriver un couple sur un yacht. J'allais descendre au ponton pour leur dire d'aller mouiller ailleurs quand j'ai aperçu un enfant à bord. Les parents m'ont expliqué qu'ils avaient entendu parler de moi, le médecin de l'archipel, et qu'ils étaient très inquiets pour leur fils, qui était couvert d'éruptions. On l'a allongé sur le banc du ponton et je n'ai pas mis longtemps à constater que le gamin avait mangé trop de fraises et qu'il l'avait mal supporté. J'ai déniché dans ma cuisine une boîte d'antihistaminiques que je leur ai rapportée. Après cela, ils voulaient absolument me payer, mais j'ai refusé et je suis resté sur le ponton jusqu'à ce que leur engin ait disparu derrière l'île de Höga Tryholmen.

J'ai toujours veillé à avoir une importante réserve de médicaments pour mon usage personnel. Je ne suis pas hypocondriaque, mais je préfère être tranquille. Je n'aimerais pas me réveiller en pleine nuit avec un infarctus sans pouvoir m'administrer au moins les premiers secours que je recevrais dans une ambulance. En plus des médicaments et des préparations injectables, j'ai stocké quelques bouteilles d'oxygène.

Je regrette aujourd'hui ce choix que j'ai fait autrefois de devenir chirurgien. Je comprends mieux mon père, lui-même serveur de profession, qui m'avait regardé d'un air de regret en me demandant si je pensais vraiment que c'était un travail épanouissant que de farfouiller dans le corps des autres.

J'avais quinze ans. Je lui avais répondu que j'étais sûr de moi. Ce que je ne lui ai jamais dit, c'est que je ne croyais pas être capable de mener ces études à bien. J'ai été le premier surpris d'obtenir mon diplôme. À partir de là, je ne pouvais plus revenir en arrière.

C'est la vérité : je suis devenu médecin parce que j'avais annoncé à mon père que telle était ma décision. S'il avait décédé avant la fin de mes études, j'aurais tout de suite bifurqué vers un autre métier.

Qu'aurais-je fait de ma vie dans ce cas ? Je n'en sais rien. J'aurais sans doute emménagé plus tôt sur l'île. Mais de quoi j'aurais vécu, je l'ignore.

Les derniers bateaux ont disparu dans la brume du petit matin. La mer, les rochers, tout était plus gris que jamais. Sur place, il ne restait que Jansson et moi. Les ruines de ma maison répandaient une odeur pestilentielle. De temps à autre, une flamme renaissait brièvement des poutres calcinées. J'ai ceinturé l'imperméable autour de mon pyjama et j'ai fait de nouveau le tour du désastre. L'un des pommiers plantés par mon grand-père était devenu tout noir. On aurait dit un décor de théâtre. Un tonneau d'eau de pluie avait fondu dans la chaleur du brasier ; l'herbe tout autour était noire elle aussi.

J'éprouvais un désir irrépressible de hurler. Mais tant que Jansson s'entêtait à rester là, je ne pouvais rien faire. Or je n'avais pas la force de le chasser et je savais que j'avais encore besoin de lui.

Je suis revenu sur mes pas.

– Je voudrais te demander un service. Peux-tu me trouver un portable ?

– Pas de problème, j'ai un téléphone de rechange à la maison, je peux te le prêter.

– Juste le temps que j'en rachète un.

Jansson a compris qu'il me le fallait le plus vite possible ; il est parti. Son bateau est l'un des derniers de l'archipel à posséder un moteur semi-diesel deux temps à boule chaude qu'il faut démarrer au chalumeau. Lorsqu'il acheminait le courrier, il en avait un autre, plus rapide, un chalutier dont il avait trafiqué le moteur. Mais le lendemain de son départ à la retraite il l'a vendu et il s'est remis à utiliser le vieux bateau en bois hérité de son père. J'ai tout entendu sur l'histoire de ce bateau, sur le petit chantier naval de Västervik où il a été construit en 1923 et sur son moteur, qui est d'origine et en parfait état de marche.

Je suis resté là, sans bouger, pendant qu'il faisait chauffer la boule. Je l'ai entendu actionner le lourd volant d'inertie, puis j'ai vu sa tête émerger du poste de pilotage ; il agitait la main.

La tempête de la nuit avait fait place à un grand silence. Il n'y avait pas un souffle de vent. Une corneille observait les vestiges noircis depuis une branche d'arbre. J'ai ramassé une pierre, je l'ai visée ; elle s'est envolée lourdement.

Je suis monté à la caravane. J'ai refermé la porte et je me suis laissé aspirer par la douleur et le chagrin. Le désespoir était perceptible jusque dans mes orteils, il me donnait chaud comme si j'avais de la fièvre. J'ai poussé un long cri. Puis j'ai fondu en larmes. Je n'avais pas pleuré ainsi depuis que j'étais enfant.

Je me suis allongé sur la couchette. La tache d'humidité au plafond me paraissait soudain avoir la forme d'un fœtus. Toute mon enfance et mon adolescence avaient été marquées par la terreur omniprésente de l'abandon. La nuit, parfois, je me réveillais et j'entrais à pas de loup dans la chambre de mes parents pour vérifier qu'ils étaient encore là, qu'ils n'étaient pas partis en me laissant seul. Si je ne les entendais pas respirer, ma première pensée était qu'ils étaient morts. Alors je me penchais sur l'un, puis sur l'autre jusqu'à être certain qu'ils étaient vivants.

Je n'avais aucune raison d'avoir peur de la sorte, entre une mère dont la principale préoccupation était que je reste propre et bien habillé et un père qui soulignait sans cesse l'importance d'une bonne éducation, clé de toute réussite future. Il était rarement là, mais s'il lui arrivait d'avoir un jour de congé ou de se retrouver provisoirement au chômage après avoir eu des mots avec un maître d'hôtel, il ouvrait aussitôt son école privée, dont j'étais l'unique élève. Il entreprenait alors de m'inculquer les bonnes manières. Je devais ouvrir la porte séparant notre cuisine de notre minuscule salon et m'effacer courtoisement en feignant de laisser passer une dame. Ou bien il dressait la table comme pour un repas de gala – par exemple le dîner en l'honneur des Prix Nobel – avec nombre de verres et de couteaux, et il m'apprenait l'art de m'en servir tout en faisant la conversation à d'élégantes voisines de table. Je devais incarner tantôt le Prix Nobel de physique, tantôt le ministre des Affaires étrangères ou, mieux, le Premier ministre en personne.

C'était un jeu effrayant. J'étais content quand il me félicitait, mais angoissé à l'idée de commettre une bourde dans ce monde qu'il me laissait entrevoir et où il me semblait toujours qu'un serpent venimeux était caché parmi les fleurs et les coupes en cristal.

Une fois, il avait servi au véritable dîner de gala des Prix Nobel. Son poste était à la dernière table, ce qui ne lui permettait pas d'être au contact des lauréats ni des membres de la famille royale. Cependant il tenait à ce que je sache me comporter dans toutes les situations improbables qui pourraient se présenter un jour, d'après lui, quand je serais grand. Je ne me souviens pas qu'il ait jamais joué avec moi. En revanche je savais nouer une cravate et l'art de plier les serviettes n'avait pas de secret pour moi.

J'ai dû finir par m'endormir. J'ai l'habitude de me réfugier dans le sommeil quand je suis soumis à forte pression. Je peux m'endormir n'importe où, à n'importe quel moment de la journée. Enfant, j'étais toujours à la recherche d'espaces secrets ; je me ménageais des abris derrière les poubelles et les tas de charbon dans la cour des immeubles voisins, ou encore dans la forêt. Toute ma vie, j'ai eu des cachettes dont personne n'a jamais soupçonné l'existence ; mais aucune n'a été aussi parfaite que le sommeil.

Au réveil, j'avais froid. Ma montre avait brûlé dans l'incendie ; je me souvenais de l'avoir laissée sur la table de chevet. Je suis sorti contempler les ruines de ma maison. Des nuages déchiquetés couraient dans le ciel. À la position du soleil, j'ai deviné qu'il devait être entre dix et onze heures.

Je suis descendu jusqu'à la remise et j'ai ouvert la porte avec précaution. Les gonds sont en mauvais état et elle risque de tomber si je la tire trop brutalement. J'ai trouvé une combinaison de travail et un vieux chandail suspendus à un clou. Parmi les pots de peinture j'ai découvert une paire de grosses chaussettes et un bonnet qui faisait de la réclame pour un téléviseur commercialisé dans les années 1960. *Toujours la meilleure image.* Les lettres étaient presque effacées.

La laine du bonnet avait été grignotée par les souris.

On aurait dit des trous de chevrotine. Je l'ai enfilé et je suis sorti.

Je venais de refermer la porte quand j'ai vu le sac de supermarché posé sur le banc. Jansson était passé pendant que je dormais ! À l'intérieur, un téléphone portable, des sous-vêtements et un sachet de tartines qu'il m'avait préparées. Il avait même rédigé un message sur un bout d'enveloppe :

Le téléphone est chargé. Garde-le. Les caleçons sont propres.

À côté du sac, une botte. Les miennes étaient vertes, celle-ci était noire. Et trop grande pour moi, car Jansson a de grands pieds.

Dans la botte, j'ai trouvé un autre message :

Je n'en avais pas de verte, désolé.

Je me suis demandé pourquoi il n'avait pas apporté aussi la gauche, tant qu'à faire. Mais Jansson agit selon une logique qui m'a toujours échappé.

J'ai emporté le sac et la botte dans la caravane. Les caleçons de Jansson étaient trop larges pour moi. Mais le fait qu'il y ait pensé m'a touché, bien sûr.

J'ai enfilé la combinaison en gardant ma veste de pyjama en guise de chemise et j'ai remis le chandail par-dessus. J'ai chiffonné quelques sachets en papier et les ai fourrés au fond de la botte de Jansson. J'étais habillé. Assis sur la couchette, j'ai mangé la moitié des tartines. J'avais besoin de reprendre des forces avant de décider d'un plan d'action.

Quelqu'un qui a tout perdu n'a pas beaucoup de temps. À moins que ce ne soit l'inverse.

Soudain j'ai entendu un bateau à l'approche. Après toutes ces années, j'étais capable d'en identifier un certain nombre. Là, ma seule certitude était que ce n'était pas celui de Jansson.

27

J'ai écouté plus attentivement ; c'était l'une des embarcations rapides des gardes-côtes, une vedette en aluminium de trente pieds équipée de deux moteurs Volvo diesel.

J'ai remis mon bonnet troué et je suis sorti. Je n'étais pas encore sur le ponton quand le bateau peint en bleu est apparu au détour de la pointe ouvrant sur le bras de mer de Skärsfjärden.

Il y avait trois personnes à bord. À ma surprise, le barreur était une jeune femme. Elle portait l'uniforme des gardes-côtes, ses cheveux blonds volaient sous la casquette. C'était la première fois que je voyais une femme parmi eux.

Elle paraissait d'une jeunesse inquiétante.

En revanche, l'homme qui se tenait prêt pour l'accostage, jambes écartées à l'avant du bateau, m'était familier. Il s'appelait Alexandersson. Physiquement, il était à l'opposé de moi : petit et gros. Myope et dégarni, par-dessus le marché.

Alexandersson était policier. Quelques années auparavant, plusieurs cambriolages s'étaient produits dans des villas fermées pour l'hiver, et il était venu interroger les habitants des îles voisines, pour savoir s'ils avaient remarqué quelque chose. L'affaire n'avait jamais été élucidée.

On s'entendait bien, Alexandersson et moi. Il était mon cadet d'une dizaine d'années. Je n'avais aucune idée de ce qu'il savait ou non sur mon compte. Mais après sa première visite, j'avais pensé qu'il aurait pu être le frère que je n'avais jamais eu.

Nous avions bu un café ensemble ; nous avions parlé de notre état de santé, je m'en souviens, et puis de choses et d'autres. Ni l'un ni l'autre n'éprouvait le besoin d'aborder des sujets sérieux. À certains moments, nous nous taisions pour écouter les oiseaux ou le bruit du vent dans les arbres.

Alexandersson avait un chalet de vacances sur l'une des petites îles de Bräkorna. Il avait été marié pendant de longues années, et ses enfants étaient tous adultes. Un jour, sa femme l'avait quitté, j'ignore pourquoi, je ne lui ai jamais posé la question. Je devinais chez lui un profond chagrin. Est-ce que je me reconnaissais en lui ? Cela fait partie des questions auxquelles je ne sais pas répondre.

Il a sauté sur le ponton, a capelé l'amarre au taquet, et on s'est serré la main. L'autre homme, que je ne connaissais pas, a sauté à son tour. Il n'avait pas l'air d'avoir le pied marin. Il s'est présenté : Robert Lundin, ingénieur sécurité incendie. Il avait un accent que je n'ai pas réussi à situer. Peut-être l'intérieur du Norrland ?

La jeune femme, qui avait entre-temps arrêté le moteur et amarré à l'arrière, s'est approchée et m'a salué d'un mouvement de tête. Elle était vraiment très jeune.

– Je m'appelle Alma Hamrén. Désolée de ce qui t'arrive[1].

J'ai acquiescé. J'étais sur le point de fondre en larmes. Alexandersson s'en est aperçu.

– Bon. On va aller regarder ça.

Alma Hamrén est restée près du bateau. Elle avait commencé à rédiger un texto sur son téléphone. Ses doigts pianotaient à toute vitesse.

Personne n'avait jusque-là commenté le fait que je portais des bottes de couleur différente. Ils avaient pourtant dû s'en apercevoir.

Les vestiges de la maison fumaient encore par endroits.

1. Le tutoiement est de règle en Suède depuis les années 1970.

– Alors ? m'a demandé Alexandersson. Une idée ?

J'ai dit la vérité. Aucune bougie, cigarette ou lampe à pétrole allumée quand j'étais monté me coucher. J'avais dormi deux heures à peine et je m'étais réveillé au milieu du brasier. J'ai mentionné le fait que l'électricité avait été refaite récemment.

Lundin écoutait la conversation, un peu en retrait. Il n'a pas posé de questions. J'avais bien compris que c'était lui qui allait à présent tenter d'établir l'origine de l'incendie. J'espérais qu'il trouverait la réponse. Je voulais savoir.

Il a commencé à faire le tour des décombres en compagnie d'Alexandersson. Je les observais à distance. Ils avançaient de façon méthodique, concentrée. Parfois, l'un des deux se penchait pour examiner quelque chose.

Soudain j'ai été pris d'un vertige et j'ai dû prendre appui contre la vieille pompe à eau.

Alexandersson m'a lancé un regard pénétrant. J'ai secoué la tête et je me suis éloigné vers la caravane. Assis sur les marches, je me suis efforcé de respirer à fond. Après quelques minutes j'ai pu me relever. J'ai fait quelques pas, mais dès que je les ai aperçus je me suis arrêté. Ils se parlaient à voix basse. De temps à autre, Alexandersson se tournait vers la caravane. Il ne pouvait pas me voir ; j'étais caché par les branches basses du chêne.

Je savais sans savoir. Ils discutaient des causes de l'incendie. Du fait qu'il n'existait aucun facteur accidentel susceptible de l'avoir déclenché. Du fait que je l'avais peut-être provoqué moi-même.

Je retenais mon souffle. Était-ce possible qu'ils aillent imaginer une chose pareille ? Ou bien était-ce inévitable, une hypothèse parmi d'autres, aucune possibilité ne devant être écartée a priori, fût-elle complètement déraisonnable ?

À la fin, ils se sont remis en mouvement. Lundin prenait des photos.

J'ai écarté les branches et je me suis avancé vers eux.

– Comment ça se passe ?

– Ça prend du temps, a dit Alexandersson. C'est délicat.

Lundin a opiné.

– Très délicat. Impossible de se faire une idée à première vue.

Alma Hamrén s'était assise sur le banc où j'avais l'habitude d'examiner Jansson. Elle pianotait toujours sur l'écran de son téléphone.

Ils ont continué pendant deux heures avant de déclarer qu'ils reviendraient sans doute dans l'après-midi. J'ai dit que je ne serais pas là. Je devais aller me ravitailler sur la côte.

Je suis resté sur le ponton jusqu'à ce que le bateau ait disparu derrière la pointe. Puis je suis remonté vers les ruines. Ils avaient rangé quelques-unes de leurs découvertes sur une petite bâche.

J'ai identifié des fragments de câbles, des plombs fondus provenant de mon tableau électrique et un petit objet tordu, noirci, qu'il me semblait vaguement reconnaître. Je me suis penché pour mieux voir.

C'était une boucle de chaussure.

Ma gorge s'est nouée.

Cette boucle appartenait à la merveilleuse paire de souliers que m'avait offerte autrefois Giaconelli, l'ami de ma fille, le maître bottier des forêts du Hälsingland.

C'est à cet instant que j'ai compris que j'avais réellement tout perdu.

De mes soixante-dix ans de vie, il ne restait rien.

Je n'avais plus rien.

3

Je contemplais ma maison disparue. En la fixant du regard suffisamment longtemps, il me semblait que je réussirais à la recréer, intacte, au-dessus des décombres.

On aurait dit une scène de guerre. J'étais de plus en plus secoué. La vision du pommier noirci me remplissait d'un mélange de chagrin et de dégoût. C'était une violence supplémentaire faite à la mémoire de mes grands-parents. J'imaginais que cet arbre donnerait désormais des pommes noires que personne ne pourrait manger. Il était comme mort.

Douze heures s'étaient écoulées depuis que je m'étais jeté hors de la maison avec mes deux bottes gauches aux pieds. Je ne réalisais toujours pas l'ampleur de ma perte. J'éprouvais seulement le manque confus de tout ce qui avait brûlé dans l'incendie. Par-dessus tout, peut-être, je regrettais mes journaux intimes, ces cahiers que j'appelais mon journal de bord. Je n'y avais pas pensé un seul instant en fuyant la maison. Les cahiers avec leur reliure noire n'étaient plus qu'un peu de cendre. J'avais pu sauver ma peau. C'était tout.

J'ai baissé les yeux de nouveau vers la boucle de soulier tordue posée sur la bâche d'Alexandersson.

Elle ressemblait à un insecte. J'ai songé à ces gros scarabées qu'on appelle des cerfs-volants et qu'on voyait toujours l'été, sur l'île, dans mon enfance. Ils avaient disparu, nul ne semblait savoir pourquoi. J'avais demandé à Jansson s'il en restait à sa connaissance quelque part, parmi les chênaies de l'archipel. Il avait interrogé tous les habitants à qui il livrait le courrier. Personne n'avait vu de cerf-volant depuis les années 1960, à part la veuve Sjöberg, qui vivait dans l'unique maison de l'île de Nässelholmen. Chez elle, il y en avait plein, avait-elle confié à Jansson. Mais la veuve Sjöberg était connue pour mentir sur tout.

J'ai ramassé le cerf-volant de métal noirci. Je me suis demandé de quel matériau il pouvait être fait, car le bougeoir en argent que mon grand-père avait offert à ma grand-mère pour leurs noces de diamant avait fondu avec le reste.

Je ne pourrais pas interroger Giaconelli. Après toutes les années passées dans les forêts du nord de la Suède, il avait brusquement choisi de retourner en Italie.

Aucun de ses rares amis n'avait été informé de son projet. Il semblait avoir abandonné l'atelier en toute hâte. La porte d'entrée n'était même pas fermée. Elle battait au vent quand un voisin était arrivé pour faire réparer une chaussure de chantier dont la semelle s'était rompue.

Giaconelli avait honoré ses dernières commandes avant de quitter son établi et de disparaître.

Par la suite, j'avais appris par ma fille qu'il était rentré dans son village natal, près de Milan, et qu'il était mort peu de temps après.

Qu'étaient devenus ses outils, ses peaux, son transistor qui diffusait de la musique d'opéra ? Louise elle-même semblait l'ignorer.

Ma dernière conversation téléphonique avec elle remontait à deux semaines. Elle m'avait appelé tard un soir, alors que je venais de m'endormir. Elle se trouvait dans un café bruyant près d'Amsterdam, et n'avait pas voulu me raconter ce qu'elle faisait là-bas, bien que je lui aie posé à deux reprises la question. Elle voulait juste savoir si j'étais encore en vie, avait-elle dit. Je lui ai demandé si elle allait bien. Parfois j'ai l'impression d'être avec elle à la fois le médecin et le patient.

Comment Louise réagirait-elle en apprenant que ma maison avait brûlé ?

Je la connaissais si mal que j'étais incapable d'imaginer sa réaction. Elle pouvait hausser les épaules et passer à un autre sujet. Ou entrer dans une rage folle et se déchaîner en accusations contre moi qui n'avais pas réussi à empêcher la catastrophe. Ou peut-être me soupçonnerait-elle, elle aussi ?

J'ai reposé la boucle, je suis reparti vers la caravane et j'ai mangé les dernières tartines de Jansson avant de me mettre en route. J'ai un petit hors-bord de dix-huit chevaux. Si la météo est bonne et la mer calme, il peut atteindre douze nœuds. J'ai démarré le moteur et je me suis assis à la barre, sur le coussin envahi de moisissures.

En me retournant, j'ai eu un coup au cœur. J'avais toujours pu apercevoir les fenêtres du premier étage par-dessus la cime des arbres. À leur emplacement, il n'y avait plus qu'un trou. Cela m'a fait si peur que j'ai failli foncer sur le petit banc de sable qu'on appelle Kogrundet ; je l'ai évité de justesse.

Un peu plus loin, j'ai coupé le moteur. La mer était déserte. Seul un harle volait au ras de l'eau, à une vitesse vertigineuse, vers les derniers rochers avant le large.

J'avais froid. Un froid qui venait de l'intérieur, du plus profond de moi-même. Le bateau dérivait. Je me suis couché de tout mon long et j'ai regardé le ciel, où un banc de nuages commençait à se former. Il y aurait de la pluie avant la nuit.

L'eau clapotait contre la coque en plastique. J'essayais de prendre une décision.

Le téléphone de Jansson a sonné dans ma poche. Ce ne pouvait être que lui.

– Tu es tombé en panne ?

J'ai tourné la tête pour voir d'où il me regardait. Mais la mer était vide. Pas de bateau, pas de Jansson.

– Pourquoi diable veux-tu que je sois tombé en panne ?

J'ai immédiatement regretté mon ton exaspéré. Jansson était plein de bonnes intentions. Je me disais parfois que les innombrables lettres qu'il avait distribuées au cours de sa vie étaient comme une déclaration d'amour à la population décimée de ces îles. Pour lui, le fait de lire le courrier des estivants participait sans doute de ses attributions, peut-être même de ses devoirs. Il devait se tenir informé de ce que ces gens, qui surgissaient parmi nous le temps d'un été, avaient comme opinions sur la vie et la mort et sur nous autres, les habitants à l'année.

– Où es-tu ? ai-je demandé d'une voix radoucie.

– Chez moi.

Il mentait. De chez lui, il n'aurait pas pu me voir. Ça m'a déçu. Pendant toutes ces années, j'avais pourtant mis un point d'honneur à ne pas me laisser émouvoir par le comportement des autres. Si Jansson avait parfois tendance à écorner la vérité, ça m'était égal. Mais là ? Alors que je venais de perdre ma maison et tout ce que je possédais ?

Je me doutais qu'il se tenait sur un rocher quelconque, avec ses jumelles.

Je lui ai dit que je laissais dériver le bateau un moment parce que je souhaitais réfléchir. Ensuite, je continuerais jusqu'au port et j'irais acheter ce dont j'avais besoin.

– Je vais démarrer maintenant. Si tu tends l'oreille, tu entendras que mon moteur fonctionne très bien.

J'ai raccroché sans lui laisser le temps de réagir. Le moteur a démarré. J'ai accéléré en direction de la côte.

Ma voiture est vieille, mais fiable. Elle stationne à l'année un peu au-dessus du port chez une femme étrange du nom de Rut Oslovski. Personne ne l'appelle par son prénom, tout le monde dit Oslovski. Elle m'autorise à laisser ma voiture chez elle, et en échange je mesure sa tension quand elle me le demande. Je garde à cet effet un tensiomètre et un stéthoscope dans ma boîte à gants. Elle souffre d'hypertension ; vu qu'elle n'a même pas quarante ans, une surveillance s'impose.

On ne sait pas grand-chose sur elle. D'après Jansson, elle a débarqué un beau jour il y a une vingtaine d'années. Son suédois n'était pas fameux et elle affirmait être originaire de Pologne. Elle avait obtenu le droit d'asile et, par la suite, la nationalité suédoise, mais Jansson, qui peut être très méfiant, disait qu'on n'avait jamais vu son passeport, ni la moindre preuve qu'elle avait vraiment été naturalisée.

À la surprise générale, Oslovski s'était révélée être une mécanicienne hors pair. Et elle n'avait pas peur de se lancer dans des travaux éprouvants comme la réparation d'appontements au printemps, quand le dégel déstabilise l'axe des caissons. Les autres bricoleurs professionnels du coin l'avaient à l'œil. Mais personne n'avait pu l'accuser de casser les prix.

À part ça, c'était une solitaire. Parfois elle disparaissait pendant des mois d'affilée sans prévenir personne.

J'ai amarré le bateau au fond du port et je suis allé chercher ma voiture. Oslovski n'avait pas l'air d'être chez elle.

Il me faut en temps normal vingt minutes pour gagner le village. Là, j'ai vu que ça allait beaucoup plus vite et je me suis rendu compte que je mettais ma vie en danger. J'ai ralenti. L'incendie de ma maison avait détruit quelque chose en moi. Les êtres humains ont, eux aussi, des poutres qui les font tenir, et qui peuvent se briser.

Je me suis garé dans la rue principale. En réalité, il n'y en a pas d'autre. Le village se trouve au fond d'une baie empoisonnée par les métaux lourds d'usines qui existaient là dans le temps. Par exemple une tannerie dont j'ai gardé le souvenir parce qu'elle répandait partout son odeur délétère quand j'étais enfant.

La caisse d'épargne est logée dans une maison blanche au bord de la baie.

Au guichet, j'ai déclaré n'avoir ni carte de crédit ni carte d'identité, vu qu'elles avaient disparu dans l'incendie de ma maison. L'employé avait beau me connaître de vue, il ne semblait pas très sûr de la marche à suivre. Une personne sans carte d'identité constitue une menace.

– Je peux réciter mon numéro de compte. Il devrait y avoir environ cent mille couronnes dessus, à cent ou deux cents couronnes près.

Je lui ai dicté les chiffres pendant qu'il pianotait sur son clavier. Il a plissé les yeux.

– Quatre-vingt-dix-neuf mille et neuf couronnes, a-t-il dit.

– J'aurais besoin d'en retirer dix mille. Comme tu peux le voir, je suis en veste de pyjama. J'ai tout perdu.

J'avais élevé la voix, volontairement. Le silence s'est fait dans l'agence.

Deux femmes travaillaient derrière la vitre, en plus de l'employé qui s'occupait de moi. Trois clients attendaient leur tour. Tous me regardaient. Je me suis incliné, comme s'ils m'avaient applaudi. C'était ridicule.

L'employé a compté les billets avant de me les remettre. Puis il m'a aidé à commander une nouvelle carte de crédit.

Après avoir empoché un stylo publicitaire et quelques bordereaux de remise de chèques, j'ai traversé la rue et je suis entré dans le salon de thé avec l'idée de rédiger la liste de ce que je devais acheter en priorité.

La liste s'est allongée démesurément. J'ai épuisé les bordereaux et une serviette en papier et je n'avais toujours pas fini. Le découragement m'a assailli.

Soudain, je ne voyais pas comment j'allais pouvoir supporter la douleur et le chagrin qui me frappaient. J'étais trop vieux pour recommencer. L'avenir était muet. Je ne voyais pas d'issue.

J'ai chiffonné les bordereaux et la serviette, j'ai fini mon thé et je suis sorti. Dans l'unique magasin de vêtements, j'ai pris des chemises, des sous-vêtements, des chaussettes, un pull, un pantalon et une veste, sans regarder le prix ni la qualité. Après avoir rangé les sacs dans la voiture, je suis allé chez le marchand de chaussures. Je voulais des bottes en caoutchouc, mais le seul modèle qu'ils avaient était fabriqué en Italie. Cela m'a indigné. La vendeuse était une jeune fille à la tête enveloppée d'un foulard, qui parlait un suédois hésitant. Je me suis forcé à rester aimable. C'était difficile.

– Il n'y a pas de bottes suédoises ? Des Tretorn ordinaires ?

– On a celles qui sont là-bas en rayon, c'est tout.

– C'est insensé qu'on ne puisse pas trouver une paire de bottes suédoises en Suède.

J'essayais de ne pas hausser le ton, mais ma voix cassante et artificielle a dû me trahir car j'ai vu que je lui faisais peur. Cela m'a exaspéré.

– Est-ce que tu comprends au moins de quoi je parle ?

Elle est restée muette. Ce n'était pourtant pas comme si je m'étais montré grossier ou menaçant. J'avais posé une question simple et normale, qui appelait une réponse simple et normale.

– Il n'y en a pas d'autres que celles-là, a-t-elle dit enfin.

– Alors tant pis. C'est très regrettable.

J'ai tourné les talons. Je n'ai pas pu m'empêcher de claquer la porte.

À la droguerie-quincaillerie ils n'avaient pas non plus de bottes, seulement des chaussures de sécurité à bout renforcé. J'ai acheté une montre et je suis parti me ravitailler au supermarché. Je savais qu'il y avait dans la caravane un réchaud à gaz, une poêle et deux casseroles. J'ai pris un panier en plastique et je l'ai rempli avec indifférence. Rien ne me faisait envie.

En passant devant la pharmacie, je me suis rappelé que l'incendie avait aussi détruit mon stock de médicaments. J'ai beau ne plus exercer officiellement la médecine, je conserve mon droit de prescription, ce qui me permet d'avoir accès à ce que je veux. J'ai reconstitué une petite partie de mes réserves.

Avant de retourner à la voiture, j'ai acheté un téléphone portable sans forfait.

Soudain je me suis souvenu que l'incendie m'avait aussi privé d'électricité.

Je suis reparti vers le port. Sur les dix mille couronnes que j'avais retirées à la caisse d'épargne, il m'en restait environ la moitié. Je suis entré dans le magasin d'accastillage. Là, ils avaient des bottes suédoises. Du moins, elles étaient de la marque Tretorn. Mais il n'y avait pas ma taille. Quand j'ai voulu en commander, j'ai appris qu'il allait falloir attendre deux semaines. Le gérant de la boutique s'appelle Nordin. Il a toujours été là. Nous avons parlé de l'incendie. Il était désolé pour moi.

De retour sur le quai, j'ai senti que j'avais froid. J'ai pris un pull dans le coffre et je suis allé au café du port. Au comptoir j'ai choisi un café et un gâteau à la pâte d'amande et je me suis assis près de la fenêtre. Le gâteau était tout sec. Il s'est émietté quand j'ai voulu le porter à ma bouche.

Il y avait une prise électrique à côté de la fenêtre. J'ai ouvert l'emballage du nouveau téléphone et je l'ai mis à charger.

Un homme de soixante-dix ans se retrouve sans domicile après l'incendie de sa maison. Il ne possède plus rien hormis une remise à bateaux, une caravane, un bateau de treize pieds et une vieille voiture. Que va-t-il faire ? Lui reste-t-il au fond la moindre raison de continuer ?

J'ai sursauté. J'avais une fille ! Pourquoi n'avais-je pas pensé à elle ? J'ai eu honte.

Je ne sais pas si ce sont ces pensées, ou le fait que mon gâteau soit tombé en miettes, mais j'ai fondu en larmes. Je me suis essuyé les yeux avec la serviette en papier, me suis mouché. Veronika, la gérante du café, faisait de temps à autre une apparition à la porte de la cuisine. Vieil homme seul, assis dans un café en automne, face à un port désert – je devais offrir une image assez radicale de la solitude.

Il fallait appeler Louise. J'aurais préféré attendre, mais elle ne me pardonnerait jamais de ne pas l'avoir informée tout de suite. Ma fille était un être imprévisible. Elle n'avait rien de la tolérance et de la patience que je croyais posséder pour ma part. Elle ressemblait à sa mère.

Sa mère. Harriet. Qui, après près de quarante ans d'absence, avait surgi un beau jour au milieu de la blancheur en poussant un déambulateur sur la glace et qui était morte l'été d'après, dans ma maison.

J'étais plongé dans mes souvenirs quand une femme d'une quarantaine d'années est entrée dans le café ;

elle portait exactement le genre de bottes que j'avais cherchées partout cet après-midi-là. Emmitouflée dans un gros anorak, une écharpe enroulée autour de la tête. Quand elle l'a enlevée, j'ai vu qu'elle avait les cheveux très courts. Et un beau visage. Elle s'est approchée du comptoir où étaient exposés les misérables gâteaux à la pâte d'amande et les a observés quelques instants.

Puis, soudain, elle s'est tournée vers moi et m'a souri. J'ai répondu par un signe de tête, en essayant de me rappeler si j'avais pu l'avoir déjà rencontrée. Veronika est apparue. La femme a commandé un café et une brioche. Puis elle s'est avancée vers ma table. C'était complètement inattendu.

– Je peux m'asseoir ?

Elle a pris une chaise sans attendre la réponse. Un pâle rayon de soleil tombait sur son visage. Elle s'est penchée et a tiré un peu le rideau.

De nouveau, elle m'a souri. Elle avait de jolies dents. Je lui ai rendu son sourire, en ne montrant que les dents du haut, dont l'émail est à peu près présentable.

– Je m'appelle Lisa Modin. Et tu dois être l'homme dont la maison a brûlé cette nuit. Toutes mes condoléances. Ce doit être une expérience affreuse. Une maison, c'est comme une seconde peau, n'est-ce pas ?

Son accent pouvait être du Sörmland, mais je n'en étais pas sûr, et encore moins de la raison pour laquelle elle s'était assise en face de moi. Elle a suspendu son anorak au dossier de la chaise voisine.

J'ignorais ce qu'elle me voulait, mais ça n'avait pas d'importance. Le simple fait qu'elle vienne à ma table avait suffi à déclencher en moi une sorte de folie ou d'impulsion incontrôlable.

J'ai pensé confusément qu'un vieil homme n'a que peu de temps devant lui, un amour inespéré est sa seule chance.

– Je suis journaliste, a-t-elle dit. J'écris pour le journal local. Mon rédacteur en chef m'a demandé d'aller chez toi et de recueillir ton témoignage. Quand je me suis renseignée au port pour savoir comment me rendre sur ton île, on m'a dit que tu étais peut-être à l'épicerie. Je ne t'y ai pas trouvé. Alors me voici.

– Comment as-tu deviné que c'était moi ?

– Le gérant du magasin d'accastillage t'a décrit. Et puis, il n'y avait personne à l'épicerie, et personne ici à part toi.

Elle a tiré un bloc-notes de son sac. La musique devait l'incommoder, car elle s'est levée pour parler à Veronika, qui a baissé le son avant d'éteindre carrément le poste.

Elle est revenue. Elle souriait toujours.

– Je peux t'emmener, lui ai-je proposé. Si tu supportes un petit bateau ouvert et peu confortable.

– Tu me ramèneras après ?

– Bien sûr.

– Tu habites encore sur l'île ? Alors que ta maison a brûlé ?

– J'ai une caravane.

– Ah bon ? J'ai cru comprendre que ton île était toute petite. On peut y rouler en voiture ?

– Cette caravane-là a une longue histoire.

Elle tenait son stylo-bille à la main, mais elle n'avait encore rien écrit.

– Il va y avoir un article sur l'incendie, m'a-t-elle expliqué. Le rédac-chef s'en charge, avec la police et les pompiers. Son idée était que je fasse un papier d'accompagnement sur ce qu'implique, pour une famille, le fait de perdre sa maison.

– Je vis seul.

– Un chat ? Un chien ?

– Ils sont morts.

– Dans l'incendie ?

Elle paraissait soudain affolée.

– Non. Ils sont enterrés depuis longtemps.

– Tu n'es pas marié ?

– J'ai une fille. Sa mère est décédée.

– Comment ta fille prend-elle la nouvelle ? Qu'a-t-elle dit ?

– Rien pour l'instant. Elle n'est pas au courant.

Elle m'a dévisagé. Puis elle a posé son stylo et bu un peu de café. Elle portait une bague à la main droite, un anneau d'argent serti d'ambre. Rien à la main gauche.

– C'est trop tard pour aujourd'hui. Mais demain ? Si tu as le temps ?

– J'ai tout le temps du monde.

– Comment est-ce possible ? Si tu as tout perdu ?

Je n'ai pas répondu. Elle avait raison, bien sûr.

– Je peux venir te chercher à l'heure qui te conviendra.

– Dix heures ? C'est trop tôt ?

– C'est très bien.

Elle a indiqué le quai par la fenêtre.

– Là ?

– J'ai l'habitude de laisser mon bateau à côté des pompes à essence. Habille-toi chaudement, il risque de pleuvoir.

Elle s'est levée.

– Je serai là à dix heures. À demain !

Quelques minutes plus tard, j'ai entendu une voiture démarrer. Je me suis demandé si elle connaissait mon nom.

Je suis rentré. La mer était presque noire. J'avais des sacs plein mon bateau. Je pensais à Lisa Modin et à ses mains quand elle avait noué l'écharpe autour de son cou et de ses cheveux. J'étais impatient de la revoir.

Je m'attendais à apercevoir le bateau des gardes-côtes en arrivant chez moi, mais il n'y avait personne. J'ai amarré le mien et j'ai porté mes sacs jusqu'à la caravane, où il faisait chaud car j'avais allumé le chauffage avant de partir. Tout fonctionnait au gaz. J'ai vérifié la jauge de la bouteille ; il y avait une bonne réserve.

J'ai déballé mes nouveaux vêtements. En jetant un coup d'œil à l'étiquette, j'ai vu que les trois chemises étaient fabriquées en Chine. Vérification faite, les caleçons et les chaussettes aussi. La veste venait de Hong Kong. Jusqu'au jour où je recevrais mes bottes, je serais donc habillé chinois des pieds à la tête ; je porterais à même ma peau des vêtements cousus dans la lointaine Asie.

J'ai suspendu mes chemises en me demandant pourquoi j'attachais de l'importance à ce détail. Était-ce simplement parce que je cherchais une raison de m'apitoyer sur mon sort ? Comme si c'était là l'ultime recours pour un vieil homme tel que moi – se plaindre ?

J'ai enfilé l'une des chemises bleues, le pull, la veste, et je suis sorti. Aucune fumée ne s'élevait plus ; restait la puanteur agressive, qui me donnait la nausée et m'obligeait à garder mes distances. Lentement, j'ai refait le tour des ruines pour voir s'il ne subsistait pas autre chose que la boucle de Giaconelli. Mais je n'ai rien découvert. La sensation de scène de guerre m'est revenue.

Devant la petite bâche, j'ai froncé les sourcils. Pendant plusieurs minutes, j'ai tenté de comprendre ce qui m'avait fait réagir.

J'ai escaladé les rochers jusqu'au point culminant de l'île. De là-haut, j'ai une vue illimitée qui s'étend dans toutes les directions. Le banc qui se trouve à cet endroit a été construit par mon grand-père. Les soirs d'été quand il faisait chaud, il venait s'asseoir là avec ma grand-mère. Je ne sais pas s'ils parlaient ou s'ils restaient silencieux. Mais un jour, quelques années avant leur mort, j'étais encore enfant, je me souviens d'avoir pris des jumelles pour les espionner de loin. J'avais été très étonné de voir qu'ils se tenaient par la main.

C'était un geste tout simple, un geste évident de tendresse et de gratitude. Ils avaient été mariés pendant soixante et un ans.

Le banc est vermoulu. Je l'ai mal entretenu, comme tant d'autres choses sur cette île.

J'ai contemplé l'archipel. Mon regard s'est arrêté sur un îlot qui m'appartient, bien qu'il n'ait pas de nom ; c'est à peine un îlot, en réalité, juste une combe nichée entre les rochers, mais si profonde que le vent ne l'atteint pas. Il y pousse même quelques arbres. Enfant, j'y construisais des cabanes. Adolescent, j'y plantais ma tente. Maintenant, tout à coup, je la voyais d'un autre œil. Je venais d'avoir une idée, dont je ne savais pas encore ce qu'elle valait.

Je me suis levé et j'ai continué ma promenade. À un moment, sur la face ouest, j'ai repéré deux visons avant qu'ils ne filent se cacher. En dehors d'eux, tout était désert. J'avais la sensation de me retrouver seul dans un monde abandonné.

Au retour, je me suis arrêté de nouveau devant la bâche. C'est alors que j'ai compris. Lundin et Alexandersson étaient revenus sur les lieux pendant que je faisais mes achats sur la côte, et ils étaient repartis sans laisser de message.

Je ne pouvais pas savoir ce qu'il en était. Pourtant j'étais sûr de moi.

Ils me soupçonnaient d'avoir mis le feu à ma maison.

La logique était parfaite : il n'existait aucune explication naturelle à l'incendie, l'hypothèse s'imposait donc d'elle-même.

Je savais, bien entendu, que ce n'était pas moi. Comment allais-je supporter, en plus du reste, de passer pour un criminel aux yeux de tous ?

C'était insensé. Une fois déjà, mon existence avait basculé, quand j'avais dû renoncer à exercer la médecine après une intervention calamiteuse dont j'étais seul responsable. Et maintenant ? Jusqu'où irait ma résistance ?

Je suis allé chercher mon tensiomètre dans la remise. Ma tension était trop élevée. Ça ne me plaisait guère, même si l'explication était toute trouvée : j'étais en état de choc. Parmi les médicaments que j'avais rapportés de la pharmacie ce jour-là il y avait du Métoprolol, que j'avais acheté en pensant à Oslovski ; ça tombait bien. Au besoin, j'ajouterais un comprimé d'Oxazépam – un anxiolytique qu'il m'arrive de prendre exceptionnellement.

J'ai mesuré mon pouls. Soixante-dix-huit pulsations minute. Un peu rapide, mais pas inquiétant. J'allais ressortir de la remise quand j'ai entendu un bruit de moteur. Il était trop faible pour que je puisse l'identifier. Le temps que j'arrive sur le ponton, il avait disparu.

Soudain je me suis souvenu d'avoir vu dans la remise un vieux réveil mécanique. Il datait de l'époque de mon enfance, mais je pouvais toujours essayer de voir s'il marchait encore. Je l'ai déniché au milieu du bric-à-brac, je me suis assis dehors, sur le banc, et je l'ai remonté avec précaution. Le ressort n'a pas lâché. Les aiguilles ont commencé à tourner avec un tic-tac régulier. Je l'ai mis à l'heure et l'ai posé à côté de moi. À cet instant précis, ce réveille-matin était, avec le téléphone portable et les chemises chinoises, mon bien le plus précieux.

Le vent s'était levé. La girouette fixée sur le toit de la remise oscillait entre le sud et l'ouest. J'ai ramassé mon réveil et je me suis levé.

Je ne pouvais pas repousser plus longtemps l'échéance. Je devais essayer de joindre Louise.

4

Louise a quarante ans. La dernière fois que nous nous étions parlé, elle se trouvait donc à Amsterdam. J'imaginais qu'elle avait là-bas des amis dont elle ne jugeait pas utile de me parler. Ou alors elle était lancée dans l'un de ses nombreux projets politiques.

Ma fille est quelqu'un qui rédige des courriers à l'intention des puissants de ce monde. Il lui est arrivé de créer le scandale en déversant des détritus sur la tête de politiciens dont les idées ne lui revenaient pas. À en juger par ses cibles, j'ai cru comprendre qu'elle était de gauche. Parfois je me dis qu'elle est une anarchiste qui a déraillé, à d'autres moments qu'elle est une radicale qui pense juste mais dont les méthodes sont désespérément inefficaces. Les rares fois où j'ai essayé d'avoir une discussion politique avec elle, j'ai toujours été perdant. Non parce que ses arguments m'auraient convaincu, mais parce qu'elle ne me laissait pas finir mes phrases.

J'ignore de quoi elle vit. Mais elle n'a pas l'air d'être dans le besoin, et son obstination est un atout que je lui envie.

Le jour où Harriet m'a annoncé que j'étais papa, Louise avait déjà trente-sept ans. Elle habitait alors les forêts mélancoliques de l'intérieur du Norrland. Harriet m'avait conduit jusqu'à elle en disant qu'elle voulait me faire rencontrer sa fille. Soudain, dans une clairière, une caravane s'est matérialisée devant nous. Une femme a ouvert la porte et, l'instant d'après, j'ai appris que j'étais son père. Inutile de préciser que ce fut l'un des moments les plus bouleversants de ma vie.

Cette caravane a été convoyée plus tard sur mon île à bord d'un bac à bestiaux. Louise y a vécu pendant les derniers temps de la maladie de sa mère. Nous avons soigné Harriet et, quand elle est morte, nous l'avons incinérée ensemble. Nous avons enveloppé son corps dans une bâche goudronnée et l'avons déposé au fond de la vieille barque que je me promettais depuis toujours de remettre en état, et qui pourrissait sur une paire de tréteaux dans la remise. Peu de temps après, Louise a disparu. J'ai eu de ses nouvelles par un article de journal que m'a montré Jansson. Une jeune femme s'était dénudée devant un groupe de chefs d'État européens pour leur témoigner son profond mépris. J'ai dû me rendre à l'évidence : c'était bien elle.

Je connaissais peu ma fille, en somme, et je le regrettais. Il me semblait pourtant qu'elle s'était attachée à l'île et je lui avais promis, bien sûr, qu'elle hériterait de tout. L'autre possibilité eût été que je la vende, ou que je la lègue à l'Association de l'Archipel. Mais je n'avais pas besoin d'argent, et le bureau de l'association était composé de gens qui passaient leur temps à se chamailler sans réussir à se mettre d'accord sur ce qu'ils étaient censés accomplir. Je ne voulais pas que cette maison – dans l'hypothèse où elle serait reconstruite – se transforme en café mal entretenu ouvert aux visiteurs pendant les mois d'été.

Après la mort d'Harriet, la maison avait été occupée un temps par quelques jeunes filles en difficulté ; celle qui s'en occupait était la jeune femme que j'avais par erreur amputée du bras droit. Elle m'avait pardonné et, quand leur foyer avait fermé, j'avais été content de pouvoir leur rendre service. Mais l'isolement ne leur convenait pas. Quand la possibilité de retourner vivre sur la côte s'était offerte, elles étaient parties et je ne les avais pas revues.

Dieu merci, ai-je pensé. Que se serait-il produit si elles avaient été présentes la nuit de l'incendie ?

Je suis resté assis un certain temps avant d'avoir rassemblé le courage nécessaire pour oser appeler Louise. J'espérais qu'elle ne répondrait pas. Dans ce cas, j'aurais pu attendre le lendemain avec bonne conscience. Mais elle a décroché après quatre sonneries. Sa voix était aussi proche que si elle avait été assise à côté de moi dans la caravane.

J'ai commencé, comme toujours, par lui demander si je la dérangeais. Non. J'ai voulu savoir où elle était.

Elle n'a pas répondu. Je n'ai pas insisté. Si j'avais insisté, elle aurait été capable de ne plus me parler pendant des semaines.

– La maison a brûlé cette nuit.

– Quelle maison ?

– Celle où je vis.

– Il y a eu un incendie ?

– Oui.

– Mon Dieu !

– On peut dire ça.

– Comment est-ce arrivé ?

– Personne ne le sait. Quand je me suis réveillé, ça brûlait de partout. Je n'ai pas pu emporter quoi que ce soit.

– Tu veux me dire qu'il ne reste rien ?

– Rien. J'ai pu sauver ma peau, c'est tout.

49

Silence. J'ai compris qu'elle tentait d'assimiler l'information.

– Tu n'es pas blessé ?

– Non. J'ai eu la visite de la police et d'un expert. Ils ont fouillé les décombres. Ils n'ont rien trouvé.

– Que vas-tu faire ?

– Je ne sais pas.

– Où vas-tu dormir cette nuit ?

– Je me suis installé dans ta caravane provisoirement.

Nouveau silence. Pour l'instant, sa sidération ne semblait pas se muer en une rage dirigée contre moi.

– J'arrive, a-t-elle dit.

– Ce n'est pas nécessaire.

– Je sais. Mais j'ai besoin de voir ça de mes propres yeux.

– Tu peux me croire sur parole.

– Toi aussi.

J'entendais à sa voix qu'elle était pressée de raccrocher. Elle a promis de me rappeler bientôt. Je me suis allongé sur la couchette. J'étais en nage. Pourtant, elle était la seule personne au monde avec qui je pouvais parler du drame qui me frappait. Il la frappait aussi.

Au bout de quelques minutes, je me suis levé et je suis sorti. J'ai rangé le téléphone de Jansson dans une boîte en fer-blanc que je garde sous le banc du ponton et je lui ai envoyé un message depuis mon nouveau portable disant qu'il pouvait venir chercher le sien quand il voulait. J'avais mis un billet de cinquante couronnes dans la boîte. Ça suffirait pour couvrir les communications que j'avais passées. J'ai fini mon texto en écrivant que je préférais ne pas recevoir de visite pour le moment.

Je me suis assis sur le banc et adossé au mur de la remise, dont la peinture rouge s'écaillait.

Le froid m'a tiré de mon sommeil. La nuit tombait. Je

suis rentré à la caravane. Soudain, l'obscurité me faisait peur. J'ai allumé la lampe à gaz et la lampe à pétrole qu'Harriet avait offerte à Louise autrefois. J'ai ouvert une boîte de soupe à la viande que j'ai réchauffée. J'ai éteint la lampe à gaz pour manger. La lumière de la lampe à pétrole est plus douce.

Je me suis couché tôt. Allongé dans le noir, j'ai senti combien j'étais épuisé. Je n'avais même pas l'énergie de m'inquiéter pour le lendemain. L'incendie avait consumé toutes mes forces.

Je me suis réveillé au milieu d'un rêve de tempête. Grâce au vieux réveil, j'ai calculé que j'avais dormi neuf heures. Je crois bien que cela ne m'était pas arrivé depuis que j'étais enfant. Je me suis levé tout de suite, comme je le fais toujours. Si je reste couché, je suis envahi par une agitation inquiète. Au moment d'enfiler mon imperméable, j'ai réalisé que j'avais oublié de m'acheter une serviette de bain. J'ai décidé de sacrifier la chemise jaune et je me suis mis en route. Au bout du ponton, il y a une petite échelle qui permet de descendre dans l'eau.

La mer était froide. Sept ou huit degrés, guère plus. Le vent s'était levé pendant la nuit. La girouette oscillait entre ouest et sud-ouest. Je suis vite remonté sur le ponton et me suis frictionné avec la chemise jaune. J'évitais de me regarder. Plus le temps passe, plus je trouve mon corps repoussant. Ce matin-là, c'était pire que jamais.

Je me suis hâté de retourner m'habiller à la caravane. Après avoir bu un café et mangé deux tartines, j'ai appelé les renseignements et j'ai demandé le numéro de Kolbjörn Eriksson. C'est un type qui a le même âge que moi et qui est revenu vivre dans l'archipel après avoir été toute sa vie électricien à bord de cargos qui faisaient la liaison entre l'Europe et l'Amérique du Sud. Il a hérité de la maison de son oncle, qui appartenait à une grande famille de chasseurs de phoques. C'est lui qui avait refait l'électricité de la maison l'année précédente.

Il a décroché à la première sonnerie. Quand j'ai dit mon nom, il m'a semblé l'entendre pousser comme un gémissement.

– J'imagine que tu es au courant de ce qui m'arrive ?

– Je suis même venu chez toi. Mais tu ne t'en souviens peut-être pas.

Je ne me rappelais pas du tout l'avoir vu parmi ceux qui couraient en tous sens cette nuit-là pour tenter d'éteindre les flammes. Comment était-ce possible ? Il était pourtant reconnaissable entre mille, avec sa haute taille, son visage marqué, sa voix aiguë et son crâne chauve.

– Je ne me souviens de personne, je crois bien. Mais merci quand même d'être venu.

– Qu'est-ce qui a provoqué l'incendie, tu le sais maintenant ?

– En tout cas, je ne pense pas que ça vienne de ton installation.

– Une bougie que tu aurais oublié d'éteindre ?

– Non. Il faut attendre les conclusions de l'enquête.

J'ai failli ajouter que j'étais sans doute le suspect numéro un, mais je me suis retenu.

– J'ai besoin de toi. Pour l'instant, je loge dans la caravane. Je crois qu'il me faudrait un peu plus de lumière.

– J'y ai pensé, figure-toi. Je peux venir aujourd'hui.

Je devais aller chercher Lisa Modin trois heures plus tard.

– Demain, ai-je dit. Et si tu as des lampes, ce ne sera pas de refus. Extérieures et intérieures.

Kolbjörn s'est engagé à venir le lendemain à sept heures et demie. Je suis allé démarrer mon bateau et j'ai mis le cap sur l'îlot sans nom. À l'approche, j'ai remonté le moteur et j'ai fini de manœuvrer en m'aidant d'un aviron. Les cailloux ont raclé le fond, j'ai sauté à terre.

En escaladant les rochers, j'ai aperçu des os de mouette. C'était une vision familière depuis l'enfance. Parfois, on trouvait des squelettes entiers. Je me suis retourné. Au-delà, c'était le large, seulement ponctué de quelques cailloux au ras de l'eau.

J'ai mesuré la combe en marchant à grands pas. La caravane pourrait y tenir. Il devrait être possible de la débarquer et de l'installer entre les deux bouquets d'aulnes.

J'étais certain que ma fille approuverait mon projet de déplacer la caravane.

J'ai pris la direction du port. À l'arrivée, j'avais encore une heure devant moi avant mon rendez-vous. Je suis passé voir Nordin et je lui ai demandé s'il avait bien commandé mes bottes. Bien sûr, a-t-il dit. Il avait l'air vexé.

Je voulais un gilet de sauvetage pour Lisa Modin. J'avais sorti le mien de son coffre pour essayer de le nettoyer, mais c'était peine perdue, il était plein de taches d'huile et d'écailles de poisson.

En passant à la caisse, je suis resté sans voix. Nordin a admis que c'était cher. Mais ce n'était pas lui qui fixait les prix, évidemment.

Quelques ouvriers étaient attablés dans le café du port. J'avais vu, dehors, qu'ils étaient en train de refaire l'asphalte de la jetée où les gardes-côtes ont leurs bateaux. Ils parlaient d'une perche que l'un d'entre eux aurait aperçue quelques jours plus tôt. La discussion s'est enflammée. Tout le monde sait que la perche a quasiment disparu de l'archipel. Moi-même, je n'en avais pas vu une seule depuis trois ans. Parfois j'apercevais un banc de gardons autour du ponton, mais c'était tout.

J'ai suivi distraitement leur échange. La Baltique se mourait à bas bruit. Les fonds marins avaient déjà en partie cessé de vivre. Restait un désert stérile, au-dessus duquel les algues proliféraient. Personnellement, j'en étais venu à les voir comme un psoriasis qui revenait chaque année avec l'été. La mer suffoquait.

Les asphalteurs sont partis sans avoir réussi à se mettre d'accord. J'étais seul dans le café. Veronika écoutait la radio dans la cuisine. Elle avait baissé le son à mon entrée.

Veronika est la petite-fille de l'un des derniers pilotes côtiers de l'archipel. Je sais qu'elle a un frère handicapé qui vit chez ses parents. Veronika elle-même vit dans le petit logement coincé entre l'épicerie et le café.

Elle est aimable et attentive. Mais c'est aussi une grande anxieuse, qui a toujours peur de mal faire ou de commettre une bourde. Parfois je me dis qu'elle ne quittera jamais ce café. C'est comme si elle n'avait pas l'audace de larguer les amarres et de changer de vie. Elle doit pourtant bien avoir envie d'autre chose. À quoi rêve-t-elle ?

Aux toilettes, j'ai observé mon reflet dans la glace. J'étais à peu près peigné, même si mes cheveux se faisaient rares. J'ai essayé de sourire ; j'avais l'air sinistre. J'ai essayé d'imaginer Lisa Modin nue. J'ai eu honte.

Je me suis aperçu que la chemise bleue que j'avais enfilée ce jour-là avait un défaut au niveau du col. Cela m'a tellement indigné que l'impulsion m'est venue de m'en débarrasser et de la jeter à la poubelle. Pas de panique. Je pouvais cacher le défaut avec le pull.

Encore vingt minutes à attendre. Je suis allé à l'épicerie et j'ai acheté une grande brioche. Le magasin était aussi désert que le café. Je vivais dans un coin abandonné de la Suède. Pas plus de gens sur les îles que de poissons dans la mer.

Je suis retourné à mon bateau. Un front de pluie se formait à l'est, mais il ne serait pas là avant le soir.

Les ouvriers que j'avais vus au café avaient repris leur travail sur la jetée. L'odeur de l'asphalte se mêlait au bruit des marteaux-piqueurs. J'ai regardé dans l'eau. Aucun mouvement, rien, pas même un petit banc d'ablettes. Il était dix heures. Pas un seul véhicule ne s'était présenté sur le port depuis mon arrivée. Avait-elle décidé de ne pas venir, tout compte fait ? Au même instant, une petite voiture bleu clair a surgi en haut de la côte.

Lisa Modin portait la même veste que la veille. Je me suis levé d'un bond, le bateau a oscillé, j'ai failli tomber à l'eau et je me suis cogné le genou contre un aviron. J'ai dû me rasseoir. Je ne sais pas si elle l'a vu, car j'étais de nouveau debout quand elle est apparue sur l'appontement.

– Désolée pour le retard !

– Il n'y a pas de mal.

J'ai pris son sac et je l'ai aidée à monter à bord. Elle portait des gants. Je lui ai donné le gilet de sauvetage, et me suis préparé à manœuvrer pendant qu'elle s'asseyait sur le banc central, me tournant le dos. Nordin fumait la pipe devant son magasin. Il est l'une des rares personnes que je connaisse qui refusent obstinément d'arrêter de fumer.

Elle m'a à peine parlé de tout le trajet. Elle observait

les îles, les rochers, le large. Une seule fois elle s'est tournée vers moi, en apercevant dans le ciel un aigle qui s'élevait à la faveur des courants d'air ascendants. L'oiseau paraissait suspendu à des fils invisibles.

– C'est un aigle royal ?

– Un aigle de mer !

Ça a été tout notre échange jusqu'à la fin de la traversée. J'ai réduit les gaz à l'approche du ponton. Le lieu du sinistre était devant nous, parfaitement visible.

Je n'ai pas eu besoin de l'aider à mettre pied à terre. Ensemble, nous sommes montés jusqu'aux ruines. Elle en a fait le tour une première fois, puis une deuxième, dans l'autre sens. Je la suivais du regard depuis l'endroit où je me tenais, en retrait, au pied du pommier noirci. Un court instant il m'a semblé voir Harriet jeune, même si Harriet n'avait jamais eu les cheveux aussi courts. Soudain je ne savais plus si mon désir avait pour objet la femme que j'avais sous les yeux ou un souvenir.

Elle est revenue en secouant la tête.

– Comment est-ce arrivé ?

– J'ai été réveillé par une lumière brutale. Je n'ai eu que le temps de me sauver.

– J'ai parlé à Bengt Alexandersson. Il dit que l'origine du sinistre n'est pas encore établie.

– C'est tout ? Il n'a rien ajouté ?

– Non.

J'ai eu le sentiment qu'elle ne me disait pas la vérité. Peut-être se doutait-elle qu'on me soupçonnait ?

Je lui ai tourné le dos et je suis redescendu vers le ponton. Je n'avais plus envie de lui proposer de prendre un café dans la caravane. Elle m'a suivi. Elle s'est assise à côté de moi sur le banc et elle a sorti son bloc-notes et un stylo.

– Comment survit-on ?

Telle a été sa première question.

– On se jette dehors le plus vite qu'on peut.

– Ce n'est pas ce que je voulais dire. Comment survit-on au fait d'avoir perdu tout ce qu'on possédait ?

– On n'a pas besoin de grand-chose pour vivre, en réalité.

– Mais les souvenirs ? Les objets chers ? Les albums photos ? Le plancher sur lequel on est habitué à marcher, les papiers peints qu'on voit depuis toujours, les portes qu'on ouvre et qu'on referme chaque jour ?

– Le plus important est conservé dans la mémoire. Je ne peux pas pleurer sous prétexte que tout est parti en fumée. Qu'est-ce que je vais faire ? Voilà la question. Je ne peux pas laisser cet incendie me voler ma vie.

– Tu comptes reconstruire ?

– Je n'ai pas encore décidé.

– La maison était assurée, j'imagine ?

– Oui.

– Avec tout son contenu ?

– Je ne sais pas.

Elle a écrit quelques phrases. J'ai vu qu'elle notait en sténo. Elle avait gardé ses gants. Je devais lui poser la question : qu'avait dit Alexandersson en réalité ?

Soudain elle a grimacé. À son geste instinctif, j'ai compris qu'elle avait mal à la nuque.

– Ça ne va pas ?

– Je me demande si je n'ai pas une hernie discale. Ou alors, c'est un torticolis.

– Je suis médecin. Si tu veux, je peux t'examiner.

Elle m'a regardé comme si elle croyait que je me moquais d'elle.

– Je suis tout à fait sérieux, ai-je dit d'une voix calme. Ça ne prendra que quelques minutes.

Elle a hésité. Puis elle a ôté son écharpe et elle a

ouvert sa veste. J'ai tâté ses cervicales à différents endroits en lui demandant si c'était sensible. Puis je lui ai ordonné de bouger la tête selon mes instructions. Probablement une hernie discale. Mais pour en avoir le cœur net, il fallait passer une radio.

Son corps était chaud. J'avais envie de poser mon visage contre sa peau. Je lui ai fait faire encore quelques mouvements, sans autre nécessité que de garder un peu mes mains sur elle.

Elle a refermé sa veste et enroulé l'écharpe autour de son cou. Je lui ai proposé de poursuivre notre conversation autour d'un café dans la caravane. Elle a pris d'abord quelques photos de moi sur le banc avec la mer à l'arrière-plan. Puis elle m'a fait poser debout sur le ponton, le regard tourné vers la mer. Je me suis exécuté.

La caravane était vraiment exiguë. J'ai disposé des tranches de brioche sur une assiette et j'ai servi le café dans des tasses dépareillées ; il n'y en avait pas d'autres. J'étais assis sur le tabouret, elle sur la couchette avec un coussin derrière le dos. Elle m'a interrogé sur l'histoire de la maison et de l'île, depuis combien de temps j'y vivais, et comment j'envisageais mon avenir.

La dernière question était la plus difficile. Je me suis contenté de répéter que je n'avais pas encore pris de décision.

Elle semblait avoir fini. J'en ai profité pour lui demander ce qui l'avait amenée à travailler pour le journal local. Elle a dit que certaines circonstances, qu'elle n'a pas détaillées, lui avaient fait quitter Strängnäs, où elle était employée par un autre quotidien. Elle avait trouvé cet emploi, alors elle était venue, cela faisait maintenant un an. J'ai eu l'impression qu'elle ne se plaisait pas beaucoup parmi nous.

Elle n'avait pas d'enfants. Elle l'a dit sans que je lui aie posé la question.

– Et dans dix ans ? lui ai-je demandé à brûle-pourpoint. Que feras-tu ?

– Quelque chose dont je n'ai encore aucune idée, avec un peu de chance. Et toi ?

– Même réponse.

– Mais tu vivras encore sur cette île ? Dans la maison que tu auras reconstruite ?

Je n'ai pas répondu. Dans le silence, on entendait les branches des aulnes frotter contre le toit de la caravane.

– C'est drôle, a-t-elle dit, je ne suis jamais allée dans l'archipel depuis que je suis ici. Tout à l'heure dans le bateau, j'ai vu à quel point c'était beau.

– Oui, surtout avant l'arrivée de l'hiver. À mon avis, c'est la plus belle saison, même si certains la trouvent austère, pour ne pas dire angoissante.

– J'ai entendu parler d'un îlot aux confins de l'archipel où vivaient autrefois des pêcheurs très pauvres. Il paraît qu'on voit encore les fondations des maisons. On ignore comment ils faisaient pour survivre. J'aimerais y aller mais, si j'ai bien compris, on n'a pas le droit de débarquer.

– C'est vrai seulement quand les oiseaux nidifient. En ce moment par exemple, il n'y a pas de problème.

– Tu y es déjà allé ?

– Souvent. Si tu veux, je peux t'y emmener.

Elle a souri.

– Mercredi prochain ? Si tu as le temps ? J'imagine bien que tu as fort à faire ces jours-ci.

– J'ai tout mon temps.

Nous avons continué à parler de l'incendie. Elle a souhaité que je lui décrive les pièces de l'ancienne maison. Je lui ai parlé des poutres en chêne qui avaient été débitées et taillées dans le nord de l'archipel, puis tirées sur la glace par des chevaux. Mon grand-père racontait que l'un de ces attelages avait été englouti près d'un haut-fond insignifiant qu'on appelait l'Empereur. La glace avait beau être épaisse, des failles pouvaient survenir près des écueils ou des rivages étendus et peu profonds. La glace avait donc cédé, et le cheval qui, selon mon grand-père, portait le nom de Rummel avait sombré en même temps que le garçon de ferme qui le conduisait, et qui n'avait que vingt ans. Personne ne se trouvait à proximité, personne n'avait entendu son cri. On avait entrepris les recherches tard dans la soirée, à la lueur des flambeaux. Le lendemain, la faille s'était refermée ; le garçon et le cheval n'avaient été retrouvés qu'au printemps suivant.

En lui parlant, c'était comme si je me promenais de nouveau dans ma maison, où l'empreinte vivante de plusieurs générations avait été effacée en l'espace de quelques heures. Traces de gestes, de mots, de silences, de chagrins, de douleurs, de rires – tout avait disparu ; même l'invisible peut devenir cendre et suie.

Au moment de reprendre le bateau pour la reconduire au port, j'étais heureux à l'idée qu'elle allait bientôt revenir. En cet instant, cette perspective était plus importante que la perte de ma maison.

Je l'ai déposée à côté des pompes à essence.

Nous nous sommes serré la main. J'ai attendu que sa voiture ait démarré avant de repartir.

À mon retour sur l'île, j'ai constaté que Jansson était passé récupérer son téléphone. Dans la boîte en fer-blanc, il avait laissé un sac en plastique rempli de biscottes fait maison.

Jansson est spécial. Un jour, il m'a révélé qu'il existait un sujet qui l'intéressait beaucoup : l'art consommé avec lequel les êtres humains se sont toujours plu à mettre à mort leurs semblables, au fil des âges. Il savait tout sur les méthodes d'exécution les plus étranges, les plus sophistiquées et les plus barbares. Je l'ai écouté étaler sa science avec un mélange de stupéfaction et de dégoût. La brutalité humaine ne semblait avoir aucun secret pour lui. Il a fini par changer de sujet, un peu honteux, comme s'il en avait trop dit.

Le plus surprenant, chez Jansson, reste malgré tout sa magnifique voix de baryton. Peu avant la mort d'Harriet, nous avions organisé une fête pour la Saint-Jean. Nous avions installé une grande table dans le jardin et, à la fin du dîner, Jansson nous avait tous pris de court en se levant de table et en chantant l'*Ave Maria* de Schubert d'une voix qui a résonné, je pense, jusque sur la côte. L'émotion autour de la table était palpable ; nous étions sidérés. Mais par la suite, quand on lui a proposé de rejoindre la chorale de l'église, il a refusé. Personne ne l'a jamais entendu chanter depuis cette fête où Harriet était mourante et où elle l'avait écouté, assise au milieu des invités, une couronne de fleurs dans les cheveux.

J'ai emporté les biscottes dans la caravane. J'allais dresser une liste de décisions à prendre et de choses à faire. Mais d'abord, j'ai fait une estimation de mes économies. En additionnant les avoirs de mes différents comptes, j'arrivais à la somme de deux cent mille couronnes, à quoi s'ajoutait un petit portefeuille d'actions et d'obligations.

Ensuite j'ai écouté la météo marine et les informations. Les nouvelles étaient effarantes. Un garçon palestinien avait été brûlé vif près de Jérusalem, et un certain nombre de rebelles irakiens avaient été crucifiés par leurs adversaires au nom d'un même Dieu.

Dans ma caravane, il n'existait aucun dieu. Peut-être

rôdait-il sur mon île pendant la nuit, peut-être dormait-il dans la remise à bateaux. Mais dans la caravane, pas question. Même affamé et transi de froid, je ne l'aurais pas laissé entrer.

Ce soir-là, j'ai réchauffé le contenu d'une boîte de conserve, j'ai fait le tour de l'île, puis je me suis couché. Avec le vent nocturne, la caravane tanguait très légèrement, comme un bateau au mouillage.

À six heures, je suis allé prendre mon bain matinal dans la mer. Le thermomètre indiquait sept degrés. Kolbjörn est arrivé ponctuellement à sept heures trente, à bord de sa grande barge en aluminium. En dehors de ses connaissances dans le domaine de l'électricité, il est très calé en propulseurs. Ce bateau-là n'a pas d'hélice ; il marche avec un hydrojet.

Nous avons discuté un moment sur le ponton. Kolbjörn avait apporté des éclairages extérieurs et des lampes pour la caravane.

Je savais qu'il ne me prendrait presque rien. Pour lui, j'étais un voisin en détresse qui avait besoin d'aide.

Le câble d'alimentation électrique, sur mon île, arrive par la face sud ; un panneau signale qu'il est interdit de jeter l'ancre à cet endroit. J'ai offert un café à Kolbjörn mais il a refusé, il préférait se mettre au travail tout de suite. Il s'est contenté d'un bref coup d'œil aux vestiges de la maison. C'était comme s'il ne voulait pas les voir.

Soudain, j'ai entendu un bruit de moteur ; le bateau des gardes-côtes est apparu peu après. Cette fois, je connaissais le barreur, un certain Pålsson. Alexandersson était là, lui aussi, ainsi qu'un troisième passager que je n'ai pas identifié. Ils se sont amarrés à la barge de Kolbjörn. Alexandersson était en uniforme ; l'autre homme portait un manteau par-dessus une combinaison de travail.

Alexandersson a fait les présentations.

– Sture Hämäläinen que voici est de la brigade criminelle. Lui aussi doit se faire son idée de la situation.

Le dénommé Hämäläinen était petit et gros. Sa pâleur était telle que j'ai presque cru qu'il était maquillé. Il m'a serré la main.

– C'est la procédure. Il peut y avoir des problèmes avec l'assurance si on n'arrive pas à établir la cause de l'incendie.

Il parlait avec un fort accent finlandais.

Nous sommes montés vers le lieu du sinistre. Kolbjörn et Alexandersson avaient juste échangé un signe de tête au passage.

– Je ne suis pas un pyromane.

Je m'étais retourné vers l'homme en bleu de travail. Il ne m'a pas répondu. M'avait-il même entendu ? Il contemplait les ruines en plissant les yeux. Lentement, il a commencé à faire le tour des décombres.

– Pourquoi est-il là ? ai-je lancé à Alexandersson. Vous croyez vraiment que j'ai mis le feu à ma maison ?

– Bien sûr que non.

– Qu'est-ce qu'il cherche alors ?

– La cause. Il est très fort.

– J'espère bien.

J'étais irrité. J'ai vu qu'Alexandersson me comprenait. On n'a plus rien dit.

Je suis allé voir Kolbjörn, qui était occupé à monter un éclairage extérieur sur le mur de la remise.

– C'est qui, l'autre type ? a-t-il demandé.

– Un enquêteur de la brigade criminelle qui cherche à savoir si j'ai mis le feu à ma maison.

Kolbjörn, de surprise, a lâché son tournevis. Je l'ai ramassé et le lui ai tendu.

– Ce n'est pas le cas, je te rassure. Bon, il faut que j'aille faire des courses. Si tu veux du café, il y a un thermos dans la caravane.

Je ne me suis pas rendu sur la côte.

J'ai pris mon bateau et j'ai erré un moment sans savoir vers quelle direction aller. J'ai décidé de pousser jusqu'à Vrångskär, l'île que j'étais censé montrer à Lisa Modin quelques jours plus tard.

Là-bas, j'ai tiré le bateau au sec et je me suis assis sous un pin tordu.

Loin à l'horizon, j'ai vu qu'un orage se préparait. Je ne pouvais pas continuer ainsi. Je devais prendre une décision.

Avais-je encore l'énergie de voir une autre perspective que la vieillesse et la déchéance ? De trouver une nouvelle volonté de vivre ?

Au fond, ces questions se réduisaient à une seule. Est-ce que j'aurais la force de reconstruire la maison ? Ou allais-je laisser à Louise un tas de décombres en guise d'héritage ?

Je regardais la mer en espérant qu'une réponse se présenterait. Rien n'est venu.

À mon retour, les deux bateaux étaient encore à couple. Kolbjörn travaillait à installer l'électricité dans la caravane ; Alexandersson et Hämäläinen se déplaçaient toujours au milieu des ruines. Je me suis approché.

– Vous avez trouvé quelque chose ?

Ils ont échangé un regard. Ça n'a duré qu'une fraction de seconde, mais je l'ai vu.

– Alors ? Vous avez trouvé quoi ?

Hämäläinen a secoué la tête avec une grimace. Alexandersson avait l'air embarrassé.

Leur petit jeu m'excédait.

– Je suis soupçonné d'avoir provoqué l'incendie, c'est ça ?

Hämäläinen m'a regardé droit dans les yeux.

– Est-ce le cas ?

– Quoi ?

– Est-ce que tu as provoqué l'incendie ?

Je me suis tourné vers Alexandersson.

– C'est quoi, ce Finlandais de merde que tu as ramené sur mon île ?

Je n'ai pas attendu la réponse. J'ai pris le chemin de la caravane. Kolbjörn était perché sur un escabeau, à l'extérieur. Il a perçu mon agitation, mais il n'a rien dit.

Un peu plus tard, le bateau des gardes-côtes a démarré. J'ai attendu jusqu'à ce que le bruit du moteur disparaisse, puis je suis allé parler à Kolbjörn de mon intention de transférer la caravane sur l'îlot sans nom. Pouvait-il m'aider ? Il avait un bac à bestiaux, il avait des cordes, des poulies et des planches.

Il a accepté. Et tirer un câble électrique ne poserait pas non plus de problème, a-t-il dit.

La nuit tombait quand il est enfin parti. La nouvelle lampe extérieure de la remise illuminait l'obscurité.

J'ai allumé la lampe qu'il avait placée sur la petite table de la caravane.

Ce serait plus facile maintenant. La lumière m'aiderait.

J'ai avalé une soupe de poisson qui ne m'a laissé aucun souvenir. À minuit, je dormais.

5

Le lendemain, j'ai cherché un cahier pour écrire. Dans la caravane, il n'y avait rien, et tout ce que j'ai trouvé dans la remise, c'est une caisse de vieux pinceaux contenant un carnet très abîmé où mon grand-père avait noté les dates de vidange de la Volvo PV444 qu'il avait eue dans les années 1950. Le carnet était poisseux d'huile de moteur, mais il restait quelques pages vierges utilisables pour ce que j'avais en tête.

J'allais remettre la caisse à sa place quand j'ai découvert un yoyo en bois. La ficelle était toujours là.

Un vrai yoyo peint en noir de la marque Kalmartrissan. Je n'en avais pas tenu un dans ma main depuis au moins soixante ans. Mon grand-père ou ma grand-mère avaient-ils pratiqué le yoyo à mon insu ? Ou était-ce le mien ? Je n'en avais aucun souvenir.

Je suis allé sur le ponton. J'ai glissé un doigt dans l'œillet et j'ai essayé de le faire danser. J'arrivais à peine à obtenir qu'il remonte au bout de la ficelle.

Je n'ai pas compris ce qui s'est produit l'instant d'après. Soudain, j'ai été pris de vertige. Je me suis assis, effondré plutôt, sur le banc. J'avais la nausée. Pas de douleur au thorax ni au bras gauche. Je me suis efforcé de rester calme, de ne pas bouger et d'inspirer profondément. Le yoyo pendait sans vie au bout de ma main droite. J'ai tenté de me persuader que j'avais été victime d'un malaise passager.

En réalité, c'était une crise de panique. J'étais submergé, envahi, il me semblait que chaque inspiration serait la dernière.

En titubant, je suis remonté jusqu'à la caravane et je me suis allongé sur la couchette. J'étais persuadé que j'allais mourir. J'ai avalé deux calmants avec une gorgée de café froid ; ça m'a donné la bouche sèche sans atténuer l'angoisse. Impossible de réfléchir ; dans ma tête des chevaux au galop s'enfuyaient dans toutes les directions. J'ai frappé du poing contre la paroi de la caravane pour les chasser. Tous mes efforts étaient inutiles.

Je ne sais combien de temps je suis resté ainsi. Le vieux réveil ne marchait plus, je l'avais renversé en tombant. Et ma nouvelle montre n'avait presque rien coûté, je ne lui faisais pas confiance.

Quand j'ai pu enfin me redresser, avec mille précautions, le soleil n'entrait plus par la lucarne du toit.

J'ai allumé le transistor. Après quelques minutes, l'émission de musique classique s'est interrompue. C'était l'heure des informations. Il était quatorze heures. Ma lutte pied à pied avec l'angoisse avait duré cinq heures.

J'ai éteint la radio. Je suis sorti. La lumière était encore forte. Le carnet de mon grand-père était resté sur le ponton. Je l'ai rangé dans ma poche.

La crise s'était éloignée. La vieillesse en était-elle la cause ? Jusque-là, pour moi, les années qui passaient ne signifiaient rien. Je vieillissais, mais lentement, de façon imperceptible. Je me rendais compte par exemple que je ne pouvais plus sauter dans mon bateau comme avant,

67

je devais prendre un appui. Le vieillissement était une nappe de brume qui approchait en silence.

Mais peut-être ne s'agissait-il plus de cela.

J'étais un vieil homme qui avait peur de mourir. Passer la frontière invisible – voilà ce qu'il me restait encore à accomplir. Et je redoutais de franchir ce dernier pas. Je le redoutais bien plus que je n'avais été prêt à l'admettre jusque-là.

J'ai soudain éprouvé le besoin de parler à quelqu'un. J'ai composé le numéro de Jansson, mais je me suis ravisé après quelques sonneries. Je n'avais rien à lui dire. J'ai appelé ma fille. Là encore, j'ai changé d'avis avant qu'elle ait pu décrocher.

Au même instant, j'ai entendu un moteur à l'approche. La vedette des gardes-côtes ! Je me suis demandé en un éclair si j'aurais le temps de sauter dans le hors-bord et de m'enfuir pour ne pas avoir à affronter Alexandersson et Dieu sait qui l'accompagnerait cette fois. Mais il était trop tard.

Quand la vedette est apparue, j'ai reconnu Pålsson. La blonde Alma Hamrén semblait avoir disparu. Alexandersson était flanqué de Hämäläinen, qui me regardait d'un air circonspect.

– Alors ? Vous venez m'arrêter ?

Alexandersson a jeté un regard à Hämäläinen, qui s'est éclairci la voix.

– Non. Ce qu'on sait, c'est que le feu a pris à plusieurs endroits en même temps.

– Et alors ?

– Il est trop tôt pour se prononcer.

Ce type m'exaspérait. Je suis retourné à la caravane. J'ai ouvert le carnet de vidange sur la table et j'ai pris un crayon. Mais je n'ai rien écrit. Je n'avais rien à dire. Au mur, il y avait un petit miroir. J'ai aperçu mon reflet. Je me suis trouvé la tête d'un bandit de grand chemin. Ou peut-être d'un pyromane, tel qu'on peut l'imaginer. J'ai noté que je devais acheter des rasoirs et de la mousse à raser. Voilà les premiers mots que j'ai écrits dans le carnet de mon grand-père.

Je me suis allongé sur la couchette. J'ai dû m'endormir car le coup frappé à la porte m'a fait sursauter. C'était Alexandersson.

– Je te réveille ?

– Bien sûr que non. Personne ne dort à cette heure-là.

Il a eu comme un geste d'excuse, ou de regret.

– On a quelques questions à te poser. Enfin, pas moi, Hämäläinen.

Nous sommes repartis vers les ruines. Hämäläinen nous attendait. Le soleil était bas dans le ciel ; la pluie n'était pas venue, finalement, elle avait pris un autre chemin.

C'est maintenant, ai-je pensé. Maintenant, ils vont m'accuser.

J'avais le yoyo dans ma poche. J'ai failli le sortir, essayer de le faire danser pendant que Hämäläinen m'interrogerait.

Je ne l'ai pas fait. J'ai soutenu son regard.

– Voilà. Tout indique qu'un liquide inflammable a été répandu aux angles de la maison. Ça laisse des traces particulières quand le bois brûle.

– Mais c'est insensé !

– Insensé ou pas, l'enquête est ouverte.

– C'était quoi, les questions que tu voulais me poser ?

– As-tu accès à de l'essence ou à du diesel ?

– J'ai un hors-bord qui marche à l'essence. En dehors de la nourrice, j'ai un réservoir de vingt litres dans la remise.

– On peut aller voir ça ?

– Quoi ? Le réservoir ou la nourrice ?

– Le réservoir.

Alexandersson marchait derrière nous. Quand j'ai dévissé le bouchon, chacun a pu constater que le réservoir était vide.

Nous sommes allés sur le ponton.

– C'est une preuve contre moi, j'imagine ? Un réservoir doit toujours être plein, tout le monde sait ça.

J'étais dans un tel état d'agitation que ma voix portait à peine.

– On doit prélever des échantillons et les faire analyser, a dit Hämäläinen.

J'ai poussé un rugissement.

– Je n'ai pas mis le feu à ma maison ! Si c'est ce que vous croyez, je propose que vous m'embarquiez tout de suite.

J'ai tendu les mains en un geste pathétique, comme si j'attendais qu'on me passe les menottes. Hämäläinen est resté de marbre. Alexandersson paraissait très gêné.

– Je veux que vous disparaissiez de ma vue. Faites votre enquête si vous voulez, mais prévenez-moi quand vous aurez l'intention de revenir pour que je sois sûr de ne pas être là !

J'ai sorti mon nouveau téléphone et j'ai récité le numéro. Alexandersson l'a noté sur son portable. Hämäläinen avait le regard rivé aux planches brutes du ponton.

Il y a eu un grand silence. J'ai senti ma colère se transformer en désespoir. Du médecin raté au pervers pyromane, le pas était vite franchi.

Hämäläinen a toussoté.

– Imagines-tu quelqu'un qui ait pu vouloir faire ça ?

– Quoi ? Détruire ma maison ? Ou me laisser rôtir vivant à l'intérieur ?

– Différents scénarios sont envisageables.

– Je croyais que les pyromanes étaient des gens qui faisaient ça pour le plaisir.

– Les pyromanes, oui. Les incendiaires, c'est une autre affaire. Eux ont un mobile, même s'il est parfois difficile à cerner.

– Je n'ai pas d'ennemis dans l'archipel.

– Et ailleurs ?

J'ai réfléchi. Harriet m'avait haï pendant des années. Mais elle était morte, et je ne croyais pas aux revenants.

– Je ne vois vraiment pas. Mais il peut y avoir des gens qui vous haïssent à votre insu. Ça existe.

Hämäläinen est parti vers les ruines. Alexandersson est resté sur le ponton.

On a parlé de la météo de l'automne. Si on avait été au printemps, on aurait parlé de la météo du printemps. C'est incroyable le nombre d'heures que j'ai pu passer dans ma vie à parler météo avec les uns et les autres.

Hämäläinen est revenu avec quelques sacs en plastique contenant les échantillons qu'il voulait faire analyser. Alexandersson paraissait soudain pressé de repartir. Pålsson, qui ne disait jamais rien, a démarré la vedette.

– Et Alma, on ne la voit plus ?

– Elle a la grippe. Elle reviendra quand elle pourra.

– Si elle a besoin d'un médecin, tu sais où me trouver.

J'ai aussitôt regretté d'avoir dit ça. Alexandersson me regardait, surpris. Je le comprenais. En quoi aurais-je pu être utile à une jeune femme qui attendait simplement que sa grippe se termine ?

J'ai levé la main. Il m'a semblé qu'elle pesait une tonne. Mon bref accès de rage m'avait fatigué.

Je suis remonté à la caravane, je me suis allongé une fois de plus et j'ai essayé de réfléchir. Peine perdue ; les chevaux galopaient dans ma tête.

À la fin, je suis ressorti avec la vague idée de mettre de l'ordre dans la remise. Il y a bien longtemps, après m'être installé sur l'île, j'y avais fait un grand ménage. Cela ne s'était jamais reproduit. Même quand on vit simplement, comme c'est mon cas, il semble que le grand enjeu de l'existence soit malgré tout d'accumuler des quantités invraisemblables d'objets sans valeur.

J'ai commencé par une étagère, à côté de quelques vieux filets à flets. En déplaçant les outils, j'ai découvert un petit livre marron dont je n'avais jamais remarqué la présence. Il faisait trop sombre pour lire, alors je suis ressorti et je me suis assis sur le banc. À ma surprise, j'ai vu que c'était un texte ancien. Traduit de l'allemand, il avait été imprimé à Stockholm en 1833. Le nom du traducteur ne figurait pas, mais l'auteur était un certain D.J. Tscheiner. Le livre s'intitulait *Conseils pour la capture et l'entretien des oiseaux chanteurs*. Je l'ai feuilleté. Comment avait-il échoué là ?

Pris de curiosité, je suis retourné à l'intérieur. Après quelques recherches, j'ai trouvé un objet que j'ai pris tout d'abord pour un casier à anguilles et qui était en réalité une cage en osier tressé. Elle était en très mauvais état. C'était comme de découvrir un aspect totalement inconnu de la vie de mes grands-parents. Une cage à oiseaux et un livre vieux de près de deux siècles.

J'ai continué à chercher. J'ai déniché une caisse remplie de bocaux poussiéreux. Ils étaient vides. Je les ai reniflés sans réussir à déterminer quel avait pu être leur usage. Il n'y avait aucune étiquette.

Le dernier bocal contenait un reste de substance figée, gélatineuse, grisâtre. J'ai dévissé le couvercle. L'odeur m'était vaguement familière. Sur celui-ci il y avait une étiquette, mais les lettres tracées à l'encre étaient illisibles. Avec beaucoup d'efforts, j'ai cru deviner le mot *glu.* Impossible de déterminer s'il était de la main de ma grand-mère ou de mon grand-père. À vrai dire, je n'avais sans doute jamais prêté attention à leur écriture.

De la glu ?

De celle dont on se servait pour capturer les oiseaux ?

Je ne me rappelais pas avoir jamais vu, enfant, des oiseaux en cage dans la maison de mes grands-parents. S'il leur arrivait de parler d'oiseaux, dans mon souvenir, il s'agissait toujours des eiders et des macreuses brunes que mon grand-père tuait pendant la saison de la chasse.

La seule chose à faire était d'attendre le retour de Louise. Elle a un ordinateur qui lui permet d'obtenir la réponse à presque toutes les questions qu'on peut se poser.

Des oiseaux chanteurs et de la glu. Étonnant !

J'ai continué mon ménage. Quantité d'hirondelles mortes étaient coincées parmi les outils au rebut. Il y avait des adultes, mais aussi des jeunes qui savaient à peine voler quand elles avaient été prises au piège.

Dans les combles, j'ai retrouvé la tente de mon enfance. Et mon duvet ! J'ai porté les sacs dehors en pensant que leur contenu serait sûrement moisi et qu'il faudrait tout jeter. Mais la tente et le duvet étaient en assez bon état. Je n'ai pas résisté à la tentation de dresser la tente dans l'herbe. Les sardines étaient intactes. Les gestes me sont revenus. Une fois dressée, elle m'a paru toute petite. Je ne me la rappelais pas ainsi.

J'ai suspendu le duvet à la corde à linge pour l'aérer. Puis je me suis accroupi et je suis entré dans la tente. L'intérieur baignait dans une lumière vert-de-gris.

Je me suis assis. Un grand calme m'a envahi. J'avais la sensation de m'être éloigné un instant de la catastrophe. Les chevaux dans ma tête ne galopaient plus. J'ai décidé qu'avant la fin de la journée j'aurais dressé la tente sur l'îlot. J'avais besoin de mettre de la distance entre le pommier noir et moi.

J'ai embarqué vers dix-huit heures. J'avais testé le duvet ; la légère odeur de moisissure n'avait pas disparu, mais il était utilisable. J'avais dîné de bonne heure et préparé un sac contenant un thermos de café, des tartines et une bouteille en plastique remplie d'eau.

J'ai tiré le bateau au sec et je l'ai attaché à la pierre à laquelle j'avais l'habitude d'amarrer ma barque quand j'étais adolescent. J'ai dressé la tente au même endroit qu'alors. Quand je me suis couché après avoir déroulé le duvet, j'ai retrouvé, intacte, la sensation du terrain irrégulier sous mon dos.

Dans la pénombre, j'ai ramassé du petit bois que j'ai empilé dans la faille de rocher familière. J'étais à genoux, boîte d'allumettes à la main, prêt à allumer le feu, quand je me suis ravisé. Je ne voulais pas voir de flammes. J'ai laissé le bûcher en l'état et je suis retourné à la tente. Je n'avais pas emporté de lampe-tempête. Je me suis allongé sur le duvet, me suis servi un café et j'ai mangé mes tartines. Le vent soufflait par rafales brèves. J'éprouvais une sensation de libération. Pour la première fois depuis que je m'étais précipité hors de la maison en flammes, j'ai senti que j'avais de nouveau les idées claires.

Le sort de la maison incendiée allait devoir attendre l'arrivée de ma fille. Il s'agissait plus de son avenir que du mien.

J'ai songé à Lisa Modin dont j'allais bientôt recevoir la visite. Je l'implorais en pensée. Ma rêverie – qu'il me soit accordé encore une fois de vivre l'amour dans ma vieillesse – ne pouvait, me semblait-il, l'humilier ou lui faire de mal.

Le fait de songer à elle m'a entraîné lentement vers

le paysage diffus où la réalité cède le pas au sommeil et au rêve.

C'est le froid qui m'a réveillé. Avant de me glisser dans le duvet, j'ai ouvert la tente et je suis sorti. Le ciel était plein d'étoiles. Cette partie de l'archipel est régulièrement survolée par les avions. Mais après vingt-trois heures, tout est calme.

Pas le moindre croissant de lune. Les nuits d'automne avaient toujours existé, et continueraient d'exister quand je ne serais plus là. J'étais un invité provisoire dans la pénombre, et je ne serais jamais que cela.

J'ai mal dormi. Il suffisait qu'un souffle de vent agite la toile pour me tirer du sommeil. Je restais longtemps éveillé et ne me rendormais qu'un court moment.

Mes pensées tournaient autour de Louise. Que faisait-elle ? Quand allait-elle se décider à rentrer ? Je songeais à mes années de chirurgie et à celles qui avaient suivi la catastrophe : cette erreur fatale qui avait mis fin à ma carrière et m'avait brutalement privé de tous mes repères. Je voyais défiler à l'envers, les uns après les autres, les carrefours successifs de ma vie.

Ce fut une nuit de sommeil fragmenté ponctuée de pensées éparses. À l'aube, quand le premier rayon de lumière a effleuré la surface de la mer, je me suis levé et suis sorti de la tente. J'étais complètement engourdi. Je me suis mis à sautiller sur place. Un cygne solitaire qui croisait près du rivage a pris peur et s'est envolé maladroitement. J'ai consulté ma montre.

Il était six heures quarante-six. Le petit matin était glacial. À l'horizon, un cargo progressait vers le nord.

J'ai laissé la tente où elle était, me contentant de replier le duvet. J'ai pris avec moi le thermos, la bouteille d'eau, l'emballage des tartines et j'ai poussé le bateau à l'eau.

Le moteur n'a pas démarré. C'était la première fois que cela arrivait. Je n'avais pas d'outils pour dévisser les bougies.

Après plusieurs tentatives, j'ai remonté le moteur et j'ai sorti les avirons.

Dès que j'ai accosté sur mon île, j'ai appelé Jansson, qui a promis qu'il serait là dans une heure. Il m'a posé quelques questions sur le bruit que faisait le moteur quand j'essayais de le démarrer, un peu comme moi quand je l'examinais pour ses maux imaginaires. J'ai perdu patience.

– Il ne démarre pas, c'est tout. Il fait le même bruit que d'habitude. Il y a juste un petit problème, c'est qu'il ne démarre pas.

– Ne t'inquiète pas, on va le faire repartir.

Jansson est apparu pile une heure plus tard. Il a tiré sur le cordon à quelques reprises. Rien.

– Si tu veux du café, tu peux monter me voir à la caravane.

Il aurait sans doute préféré que je reste avec lui et que je lui fasse la conversation pendant qu'il travaillait mais je n'avais pas la force d'écouter son bavardage.

En cherchant dans les tiroirs, j'ai trouvé un jeu de cartes. La seule réussite que je connaisse est l'Idiot. J'ai essayé de la faire une fois, puis une deuxième. Sans succès, bien entendu. Au bout d'une heure, je suis redescendu voir où il en était. Il avait démonté le capot, dévissé les bougies et éclairait l'intérieur à l'aide d'une lampe torche.

– Tu as découvert ce qui n'allait pas ?

– Pas encore. Mais je suis sûr que ce n'est rien de grave.

Je n'ai pas insisté.

Je suis resté planté encore une minute ou deux à le

regarder travailler patiemment. Puis je suis retourné à ma réussite.

Il avait beau dire que ce n'était rien de grave, il a quand même mis trois heures à identifier le problème et à le résoudre. Je buvais un café quand il a frappé à la porte.

– C'est bon.

– Alors ? C'était quoi ?

– Rien, en fait. En général, c'est ce qui est le plus dur à trouver.

– Tu veux un café ?

– Il faut que je rentre. Ça m'a pris un peu plus de temps que prévu.

Nous sommes redescendus ensemble jusqu'au ponton. Le capot était en place, les outils avaient été rangés.

– Vas-y, a dit Jansson. Tire.

J'ai pris un appui et j'ai sauté dans le bateau. Le moteur a démarré du premier coup. Je l'ai arrêté. J'ai recommencé. Même résultat.

Je lui ai demandé ce que je lui devais. Jansson a eu l'air vexé.

– Il n'y avait pas de problème, je te dis.

– Tu te fous de moi ? Tu as travaillé pendant trois heures.

Il a marmonné quelque chose et il est parti allumer sa boule chaude. J'ai largué les amarres, et il a manœuvré en agitant la main.

Un banc de nuages approchait par le sud. J'ai décidé d'aller me ravitailler au port et d'acheter un cahier à spirale. J'étais sur le chemin du retour quand la pluie s'est mise à tomber. Elle crépitait contre la coque en plastique. Le temps d'arriver chez moi, j'étais trempé.

Dans la caravane, j'ai enfilé la seule chemise chinoise que je n'avais pas encore utilisée. Comme je n'avais pas de pantalon sec, j'ai mis celui que je portais à sécher sur la table et je me suis enroulé dans une couverture.

Le lendemain, il ne pleuvait plus. Je suis retourné au port et j'ai pris ma voiture pour aller m'acheter de nouveaux vêtements.

Oslovski ne s'est pas montrée.

Avant de reprendre mon bateau, je suis passé au magasin d'accastillage demander si mes bottes étaient arrivées. Ce n'était pas le cas.

Alexandersson et Hämäläinen ne donnaient pas signe de vie. J'ai fait le ménage dans la caravane. Je ne pensais pas à grand-chose en dehors de mon excursion prochaine avec Lisa Modin. J'évitais de m'approcher du lieu de l'incendie. Deux nuits d'affilée, j'ai rêvé de mes grands-parents. Ils ressemblaient au souvenir que j'avais d'eux du temps de mon enfance. Leurs voix étaient muettes. Ils me parlaient, mais je n'entendais pas ce qu'ils disaient.

Le soir, je lisais le livre allemand de 1833 sur l'art de capturer et de soigner les oiseaux chanteurs. Tout cela demeurait pour moi un mystère. J'avais posé le pot de glu sur une étagère dans la caravane.

Le jour où je devais aller chercher Lisa Modin, je me suis réveillé plus tôt que d'habitude. Quand je suis descendu au ponton pour mon bain matinal, le soleil n'était pas levé.

J'étais inquiet à l'idée de cette rencontre. Je m'efforçais de me libérer de toute attente. Lisa Modin était encore jeune, moi j'étais devenu un vieil homme. Les conditions ne semblaient guère réunies pour que l'amour survienne.

J'ai accosté près des pompes avec une heure d'avance et j'ai marché un peu. Les travaux d'asphaltage étaient terminés sur la jetée. La grande vedette des gardes-côtes devait être en mer ; leur domaine de surveillance était très étendu.

En marquant une halte à l'arrêt du bus qui fait la navette jusqu'au village trois ou quatre fois par jour, j'ai regardé le panneau d'affichage. Rien ne me donne une sensation aussi aiguë du temps qui passe que les vieilles affiches déchirées annonçant une fête estivale ou une soirée dansante. Il y avait aussi des messages indiquant où l'on pouvait acheter du corégone fumé ou des lapins vivants. La page des horaires de bus avait été arrachée par le vent ou par un voyageur en colère.

Je suis allé jeter un coup d'œil à ma voiture. Je me suis vite éloigné ; je ne voulais pas qu'Oslovski me voie et me demande de lui prendre sa tension.

Un chat qui appartient, je crois, à l'épicerie se promenait sur le quai. Sa présence renforçait ma sensation d'isolement. Le port était comme un cimetière de souvenirs d'été. Je me suis planté devant la vitrine du magasin d'accastillage – des sacs à dos, des pots de peinture, quelques ancres.

Encore trente minutes avant l'heure du rendez-vous avec Lisa Modin. Je me suis promené sur la jetée, j'ai avancé en équilibre sur le mur de pierres concassées qui protégeait l'entrée du port. Je suis revenu sur le quai.

Il était dix heures passées de dix minutes et je commençais à désespérer de jamais la voir arriver quand sa voiture est enfin apparue en haut de la côte. Elle s'est garée à côté de l'entrepôt du magasin d'accastillage, où il est en principe défendu de stationner.

Elle portait un pantalon et une veste imperméables de couleur orange. Un petit sac à dos jeté sur l'épaule ; à la main elle tenait un suroît, comme ceux dont se coiffaient autrefois les pêcheurs. Elle s'est excusée.

79

– Je suis toujours en retard.

– Ça ne fait rien. Moi, je ne suis plus pressé depuis des années.

J'ai pris son sac à dos. Je voulais l'aider à descendre dans le bateau, mais elle avait déjà empoigné un anneau d'amarrage. Elle s'est servie de la marche taillée dans l'épaisseur du quai et elle a sauté à bord. J'ai démarré. Le bruit a déchiré le silence du port. Il m'a semblé voir Veronika à la fenêtre du petit appartement voisin de l'épicerie. J'ai levé la main à tout hasard.

Il n'y avait pas de vent. Nous avons quitté le port à vitesse réduite. Lisa Modin s'était mise à l'avant. Elle s'est retournée vers moi en ouvrant les bras.

– On prend quelle direction ? a-t-elle crié.

– Nord-est !

J'ai accéléré. Elle paraissait heureuse de respirer l'air frais de l'automne.

Elle a fermé les yeux.

J'ai mis le cap sur l'île des pauvres gens.

6

La mer s'est ouverte. Les îlots étaient de plus en plus clairsemés et dénudés, avec leur végétation à peine visible accrochée aux anfractuosités de la roche – fougère, linaigrette, camarine noire, parfois un cornouiller. Plus loin encore on ne trouvait plus guère que la puccinellie, la spergulaire marine, la potentille et la pensée sauvage. On ne pouvait pas les voir du bateau. Mais je savais qu'elles étaient là.

L'écume tourbillonnait, fraîche et blanche. Vrångskär était située encore plus loin, isolée, à l'extrême limite de l'archipel. Quand les rochers de gneiss se sont dressés devant nous, j'ai réduit la vitesse. Lisa Modin s'est tournée vers moi en souriant.

Lentement nous avons fait le tour de l'île avec ses ravins, ses rochers couverts de bruyère, ses anses profondes. La roche-mère était grise, parcourue de veines sédimentées rouge sombre en forme de serpent. Au nord se dressait un cairn éboulé, ancien amer marquant une route secrète de la marine suédoise. Lisa Modin observait tout.

– Où vivaient les pêcheurs ?

– On ne peut pas voir l'endroit de la mer. Ils essayaient de construire autant que possible à l'abri du vent, bien sûr.

Sur la face ouest, un port naturel divise l'îlot en deux parties, dont l'une est délimitée par un rocher à pic. J'ai arrêté le moteur et laissé le bateau courir sur son erre jusqu'au rivage.

Pour parvenir à la grande combe, nous devions faire un détour et escalader des rochers moussus, où il était facile de perdre pied. Je lui ai offert de porter son sac à dos ; elle n'a pas voulu.

Nous avons dépassé un fourré d'aubépine luxuriant. J'ai cueilli une fleur tardive et je la lui ai donnée.

– Cette aubépine a été plantée par les gens d'ici. Il paraît qu'elle a deux siècles.

Elle a glissé la rose sauvage dans la poche de poitrine de son ciré. La combe où se dressaient autrefois les maisons et les remises des pêcheurs s'étendait sous nos yeux.

Un jour, il y a bien longtemps, j'étais venu là avec mon grand-père. Nous accompagnions un groupe d'archéologues en excursion à Vrångskär. C'était pendant l'été. Je me souvenais encore de ce que nous avait raconté le conférencier à propos du village de pêcheurs disparu.

Le hameau avait compté au maximum six maisons et autant d'annexes. Les premiers occupants étaient arrivés au dix-huitième siècle. Leur pauvreté était inimaginable. Une quarantaine de personnes n'avaient quasiment que la pêche pour vivre, vu que le fourrage permettait à peine de nourrir une seule vache. Les barques et les filets étaient la condition même de leur survie. Si une tempête se levait alors que les filets étaient en mer, ils n'avaient d'autre choix que de tenter une sortie pour les récupérer. On racontait des histoires terribles à ce sujet. L'une en particulier, parmi celles que nous avait rapportées l'archéologue, m'était restée en mémoire.

Elle remontait aux années 1790 et concernait un jeune pêcheur du nom de Nils Eriksson et sa femme Emma, qui étaient sortis à bord de leur barque, par une forte tempête de nord-ouest. Ils avaient chaviré ; ni l'un ni l'autre ne savait nager. Le corps d'Emma avait été retrouvé plus tard emmailloté dans l'un des filets qu'ils n'avaient pas réussi à sauver. Quant à Nils, il avait purement et simplement disparu. Ils laissaient derrière eux cinq enfants en bas âge.

J'ai montré à Lisa Modin les fondations les mieux conservées, correspondant à la principale habitation de l'île. Cette maison ne comportait qu'une seule pièce et pouvait abriter une dizaine de personnes.

Nous nous sommes assis sur une roche plate, à côté de l'endroit où avaient vécu ces pauvres d'entre les pauvres. Leurs conditions de vie pendant les hivers difficiles où la glace ne portait ni ne cédait – on ne pouvait même pas les imaginer. Lisa Modin m'a interrompu.

– Pourtant, quelqu'un a bien dû se coucher dans l'herbe par un jour d'été en pensant : Je suis ici chez moi.

Je ne sais pas pourquoi, mais je me suis levé et je suis allé me coucher dans l'herbe d'automne sèche et jaunâtre.

– Je crois qu'ils n'en avaient ni le temps ni la force. Les femmes accouchaient sur l'île. C'est probablement le seul moment où elles se permettaient de s'allonger. Les nourrissons mouraient pour la plupart au cours des premiers mois de leur vie.

Lisa Modin me regardait.

– Continue. Montre-moi ce qu'il y a encore à voir.

Je suis revenu vers la roche plate et je lui ai indiqué des pierres disséminées dans l'herbe. Peut-être avaient-elles aussi fait partie des fondations d'une maison.

– Je viens parfois m'asseoir à cet endroit. Quand je

regarde ces pierres, j'ai le sentiment qu'elles se déplacent avec une infinie lenteur. Je me dis qu'elles sont en train de retourner à l'endroit d'où on les a apportées autrefois. Cette île est en train de revenir à ce qu'elle était avant l'arrivée des humains.

Lisa a hoché la tête. Elle était songeuse. J'ai continué de parler en pensant que j'aurais bientôt épuisé ma réserve d'histoires.

– La dernière habitante de l'île était une vieille femme, Sofia Karlsson. Elle était venue toute jeune pour travailler et avait épousé l'un des pêcheurs. Devenue veuve, elle est restée seule sur l'île. C'était dans les années 1830. Certains avaient émigré en Amérique, d'autres avaient disparu, d'autres encore étaient partis rejoindre la mine de cuivre qui avait ouvert dans l'archipel plus près de la côte. La vie n'y était sûrement pas plus facile, mais l'isolement peut-être moindre. Restait Sofia. Nul ne sait comment elle s'est débrouillée pour survivre seule. Son dernier hiver n'a sans doute été qu'une longue souffrance. Elle avait près de quatre-vingt-dix ans. Un jour elle a glissé sur une plaque de glace et elle s'est cassé la jambe. Elle a réussi à se traîner jusqu'à sa maison. Quelque temps après, un chasseur de phoques l'a trouvée morte dans son lit, dans la maison glaciale. On l'a transportée sur un traîneau. Elle a été enterrée sur la côte. Depuis, il n'y a plus personne sur Vrångskär.

– Et alors les pierres ont commencé à bouger ? C'est une belle image.

Lisa s'est levée. Elle a refait le tour de la combe et de l'emplacement des anciennes maisons. Un moment, elle a disparu derrière un rocher, mais elle est revenue après une minute. Je n'avais pas bougé. Je la contemplais depuis la roche plate. Peut-être étais-je de la race de ceux qui avaient vécu sur cette île dans les temps anciens, tandis qu'elle était une représentante des temps modernes ?

Nous avons déballé notre pique-nique. Nos mains se sont frôlées une fois ou deux au moment de prendre une tranche de pain ou un œuf dur.

Après le repas nous avons escaladé les rochers jusqu'au sommet de l'île. Le vent de la mer soufflait plus fort là-haut, mais les vagues n'étaient pas encore creusées au point qu'on doive repartir sans délai.

– Un jour, dis-je, un archéologue a découvert une dent d'ours sur cette île. Personne n'a jamais pu expliquer sa présence. Des loups ont été repérés dans l'archipel, et ce qui est tout à fait exceptionnel, plus près de la côte. Mais pas ici. Quant à l'ours, on n'en a jamais entendu parler.

– Où est-elle conservée ?

– Je ne sais pas. Peut-être au presbytère. Il est arrivé qu'on ait des pasteurs qui s'intéressent à la nature.

– Qui est le pasteur de l'archipel aujourd'hui ?

La question m'a surpris.

– Je ne peux pas te le dire, je n'en ai aucune idée.

– Je vais me renseigner. J'ai envie de voir cette dent.

Nous sommes redescendus avec précaution.

Arrivé au bateau, j'ai pris son sac à dos avec l'intention de le déposer sur le banc. Sans savoir comment, j'ai fait un faux pas et je me suis retrouvé à l'eau. Ce n'était pas du tout la même chose que de me tremper nu le matin dans la mer et de me sécher sitôt remonté. Le froid humide a traversé mes vêtements. J'étais transi.

J'avais honte. Lisa Modin, elle, s'inquiétait de savoir si je m'étais fait mal.

– Je survivrai. Mais il va falloir faire un crochet par

mon île pour que je me change avant de te raccompagner au port.

J'ai accéléré à fond. Je tremblais de froid. Lisa Modin m'a proposé sa veste mais je ne l'ai pas acceptée.

Après avoir amarré le bateau au ponton, je me suis hâté jusqu'à la caravane. Par-dessus mon épaule, j'ai vu qu'elle se dirigeait vers le lieu de l'incendie. Je me suis déshabillé entièrement, j'ai laissé les vêtements trempés en vrac par terre et je me suis séché à l'aide d'une chemise chinoise qui n'était plus très propre. Je me suis changé avec les quelques affaires qui me restaient et j'ai enfilé l'imperméable noir.

Je l'ai trouvée devant les ruines, sautillant d'un pied sur l'autre pour se réchauffer.

– Désolé pour l'état de mon imperméable. C'est celui que j'avais sur le dos en quittant la maison la nuit de l'incendie.

Elle m'a regardé. Puis elle m'a effleuré la joue. C'était si inattendu que j'ai eu un mouvement de recul, comme si elle avait voulu me frapper. J'ai perdu l'équilibre et je suis tombé. Nous avons éclaté de rire. Elle m'a aidé à me relever.

– Je ne suis pas dangereuse.

– D'habitude, je ne tombe pas.

J'avais envie de la prendre dans mes bras et de la serrer de toutes mes forces. Mais l'obstacle intérieur était infranchissable.

Nous sommes redescendus vers le ponton.

– Je vais écrire sur Vrångskär. Mon rédacteur en chef va râler, mais je lui demanderai qu'il me fasse de la place pour plusieurs articles.

– Si tu veux, je pourrai t'y reconduire.

– Merci. Cette fois, j'emporterai un appareil photo.

Il faut qu'on le fasse vite, je ne veux pas qu'il y ait de la neige.

– Tu as un mois devant toi. Peut-être davantage.

Nous sommes repartis. Lorsque j'ai tiré le cordon du hors-bord, j'ai eu peur qu'il ne démarre pas. Mais Jansson avait fait du bon travail.

En doublant la pointe, j'ai aperçu son bateau au loin. Il avait l'air de vouloir aller chez moi, mais en réalité il se dirigeait sûrement vers l'une des îles situées plus au nord, Olsö ou Farsholmen. Il m'a semblé apercevoir un passager à bord.

J'ai amarré le bateau près des pompes et j'ai raccompagné Lisa Modin jusqu'à sa voiture. Un bout de papier était coincé sous le pare-brise. *C'est la dernière fois que cette voiture stationne ici.* Elle me l'a tendu, abasourdie.

– Qui a écrit ça ?

– Je ne sais pas. Peut-être l'officier du port. Mais ça n'a aucune importance.

J'ai froissé le papier et je l'ai mis dans ma poche. Lisa Modin a déposé son sac sur la banquette arrière avant de s'installer au volant.

– Merci, a-t-elle dit. Je te tiens au courant. À bientôt.

Elle souriait.

Sa voiture a disparu au sommet de la côte. Elle conduisait vite. Son impatience m'a rendu jaloux. Qui allait-elle retrouver ? Par qui était-elle attendue ?

Je suis allé jeter le message dans la poubelle, à côté de l'entrée du magasin d'accastillage. En me retournant pour reprendre mon bateau, j'ai vu que je n'étais pas seul sur le quai. La silhouette s'est approchée, et j'ai reconnu Oslovski. Elle marchait comme si elle s'était blessée au pied. Pourvu qu'elle ne me réclame pas une consultation. Je n'avais qu'un désir : rentrer chez moi et me réchauffer dans ma caravane.

Oslovski était pâle. Elle paraissait fatiguée. En lui serrant la main, j'ai remarqué qu'elle avait la paume moite. Cela ne lui ressemblait pas.

Puis j'ai compris. C'était son regard : vague, fuyant, et non direct comme à l'accoutumée.

Nous avons échangé les banalités habituelles sur la météo et la santé. Je lui ai demandé si elle était partie en voyage. Elle a souri sans répondre.

J'ai réalisé qu'elle avait peur. Ma certitude était aussi immotivée qu'absolue. Elle avait beau se tenir là devant moi, elle n'était pas vraiment présente.

– Je m'apprêtais à rentrer chez moi. Tu veux que je prenne ta tension ?

– Je vais bien, merci.

Elle voulait s'en aller.

– Ce port a été construit pour la pêche au hareng, ai-je dit pour la retenir. Aujourd'hui il n'y a plus un seul pêcheur professionnel. Les chalutiers ont fini par pourrir, ou alors ils ont été revendus en Afrique.

– Ils ont été revendus aux États baltes, à mon avis.

Elle avait parlé avec une fermeté surprenante. Je ne voyais pas de raison de la contredire.

– En tout cas, ils ont tous disparu, les pêcheurs comme les propriétaires des bateaux. Il n'y en a plus un seul qui soit encore en vie.

Soudain, elle s'est retournée vers la route que Lisa Modin avait prise un peu plus tôt. Il m'a semblé qu'elle regardait le petit chemin qui conduisait à ma voiture et à sa propre maison. Elle avait peur, mais de quoi, de qui ?

J'ai repris mon bateau. Des gens effrayés, j'ai eu l'occasion d'en croiser chaque jour pendant toutes les années où j'exerçais la médecine. Un été, j'avais effectué un remplacement dans l'un des plus grands hôpitaux du pays. C'était une unité de cancérologie. Deux collègues étaient tombés malades, et j'avais dû endosser la responsabilité d'annoncer les mauvaises nouvelles aux patients. Je me souviens tout particulièrement d'un jeune homme, qui était venu aux urgences parce qu'il avait mal à la nuque. L'orthopédiste de garde avait soupçonné que ce pouvait être autre chose. Une série de radios avait suffi à établir le diagnostic correct.

Ces radios étaient sur le bureau devant moi. Selon le rapport, le torticolis dont se plaignait le jeune homme était en réalité un cancer grave, probablement incurable. Les tumeurs mères étaient situées dans le poumon gauche, la douleur à la nuque provenait d'une métastase logée dans une vertèbre cervicale. C'était à présent à moi de lui communiquer toutes ces informations. Le dossier que j'avais sous les yeux précisait que Sven Roland Hansson était né en 1951. On était en 1970. Il avait donc dix-neuf ans. Les chances de guérir d'un cancer de ce type étaient limitées. Aujourd'hui, six patients sur dix survivent. À l'époque, la proportion était peut-être de trois ou quatre.

En allant le chercher dans la salle d'attente, je savais que je m'apprêtais à prononcer l'équivalent probable d'un arrêt de mort. Dans ce type de situation, il était alors d'usage de se faire accompagner par une infirmière expérimentée. Celle à qui j'avais demandé d'être présente lors de cet entretien était une femme d'un certain âge, qui travaillait dans le service depuis longtemps.

Sven Roland Hansson s'est révélé être un représentant de ce qu'on appelait à l'époque les Mods. Il portait une veste verte et un jean déchiré. Il nous a regardés à contrecœur, l'infirmière et moi. Il estimait avoir mieux à faire que de discuter avec nous ; c'est tout juste s'il a accepté de s'asseoir sur la chaise que je lui indiquais.

L'infirmière, que j'avais questionnée avant le rendez-vous, m'avait conseillé d'être direct, de ne pas tourner autour du pot. Si c'était grave, il n'existait aucune formule capable d'atténuer l'impact de l'information. L'important était que le patient comprenne que le médecin assis en face de lui prenait son sort au sérieux et lui accordait toute l'attention qu'il méritait.

Il restait plusieurs examens à accomplir avant que l'équipe soignante puisse arrêter le choix du traitement. Cela ne me concernait pas, je n'étais pas un spécialiste, seulement le remplaçant de collègues en vacances ou en arrêt de travail.

Il s'est assis. La peur l'avait rattrapé d'un coup. Il venait peut-être de réaliser à l'instant ce que pouvait signifier le fait qu'on lui ait donné rendez-vous dans une unité d'oncologie.

Je lui ai fait part de la façon la plus complète possible de la gravité de son état. Je l'ai vu pâlir. Il comprenait.

Il s'est mis à crier. Comme si quelqu'un l'avait brûlé ou attaqué au couteau. Jamais, ni avant ni plus tard, je n'ai entendu un être humain crier ainsi. J'avais vu des patients en proie à de fortes douleurs mourir dans un silence angoissé ; j'avais entendu des patients hurler ; mais jamais je n'avais été témoin d'une réaction aussi spectaculaire. Le chewing-gum qu'il avait dans la bouche a atterri sur ma blouse. Je ne savais pas quoi faire. Heureusement, l'infirmière a pris le relais. Elle a commencé par lui prendre la main. Il s'est dégagé sans cesser de crier. Alors elle l'a empoigné et l'a tenu serré contre elle, comme un tout petit enfant, en même temps qu'elle se tournait vers moi et m'ordonnait de lui administrer un calmant.

Un an plus tard, j'étais tombé sur son nom en ouvrant le journal. À l'époque, les annonces de décès s'accompagnaient en général d'une croix noire, synonyme d'une mort chrétienne. Mais la notice de Sven Roland Hansson s'ornait d'une petite guitare électrique.

Voilà que le regard d'Oslovski m'avait rappelé ce jeune homme.

J'ai manœuvré pour quitter le port. Peut-être était-ce le froid, ou l'étrange comportement d'Oslovski, mais je frissonnais. J'ai resserré la ceinture de mon imperméable.

En doublant la pointe, j'ai constaté que quelqu'un m'attendait sur le ponton. J'ai tout de suite pensé qu'Alexandersson était revenu. Mais, dans ce cas, où était son bateau ?

La silhouette avait les bras croisés. En approchant, j'ai vu que ce n'était pas un homme.

C'était ma fille Louise. Je n'en croyais pas mes yeux. J'ai compris que c'était elle, le passager que j'avais cru apercevoir de loin sur le bateau de Jansson en raccompagnant Lisa Modin au port.

Je n'aime pas les visites surprises, pas plus que les annonces inattendues – par exemple celle d'Harriet le jour où elle m'avait appris tout à trac que j'avais une fille, et que cette fille n'était autre que la femme qui se tenait devant moi à la porte d'une caravane en pleine forêt. Cela dit, je n'ai jamais douté de la véracité de son affirmation. Louise non plus, d'ailleurs.

Pourtant, nous ne nous ressemblions pas physiquement. Dans ses traits, je voyais Harriet, et peut-être quelque chose de mon propre père.

Elle n'avait pas non plus mon corps. Ni celui de sa mère. Louise était solide, charpentée, puissante. Si nous

nous étions battus, je suis certain qu'elle aurait eu le dessus. Pour autant, c'était une femme attirante à tout point de vue. Les hommes se retournaient sur elle. Je l'avais remarqué les rares fois où nous marchions dans la rue ou entrions dans un café ensemble.

Quant à sa vie intime, je n'y avais pas accès. Ma fille était si secrète que je m'attendais à tout de sa part. Elle était capable des actes les plus imprévisibles. J'essayais de m'y habituer, sans succès.

Ses départs précipités m'irritaient. Tout comme le fait qu'elle ne me prévenait jamais de la date de son retour. Lorsque nous nous étions parlé au téléphone après l'incendie, elle m'avait dit qu'elle viendrait bientôt, sans autre forme de précision.

Quand nous nous sommes embrassés, j'ai senti qu'elle était bouleversée.

J'avais une boule dans la gorge. J'ai eu peur de fondre en larmes. Nous partagions au moins cela : le deuil de notre maison détruite.

Comme d'habitude, Louise n'avait presque pas de bagages, juste une petite valise marron. J'avais remarqué qu'elle était toujours plus chargée en partant qu'en revenant. C'était l'une de ses particularités.

Nous avons rangé la valise dans la caravane. Puis nous sommes allés vers le lieu de l'incendie. En la regardant, de dos, j'ai eu l'impression fugitive qu'Harriet marchait devant moi.

Cela m'a surpris. Elles étaient si différentes. Avais-je des visions ? Je me suis arrêté ; elle s'est retournée vers moi.

– Comme tu n'étais pas là, j'ai cru que tu avais pris le bateau et que tu étais parti en mer pour ne plus revenir. Mais Jansson m'a dit qu'il t'avait aperçu pendant la traversée.

– Comment as-tu fait pour le contacter ?

– J'ai interrogé le chauffeur du bus. Il a appelé Jansson, qui a dit qu'il venait tout de suite. C'était bizarre, d'ailleurs, dans le bus.

– Pourquoi ?

– Il n'y avait que moi.

– Ça n'a rien de bizarre à cette époque de l'année.

– Ça ne m'était encore jamais arrivé d'être seule dans un bus. Mais dans un avion, oui ! C'était au Mali. Il y avait deux pilotes, deux hôtesses, et moi.

– Que faisais-tu au Mali ?

– Une tempête de sable m'avait empêchée d'atterrir à Dakar. Tu sais où c'est ?

– Au Sénégal. Tu parles français ?

– Je me débrouille.

– Que faisais-tu au Sénégal ?

– J'ai visité une île d'où partaient les bateaux d'esclaves.

L'odeur dégagée par les décombres était encore difficilement supportable. De petits oiseaux qui picoraient au milieu des ruines se sont envolés à notre approche.

Louise m'a fait face. À la lumière, j'ai vu qu'elle était très fatiguée. Souvent elle revenait bronzée de ses mystérieux voyages. Pas cette fois.

– Raconte-moi comment c'est arrivé.

– Je m'étais endormi vers vingt-deux heures trente. J'ai été réveillé deux heures plus tard par une sensation de lumière et de forte chaleur. Je me suis précipité dehors. Ça brûlait de partout. Le bruit était assourdissant. Comme si un monstre soufflait sur les flammes.

– Mais pourquoi ? Qu'est-ce qui a déclenché l'incendie ?

– Personne ne sait. Ni la police, ni les experts, ni moi.

– Il n'y a pas trente-six possibilités.

– La rumeur se répand déjà que c'est moi.

– Mais c'est insensé, pourquoi aurais-tu fait une chose pareille ?

– Peut-être parce que j'aurais perdu la raison ?

– Est-ce le cas ?

– Est-ce l'impression que je te donne ?

– Ne réponds pas à ma question par une autre question !

– Je ne suis pas fou. Je ne suis pas un incendiaire, ni un pyromane, ni rien de ce genre. Je me suis réveillé, la maison brûlait. C'est tout ce que je sais.

– Est-ce que les souris ont pu grignoter les fils électriques ?

– Dans ce cas, il s'agit d'une conspiration d'au moins quatre souris, qui avaient accès à un bidon d'essence.

– Quoi ?!

Je lui ai répété les propos de Hämäläinen. Elle a écouté sans poser d'autres questions. Puis elle a fait le tour des décombres en marquant une pause aux angles. Je me suis demandé si ce n'était pas elle, tout compte fait, qui allait résoudre l'énigme.

Elle a refait un tour, puis encore un. Elle s'est arrêtée devant la bâche. Je l'ai rejointe et j'ai ramassé la boucle de Giaconelli. Elle l'a immédiatement reconnue.

– Tu n'as même pas pu sauver tes souliers...

Elle s'est agenouillée pour reposer la boucle à l'endroit où je l'avais prise. Son geste ressemblait à un hommage. Je me suis accroupi à côté d'elle, malgré mes genoux raides.

– Comment est-il mort, Giaconelli ? Je sais juste qu'il est reparti en Italie et qu'il a fini ses jours là-bas.

– Ses reins fonctionnaient de moins en moins bien. Il ne voulait pas dépendre d'une machine, alors il a décidé d'en finir dignement. Il a tout quitté et il est rentré dans son village de Santo Ferrara. Il est mort deux semaines plus tard.

– Qu'est-il arrivé à son atelier ?

– Ses voisins le considèrent comme un musée et l'entretiennent en conséquence. Ils sont tous vieux maintenant, nul ne sait combien de temps ils auront la force d'honorer sa mémoire.

Elle s'est relevée. J'ai failli perdre l'équilibre en l'imitant et me suis agrippé à elle in extremis. Elle m'a aidé à me mettre debout.

Nous sommes retournés à la caravane. Elle a pris la couchette, moi le tabouret. J'avais du café tout prêt dans un thermos.

– C'est trop étroit pour nous deux ici, a-t-elle dit.

– J'ai tout prévu. Tu vois l'îlot sans nom, à l'est ? J'y ai dressé ma vieille tente.

– Il ne fait pas trop froid pour dormir sous la tente ?

– Mon duvet me tient chaud.

– Il est toujours là ? Je me souviens de l'avoir vu au moment de la mort de maman. Tu ne l'as pas jeté ? Il doit être tout moisi.

– Il ne sent pas très bon, mais avec le vent, tout s'aère vite.

Elle s'est allongée sur la couchette.

– Je reviens d'un long voyage. Je suis fatiguée.

– Où étais-tu ?

Elle s'est contentée de secouer la tête. Cela m'a brusquement mis hors de moi.

– Pourquoi ne peux-tu pas répondre ? Je ne te demande pas ce que tu faisais, juste à quel endroit tu es partie pendant tout ce temps.

Ses yeux se sont dilatés. Elle me fixait du même regard de défi qu'Harriet en certaines occasions. Mais elle n'a rien dit. Elle m'a tourné le dos, et a replié les genoux. Tout indiquait qu'elle voulait dormir.

Il ne me restait plus qu'à me préparer quelques tartines en silence et emporter une boîte de soupe que je pourrais réchauffer sur le camping-gaz que j'avais récupéré dans la remise. La caravane appartenait à Louise.

Elle était arrivée trop tôt, et de façon trop inattendue. Je n'avais pas eu le temps de m'habituer à quoi que ce soit, ni à la disparition de ma maison, ni à l'irruption brutale de ma fille.

J'ai fait le tour de l'île. Je suivais le rivage vers le sud. Je connaissais chacun de ces rochers depuis l'enfance. À l'époque je m'y promenais avec ma canne à pêche, je m'arrêtais à côté de certains, soigneusement choisis, et je m'essayais au lancer.

Je n'avais plus de canne à pêche. Et il n'y avait plus de poissons dans la mer.

Louise dormait profondément quand je suis revenu. J'ai remonté la couverture sur elle. Elle n'a pas bougé.

La nuit tombait. Une épaisse couche de nuages masquait le ciel. Ils étaient arrivés sans que je m'en aperçoive. La température commençait à chuter.

J'ai regretté de ne pas avoir emporté mon nouveau cahier à spirale dans ma tente pour noter tout ce qui s'était passé ces derniers jours. Mais je ne suis pas retourné à la caravane. Je ne voulais pas risquer de réveiller Louise.

J'ai fait la traversée à la rame. Le vent me poussait, c'était facile.

J'ai réchauffé la soupe. Pour ne pas avoir froid, j'avais roulé le duvet autour de mes jambes. Là, dans le noir, j'avais la sensation d'être entouré de moi-même – un moi qui avait tous les visages de l'enfance.

J'ai pensé à Lisa Modin, à ma fille, à Harriet qui était morte.

Après le repas, je suis resté assis dans l'obscurité compacte. J'étais très fatigué.

J'allais me lever pour me glisser dans la tente avec mon duvet quand j'ai aperçu une lumière clignotante. Elle venait de mon île.

J'ai plissé les yeux dans le noir. Ce ne pouvait être que Louise : elle me faisait des appels lumineux avec la lampe torche que j'avais laissée sur la table de la caravane.

J'ai essayé de l'appeler. J'ai crié son nom, mais le vent portait dans la direction opposée. La lumière clignotait de façon irrégulière. Louise ne se serait pas amusée ainsi si ce n'était pas important.

Tout à coup, j'ai réalisé que je ne lui avais pas donné mon nouveau numéro de téléphone. J'ai poussé ma barque à l'eau et je me suis enfoncé dans l'obscurité. La même obscurité que celle qui m'enveloppait juste avant que la lumière de l'incendie ne traverse mes paupières de dormeur. Est-ce que ça allait se reproduire à présent ? La mer elle-même allait-elle prendre feu, m'obligeant à ramer pour échapper aux flammes ?

Je me suis reposé un instant sur les avirons et je me suis retourné.

Sur le ponton, la lampe ne clignotait plus. Tout était noir.

7

J'ai amarré le hors-bord au ponton. Louise n'était pas là. Et elle n'avait pas allumé la lampe extérieure de la remise, pourtant beaucoup plus forte que la lampe torche. Si elle avait voulu être sûre que je la voie, elle aurait choisi ce moyen pour m'envoyer des signaux.

J'allais l'appeler quand j'ai vu de la lumière dans la caravane. Je suis resté planté là, indécis.

Un grand oiseau est passé près de moi. De temps à autre, au fil des ans, j'ai eu l'occasion d'entrevoir un grand-duc dans l'obscurité. Leurs déplacements nocturnes sont pleins de secrets.

J'ai remonté le chemin. Je me suis immobilisé à quelque distance. Le rideau n'avait pas été bien tiré devant la fenêtre ovale. Je me suis approché à pas de loup et j'ai jeté un coup d'œil à l'intérieur.

Elle avait enlevé son tee-shirt. Assise à la table, elle battait les cartes du jeu que j'avais sorti. Elle ne faisait pas une réussite. Elle paraissait complètement perdue dans ses pensées.

Je me suis baissé sans bruit pour qu'elle ne me découvre pas au cas où elle lèverait la tête.

Je ne voulais pas être repéré, mais je ne voulais pas non plus arrêter de l'observer dans son monde. J'ai compris qu'elle avait monté le chauffage au maximum. C'était pour cela qu'elle était si peu vêtue.

Je me suis redressé et j'ai essayé de repérer la lampe torche. Des pans entiers de la caravane étaient dissimulés à mon regard. Je ne l'ai aperçue nulle part.

J'ai contemplé ma fille. Ses seins étaient semblables à ceux de sa mère, lourds, volumineux. J'ai reculé dans l'ombre. J'ai attendu quelques minutes avant de frapper à la porte. Elle n'a pas réagi. J'ai frappé de nouveau.

– C'est qui ? a-t-elle crié.

– Qui veux-tu que ce soit ? Pourquoi m'as-tu fait des appels avec la lampe torche ?

– Quelle lampe torche ? Attends, j'arrive.

La caravane a oscillé quand elle s'est levée. Elle a ouvert la porte. Elle avait remis son tee-shirt.

Elle m'a laissé entrer. Elle paraissait contrariée.

– De quoi parles-tu ? Quelle lampe ?

J'ai aperçu la torche au même moment. Elle était sur le plan de travail.

– Celle-là ! J'étais sur le point d'entrer dans ma tente quand j'ai vu que tu me faisais des signaux depuis le ponton. J'ai essayé de t'appeler, mais le vent ne portait pas. Alors je suis venu.

J'ai déboutonné ma veste. Il faisait très chaud. Louise est restée debout près de la porte.

– Je ne sais pas de quoi tu parles.

J'ai attrapé la lampe torche, je l'ai allumée et je lui ai fait la démonstration.

– Des signaux comme ceci. Qu'est-ce que tu me voulais ? Je me suis inquiété.

– Ce n'est pas moi.

– Je n'ai pas eu des visions.

– Tu es sûr ?

– Oui.

– C'était quoi ? Du morse ?

– Je ne sais pas. C'était très irrégulier.

Elle a secoué la tête. Croyait-elle que j'étais en train de devenir sénile ?

J'ai pris peur. J'ai du mal à imaginer un destin plus effrayant que celui-là : être en bonne santé en apparence, et que ma fille, ou quelqu'un d'autre, m'annonce soudain que je perds la mémoire et que mon cerveau ne fonctionne plus comme il le devrait. Déjà, au cours de mes études de médecine, on en parlait entre camarades et tout le monde était d'accord là-dessus. La démence était pire que toutes les souffrances physiques.

– Tu dois me croire, a dit Louise. Si je te dis que je ne suis pas allée sur le ponton, c'est la vérité.

– Mais alors, qui est-ce ?

– C'est déjà arrivé que des inconnus viennent rôder sur l'île ?

– Pas que je sache. Peut-être est-ce l'incendiaire qui est de retour ?

Elle a froncé les sourcils.

– Je n'ai vu personne à part toi.

– Je n'ai pas rêvé !

– Alors il faut qu'on parte à sa recherche.

Ni l'un ni l'autre n'a fait mine de se lever.

– Tu as mangé ? a-t-elle demandé après un silence.

– Oui.

– Tu veux un café ?

– Ça m'empêcherait de dormir.

– Un verre de rhum ?

– Tu sais bien que je ne bois pas d'alcool.

– Pas vrai. Parfois, tu as même du mal à t'arrêter.

– C'est une autre affaire. Dans ce cas-là, je m'enivre.

– Tu veux autre chose ?

– Je ferais mieux de retourner là-bas et d'essayer de dormir.

– Tu vas te perdre dans le noir.

– C'est juste à côté. Je pourrais y aller à la nage sans problème.

– Je veux que tu restes avec moi. J'ai eu peur tout à l'heure quand la nuit est tombée. J'avais l'impression de voir des silhouettes noires remuer autour de la caravane. Tu peux prendre la couchette, je dormirai par terre. Je bois un coup de rhum, et on fait une partie de cartes avant de dormir, d'accord ?

– Je ne comprends pas qui cela pouvait être.

Elle n'a rien dit. Je l'ai vue ouvrir sa valise et en tirer une bouteille de rhum brun.

Elle s'est versé un verre et l'a vidé d'un trait. Elle a grimacé, l'a rempli de nouveau. Je n'avais jamais remarqué qu'elle avait exactement la même façon de boire que sa mère. Harriet n'était pas une grande buveuse mais, quand ça lui arrivait, on aurait cru qu'elle cherchait à se débarrasser au plus vite de cet alcool qui la rebutait.

Louise a reposé son verre.

– À quoi penses-tu ? Toujours à cette histoire de signaux ?

– Je me disais que j'ai l'impression de voir Harriet quand je te vois.

– Alors ? Qu'est-ce que tu vois ?

– Vous avez la même façon de boire.

– Mais je ne tiens pas l'alcool comme elle. Harriet s'endormait après quelques verres. Moi, je deviens mélancolique ou enragée, c'est selon, je ne sais jamais à l'avance. Mais ne t'inquiète pas. Ce soir, je ne cherche pas à me mettre la tête à l'envers. C'est juste que j'ai froid quand je pense à tout ce qui a disparu et qui ne reviendra pas.

– Je crois que je n'ai pas encore bien réalisé. Mais demain, il va falloir qu'on parle de l'avenir.

Elle a ramassé le jeu de cartes.

– Demain. Pas ce soir. À quoi veux-tu jouer ?

Les jeux de cartes m'ont toujours ennuyé. Nous avons entamé une partie de poker. Elle gagnait la plupart du temps, que ses cartes soient meilleures que les miennes ou non. Son visage était indéchiffrable, impossible de savoir quand elle bluffait. Une fois ou deux, j'ai eu l'impression qu'elle me laissait gagner parce que je lui faisais pitié. Lorsque je croyais arriver enfin au bout de mes allumettes, je remportais une manche et j'étais obligé de continuer.

Nous ne parlions pas. Elle était complètement concentrée tandis que de mon côté je commettais bourde sur bourde.

À vingt-trois heures, elle a décidé de faire une pause. Elle est sortie. À son retour, elle a préparé des tartines. Elle a bu un café, moi de l'eau. Puis on a continué à jouer. À minuit, je n'avais toujours pas réussi à perdre toutes mes allumettes. J'ai abattu mes cartes en disant que j'en avais assez. Ça ne lui a pas plu, mais elle a vidé sa tasse sans broncher. Je suis sorti soulager ma vessie. Je l'entendais se préparer pour la nuit. Un mince croissant de lune était apparu dans le ciel. Les nuages étaient moins nombreux qu'en début de soirée. J'ai attendu que le silence revienne dans la caravane. J'ai frappé avant d'entrer.

Louise était couchée. Elle avait déroulé un petit matelas sur le sol. Elle m'a souhaité bonne nuit sans ouvrir les yeux. Je me suis déshabillé, j'ai éteint la lampe, je me suis couché à mon tour. La lune éclairait l'intérieur de la caravane. Je me suis redressé pour tirer le rideau.

– Laisse, a dit Louise. La nuit est moins noire comme ça.

Ma fatigue était soudain devenue un fardeau infiniment pesant. J'étais trop vieux pour recommencer. C'était aussi simple que cela.

J'ai eu une pensée pour Oslovski. Elle m'avait toujours fait l'effet d'une femme mue par des émotions puissantes, qu'elle prenait grand soin de ne révéler à personne. Ce matin, pour la première fois, elle avait laissé entrevoir quelque chose. Elle n'avait pas pu s'en empêcher. Une menace pesait sur elle.

Puis mes préoccupations se sont tournées vers Louise : le lendemain, j'allais devoir la convaincre que toutes les décisions importantes lui incombaient. C'était à elle de décider si elle envisageait son avenir, ou une partie de son avenir, sur l'île. Et dans l'affirmative, c'était à elle de choisir à quoi ressemblerait la nouvelle maison. Le montant de l'indemnisation laisserait toute latitude à sa créativité.

Mais que se passerait-il si elle n'en voulait pas ? Si les ruines carbonisées l'effrayaient au point qu'elle ne voudrait pas tenter sa chance ? Que ferais-je si elle préférait récupérer une part de son héritage dès maintenant ? Allais-je prendre sur moi la lourde responsabilité du chantier ? Ou m'installer de façon permanente dans la caravane ? À moins que je ne demande à un artisan local d'agrandir la remise, pour me permettre de vivre derrière des murs en bois au lieu de parois de plastique stratifié ?

Je pourrais peut-être transporter ma vieille voiture sur l'île à bord du bac à bestiaux de Kolbjörn, l'amarrer à la caravane et me préparer à traverser le Styx au volant ?

Je m'étais presque endormi quand la voix de Louise m'a fait sursauter. Elle parlait haut et fort, comme s'il allait de soi pour elle que je ne dormais pas.

– J'ai l'intention d'aménager un jardin.

Je comprenais les mots, mais pas le sens de la phrase qu'elle venait de prononcer. S'il y avait une chose que je croyais savoir, concernant ma fille, c'est qu'elle détestait autant que moi retourner la terre avec une pelle dans l'espoir d'y faire pousser quoi que ce soit.

– Ah. Et où donc ?

– Ici.

– Tu rigoles ? Rien ne pousse ici. Il n'y a que de la roche, et le peu de terre qu'il y a est si pauvre que ça suffit à peine à nourrir les chênes et les aulnes.

– Je vais faire un jardin adapté aux conditions locales, bien sûr.

– C'est la première fois que je t'entends exprimer un intérêt pour le monde végétal.

La caravane a oscillé – Louise avait sauté sur ses pieds et allumé la lampe. Elle s'est enroulée dans une couverture et s'est assise à la table pendant que je clignais des yeux sur ma couchette.

– Est-ce que je t'ai dit que je suis allée dans le village de Giaconelli, celui où il est enterré ? Il m'avait parlé d'un jardin caché derrière un mur couvert de lierre. J'ai trouvé le mur, je l'ai escaladé. Le jardin était retourné à l'état sauvage, mais il avait dû être très beau autrefois. En m'y promenant, j'ai compris que je voulais en imaginer un, moi aussi, mais qu'il serait complètement différent. Giaconelli m'avait révélé celui-là en sachant que je suivrais ma propre idée. Celui que je veux faire va s'appeler l'Océan Nu.

– Qu'est-ce que c'est ?

– Je te le dirai demain.

Avant de m'endormir, j'ai essayé d'imaginer ce que pourrait être un jardin qui porterait ce nom-là. Je n'ai pas réussi.

J'ai ouvert les yeux peu après six heures. Elle dormait, la couverture remontée jusque par-dessus la tête. Un pied dépassait à l'autre bout, on eût dit qu'il s'était affranchi du reste de son corps. Je l'ai recouvert avec précaution. Elle a tressailli mais ne s'est pas réveillée.

J'ai emporté mes vêtements et une serviette. Le petit matin était noir et froid. La direction du vent avait changé. Au ponton, je me suis déshabillé, j'ai bloqué ma respiration et je me suis mis à l'eau. Le froid était un choc, comme toujours. Je me disais qu'il existait un moment, à l'automne, où il devenait strictement équivalent à celui du printemps juste après le dégel. Deux saisons opposées, un même froid.

J'ai compté jusqu'à dix avant de remonter sur le ponton et de me sécher vigoureusement. Après m'être habillé, j'ai consulté le thermomètre. Trois degrés au-dessus de zéro. Le vent soufflait par légères rafales. C'était le vent du nord, qui piquait le visage et attaquait les mains.

Je me suis assis sur le banc dans les ténèbres qui se dissipaient peu à peu. Qu'avait dit Louise pendant la nuit ?

L'Océan Vide ? Non. L'Océan Nu. Je ne comprenais absolument pas ce que ça pouvait signifier.

La porte de la caravane s'est ouverte et je l'ai entendue crier que le petit déjeuner était prêt.

Elle était habillée et avait relevé ses cheveux avec des barrettes.

— J'aimerais supporter l'eau froide aussi bien que toi, a-t-elle dit.

Le café qu'elle avait préparé était trop fort à mon goût. Mais je savais par expérience qu'il valait mieux ne pas se plaindre.

— Tu seras bien obligée d'y passer tôt ou tard. Nous n'avons pas de bassine et aucun moyen de faire chauffer une grande quantité d'eau.

— Il y a une douche au port pour les plaisanciers.

— Ça m'étonnerait qu'elle soit ouverte à cette époque de l'année.

— Tu crois qu'ils refuseraient de nous l'ouvrir alors qu'ils savent que la maison a brûlé ?

Elle avait raison. Nous avons fini notre petit déjeuner.

Elle a rejeté mon aide pour débarrasser la table. Il n'y avait pas assez de place pour s'activer à deux dans cette caravane. Nous avons décidé d'aller nous ravitailler sur la côte. Il fallait juste attendre l'ouverture des magasins.

– Alors, ce jardin ?

– Viens, je vais te montrer.

Nous sommes sortis. Le vent soufflait encore de façon irrégulière ; le ciel était entièrement masqué par des nuages bas. Louise m'a précédé jusqu'à un endroit plat et herbeux, assez loin derrière les ruines de la maison brûlée. En grimpant sur les rochers, on surplombait l'étendue d'herbe, mais aussi la mer. Elle m'a indiqué une roche plate. Je me suis assis.

Elle a commencé à me parler d'un voyage qu'elle avait fait l'année précédente au Japon. Elle peut être captivante, quand elle veut. Sa relation aux mots est autrement plus développée que la mienne.

Je n'étais pas au courant de l'existence de ce voyage. Pas plus que d'autres, dont elle avait fini par me toucher deux mots bien plus tard, Paraguay, Tasmanie, que sais-je encore. Ce qui avait motivé celui-ci, apparemment, était le projet d'importer en Europe des cerfs-volants en papier d'une qualité particulière. Elle l'a dit en passant, et je ne lui ai pas demandé si cela s'était concrétisé. En revanche, elle m'a raconté avoir visité avec une amie le temple Daisen-in à Kyoto. Là, elle s'était retrouvée confrontée à un jardin qui n'était fait que de pierres. Pas le moindre brin d'herbe. Le jardin avait été aménagé au seizième siècle. L'idée était de créer dans le paysage une énigme qui favoriserait la méditation.

– Ça m'a complètement calmée. L'impression d'avoir trouvé ce que je cherchais à mon insu depuis très longtemps. Quand je me suis assise sur un banc et que j'ai été aspirée par ce monde minéral, j'ai senti une exaltation, qui était aussi un apaisement – c'est difficile à décrire. J'ai décidé qu'un jour je créerais moi aussi un tel jardin. Ainsi que tu l'as justement rappelé hier, il ne pousse rien ici. C'est l'endroit parfait, je ne peux pas rêver mieux. Alors je vais le créer. Et les deux jardins pourront se faire signe de loin. L'un au Japon, l'autre en Suède.

Elle m'a fait signe d'attendre et elle est redescendue vers la caravane. À son retour, elle m'a montré une photographie en noir et blanc.

– Voilà, regarde. Ils l'appellent le Grand Océan. Moi, j'aime mieux dire l'Océan Nu.

J'ai contemplé la photo pendant que Louise arpentait le bout de terrain herbeux qu'elle voulait transformer en une création qui ressemblerait à ce que j'avais sous les yeux.

Je ne comprenais pas ce qui la fascinait tant dans ce jardin de Kyoto. Un grand rectangle plat, rien que des cailloux, du gravier, peut-être du sable, avec deux monticules pointus au milieu comme deux bulles crevant la surface plane.

Mon existence semblait pour l'heure être remplie de pierres. De ma maison, il ne restait que les fondations. La veille, avec Lisa Modin, j'étais allé sur l'île de Vrångskär où ne subsistaient que des pierres, et je lui avais dit que j'avais l'impression qu'elles se déplaçaient de leur propre initiative pour rejoindre l'endroit d'où elles avaient été apportées un jour.

Et maintenant ce jardin japonais.

J'ai rangé la photo dans la poche intérieure de ma veste. Louise est venue s'asseoir à côté de moi.

– Qu'est-ce que tu as vu, là-bas ? Cette image ne suffit pas à restituer la réalité, je pense.

– Tu comprendras quand tu verras mon jardin.

– Tu es sérieuse ?

– Je suis toujours sérieuse.

– Bon, d'accord. Mais tu veux le faire avant qu'on ait reconstruit la maison ?

– Peut-être.

– C'est un choix qui t'appartient.

Elle a acquiescé en silence. Puis elle s'est penchée et elle a ramassé un fragment qui s'était détaché du rocher où nous étions assis. Elle est allée le poser au milieu de l'herbe.

– Voilà. Le début de mon jardin.

– Tu dois prendre une décision pour la maison.

– Ce soir. Allez viens, on va au port.

Louise s'est mise à l'avant du bateau. Je pensais à ce qu'elle m'avait dit sur le jardin minéral. Soudain une idée m'a frappé. C'était la première fois, et cela m'a tellement surpris que j'ai ralenti malgré moi. Elle s'est retournée. Le moteur tournait à vide.

– Pourquoi tu t'arrêtes ?

Je me suis assis sur le banc central pour me rapprocher d'elle.

– Tu dis que ce sont des bouddhistes qui ont imaginé ce jardin ?

– On croit qu'il s'appelait Soami. Le moine qui l'a créé.

– Et il était bouddhiste ?

– Bouddhiste zen.

– Je ne sais pas quelle est la différence.

– Si tu veux, je t'expliquerai.

– Aurais-tu l'intention de transformer notre île en temple bouddhiste ? Tu t'es convertie ? C'est cela ?

Louise s'est fâchée. Elle a attrapé l'écope et me l'a jetée à la figure. Le fond d'eau qu'elle contenait m'a éclaboussé. J'ai fait pareil. Je lui ai lancé l'écope à la tête. Le petit récipient en plastique a volé entre nous jusqu'au moment où il s'est retrouvé à l'eau et j'ai dû le récupérer en me servant de l'aviron comme d'une gaffe.

– On n'a pas besoin d'être croyant pour planter un jardin.

Je n'ai pas répondu. Nous avons repris la direction du port.

La cabine de douche était bel et bien fermée. Louise n'a pas pu s'empêcher de tirer un peu sur la poignée, pour voir. Puis nous sommes allés au magasin, où Nordin déballait un carton de gants de travail.

Mes bottes n'étaient pas arrivées. Et, bien sûr, Louise s'est fâchée en apprenant que la cabine de douche ne rouvrirait qu'au mois de mai. Nordin comprenait la situation, a-t-il dit ; d'un autre côté il ne pouvait pas aller à l'encontre d'une décision prise au niveau du conseil communal. J'aurais aimé que Louise n'ait pas ce tempérament colérique. Dans mon expérience, le fait de s'énerver ne facilite jamais rien. Mais c'est apparemment un besoin chez elle. Revendiquer son droit est plus important que trouver une solution.

Nordin était pétrifié. Il n'avait pas l'habitude que les gens élèvent la voix, d'autant plus qu'il n'était pas responsable de cette décision. J'ai tenté d'intervenir, mais Louise m'a repoussé sans ménagement.

– À qui dois-je m'adresser, alors, au « niveau du conseil communal » ?

– Je ne sais pas, a répondu Nordin. Ce ne sont jamais les mêmes qui décident, pour la douche.

– Qui a les clés ? Qui s'occupe du ballon d'eau chaude ?

– C'est moi. Pendant la saison.

– Autrement dit, c'est toi qui as les clés ?

– Je n'ai pas le droit de les donner.

– On peut avoir besoin de prendre une douche même en automne.

Nordin a jeté un regard furtif vers une armoire fixée au mur. Louise l'a intercepté, et cela lui a suffi. Elle s'est dirigée droit vers le meuble, l'a ouvert et a brandi une grande clé fixée à un bout de bois où étaient pyrogravés les mots *Cabine de douche*. Sans une parole, elle est sortie du magasin, sa serviette sous le bras.

Je me suis tourné vers Nordin. Il tremblait. Pas de colère, mais de peur, comme s'il venait d'être victime d'un vol – moins un vol matériel d'ailleurs qu'une atteinte à sa mission symbolique au service de la commune. Il aurait fallu le réconforter, mais je ne m'en sentais pas capable.

– Elle ne pense pas à mal, ai-je dit maladroitement. Elle a juste besoin de se laver et la mer est trop froide pour elle. On va trouver une solution. Je peux acheter une bassine, une plaque électrique et une marmite. Ça va aller.

Je l'ai laissé finir de déballer son carton de gants et je suis allé voir du côté de la cabine de douche. À en juger par le bruit, l'eau coulait dans les tuyaux. Louise avait pensé à emporter un savon et un flacon de shampoing. Je l'avais vue les enrouler dans sa serviette avant de partir.

Là, dans le vent froid où je restais planté, indécis, je me suis dit qu'il aurait peut-être mieux valu qu'elle ne soit pas venue. Il m'était plus facile, en définitive, d'affronter la catastrophe sans elle. Mais je savais que ce n'était pas entièrement vrai. Sans elle, je n'arriverais jamais à décider que faire du restant de mes jours. Mon rêve idiot, que Lisa Modin devienne pour moi une compagne, n'était évidemment qu'une tentative dérisoire pour nier la réalité.

Louise est sortie de la cabine les cheveux mouillés

et s'est noué un turban à l'aide de la serviette, en me regardant.

– Alors ? Il est mort ?

J'ai eu envie de la gifler. Je me suis contenté de lui prendre la clé d'un geste brusque.

– Cela ne me plaît pas que tu te comportes mal avec mes amis. Si tu m'avais laissé faire, tu aurais obtenu ce que tu voulais, et Nordin ne serait pas dans tous ses états. Maintenant tu vas rester ici pendant que je vais lui rendre la clé, avec nos excuses. Je vais prétendre que tu n'oses pas le faire toi-même.

Elle a ouvert la bouche pour protester. D'impuissance, j'ai eu un geste exaspéré – je lui ai arraché sa serviette-turban et je l'ai laissée tomber sur l'asphalte mouillé du quai.

– Je reviens. Si tu es encore là à mon retour, on ira au supermarché ensemble. À moins que tu ne préfères repartir tout de suite, sans me dire où ni pourquoi, comme d'habitude.

Je suis retourné dans le magasin d'accastillage. Le carton était toujours au même endroit et le travail n'avait pas avancé. Nordin était assis sur son tabouret derrière le comptoir où il débite en temps normal cordages et fils de pêche à la longueur souhaitée par le client. Il tenait un crayon à la main et n'a pas levé la tête. J'ai déposé la clé sur le comptoir avec un billet de cinquante couronnes et j'ai marmonné des excuses.

Plus exactement, j'ai excusé Louise. J'ai dit qu'elle était bouleversée par le drame de l'incendie.

Nordin a posé son crayon et il est allé suspendre la clé qui ne devait pas servir avant le printemps. J'ai eu l'impression qu'il préférait être seul. Je suis sorti en fermant la porte derrière moi, et je suis parti chercher la voiture chez Oslovski. Le portail du jardin était fermé, la porte de la maison aussi.

Au moment où je m'engageais sur le chemin du port, j'ai vu dans le rétroviseur un rideau bouger au premier étage et j'ai cru entrevoir un visage. Elle était donc chez elle.

Je me sentais de plus en plus mal à l'aise. D'abord la scène de Louise dans le magasin de Nordin, et maintenant Oslovski qui guettait les allées et venues par sa fenêtre et craignait de se montrer. J'avais le sentiment qu'un drame se tramait. L'incendie de ma maison n'en était que le premier acte.

Je suis passé prendre Louise, qui avait ré-enroulé la serviette autour de sa tête. Elle est montée à côté de moi. Nous avons pris la route en silence. Dans la forêt un peu plus loin, un renard a jailli du sous-bois et j'ai dû freiner brutalement pour l'éviter.

– Fais attention !

– C'est au renard de faire attention !

Je n'avais jamais encore vu de renard dans la forêt. Seulement des élans et des chevreuils. À en croire Jansson, il y avait aussi de plus en plus de sangliers.

J'ai laissé la voiture derrière la banque, comme d'habitude. Pendant que je m'occupais du ravitaillement, Louise a disparu de son côté.

Nous nous sommes retrouvés à la voiture. J'ai reconnu les sacs en plastique ; Louise était allée dans le magasin où j'avais acheté mes chemises chinoises. Nous avons poussé jusqu'à la boutique d'électroménager, située en dehors du village. J'ai acheté une plaque électrique, une marmite, une bassine. J'ignore si Louise était incommodée par le silence entre nous. Pour ma part, je commençais à en avoir assez de me balader avec une fille mutique.

Nous avons chargé nos derniers achats dans la voiture.

– J'ai faim. Mais si tu as l'intention de continuer à te taire, je n'ai pas envie de manger avec toi.

Elle tenait à la main un bonnet de laine rouge qu'elle venait d'acheter. Elle l'a enfilé en éclatant de rire.

– Mais oui, on va aller déjeuner. J'aime bien me taire de temps en temps. Je trouve que les gens parlent beaucoup trop, de façon générale.

Il y avait dans le village un bowling qui faisait aussi office de restaurant. Nous avons pris du poisson grillé et bu de l'eau. J'ai reconnu à une table les poseurs d'asphalte que j'avais vus quelques jours auparavant au café du port. À ma surprise, ils parlaient encore de cette histoire de perche.

Les poseurs d'asphalte sont partis. Au moment du café, Louise a posé sa main sur la mienne.

– Je veux qu'on reconstruise la maison et qu'elle soit autant que possible semblable à l'ancienne. Bien sûr que je veux habiter là plus tard.

– Oui, ai-je dit. Bien sûr.

Nous avons repris la route du port. Louise éprouvait sans doute le même soulagement que moi. Nous ne parlions pas, mais le silence n'était pas du tout le même qu'à l'aller.

Un renard a surgi à peu près au même endroit de la forêt.

– Il est plus petit que l'autre, a dit Louise.

– Il n'est pas plus grand, au contraire ?

– Non, il est plus petit.

Je n'ai pas insisté. La journée avait été assez éprouvante comme ça. Je me suis garé sur le quai, et nous avons déchargé ensemble paquets et cartons.

Je suis reparti seul déposer la voiture chez Oslovski. J'ai constaté que je me faisais du souci pour elle. Pourquoi se cachait-elle ainsi ?

En revenant sur le quai, j'ai eu la surprise de voir que Nordin avait accroché le panneau « Fermé » sur la porte de son magasin. J'ai eu le sentiment désagréable qu'il était à l'intérieur en train de pleurer sur son tabouret. J'ai éprouvé un nouvel élan d'exaspération en pensant au comportement de ma fille. Mais je n'avais pas l'intention d'aborder le sujet avec elle. Du moins pas dans l'immédiat.

J'ai détaché le bateau.

– Je veux barrer, a dit Louise.

Je me suis mis à l'avant. Elle a démarré le moteur d'un geste énergique. Je me suis souvenu qu'à l'époque où je l'avais rencontrée elle faisait de la boxe. Elle connaissait la route. J'ai juste trouvé qu'elle côtoyait d'un peu trop près le haut-fond de Bygrund.

En contournant la dernière pointe, nous avons aperçu le bateau de Jansson amarré au ponton. Jansson lui-même était assis sur le banc. J'ai laissé Louise décharger les paquets pendant que j'allais voir ce qu'il me voulait.

Il avait une lettre pour moi. C'était Syrén, le nouveau facteur de l'archipel, qui la lui avait remise à mon intention.

Le pli émanait de la police. Je l'ai ouvert. Je devais me présenter au commissariat de la ville pour être entendu en lien avec un possible incendie criminel.

J'étais convoqué quatre jours plus tard. À onze heures.

Jansson me regardait, guettant ma réaction.

– Pas la peine d'attendre, lui ai-je dit, je ne vais pas répondre à ce courrier.

Après son départ, je me suis attardé sur le ponton. Combien de personnes dans l'archipel étaient-elles déjà informées de l'existence de cette convocation ?

J'étais sans doute le dernier à en prendre connaissance.

II

Le renard qui courait à sa perte

8

Les jours suivants n'ont été qu'une longue attente. La nuit, les chevaux galopaient dans ma tête. Je n'ai rien dit à Louise au sujet de la convocation au commissariat. Elle avait bien vu que Jansson m'avait remis une lettre, mais elle ne posait pas de questions.

Après notre retour sur l'île, Louise était remontée à la caravane. À un moment j'étais allé jeter un coup d'œil discret par la fenêtre. Elle était assise sur le bord de la couchette et parlait au téléphone. Son visage était grave. Quand elle a raccroché, je me suis éloigné vite fait. Dans la remise, j'ai ouvert un pot de goudron. Pas pour m'en servir, juste pour le respirer. Le goudron de pin, c'est l'odeur même de l'archipel, depuis toujours.

Derrière la remise, il y avait une vieille barque en mauvais état dont je ne m'étais pas occupé depuis des années. Je l'ai poussée à l'eau et j'ai constaté avec surprise qu'elle était à peu près étanche. Je suis allé chercher les avirons et une écope, et j'ai embarqué. Ce n'était pas formidable, mais je pourrais m'en servir pour le trajet entre l'île et l'îlot, où j'avais planté ma tente.

Dans mon enfance, il y avait eu une autre barque, plus grande et noire, entièrement goudronnée. Mon grand-père l'utilisait pour la pêche. C'était toujours ma grand-mère qui ramait, jusqu'à ce que j'aie eu l'âge de le faire sans gêner mon grand-père qui manipulait les filets. Je me suis rappelé soudain un incident survenu alors que j'avais une dizaine d'années. Il avait repéré un chevreuil qui traversait le bras de mer à la nage. Sans hésiter, il avait lâché le filet qu'il tenait et pris ma place sur le banc de rame en me poussant sans ménagement. Arrivé à hauteur de l'animal, il s'était dressé et, de toutes ses forces, il lui avait asséné un grand coup d'aviron. Le chevreuil nageait toujours, mais mon grand-père a réussi à se déporter – j'ai cru qu'il allait tomber à l'eau – et il l'a empoigné par les bois. Son couteau a jailli. Il lui a tranché la gorge. Le tout était allé si vite que je n'avais pas eu le temps de suivre la manœuvre ni d'en saisir la portée. C'est seulement quand il a hissé la dépouille à bord et que j'ai vu ses mains pleines de sang que j'ai compris. Le chevreuil me fixait de ses grands yeux brillants qui ne voyaient plus rien.

J'avais rencontré la mort.

Après cela, j'ai toujours gardé une forme d'appréhension vis-à-vis de mon grand-père. J'avais vu chez lui ce dont je n'aurais jamais soupçonné l'existence. La pêche, c'était différent, j'étais habitué à le voir enfoncer un doigt dans la gueule des poissons qu'il retirait de ses filets et leur casser la nuque d'un coup sec. Mais cette scène de boucherie en mer, c'était une autre affaire. Je n'étais pas prêt.

Au retour, quand il a amarré le bateau et balancé le chevreuil mort sur le ponton, j'ai vomi. Il n'a rien dit, mais son regard était éloquent. Ce n'était pas l'attitude qu'il attendait de ma part.

Il a appelé ma grand-mère. Ensemble, ils ont dépecé l'animal. Moi, j'étais déjà loin.

Le souvenir a ravivé mon malaise d'enfant. Tant d'années s'étaient écoulées, pourtant je voyais encore l'éclair du couteau, le sang, la plaie béante. Et la vision de mon grand-père quelques instants plus tôt, quand il avait abattu l'aviron sur la tête du chevreuil. Ce qu'il dégageait alors ressemblait à de la haine à l'état pur. Rien n'aurait pu le faire lâcher prise. L'aviron s'était brisé net sous l'impact, mais au besoin il n'aurait pas hésité à traquer sa proie jusqu'en Finlande.

J'avais dix ans, et cette scène m'a fait comprendre une fois pour toutes que les gens ne sont pas vraiment ce que nous croyons. Ça vaut pour tout le monde. Ça vaut pour ceux qu'on croit connaître le mieux. Ça vaut pour moi.

À mon retour j'ai trouvé Louise au sommet de l'île, recroquevillée sur le banc. Je me suis assis à côté d'elle en pensant que c'était le moment ou jamais.

— Je suis convoqué au commissariat.

— Ah bon, pourquoi ?

— Ils croient que c'est moi qui ai mis le feu à la maison.

— C'est le cas ? Tu l'as fait ?

— Non. Alors c'est peut-être toi ?

Je l'ai plantée là et je suis descendu vers la remise. Je ne me sentais plus capable de me contrôler.

À quelques reprises, dans ma vie, il m'est arrivé de boire de façon irraisonnée, pendant de courtes périodes. La cause en était toujours la colère ou la peur. Ou l'ennui. En cet instant, j'aurais donné cher pour une bouteille de vodka que j'aurais pu emporter sous ma tente.

J'étais en train de mettre la barque à l'eau quand j'ai découvert que Louise m'avait suivi.

— Je viens avec toi.

— Où ? Dormir sous la tente ?

— Au commissariat.

— C'est hors de question.

– Je viens quand même. Tu ne pourras pas t'en sortir tout seul.

Un flotteur en liège traînait au fond de la barque. Je l'ai ramassé et je le lui ai balancé à la tête. J'étais hors de moi.

– Tu n'as pas à décider à ma place ! Je sais très bien que ce n'est pas moi qui ai mis le feu, alors je n'ai besoin de l'aide de personne. Ça suffit !

Je n'ai pas attendu sa réaction. J'ai glissé les avirons dans les dames de nage. Évidemment, le deuxième m'a échappé des mains. En me penchant par-dessus bord, dans le même geste qu'avait eu mon grand-père pour empoigner les bois du chevreuil, je me suis éclaboussé copieusement. Je ne savais pas si Louise était encore là. Je ne voulais pas la voir. Au moment de doubler la pointe, j'ai levé la tête. Elle était là. Les bras croisés sur la poitrine, elle me contemplait. J'ai eu l'image d'un chef indien suivant du regard l'homme blanc vêtu de sa chemise chinoise qui ramait vers sa tente.

J'ai passé la moitié de la nuit éveillé avec une envie désespérée de boire. Je voulais à la fois être ivre et oublier la folie de cette convocation dans les locaux de la police. J'ai fini par m'endormir. J'avais la sensation de m'approcher d'une limite. Comment allais-je faire pour supporter la réalité de mon propre vieillissement, de ma maison incendiée et de cette impression de vivre au milieu d'un grand vide où personne ne se préoccupait de savoir si je tenais le coup ni même si j'étais encore en vie ? Ou alors, si quelqu'un s'en souciait, c'était uniquement pour me soupçonner d'être devenu fou et de jouer avec des allumettes et des bidons d'essence.

Même pour ma fille, j'étais davantage un fardeau que le père disparu, peut-être attendu et désiré, qui avait fini par apparaître dans sa vie.

Je me suis réveillé à l'aube avec une sensation de gueule de bois. C'était la fatigue. Je me suis extirpé du duvet et suis sorti. La mer était grise. Le vent, bien que faible encore, était menaçant, comme quand une tempête se prépare. Deux eiders oscillaient sur l'eau. J'ai frappé mes mains l'une contre l'autre et ils se sont envolés. Plein nord, curieusement. Je les ai suivis du regard jusqu'à ce qu'il ne soit plus possible de les distinguer dans le ciel.

J'ai attendu la fin de l'après-midi avant de retourner sur l'île. Quand Louise m'a ouvert, la caravane sentait le propre. Nous avons dîné en silence, puis elle m'a raccompagné au ponton.

– Pourquoi jouais-tu avec la lampe torche l'autre soir ?

– Arrête ! Tu te fais des idées.

Il était inutile de hausser le ton. Si elle ne voulait rien dire, elle ne dirait rien.

Nous étions tous les deux des individus qui mentaient. Mais nous ne mentions pas de la même manière.

Les nuits suivantes aussi, j'ai mal dormi. Les journées se ressemblaient, avec la même grisaille froide. Je faisais les cent pas sur l'îlot en essayant de me préparer à ce qui se passerait au commissariat.

La veille de la convocation, comme les soirs précédents, j'ai dîné dans la caravane et joué aux cartes avec Louise.

– Je viens avec toi demain, m'a-t-elle dit sur le ponton.

– Non.

Notre échange s'est arrêté là.

J'ai dormi d'un sommeil lourd. J'étais épuisé. Ma

dernière pensée, déprimante, a été que je n'avais pas pris mon bain matinal depuis plusieurs jours.

Le lendemain matin, en poussant la barque à l'eau, je me sentais un peu mieux.

C'est en entrant dans la remise à bateaux que j'ai constaté la disparition du hors-bord. Je suis allé frapper à la porte de la caravane. Silence. J'ai ouvert. Tout était bien rangé. Le sac à dos de Louise n'était plus là. Elle n'avait pas laissé de message.

J'ai appelé son portable. Pas de réponse. J'ai claqué la porte de la caravane de toutes mes forces. Un joint s'est détaché. Je l'ai laissé pendouiller et suis parti m'asseoir sur le banc du ponton. Je connaissais suffisamment ma fille pour savoir qu'il était inutile d'espérer la voir de retour à temps pour que je sois à l'heure au commissariat.

Il ne me restait plus qu'à appeler Jansson. Comme d'habitude, il a décroché à la première sonnerie, à croire qu'il a toujours son téléphone à la main.

– Mon moteur va bien, mais j'aurais besoin que tu me conduises au port.

– Quand ?

– Maintenant.

– Je viens tout de suite.

Mon stock de vêtements était resté dans la caravane. Le joint pendait devant la porte ; je l'ai arraché et jeté dans l'herbe. J'ai choisi la moins sale des chemises chinoises. Puis j'ai cherché partout une bouteille de vin ou d'alcool que Louise aurait pu cacher quelque part. Je n'ai rien trouvé, même pas la bouteille de rhum.

J'ai patienté sur le banc. Jansson est arrivé après vingt-six minutes. Il a vu que mon bateau n'était pas là, mais il n'a rien dit.

Peut-être s'imaginait-il que c'était un transport de

prisonnier qu'il effectuait ce jour-là ; il était forcément informé de ma destination.

Nous n'avons pas échangé deux mots de tout le trajet. Il a refusé que je le paie. J'ai coincé un billet de cent couronnes sous un hameçon à brochet et je suis parti sans préciser qu'il me faudrait aussi un transport pour le retour, quand la police en aurait fini avec moi.

Nordin était devant son magasin et nettoyait la vitrine salie par des déjections de mouette. On s'est salués. J'ai eu l'impression que lui aussi savait où j'allais.

J'ai regardé autour de moi avant de quitter le port. Mon bateau n'était visible nulle part. Le départ de Louise m'intriguait de plus en plus. Peut-être aurais-je dû m'inquiéter ? Il me semblait pourtant qu'elle n'était pas du genre à se faire du mal.

La maison d'Oslovski paraissait abandonnée. Rideaux tirés, aucun signe de vie. Dans la forêt, j'ai encore dû freiner pour éviter un renard. La peur passée, j'ai pensé que la prochaine fois je ferais tout pour l'écraser. Ce renard courait à sa perte sans le savoir.

Il y avait une heure de trajet jusqu'à la ville. À mi-chemin, je me suis arrêté dans le petit café en bord de route qui existe là depuis toujours. J'avais le vague souvenir d'enfance d'un verre de limonade et d'une assiette de meringues. À présent je buvais un café accompagné d'un gâteau aux amandes ; ces pâtisseries desséchées dans leur barquette d'aluminium semblaient avoir envahi tous les cafés du pays.

J'étais le seul client. Je me voyais, assis aux autres tables, à différents âges. La solitude paraît plus grande au milieu des chaises vides.

La porte s'est ouverte et une femme est apparue, poussant devant elle un déambulateur. Péniblement, elle a franchi la barre de seuil. J'ai pensé à Harriet, qui était venue jusqu'ici de la même manière. J'ai essayé de m'imaginer avec un déambulateur – vision repoussante, effrayante. Comment pourrais-je avoir envie de vivre si mes jambes ne me portaient plus ?

J'ai transvasé le contenu de ma tasse de café dans un gobelet et j'ai quitté les lieux.

Je n'avais jamais eu affaire à police sinon pour renouveler mon passeport et, une fois, pour déposer une main courante après que ma voiture avait été emboutie par un chauffard. À présent, je m'apprêtais à être interrogé comme un criminel en puissance. Je me savais innocent, mais j'ignorais à quelles conclusions ils avaient pu parvenir de leur côté.

J'ai reconnu mon inquiétude, là, dans la voiture. Je n'en menais pas large.

Le commissariat était logé dans un bâtiment récent en brique rouge. Je me suis approché d'un guichet vitré – j'imaginais que c'était une vitre pare-balles. La réceptionniste ne portait pas l'uniforme. Je me suis présenté en indiquant le motif de ma présence. Elle a composé un numéro.

– Il est là, a-t-elle dit.

Rien que ces trois mots. Elle a raccroché.

Après quelques minutes, un jeune policier a émergé du sas qui donnait accès aux différents services. Lui aussi était en civil. Il m'a tendu la main.

– Månsson.

Sa poignée de main était solide, mais très rapide, comme s'il craignait de ne plus pouvoir se dégager. Je l'ai suivi. Dans le couloir, j'ai aperçu un homme en uniforme. Cela m'a rassuré. Dans mon monde, les policiers portent un uniforme et une matraque.

Månsson ne pouvait pas avoir plus de trente ans. Il

était, ai-je deviné, habillé à la mode. Pour une raison obscure, peut-être liée à la mode justement, ses chaussettes étaient de couleur différente.

Nous sommes entrés dans une petite salle de réunion. Un autre policier en civil se tenait près de la fenêtre. Il tâtait la terre d'un pot de fleurs, comme pour vérifier que la plante ne manquait pas d'eau. Il était un peu plus âgé, m'a-t-il semblé, trente-cinq ans peut-être. Il s'est contenté d'un signe de tête, en déclarant qu'il s'appelait Brenne.

Nous nous sommes assis. Les chaises étaient vertes, la table marron. Un magnétophone était posé sur la table. Le dénommé Brenne l'a mis en marche. Il était clair que Månsson dirigeait les opérations.

J'ai regretté de ne pas avoir emporté mon yoyo en bois peint. Pas dans l'espoir de déstabiliser les deux policiers. Juste pour le toucher, me calmer. Mon yoyo m'aurait été d'un plus grand secours qu'un avocat.

Månsson a jeté un coup d'œil à un dossier qu'il venait d'ouvrir puis, sans me regarder, il s'est mis à parler en direction du micro. J'ai eu la sensation que cet interrogatoire l'ennuyait déjà.

– Onze heures vingt, début de l'audition de Fredrik Welin en présence des officiers de la brigade criminelle Brenne et Månsson.

Il s'est tourné vers moi.

– Tu es donc entendu aujourd'hui en lien avec l'incendie qui a détruit ton lieu d'habitation. Tu as compris que c'était bien la raison de ta présence ici ?

– Je ne comprends rien du tout. Mais je confirme que ma maison a été détruite par un incendie dans lequel j'ai perdu absolument tout ce que je possédais. Les vêtements que je porte ont été achetés ces derniers jours. Qualité chinoise très discutable.

Månsson et Brenne m'ont dévisagé sans réagir. Mon commentaire les prenait visiblement de court. Månsson s'est éclairci la voix.

– Il n'a pas été possible d'assigner une cause naturelle à l'incendie. Comme, d'autre part, il a pu être établi que le feu avait pris simultanément à quatre endroits grâce à la présence d'un liquide inflammable, l'hypothèse d'un incendie volontaire a dû être retenue.

– J'ai bien compris. Mais ce n'est pas moi qui l'ai fait.

– As-tu des raisons de soupçonner quelqu'un ?

– Je n'ai pas d'ennemis. Et personne n'avait le moindre intérêt matériel à la faire brûler.

– Elle était assurée ?

– Oui.

– Son contenu également ?

– Oui.

Jusque-là, l'entretien suivait le schéma que j'avais anticipé. Rien d'imprévu, rien qui justifie les soupçons contre moi, hormis le fait qu'il n'y avait pas d'autre piste.

Brenne a pris la parole pour la première fois depuis qu'il s'était présenté. Il a demandé si je voulais un café. J'ai répondu non. Il s'est levé. Quand il est revenu, il avait un gobelet pour lui et un autre pour Månsson.

Månsson a remis le magnétophone en marche. Mon yoyo me manquait. Leurs questions tournaient en rond : à quelle heure précise m'étais-je endormi, à quelle heure précise avais-je quitté la maison en flammes, quelqu'un aurait-il pu vouloir attenter à ma vie ? Ou simplement chercher à me nuire ? Je répondais de mon mieux.

À la fin, j'en ai eu assez.

– Je sais que je suis là parce que vous me soupçonnez. Je ne peux que vous répéter que ce n'est pas moi.

Je n'ai pas la moindre idée de l'origine de cet incendie. Je vous ai dit tout ce que je savais.

Månsson m'a considéré longuement. Puis il s'est tourné vers le micro, a indiqué l'heure de la fin de l'audition et a arrêté la machine.

Il s'est levé en rajustant sa cravate rose.

– Nous te recontacterons certainement.

Brenne n'a rien ajouté. Il était retourné auprès de son pot de fleurs.

Månsson m'a raccompagné jusqu'à la réception. J'ai quitté le commissariat avec une sensation de soulagement. Je suis entré dans une galerie marchande où une boutique de vêtements proposait des soldes. J'ai fait quelques achats, puis j'ai déjeuné dans un restaurant italien qui avait disposé des tables dehors, dans la galerie. La nourriture n'était pas fameuse. Elle aurait pu être préparée par Månsson et Brenne. Plus d'ennui et de résignation que de vitamines.

Dans la voiture, j'ai fait une nouvelle tentative pour joindre Louise. Cette fois, je lui ai laissé un message :

Qu'est-ce que tu fous ? J'ai été obligé de nager jusqu'au port pour être à l'heure au commissariat.

Je ne lui ai pas demandé de venir me chercher. J'ai refait son numéro et j'ai laissé un deuxième message :

Les flics m'ont maltraité. Je risque de perdre l'œil gauche.

J'ai repris la route dans l'autre sens. Les couleurs du paysage étaient d'une grande beauté, mais elles me remplissaient en même temps de désarroi. Plus jeune, je n'avais jamais été influencé par les saisons. Depuis quelques années, le froid et l'obscurité engendraient en moi une inquiétude croissante.

Je me suis arrêté au village et j'ai fait quelques courses au supermarché. J'ai porté mes sacs jusqu'à la voiture. Un court instant, j'ai hésité à chercher l'adresse personnelle de Lisa Modin. La tentation était forte, mais je l'ai repoussée. J'ai pris la direction du port. Il était quinze heures. La route montait et descendait à travers une forêt dense jusqu'au moment où l'on devinait un grand scintillement derrière la masse sombre des arbres. Si l'on ne savait pas la mer proche, on pouvait facilement croire que la forêt s'étendait à l'infini.

Les embranchements étaient rares. En réalité, il n'y avait qu'une seule sortie, vers le nord. Le panneau de signalisation, qui semblait n'avoir jamais été nettoyé, indiquait un lieu-dit, Hörum, et une distance, sept kilomètres. Je connaissais ce panneau depuis toujours, mais je n'avais jamais eu de raison de le suivre ; ce n'était pas le cas non plus à présent, mais j'ai bifurqué. La décision a été prise si vite que je n'ai pas eu le temps de freiner. Le gravier a giclé et j'ai réussi d'extrême justesse à ne pas m'enfoncer tout droit dans la forêt.

Je roulais vers Hörum sans savoir pourquoi. Enfant, je rêvais d'une route qui ne mènerait nulle part, qui continuerait simplement, droit devant, à l'infini. La sensation m'est revenue. Hörum était le nom d'un lieu qui n'existait pas. J'ai ralenti, mais je n'ai pas fait demi-tour. J'allais enfin accomplir ce voyage vers l'inconnu qui m'avait toujours attiré.

Je me suis arrêté. J'ai ouvert ma portière avec précaution, comme si je risquais de déranger quelqu'un. Dehors, tout était silencieux. Le vent ne pénétrait pas au cœur de la forêt. J'ai fermé les yeux en pensant que bientôt je ne serais plus là. Il ne me restait que la vieillesse. À la fin, elle cesserait elle aussi et alors il n'y aurait plus rien.

J'ai rouvert les yeux. Je savais qu'il valait mieux

faire demi-tour. Mais je suis remonté en voiture et j'ai continué.

Après un raidillon, la forêt s'est clairsemée. Quelques maisons bordaient la route. Certaines étaient en ruine. Je me suis arrêté. Je suis sorti. Aucun bruit, aucun mouvement. La forêt s'était rapprochée des habitations. Elle frôlait les granges, les outils rouillés, les prés envahis par les ronces. Les deux maisons qui étaient peut-être habitées – elles avaient au moins des rideaux aux fenêtres – se trouvaient au milieu du hameau. Le rabat de l'une des boîtes aux lettres était ouvert. J'ai jeté un coup d'œil à l'intérieur. Elle contenait un journal détrempé : l'édition remontait à trois semaines. La principale nouvelle était qu'un cheval de trot avait été écrasé lors d'un accident. C'était le journal local, celui pour lequel travaillait Lisa Modin.

Il n'y avait pas âme qui vive. Aucun mouvement derrière les rideaux, aucun petit vieux qui se cachait en se demandant qui je pouvais bien être. J'ai continué jusqu'au bout du hameau. La dernière maison était la plus délabrée. Le portail dégondé gisait dans le fossé. La végétation avait tout envahi. Sous un buisson, j'ai vu les vestiges d'un traîneau qui semblait avoir été dissimulé là.

La porte était entrebâillée. Je suis entré. Les pièces étaient vides, à part une table cassée et renversée. Le papier peint se décollait. La maison entière était comme un sarcophage attendant que les murs s'écroulent et ensevelissent une fois pour toutes ce qui avait existé à cet endroit.

J'ai gravi les marches de l'escalier. Le toit s'était effondré dans l'une des chambres. Le plancher était pourri là où il avait reçu la pluie.

Je me suis figé en voyant le lit. Il était fait. Les draps

étaient propres, repassés. Ils ne pouvaient pas être là depuis longtemps.

J'ai regardé dans les deux autres chambres. Elles étaient vides.

Le papier peint déchiré laissait voir par endroits les épaisseurs de papier journal qui avaient servi d'isolant lors de la construction. Je me suis approché et j'en ai détaché un lambeau. Le journal était daté du 12 mai 1934. Un propriétaire terrien né en 1852 venait de décéder ; le pasteur Johannes Wiman avait prononcé l'oraison funèbre. Une moissonneuse était à vendre. Les éditions Svea För-lag annonçaient la publication d'un livre qui « abordait de façon sérieuse la difficile question juive ». L'ouvrage coûtait trois couronnes. On promettait une livraison rapide.

Le papier journal était poreux et s'effritait entre mes doigts.

Qui dormait dans ce lit ? L'énigme m'a poursuivi tandis que je quittais la maison.

J'ai refait le trajet dans l'autre sens. En laissant la voiture chez Oslovski, j'ai entendu des coups de marteau. La porte du garage était entrouverte. Elle était là ! J'ai poussé la porte. Oslovski a fait volte-face. En me reconnaissant, elle s'est détendue. Elle tenait un pare-chocs dans les mains.

Le jour de son emménagement, un camion avait déchargé dans son garage une vieille voiture américaine. Une véritable épave. Nordin, qui observait la manœuvre, s'était demandé qui pouvait bien être cette femme étrange qui venait d'arriver parmi nous.

Après toutes ces années, je savais que la voiture était une berline DeSoto Fireflite quatre portes de 1958, qu'Oslovski s'employait à transformer en un rutilant spécimen de collection. Je n'avais pas manifesté le moindre intérêt pour ce travail, mais elle ne m'en avait pas moins obligé à assimiler le fait que le moteur était un 305 chevaux et que le taux de compression ou rapport volumétrique était de 10:1. Je n'y comprenais rien, bien entendu, pas plus que je ne comprenais l'importance que les pneus soient des Goodyear 8 × 14.

Elle s'absentait souvent pour plusieurs jours, et revenait avec telle pièce de rechange dénichée dans une lointaine casse.

– Une trouvaille ? ai-je fait aimablement en montrant le pare-chocs.

– Oui. Ça fait quatre ans que je le cherche, et j'ai fini par le repérer à Gamleby.

– Il te manque encore beaucoup de pièces ?

– L'embrayage. Je vais sans doute devoir aller faire un tour dans le Nord pour en trouver un qui convienne.

– Tu ne peux pas passer une annonce ?

– J'aime bien chercher par moi-même. C'est idiot, mais c'est comme ça.

Je suis parti. Les coups de marteau enthousiastes ont repris dès que j'ai eu le dos tourné.

En portant mes sacs jusqu'au quai, j'ai vu qu'une ambulance stationnait devant le magasin d'accastillage. L'instant d'après, deux ambulanciers sortaient avec un brancard. C'était Nordin ! Il gisait les yeux clos, le nez et la bouche couverts par un masque à oxygène. Les ambulanciers étaient très jeunes. J'ai posé mes sacs et j'ai couru.

– C'est un ami, et je suis médecin ! Qu'est-ce que c'est, la tête ou le cœur ?

Le premier ambulancier, au visage couvert de taches de rousseur et de boutons d'acné, m'a regardé d'un air sceptique.

– Je suis médecin, ai-je répété en haussant le ton.

L'homme, le garçon plutôt, a répondu à contrecœur.

– Sans doute la tête.

– Qui vous a appelé ?

– Aucune idée.

J'ai reculé d'un pas. Peut-être aurais-je dû accompagner Nordin à l'hôpital, mais quand la portière de l'ambulance s'est refermée et qu'ils ont démarré, je n'ai pas bougé.

C'était trop d'un coup. Une pensée effarante m'a traversé l'esprit. La grossièreté de ma fille avait-elle bouleversé Nordin au point de lui provoquer une attaque ?

Veronika, qui venait de croiser l'ambulance, est arrivée en courant du café et m'a demandé ce qui se passait. Je lui ai dit le peu que je savais.

– Pourquoi n'es-tu pas allé avec lui ? Tu es médecin, tout de même.

Je n'avais rien à répondre. Mais Veronika se désintéressait déjà de moi.

– Je vais prévenir sa femme. Elle n'est pas au courant, j'imagine. Et il faut que quelqu'un vienne fermer la boutique.

Une sirène a retenti au loin. Ce ne pouvait être que l'ambulance. Nous l'avons écoutée en silence, aussi mal à l'aise l'un que l'autre. Puis Veronika est remontée en courant vers le café, tandis que je rangeais mes sacs sous l'auvent du kiosque cadenassé, où l'on vend en saison du poisson fumé aux touristes.

Il tombait une pluie fine. Je suis allé jusqu'au bout de la jetée et j'ai esquissé un pas de danse. Pour me secouer, pour dissiper la sensation laissée par la maison abandonnée et par ce qui arrivait à Nordin.

Puis j'ai appelé Jansson. Il a répondu à la deuxième sonnerie et a accepté de venir me chercher sur-le-champ.

Je l'ai attendu sous l'auvent avec mes sacs. Je percevais une vague trace d'odeur de poisson fumé. Une odeur d'été.

9

Je n'ai pas eu le temps de poser mes sacs dans le bateau que Jansson me demandait des nouvelles de Nordin. Comment pouvait-il être au courant ? C'était là une des énigmes qui l'entouraient dont je savais que je n'aurais jamais le fin mot. Jansson était comme ces anciens opérateurs téléphoniques qui mettaient les gens en communication et en profitaient pour écouter tous leurs échanges.

– Peut-être un AVC. Je ne sais pas.

– Il va mourir ?

– Espérons que non ! Qu'est-ce que tu attends pour démarrer ?

Au fond, Jansson a peur de moi. Pas seulement de moi, d'ailleurs. De tout le monde. Son perpétuel souci de se rendre utile et de faire plaisir aux uns et aux autres masque en réalité sa crainte d'être rejeté. Il a peur que nous nous lassions de lui et que nous cessions de lui demander des services.

Cela m'a frappé une fois de plus, après que je lui ai balancé cette réplique un peu sèche. Il s'est recroquevillé sur lui-même, à croire que je l'avais giflé, et s'est mis à manœuvrer, trop vite, comme s'il redoutait mon impatience.

J'ai toujours mauvaise conscience après avoir brusqué quelqu'un. Cette fois, j'ai constaté avec surprise que c'était le contraire : la réaction craintive de Jansson me procurait de la satisfaction. Voilà, je lui avais montré que je n'en pouvais plus de son côté soumis et envahissant. Il me portait sur les nerfs.

Cela ne datait pas d'hier. En l'écoutant se plaindre de ses maux imaginaires, j'avais déjà été tenté de prendre un air grave et de lui annoncer qu'il souffrait probablement d'une maladie mortelle. Jusque-là, je ne l'avais pas fait. Mais le moment était peut-être venu. La prochaine fois qu'il s'installerait sur mon banc et se laisserait palper par mes mains de chirurgien, qu'il respectait tellement, je prononcerais son arrêt de mort.

Nous avons croisé la grande vedette des gardes-côtes qui rentrait au port. J'ai cru voir Alma Hamrén aux commandes. Jansson a dû négocier le sillage du grand bateau, et mes sacs se sont renversés.

Le vent s'était levé. Jansson, debout à la barre, son vieux bonnet de laine enfoncé au ras des yeux, ressemblait à un animal pétrifié par le froid. J'essayais de me préparer à la confrontation avec Louise, à supposer qu'elle soit rentrée. L'essentiel était de ne pas me mettre en colère. Je n'avais pas la force d'envisager une cohabitation silencieuse entre deux personnes pleines d'agressivité retenue.

Mais je ne savais toujours pas si je préférais qu'elle reste ou qu'elle s'en aille. Je n'arrivais pas à me décider.

Le vent froid me griffait le visage. Soudain j'ai aperçu une forme noire dans l'eau, droit devant. Si c'était un tronc d'arbre, nous étions bons pour l'accident. Je me suis tourné vers Jansson en agitant les bras, mais il a mal interprété mon geste : au lieu de virer, il a ralenti.

– Il y a un truc dans l'eau !

Il a décrit un arc de cercle. Il avait lui aussi repéré l'objet. Il s'était hissé, jambes écartées, et barrait avec le pied. Impossible de voir ce que c'était. Au cours de sa carrière de facteur, il avait eu l'occasion d'observer beaucoup d'objets surprenants, parfois effrayants. Un jour, il avait découvert un corps humain si mal en point qu'il n'avait pas été possible de l'identifier. Après cet incident, il était venu me consulter sur le banc du ponton en se plaignant de mal dormir. Le cadavre était aux trois quarts dévoré, selon lui. Vu qu'il n'existait pas de monstre carnivore dans la Baltique, il avait commencé à fantasmer qu'il s'agissait des restes du repas d'un cannibale.

Cette fois, il s'agissait d'un phoque. Pas un petit ou un jeune, mais un grand phoque gris adulte. Il puait. Les yeux avaient été picorés par les goélands. Jansson l'a retourné à l'aide de la gaffe tout en respirant par la bouche.

– Il a été abattu au fusil à plomb.

Avec le crochet de la gaffe, il m'a montré les impacts, à l'arrière de la tête. Il était indigné.

– C'est de la cruauté pure. Quelqu'un s'est amusé à le canarder sans même s'en occuper après.

– On continue. On ne peut rien faire, de toute façon.

– Je devrais le prendre en remorque et l'enterrer. Il ne doit pas rester là.

– Dans ce cas, commence par me déposer chez moi ! J'avais de nouveau haussé le ton.

Jansson a repris la barre, en accélérant.

En contournant la pointe, j'ai vu que ma fille n'était pas rentrée.

– Ton bateau n'est pas là, a constaté Jansson.

Je me suis forcé à rester aimable.

– Louise avait des courses à faire.

Je me suis dépêché de décharger mes sacs et j'ai donné deux cents couronnes à Jansson sans lui laisser le temps de protester. Il est parti. J'étais certain qu'il allait retourner chercher le phoque. Je lui ai fait un signe de la main et j'ai porté mes sacs dans la remise.

Il ne pleuvait plus. Je suis monté à la caravane. En entrant, j'ai eu le net sentiment que Louise n'était pas revenue de la journée. Rien n'avait changé depuis le matin.

Assis sur le bord de la couchette, j'ai appelé les renseignements pour obtenir le numéro du café de Veronika. Ils m'ont mis en relation, mais j'ai dû attendre longtemps. Quand enfin elle a décroché, j'ai entendu qu'elle était stressée. Il y avait du bruit en arrière-fond, un brouhaha de voix et de rires – on n'était pourtant que l'après-midi.

Je lui ai demandé si elle avait réussi à joindre la femme de Nordin. Oui, m'a-t-elle dit. Nordin avait été victime d'une hémorragie intracérébrale, et le pronostic était incertain. Je pouvais appeler l'hôpital si je le désirais, elle avait le numéro. J'ai attrapé un crayon et j'ai noté les chiffres au dos d'un magazine bio appartenant à Louise.

– J'entends que tu as du monde.

– Oui, c'est une drôle d'histoire.

– Pourquoi ?

– Une jeune femme vient de gagner à la loterie. Figure-toi qu'elle va toucher vingt-cinq mille couronnes par mois pendant vingt-cinq ans. Elle a invité ses amis à fêter ça. Pour moi, bien sûr, c'est une aubaine.

– Je la connais ?

– Je ne crois pas. Elle s'appelle Rebecka Karlsson, elle a vingt-deux ans, n'a jamais travaillé de sa vie et ne fait pas d'études. Elle habite chez ses parents. Son père est forgeron, sa mère aide-soignante dans une maison de retraite, ce sont eux qui l'entretiennent. Qu'une personne comme elle gagne autant d'argent, si tu veux mon avis, c'est une honte.

J'étais d'accord avec Veronika. Après avoir raccroché, je suis ressorti. Les ruines de ma maison se dressaient telle une vision fantomatique dans la lumière pâle de l'après-midi.

Mon attention a été attirée par quelque chose qui pendait à une branche du pommier noir. En m'approchant, j'ai vu que c'était un message. Avec le même crayon que je venais d'utiliser pour noter le numéro de l'hôpital, Louise avait écrit :

Là-haut !

C'était tout. J'ai regardé autour de moi à la recherche d'autres messages qui auraient pu être accrochés aux branches d'un chêne ou d'un aulne. Il n'y en avait pas. Je devinais que le plus important était le point d'exclamation. Elle m'exhortait à grimper là où mon grand-père avait installé son banc. Il n'y avait pas d'autre hauteur sur l'île.

Je m'attendais à trouver un autre message au sommet des rochers, mais le banc avait le même aspect que d'habitude, tout comme le petit genévrier tordu qui poussait à côté. Quel sens pouvait avoir sa note ridicule ?

En levant les yeux, j'ai compris. Mon bateau était là. Tiré au sec sur le rivage de l'îlot sans nom.

Je suis allé chercher les jumelles, qui étaient restées dans la caravane depuis la mort d'Harriet. J'ai aperçu Louise. Elle était assise sur une pierre, elle me tournait le dos. Je l'ai regardée jusqu'à ce que mes mains tremblent à force de tenir les jumelles.

La pluie avait repris, et il faisait froid. Je ne la comprenais décidément pas. Pas plus qu'elle ne me comprenait, sans doute. Malgré tous nos efforts, nous semblions condamnés aux malentendus.

De retour à la caravane, j'ai allumé la lampe et mis mon téléphone à charger en me demandant ce qu'elle voulait au juste. La nuit tombait. J'ai pris la lampe torche et les jumelles, et je suis remonté jusqu'au banc. Un petit feu brûlait près de la tente. De Louise elle-même, j'ai eu beau chercher, aucune trace. Elle se cachait parmi les ombres.

Elle devait savoir que j'étais rentré. Elle avait forcément entendu le bateau de Jansson. Elle devinait sûrement ma présence en ce moment même, sur le banc, en train de l'observer. Quel étrange jeu du chat et de la souris.

Soudain, j'étais harassé. Dans le temps, il m'arrivait d'enchaîner les jours et les nuits de garde à l'hôpital, mais c'était différent. Je me suis levé et j'ai regagné la caravane. J'ai préparé un semblant de repas. C'était trop salé, ça avait un goût de métal, mais je me suis forcé à vider mon assiette avant de m'allonger.

Au réveil, je ne savais plus où j'étais. Un fragment de rêve s'attardait – j'étais sur le ponton et je voyais Harriet approcher à la nage. Mais ce n'était plus la mer, c'était le petit lac du Norrland où j'avais promis de l'emmener autrefois, et où nous nous étions finalement rendus peu avant sa mort. Dans mon rêve, les arbres ne faisaient pas ce bruit léger quand le vent agite leur feuillage, ils émettaient un sifflement strident, comme des machines. C'était intolérable.

Je me suis assis. Il était vingt-deux heures. J'avais dormi longtemps. Louise n'était toujours pas revenue. J'ai composé son numéro ; elle n'a pas répondu. J'ai commencé à laisser un message vocal mais j'ai renoncé après quelques mots. Ça n'avait aucun sens. J'ai fait un café et je l'ai bu brûlant. Dehors, la pluie et le vent avaient forci. J'avais envie de me rendormir.

Je suis sorti sous la pluie en emportant la lampe torche. Les rochers moussus étaient plus glissants que jamais. Je suis tombé deux fois sur le chemin qui montait vers le banc de mon grand-père. Là-haut, j'ai vu que le feu était éteint sur l'îlot. Tout était noir.

Elle avait donc décidé de rester là-bas. Elle avait pris ma tente et me laissait la caravane.

Mes cheveux mouillés collaient à mon front. J'ai émis quelques signaux à l'aide de la torche mais, naturellement, je n'ai obtenu aucune réponse.

Pourquoi me tourmentait-elle ainsi ? Son comportement était incompréhensible.

De retour dans la caravane, j'ai fait une réussite. Le temps de ranger le jeu de cartes, ma décision était prise.

Le lendemain, j'allais lui demander de partir. Je ne voulais plus de sa présence chez moi.

Je n'ai pas réussi à m'endormir. Je sentais sur l'oreiller l'odeur légère du savon qu'elle utilisait, et qui ramenait sans cesse mes pensées vers elle. Que faisait-elle sous la tente, là-bas, dans le noir ? Je ne la comprenais pas.

Plusieurs fois au cours de la nuit, je me suis relevé et j'ai feuilleté des livres et des journaux qui dataient du temps de la présence d'Harriet.

Je me suis assoupi à l'aube. J'ai dû dormir une heure. Quand la lumière s'est levée, j'ai bu un café et je suis monté au sommet de l'île avec les jumelles. Tout était calme. J'ai vu que la tente était fermée.

Soudain, j'ai su ce que j'allais faire. Je suis descendu là où j'avais laissé la barque, j'ai écopé le fond, et je suis parti à la rame en direction de l'îlot. Le soleil venait de franchir la ligne d'horizon ; la mer était parfaitement lisse. C'était le jour le plus froid depuis le début de l'automne. Quelques mouettes se disputaient une proie invisible – qui pouvait être le phoque de la veille, à supposer que Jansson eût renoncé à le remorquer et à l'enterrer quelque part sous les algues et le sable.

J'ai fait le tour de l'îlot. J'approchais de l'endroit où les profondeurs cèdent la place à une pente abrupte quand mon regard a été attiré par un objet qui semblait flotter sans résistance sous la surface de l'eau. J'ai cessé de ramer et je me suis penché par-dessus bord. C'était un fragment de filet dérivant, qui avait dû s'arracher et qui voyageait à présent seul au gré des vents et des courants. Des algues, des poissons, un canard plongeur étaient entortillés dans ses mailles. Je l'ai regardé s'éloigner dans l'obscurité et le silence de la mer avec la sensation d'avoir croisé un prisonnier en cavale.

Le soleil a disparu derrière les nuages et je n'ai plus rien vu. J'ai accosté sur la face est, j'ai tiré la barque au sec en faisant le moins de bruit possible et je suis monté silencieusement vers la tente. Je ne pouvais pas être certain qu'elle dormait. Elle prendrait peut-être peur en entendant mes pas ; je ne voulais pas l'effrayer.

Je me suis accroupi contre la toile de tente et j'ai écouté. Impossible de savoir si ce que j'entendais était le souffle de Louise ou un effet de mon imagination. Le soleil faisait des apparitions entre les nuages qui couraient dans le ciel. Je me suis éloigné vers le rocher à l'abri du vent où j'avais autrefois l'habitude de faire du feu. La roche était encore noircie. Louise avait choisi d'installer son foyer à un autre endroit, moins propice.

J'ai rassemblé du petit bois. J'ai trouvé une planche échouée, vestige sans doute d'une vieille caisse à poissons. J'ai recouvert le tout avec de la mousse et j'ai frotté une allumette. Il n'y avait pas de vent, la fumée montait droit vers le ciel.

Je me suis assis et j'ai attendu. Je n'avais pas encore décidé de ce que je dirais à Louise pour justifier ma présence.

J'ai continué d'alimenter le feu. De temps à autre, je faisais le tour de l'îlot en escaladant les rochers pour chasser la fatigue et le froid.

Une heure s'est écoulée, puis une deuxième.

Soudain, j'ai entendu du bruit à l'intérieur de la tente. Je me suis approché avec précaution et j'ai collé mon oreille contre la toile.

Ma fille sanglotait. C'était la première fois. J'avais eu l'occasion de la voir triste ou abattue, mais jamais en larmes. La seule exception avait été à la mort d'Harriet.

J'étais désemparé. Je suis retourné auprès du feu en pensant qu'il valait sans doute mieux m'en aller. Mais je ne pourrais pas éteindre le feu sans qu'elle l'entende car j'allais devoir noyer les braises sous l'eau de mer.

Je suis resté là à écouter ma fille pleurer. J'ai mesuré le temps avec ma montre. Les larmes ont cessé au bout d'un quart d'heure. Elle devait beaucoup souffrir.

Le silence s'est prolongé. J'ai continué à attendre.

J'ai entendu un bâillement. Peu après Louise a tiré la fermeture à glissière, qui s'est coincée à l'endroit habituel. Sa tête a émergé. Elle était hirsute et a mis quelques instants à m'apercevoir. Puis elle est sortie et elle a disparu derrière les rochers. À son retour, elle s'était peignée. Elle est allée chercher l'oreiller dans la tente et elle est venue s'asseoir de l'autre côté du feu.

– Tu aurais pu faire du café.

Je n'ai pas répondu. Je n'avais aucune intention d'engager la conversation tant qu'elle ne m'aurait pas dit pourquoi elle avait pris mon bateau le jour de ma convocation au commissariat. Elle est comme sa mère : quand elle se sent en tort, elle cherche à déstabiliser l'autre en prenant les devants et en déviant la conversation dans le sens qui l'arrange.

J'avais toujours été convaincu d'être plus intelligent qu'Harriet. Mais ma fille, elle, représentait un vrai défi, ainsi que j'avais pu m'en rendre compte à maintes reprises.

– Bon alors, comment ça s'est passé ?

– Quoi ?

– Au commissariat. Ils t'ont frappé ?

– Oui. Avec des matraques.

Elle paraissait lasse. Pâle et affaissée sur elle-même, de l'autre côté du feu. Je n'avais jamais eu l'occasion de la voir ainsi, et j'ai pensé confusément que c'était la tête qu'elle devait avoir quand elle était enfant et qu'elle vivait avec Harriet sans même savoir que j'étais son père.

– Écoute, a-t-elle dit. Est-ce qu'on ne pourrait pas essayer de se parler comme deux adultes, au moins une fois ?

– D'accord. Ils ne m'ont pas frappé. Ils me soupçonnent d'avoir provoqué l'incendie, mais ils n'ont pas de preuves. Et ce n'est pas moi qui l'ai fait, délibérément, accidentellement, ou de n'importe quelle autre manière. Ce n'est pas moi.

– Alors qui ? Pourquoi ?

– J'aimerais pouvoir te répondre.

Elle s'est levée. Elle a disparu dans la tente et elle est revenue avec une bouteille d'eau. Elle avait bricolé un système qui lui permettait d'accrocher la cafetière au-dessus des flammes. Elle est allée chercher le gobelet du thermos et la tasse que j'avais laissée dans la tente. Elle m'a tendu le gobelet. Il y avait un peu de café soluble au fond.

Un coup de vent a rabattu la fumée vers son visage. L'odeur du feu me rappelait la nuit de l'incendie. Elle a versé l'eau chaude. Puis elle s'est rassise et m'a déclaré :

– Je peux aussi bien te le dire ici qu'ailleurs.

Je n'aime pas le café instantané. Son goût me rappelle mes interminables années d'étude où je n'arrêtais pas d'en boire.

J'ai posé mon gobelet. J'étais pétrifié. Je pensais à Harriet et à son cancer. Louise était-elle malade ? Le chagrin et la peur m'ont envahi par avance. Mon cœur battait aussi fort que lorsque je m'étais échappé en courant de la maison en flammes.

– Qu'est-ce qui se passe ? Ça me paraît sérieux…

– C'est sérieux.

Mon pied a heurté le gobelet et le café a éclaboussé la toile de tente.

– Alors ? Tu vas me le dire ?

– Je suis enceinte.

Dans le silence qui a suivi, il m'est revenu un souvenir que je croyais soigneusement enfoui pour toujours. J'étais en première année de médecine – c'était bien avant ma liaison avec Harriet. Une jeune femme s'était tenue devant moi et m'avait annoncé, rayonnante, qu'elle attendait un enfant. Elle était étudiante en chimie, elle se destinait à la recherche. Nous nous étions rencontrés à une soirée, et je l'avais conquise sans encombre avec des promesses d'amour éternel-avenir-famille, sans me soucier du tout de la véracité de mes dires. Elle m'avait cru. Et voilà qu'elle était tombée enceinte. Sa joie s'est heurtée à mon épouvante muette. Je ne voulais pas d'enfant, pas avant longtemps, pas avec elle, pas avec une autre. Tout me revenait, l'image de cette jeune femme radieuse, puis son désespoir déchirant quand je l'avais plus ou moins contrainte à avorter en disant que, si elle ne le faisait pas, je la quitterais. Elle avait avorté, et je l'avais quittée peu de temps après.

À présent, Louise m'annonçait la même nouvelle. Nulle joie rayonnante chez elle cependant. Plutôt une réserve, comme on énonce une donnée objective dont il convient de tenir compte.

Je ne parvenais pas assimiler l'information. Je n'avais jamais imaginé que Louise puisse être mère. Harriet ne l'avait pas envisagé non plus, d'ailleurs. Une fois, je l'avais interrogée sur les petits amis passés ou présents de Louise et elle m'avait répondu qu'elle ne savait rien de la sexualité de sa fille. Je n'avais pas insisté, et je n'y étais pas revenu par la suite. Je m'étais naturellement demandé s'il existait un homme à l'arrière-plan de ses mystérieux voyages, mais je n'en avais jamais découvert la preuve. J'avoue qu'il m'était arrivé de fouiller dans ses affaires. Je n'avais jamais rien trouvé qui confirme ou même qui suggère quoi que ce soit concernant cet aspect de sa vie.

– Tu as entendu ce que j'ai dit ?

Sa voix était dénuée d'aménité.

– Bien sûr, oui. Mais j'ai peut-être besoin d'un peu de temps pour en saisir la portée.

– C'est pourtant clair.

– Tu n'es pas tombée enceinte toute seule.

– C'est la seule question à laquelle je ne répondrai pas. L'identité du père, je la garde pour moi.

– Pourquoi ?

– Parce que je le veux.

– Tu sais qui c'est, au moins ?

Je n'ai pas eu le temps de regretter mes paroles ; la gifle était déjà partie. J'ai commencé à saigner du nez. Louise l'a vu, mais n'a rien dit, et j'ai compris seulement en sentant un goût de sang sur mes lèvres. Je me suis essuyé tant bien que mal avec un mouchoir sale trouvé dans ma poche.

– D'accord. Je ne poserai pas de questions. Et je regrette d'avoir dit ça. Bien sûr que tu sais qui est le père. Tu en es où de ta grossesse ?

– Trois mois.

– Tout va bien ?

– Je le crois.

– C'est-à-dire ?

– Je n'ai pas consulté, si c'est ça le sens de ta question.

– Il faut que tu le fasses !

Comme toujours, notre dialogue était moins un échange qu'une lutte. J'ai accueilli avec soulagement la sonnerie de mon téléphone.

C'était Veronika.

– Je te réveille ?

– Non.

– Je voulais juste te dire qu'Axel est décédé.

Je n'ai pas compris de qui elle parlait. Axel ? Je ne connaissais aucun Axel. Puis j'ai réalisé que c'était le prénom de Nordin. Axel Nordin.

– Tu es encore là ?

J'entendais la tristesse dans sa voix. Ou peut-être était-ce de l'effroi ?

– Je suis là.

– Ça s'est passé peu après quatre heures du matin. Margareta m'a appelée. Elle était dans tous ses états.

Je savais que la femme de Nordin se prénommait Margareta. Je savais aussi qu'ils n'avaient pas d'enfants et que c'était une grande source de chagrin pour elle. Tout cela était d'autant plus étrange et désagréable que j'étais en train de parler à ma fille qui venait de me révéler qu'elle était enceinte. Et qui avait eu vis-à-vis de Nordin un comportement qui avait peut-être contribué à hâter son décès.

Je me suis éloigné en direction des rochers, le téléphone plaqué contre mon oreille.

– Je ne vais pas ouvrir le café aujourd'hui, a dit Veronika.

– Je comprends. Sais-tu qui va reprendre le magasin ?

– Non. Les murs appartiennent à l'amicale des pêcheurs. Il faudra leur poser la question.

– J'avais commandé une paire de bottes, j'espère qu'elles vont arriver quand même.

Veronika a réagi comme on pouvait s'y attendre.

– Qui se soucie d'une paire de bottes en un jour pareil ?

Je n'ai rien trouvé à répondre. J'ai vaguement dit que j'appellerais Margareta et nous avons échangé encore quelques phrases avant de raccrocher.

En revenant près du feu, j'ai constaté que Louise était retournée sous la tente. Je me suis assis et j'ai attendu. Quand elle est ressortie, elle avait le visage fermé.

– Nordin est mort, ai-je annoncé. Il a eu un AVC et il est mort cette nuit.

– Qui ?

– Le gérant du magasin du port. Le responsable de la cabine de douche.

J'ai vu l'inquiétude se peindre sur son visage puis s'effacer aussitôt.

– Ça ne peut pas être à cause de moi. Je n'ai pas été agressive à ce point.

– Je n'ai pas prétendu que tu y étais pour quelque chose. Je te dis seulement qu'il est mort.

Elle m'a fait signe de me lever.

– Viens. On s'en va.

– Où ?

– Faire le tour de l'île.

– Ce n'est pas une île. À peine un tas de cailloux.

– Quelle différence ?

– La taille, peut-être.

Nous avons commencé à avancer au milieu des pierres, au bord de l'eau. Elle était très agile. Moi, j'avais sans cesse la crainte de perdre l'équilibre. À un moment – elle venait d'escalader un rocher devant moi et me surplombait de toute sa hauteur – elle s'est retournée. Elle m'a juste regardé. Puis elle a continué sans un mot.

146

Pendant qu'elle me regardait, j'ai été envahi par une rage incontrôlée, qui a disparu aussi vite qu'elle était venue. J'ai bien peur de nourrir, au fond de moi, une sorte de ressentiment désespéré vis-à-vis de ceux qui vont continuer de vivre alors que je serai mort. Cette impulsion m'embarrasse autant qu'elle m'effraie. Je cherche à la nier, mais elle revient de plus en plus souvent à mesure que je vieillis.

Je me demande si les autres ressentent la même chose. Je l'ignore, et je n'ai aucune intention d'interroger qui que ce soit ; mais cette jalousie est ma part d'ombre la plus obscure.

Se peut-il vraiment que je sois le seul à l'éprouver ?

Nous sommes revenus auprès du feu. Il était presque éteint.

– Il faut que tu comprennes, ai-je dit.

– Quoi ?

– Que je m'interroge. Je ne sais rien de toi. J'ignore de quoi tu vis. Tu ne me demandes jamais d'argent. Je n'ai pas la moindre idée de ce que tu fabriques.

Elle m'a regardé et m'a souri. Puis elle s'est levée en m'effleurant au passage et elle s'est éloignée vers un fourré d'aulnes.

– Pipi ! a-t-elle lancé par-dessus son épaule.

– Fais attention aux tiques.

À son retour, elle s'est plantée devant moi.

– J'aimerais que tu rentres maintenant. Prends le hors-bord. Je te rejoindrai dans quelques heures, mais là, j'ai besoin d'être seule.

– Il faut qu'on parle. De la maison, entre autres. D'autant plus qu'une nouvelle génération est en route.

– Je sais. On a tout le temps du monde.

J'ai poussé le bateau à l'eau et j'ai abaissé le moteur. J'ai décidé de faire un tour en haute mer avant de rentrer.

Au-delà des derniers îlots, ces cailloux sans nom autour desquels se rassemblaient autrefois des bancs immenses de harengs de la Baltique, j'ai aperçu avec surprise un voilier solitaire. Il était rare de croiser des plaisanciers si tard dans l'année. J'ai suivi le bateau du regard. Un seul individu était visible à bord. Impossible de voir si le barreur était un homme ou une femme. J'ai fait demi-tour et je suis rentré. Après avoir amarré le bateau, je me suis assis sur le banc du ponton. J'essayais d'intégrer le sens de ce que m'avait dit Louise. J'étais incapable de ressentir la joie sans mélange que j'aurais dû, me semblait-il, éprouver. Cela m'inquiétait. Pourquoi mes propres émotions me pesaient-elles autant ?

Malgré tout, nous avions amorcé un échange. J'espérais qu'il aurait une suite, que notre dialogue ne prendrait pas fin à peine entamé.

J'ai jeté un coup d'œil à ma montre.

Elle n'était plus là.

J'ai cherché dans mes poches. Je suis retourné voir si elle n'était pas tombée dans le bateau.

Je cherchais en vain une explication. Le bracelet était neuf, en acier ; il était peu probable qu'il se soit cassé.

Le téléphone a sonné. C'était Jansson.

J'ai prétendu que la liaison était mauvaise et que je n'entendais pas ce qu'il me disait. J'ai éteint le portable.

Jansson attendrait. J'avais beaucoup d'urgences aux-quelles faire face. Mais, dans l'immédiat, elles atten-draient, elles aussi. Je devais penser au futur enfant de Louise comme à la meilleure chose qui puisse m'arriver.

10

Je suis monté au sommet de l'île et je me suis assis,
le regard tourné vers l'îlot. Quand j'ai vu Louise mettre
la barque à l'eau, je suis descendu l'attendre. Elle a
failli tomber en grimpant sur le ponton.

– C'était moins une !

– Non. J'ai un bon équilibre. D'ailleurs, tu ne le sais
sans doute pas, mais je m'exerçais à marcher sur un fil
quand j'étais petite.

Est-ce qu'elle se moquait de moi ? Harriet ne m'en
avait jamais parlé. J'ai changé de sujet.

– Tu peux me dire quelle heure il est ? J'ai perdu
ma montre.

– Midi et quart.

– J'ai perdu ma montre.

– J'ai entendu.

– C'est curieux. Je suis sûr que je l'avais sur l'îlot.

– Je ne l'ai pas vue.

– Elle ne peut pas avoir disparu !

– Elle est sûrement tombée dans l'herbe ou sur les
rochers.

Son indifférence me laissait songeur, mais je n'ai rien
dit. Bien sûr que je la retrouverais, en cherchant bien.
Il me paraissait exclu qu'elle ait pu tomber à l'eau.

Louise est partie vers la caravane. Mon téléphone

a sonné ; c'était un numéro fixe ; j'ai attendu que les sonneries cessent et je l'ai rangé dans ma poche.

Il s'est remis à sonner tout de suite. J'ai décroché à contrecœur, de crainte d'apprendre une nouvelle désagréable.

C'était Lisa Modin.

– Je te dérange ?

– Pas du tout. C'est toi qui as cherché à me joindre à l'instant ?

– Oui. Tu es sur ton île ?

– Où veux-tu que je sois ?

– Cette fois, c'est en tant que journaliste que je te contacte.

Elle ne m'appelait pas parce qu'elle avait envie de me parler. Sa voix, du coup, ne résonnait plus de la même manière. Je suis resté muet.

– J'ai cru comprendre que tu allais être mis en examen en lien avec l'incendie de ta maison.

Mon ventre s'est noué. Douleur brutale, surgie de nulle part. J'ai failli pousser un gémissement dans le téléphone.

– Tu es toujours là ?

– Oui.

– Tu confirmes ?

– Je n'en sais rien.

– Comment cela ?

– Je n'ai aucune nouvelle depuis que j'ai été entendu au commissariat. Peut-être pourrais-tu m'expliquer comment il se fait que tu le saches et que personne n'a pris la peine de m'en informer ?

– C'est mon travail de journaliste.

– Mais je n'ai rien reçu !

– Tu démens donc, jusqu'à nouvel ordre ?

– Oui.

Sa voix a disparu. Ensuite elle est revenue, mais elle ne m'entendait plus. J'ai raccroché et attendu qu'elle me rappelle. J'ai essayé moi-même une fois ou deux, sans succès. Les liaisons ne sont pas toujours très performantes, selon l'endroit où l'on se trouve dans l'archipel. Nordin m'avait demandé un jour de signer une pétition pour protester contre les défaillances du réseau. J'avais signé, mais ça n'avait rien donné, bien sûr.

Je suis remonté vers la caravane. La température était en train de chuter. Je ne pourrais pas continuer à dormir sous la tente très longtemps.

J'allais frapper à la porte, quand j'ai changé d'avis. Je n'étais pas prêt à parler à ma fille. J'ai rebroussé chemin et je me suis assis dans la remise au milieu des filets. J'ai tenté de rassembler mes esprits, de revenir en pensée à la nuit où la lumière aveuglante m'avait tiré du sommeil et de dérouler le fil des événements à partir de là. Je devais y mettre de l'ordre, résister au chaos qui me menaçait.

Mais c'était impossible. La voix de Lisa Modin résonnait dans ma tête. D'où tenait-elle son information ?

J'ai pris peur. Dans la pénombre, au milieu des filets, j'étais assailli de doutes. Avais-je pu mettre le feu à ma maison sans en avoir le moindre souvenir conscient ? Comment pouvait-on prononcer ma mise en examen s'il n'existait aucune preuve contre moi ?

Mon angoisse était si intense que j'ai été pris de nausée. J'ai plongé en avant, tête entre les genoux, comme j'avais appris à le faire pendant mes études.

Du temps a passé. La nausée avait cédé la place à un mal de tête lancinant quand j'ai senti une main sur mon épaule. J'ai poussé un cri. C'était Louise. Je ne l'avais pas entendue entrer.

– Qu'est-ce que tu as ? Qu'est-ce que tu fais là ?

– Je n'ai pas tellement d'endroits où aller.

– Il fait froid. Je croyais qu'on devait parler. Je t'attendais.

Je l'ai suivie vers la caravane, marchant à quelques pas derrière elle avec la sensation d'être un chien errant dont personne ne voulait.

Elle a fait du café.

– Tu veux manger quelque chose ?

– Non.

– On dit non merci.

– Non merci.

– Il faut que tu manges.

Elle m'a préparé des tartines. Je n'ai pas protesté. J'avais réellement très faim. Elle m'a regardé comme si elle attendait que j'amorce notre échange. Mais je n'avais rien à dire. La conversation avortée avec Lisa Modin avait mis en déroute toute forme de pensée organisée.

C'est Louise qui, la première, a entendu le moteur à l'approche. Elle a levé la tête. Alors je l'ai entendu, moi aussi. J'ai ouvert la porte. Le bruit se rapprochait. J'ai reconnu le bateau de Jansson.

– C'est l'ancien facteur. Descends lui dire que je ne suis pas là.

– Il va voir les deux bateaux.

– Dis-lui que je me suis noyé.

– Ça suffit. Si tu n'as pas envie de lui parler, c'est ton problème. Débrouille-toi.

J'ai compris qu'elle ne céderait pas ; j'ai enfilé ma veste et je suis descendu au ponton. Quand il est apparu, j'ai constaté qu'il n'était pas seul. Lisa Modin se tenait à l'avant, tête détournée pour se protéger du vent.

Comment était-ce possible ? Nous venions de raccrocher et voilà qu'elle débarquait sur mon île.

Elle a sauté à terre. Jansson s'est contenté d'un geste de la main.

Elle portait une veste et un pantalon imperméables et, sur la tête, le même suroît démodé que la fois précédente.

– J'imagine que tu es un peu surpris.

– Oui.

– J'étais au port quand je t'ai appelé.

– Avec Jansson ?

– C'était un pur hasard.

Jansson, qui suivait notre échange, a acquiescé.

– Je ne vais pas rester longtemps, a-t-elle dit. Mais nous avons été interrompus.

Jansson a ramassé un journal et s'est mis à lire pendant que je me dirigeais vers la caravane avec Lisa Modin. J'ai vu que c'était un exemplaire du journal local.

La porte était fermée. Je ne pouvais pas apercevoir Louise par la fenêtre, mais j'ai entendu qu'elle avait branché la radio.

– Ma fille est là en ce moment.

– C'est bien. Comme ça tu ne restes pas tout seul.

Nous avons continué en direction des ruines. L'odeur, bien qu'atténuée, était toujours présente.

J'ai éprouvé la brusque envie de la serrer contre moi et de glisser mes mains gelées sous ses vêtements.

– Comment envisages-tu la suite ?

– Je n'envisage rien du tout. Je ne comprends toujours pas ce qui se passe.

– Voilà ce qu'il en est. Le procureur a décidé d'ouvrir une enquête préliminaire qui aboutira sans doute à ta mise en examen. Le motif serait celui, habituel, de l'escroquerie à l'assurance. Tu affirmes toujours ne rien savoir ?

– À propos de l'incendie, ou de cette enquête ?

– Les deux.

– Rien. Si je ne m'étais pas réveillé, j'aurais brûlé avec la maison. Dans ce cas, ce n'aurait pas été une escroquerie à l'assurance mais un suicide réussi.

Elle a rangé son chapeau dans la poche de sa veste. J'ai remarqué qu'elle était allée chez le coiffeur. Ses cheveux étaient encore plus courts qu'avant.

– Je dois écrire un article. Mais ce sera juste une brève.

– Le mieux, alors, c'est que tu écrives que je n'ai pas mis le feu à ma maison. Et que ceux qui répandent la rumeur devraient tous rôtir en enfer.

– C'est un sort peu banal pour un procureur.

Je me suis mis en marche vers le sommet de l'île. Elle m'a suivi. Pourquoi était-elle venue ? Croyait-elle que j'allais passer aux aveux ?

Je me suis assis sur le banc. Elle est restée debout à quelque distance. Soudain elle a tendu la main vers la mer.

– Tu as vu ?

J'ai regardé dans la direction qu'elle m'indiquait sans voir quoi que ce soit. C'est en me levant que je l'ai aperçu. Au-delà de l'îlot où j'avais dressé ma tente, un véliplanchiste en combinaison noire filait à toute vitesse vers le large. L'été, on en voyait beaucoup. En automne, jamais. Curieusement, la voile était noire, comme la planche elle-même et comme la combinaison du surfeur. De loin on aurait dit qu'il volait pieds nus sur les vagues.

Nous l'avons suivi du regard jusqu'à ce qu'il disparaisse derrière Låga Höholmen. Un instant plus tard, il est réapparu de l'autre côté de l'île. Il se dirigeait toujours droit vers la haute mer. Cela m'a mis mal à l'aise.

Qui donc mettait cap au large par un jour d'automne glacé ?

Je lui ai pris la main ; elle était froide. Elle m'a laissé la tenir quelques secondes avant de la retirer avec précaution.

Un bruit de branche cassée m'a alerté. En me retournant, j'ai vu Louise qui escaladait les rochers pour nous rejoindre. Lisa Modin a découvert sa présence en même temps que moi. Ma fille, décoiffée, en colère, l'a toisée avec animosité.

– Je te présente Lisa Modin, ai-je dit. Une amie.

Lisa lui a tendu la main.

Louise n'a pas bougé. Puis elle s'est tournée vers moi, l'air hostile.

– Pourquoi ne m'as-tu jamais parlé d'elle ?

– Ça ne fait pas très longtemps qu'on se connaît.

– Vous couchez ensemble ?

Lisa Modin a écarquillé les yeux. Puis elle s'est mise à rire.

– Non, ai-je dit.

Louise allait ajouter quelque chose mais Lisa l'a devancée :

– Je ne sais pas pourquoi tu es si désagréable mais, juste pour que tu comprennes bien la situation, je suis journaliste. J'avais quelques questions à poser à ton père, il m'a répondu, et j'étais sur le point de m'en aller.

– Qu'est-ce que tu voulais savoir ?

Lisa Modin m'a jeté un regard. Je n'avais rien à dire. Il s'agissait de moi, mais je n'étais pas présent.

– La police soupçonne qu'il pourrait être à l'origine de l'incendie.

Tout est allé très vite. Lisa Modin a été aussi désarçonnée que moi. Louise a avancé d'un pas et s'est mise à hurler.

– Maintenant tu vas t'en aller tout de suite, compris ?
C'est assez dur comme ça, on n'a pas besoin en plus
d'être envahis par les journalistes !

Lisa est restée muette de stupéfaction ; mais j'ai vu
à son regard qu'elle était dans une colère noire. Sans
un mot, elle s'est détournée et elle est partie. Louise
et moi étions encore là-haut quand nous avons entendu
démarrer le bateau de Jansson.

Le vent soufflait de plus en plus fort. Ma fille venait
de m'arracher un des rares espoirs qui me restaient.
Celui que Lisa Modin puisse devenir plus qu'une vague
connaissance que j'emmenais de temps à autre sur les
îles.

J'ai parlé à voix basse sans la regarder.

– Je veux que tu t'en ailles. Si tu t'amuses à chasser les rares personnes que j'aime bien, tu n'as rien à
faire ici.

– Et toi ? Tu crois que tu l'intéresses ? Elle a bien
trente ans de moins que toi !

– Elle ne m'a jamais déçu jusqu'à présent. Même si
on ne couche pas ensemble, pour reprendre ton expression.

En arrivant à la caravane, j'ai levé la tête vers les
nuages noirs qui s'amoncelaient à l'ouest. Si la saison
avait été un peu plus avancée, j'aurais prédit qu'il nei-
gerait au cours de la nuit.

Nous avons dîné. Puis nous avons bu un thé. Je
n'aime pas le mélange que prépare Louise. Il a un goût
d'herbes inconnues, qui ne me plaît pas. Mais je n'ai
rien dit, bien entendu.

Nous étions fatigués. Aucun mot n'avait été prononcé
en ce sens, mais il paraissait acquis que je dormirais
dans la caravane. On a joué aux cartes jusqu'à ce qu'il
soit assez tard pour pouvoir se coucher. Louise est restée

longtemps éveillée. Peu à peu, cependant, son souffle s'est fait plus lourd, et j'ai pu m'endormir moi aussi.

Le lendemain, je suis retourné sur l'îlot à la recherche de ma montre. Louise ne m'a pas accompagné car elle avait mal au cœur, a-t-elle dit.

C'est peut-être à cet instant que j'ai réellement compris qu'elle était enceinte. Les nausées matinales. Voilà, on y était. Ma fille allait avoir un enfant, et j'ignorais l'identité du père.

Tout en ramant vers l'îlot, j'ai essayé d'imaginer son visage ; mais tout ce que je voyais, c'était une foule d'hommes anonymes, comme à l'entrée d'un match de football.

J'ai longuement cherché ma montre. J'ai même arraché quelques sardines pour voir si elle n'était pas sous la tente. Mais non. Elle avait bel et bien disparu.

Les jours suivants se sont écoulés sans incident notoire. Le vent soufflait ; il a même atteint force de tempête. Nous restions souvent dans la caravane. J'ai repris l'habitude de me baigner le matin dans la mer. J'ai essayé d'entraîner Louise, mais elle ne voulait pas. Elle avait renoncé à la marmite et à la bassine et se lavait à la pompe. Je l'entendais maudire l'eau glaciale.

Je me demandais pourquoi nous nous comportions de cette façon bizarre. Deux personnes adultes, incapables de se parler calmement alors même qu'un enfant allait naître. Qu'était-ce donc qui nous rendait si mal armés pour aborder ce que d'autres auraient considéré comme la chose la plus naturelle au monde ?

Un matin, vers midi, j'ai appelé l'assurance. On m'a finalement passé un jeune homme qui a réussi à mettre la main sur mon dossier. Il s'est présenté, Jonas Andersson. Je n'avais pas le souvenir de l'avoir jamais rencontré. Il parlait beaucoup trop vite, comme si son principal objectif était d'en finir avec notre échange. Il n'avait pas entendu parler de l'incendie, encore moins de soupçons d'incendie volontaire. Une idée incongrue m'a traversé l'esprit. Peut-être faisait-il partie de ces jeunes qui avaient entièrement cessé de lire ? Pas seulement les livres, mais aussi les journaux ? Les rares informations qui leur parvenaient provenaient toutes de sources digitales.

Le court échange avec Jonas Andersson m'a éprouvé. Je ne lui ai pas dit que l'enquête de police était en train de se transformer en une chasse à l'homme dirigée contre moi. Qu'il se renseigne, après tout. L'information importante qu'il a pu me communiquer était que j'avais payé toutes mes cotisations en temps utile et que j'étais donc en règle de leur point de vue.

L'assurance paierait la construction d'une nouvelle maison, même si celle-ci ne serait jamais aussi belle ni aussi solide que celle qui avait brûlé. Les murs ne seraient pas en chêne. Et la véranda n'aurait pas les mêmes détails raffinés de menuiserie.

J'ai failli demander si l'assurance couvrait aussi les arbres brûlés. Mais mes pommiers n'étaient sans doute pas du ressort de Jonas Andersson ; pas certain qu'il sache même ce qu'était un pommier.

J'étais dans la caravane pour passer ce coup de fil. Louise écoutait, debout à côté de la porte. Jonas Andersson ayant une voix très sonore, elle pouvait entendre ce qu'il disait. Un représentant de l'assurance passerait constater le sinistre – il a utilisé le terme « inspection oculaire ». Cette visite aurait lieu dans les prochains jours.

Il ne m'a pas demandé où je logeais depuis que la maison avait brûlé. Il n'a pas commenté le fait que tous mes biens avaient été détruits. Sa mission à lui, ai-je pensé, était de s'assurer que son entreprise perde le moins d'argent possible.

– L'assurance fonctionne, ai-je dit à Louise après avoir raccroché. Sauf si je suis condamné, bien entendu.

– Que se passera-t-il dans ce cas ?

– J'irai en prison. Et l'assurance ne paiera rien.

Le temps s'améliorait peu à peu. Aux vents violents ont succédé des ciels clairs et une chaleur inattendue. Je montais au sommet de l'île une fois par jour pour guetter le véliplanchiste aperçu en compagnie de Lisa Modin. Mais la mer était déserte. Aucun bateau, aucune planche, aucune voile noire.

Après le départ des derniers oiseaux migrateurs, l'archipel devient silencieux. On n'entend plus que les vagues et le vent.

Un soir, alors que je venais de redescendre, j'ai aperçu Louise dans un état de grand abattement. Elle était assise sur le banc du ponton, la tête entre les mains. Je me suis placé de manière à ne pas être vu et je l'ai observée. C'était devenu notre principal mode de relation : nous nous observions à la dérobée. Nous avions peur. Ma peur était liée au fait que je ne savais pour ainsi dire rien sur le compte de ma fille enceinte. Et la sienne au fait qu'elle comprenait peut-être à travers moi comment la vieillesse peut transformer un individu.

Il était dix heures du matin, le premier mardi de novembre, quand j'ai entendu un bruit de moteur. Le bateau qui est apparu un peu plus tard était en plastique blanc, équipé d'un puissant in-bord, et s'appelait, curieusement, *Drabant II*.

Pour une fois, Louise et moi sommes descendus au ponton ensemble pour accueillir le visiteur.

C'était le représentant de la compagnie d'assurance. Pas Jonas Andersson, mais un certain Torsten Myllgren. Il ne pouvait pas avoir plus de vingt-cinq ans. Je m'étais toujours imaginé que les experts étaient des gens chevronnés ayant à leur actif une longue série d'expertises complexes.

Le skipper n'était pas beaucoup plus âgé. Sa poignée de main était molle et il avait une voix aiguë. Quand il s'est présenté, j'ai cru distinguer le prénom Hasse.

Nous sommes montés vers le lieu du sinistre. J'attendais que Myllgren annonce qu'il avait été informé des soupçons d'incendie volontaire, mais il n'a rien dit. Il arborait une combinaison orange. J'ai constaté avec joie qu'il portait de vraies bottes suédoises en caoutchouc vert et j'ai failli lui demander où il les avait achetées. À peine arrivé, il s'est mis à griffonner des notes dans un cahier.

Hasse a allumé un gros cigare. Il s'était posté à l'abri du vent, près de la caravane. J'ai pensé que c'était un skipper professionnel dont la compagnie d'assurance louait les services pour assurer le transport des experts dans l'archipel. La fumée de son cigare montait vers Louise et moi, qui observions Myllgren au travail. Il se déplaçait parmi les décombres, s'arrêtant de temps à autre pour prendre une photo à l'aide de son téléphone. Il avait aussi un petit dictaphone dont il se servait pour faire des observations orales.

– Qu'est-ce qu'il cherche ? m'a chuchoté Louise. Il ne sait même pas à quoi ressemblait la maison avant.

– Aucune idée. Pose-lui la question.

– Tu sais quoi ? Je suis contente de ne pas me réveiller le matin à côté d'un homme comme lui.

J'ai tressailli de surprise. En même temps j'ai compris

que je tenais l'ouverture pour la question essentielle que je voulais lui poser.

– À côté de quel homme aimerais-tu te réveiller ?

– Tu le sauras quand tu le rencontreras.

Nous avons continué d'observer Myllgren. Louise m'a pris par le bras et m'a entraîné au sommet de l'île ; nous nous sommes assis sur le banc.

– Tu te souviens que je t'ai appelé d'Amsterdam deux semaines environ avant l'incendie ?

– Oui, je m'en souviens. J'avais l'impression que tu étais dans un café.

– Que crois-tu que je faisais là-bas ?

– Je n'ai pas envie de jouer aux devinettes.

– Je vais te le dire. Comme tu le sais peut-être, une partie de l'œuvre de Rembrandt est exposée au Rijksmuseum d'Amsterdam. J'étais là-bas, pas pour les regarder, mais pour aider d'autres personnes à les voir. On est un petit groupe – la plupart sont néerlandais mais il y a aussi des gens d'autres pays. On a conclu un accord avec le musée, on collecte des fonds, on organise des transports par voiture ou par ambulance. Le projet est très simple. On offre à des malades qui le souhaitent la possibilité de voir les tableaux de Rembrandt. Une fois tous les quatre mois, le musée ouvre ses portes uniquement pour eux. Souvent ils ont de fortes douleurs, car ils ont renoncé aux antalgiques pour avoir la tête claire en vue de cette rencontre avec Rembrandt. La plupart veulent voir son autoportrait, celui où il est déjà âgé. Ce face-à-face leur rend le passage vers la mort moins difficile. C'est ce qu'ils disent. Enfin, voilà ce qu'il en est. Si tu croyais que j'allais là-bas pour fumer du shit, tu te trompais. Et tu en sais un peu plus sur mon compte.

Soudain, on a entendu de la musique en provenance du bateau. Myllgren n'a pas paru être gêné par le bruit.

– C'est quoi ? ai-je demandé.

– De la techno. À tout à l'heure.

Louise est repartie vers la caravane.

C'était une belle journée d'automne. Couleurs étincelantes, ciel limpide, presque pas de vent. Je pensais à ce qu'elle venait de me révéler.

Une heure s'était écoulée ; je suis redescendu vers les ruines. Un goéland gris veillait sur un rocher non loin de là. Je l'ai reconnu : le goéland qui boitait. Il m'arrivait de lui jeter des restes de nourriture.

Myllgren a refermé son cahier avec un claquement sec. Il a fourré une chique sous sa lèvre et rajusté sa combinaison qui semblait le gêner à l'entrejambe. Il se dirigeait vers moi quand il a trébuché sur un obstacle ; je l'ai vu tomber et j'ai entendu un grand craquement ; il a poussé un cri en lâchant son cahier.

Il gisait sur le dos. Pas besoin d'être médecin pour comprendre qu'il s'était fracturé le tibia.

Louise, qui avait entendu son cri, est accourue. Hasse, du bateau, a réalisé lui aussi qu'il était arrivé quelque chose. Nous avons fait cercle autour de Myllgren qui gémissait de douleur. Si j'avais eu accès à mon ancien stock de médicaments, je lui aurais fait une injection sur-le-champ. Dans la situation présente, je n'avais que des antalgiques en comprimés à lui offrir. Il était très pâle.

– Tu dois aller à l'hôpital.

– Je l'y emmène, a dit Hasse. On va le porter ensemble jusqu'à mon bateau.

– Non. On appelle les gardes-côtes.

J'ai demandé à Louise d'aller chercher une couverture.

– Il faut que tu déplaces ton bateau, ai-je dit à Hasse. S'ils doivent se mettre à couple, ça va être compliqué pour charger le blessé.

Hasse a ouvert la bouche mais j'ai levé la main et je lui ai indiqué la direction du ponton. Il est parti. Après avoir appelé les gardes-côtes, je me suis accroupi à côté de Myllgren, dont le courage était impressionnant. Malgré son jeune âge, il tenait tête à la douleur, qui devait être considérable.

Les gardes-côtes sont arrivés une demi-heure plus tard et l'ont emmené sur un brancard. Alexandersson dirigeait les opérations. C'était un homme d'expérience.

Drabant II, le bateau de Hasse, patientait à quelque distance du ponton. Une fois Myllgren en sécurité à bord, Alexandersson s'est tourné vers moi.

– Je suis passé au magasin d'accastillage hier pour acheter de la peinture. Margareta m'a chargé de te dire que tes bottes étaient arrivées. Elle va reprendre la boutique jusqu'à nouvel ordre. J'ai cru comprendre qu'un frère de Nordin prendrait le relais par la suite.

Je savais que le frère de Nordin était plombier. Peut-être ferait-il un bon gérant ?

Alexandersson a embarqué à son tour. La vedette a manœuvré. Hasse les a suivis, et les deux embarcations ont disparu derrière la pointe.

– Mes bottes sont arrivées, ai-je annoncé à Louise.

– Alors on va les chercher demain. On doit se ravitailler de toute façon.

J'ai entendu la vedette accélérer. Son grondement sourd résonnait entre les îles.

J'avais pitié de Myllgren. Mais je me réjouissais de savoir que mes bottes étaient arrivées.

11

Les bottes ne convenaient pas.

Margareta, la veuve de Nordin, était beaucoup plus grosse que dans mon souvenir. J'ai pensé à un syndrome métabolique. Elle avait du mal à passer entre les comptoirs du magasin. À mon entrée, elle était penchée sur un présentoir d'épuisettes. En entendant le grelot de la porte, elle s'est redressée, heurtant une étagère de chaussettes grises qui se sont éparpillées au sol. J'ai réprimé une envie de rire, et lui ai présenté mes condoléances en ajoutant que j'étais content que mes bottes soient arrivées. Je me suis assis sur un tabouret pendant qu'elle allait les chercher. J'ai ôté celles que je portais depuis le lendemain de l'incendie. Elle a apporté les nouvelles dans un carton ouvert. Des Tretorn en caoutchouc, vertes, luisantes, aux semelles rainurées tirant sur le jaune. J'ai commencé par enfiler la gauche. Impossible. J'ai essayé la droite. Pareil. J'ai attrapé la première botte et j'ai regardé le numéro gravé dessous.

– Ce n'est pas la bonne pointure, ai-je dit à Margareta, qui s'efforçait pendant ce temps de rassembler les chaussettes.

– Ce n'est pas moi qui ai expédié la commande.

– Il n'y a que celles-ci ? Il n'en a pas commandé d'autres ?

– Oui. Non.

J'ai remis les bottes dans l'emballage.

– Alors il faut tout recommencer. Je chausse du 43, pas du 41.

Elle a noté ma pointure sur une enveloppe déchirée posée à côté de la caisse.

– On pourrait peut-être leur demander de se presser un peu, cette fois ? Il leur a fallu un temps fou pour envoyer cette paire-ci, et ce n'est même pas la bonne.

– Je ne suis pas vraiment au courant, a dit Margareta sur un ton plaintif.

Par la fenêtre, j'ai vu arriver Louise au volant de ma voiture. Elle a freiné sur le quai. J'ai renfilé les bottes dépareillées et je suis sorti en passant derrière Margareta qui rangeait ses chaussettes. J'ai dû résister à l'envie de la pousser. Une légère pression aurait sûrement suffi à la faire basculer. Mes accès de méchanceté ne sont pas devenus plus rares avec l'âge.

Louise conduit avec brusquerie. Ce n'est pas moi qui lui ai appris, mais elle conduisait aussi mal que moi. Trop vite, trop distraitement, trop à gauche. Avait-elle au moins le permis ? Elle ne me l'avait jamais montré, en tout cas.

Nous traversions la forêt automnale. Je lui ai dit de faire attention, vu qu'il y avait quantité d'élans dans le coin. Deux ans plus tôt, un chef d'entreprise fortuné qui possédait une villa de vacances dans l'archipel était mort au volant de sa voiture après une collision avec un grand mâle. Louise n'a pas ralenti, n'a manifesté aucun signe de vigilance. Elle ne m'a même pas répondu.

Au sommet d'une côte, nous avons vu débouler en face de nous un énorme poids lourd. Louise s'est rabattue sur le bas-côté, comme indifférente au danger, pendant que j'écrasais frénétiquement un frein imaginaire. Nous avons évité la collision d'un cheveu.

— Tu conduis beaucoup trop vite, lui ai-je dit après m'être un peu calmé.

— C'est ce camion qui roulait trop vite.

J'aurais cru qu'elle s'énerverait, mais sa réponse était aussi nonchalante que s'il ne s'était rien passé.

— Tu as retrouvé ta montre ? a-t-elle enchaîné.

J'ai baissé les yeux, comme si la montre allait se matérialiser à mon poignet.

— Non.

— Tu as dû la perdre en rentrant à la rame.

— Non.

— Comment le sais-tu ?

— Je le sais, c'est tout.

— En fait, on n'a pas besoin de montre. La vie ne se laisse pas mesurer, de toute façon.

— Ce n'est pas la vie qu'on mesure. C'est le temps.

Elle m'a jeté un regard.

En tant que médecin, j'avais eu l'occasion de méditer tous les jours sur la brièveté de l'existence. À la différence d'un pasteur, qui la mesure à l'aune de la vie éternelle, un médecin est confronté à ce qu'elle signifie concrètement. Personne n'est prêt à mourir, pas même les individus âgés, parfois très malades, pour qui l'on peut raisonnablement attendre la fin d'un moment à l'autre. Ils affirment le contraire pour rassurer leurs proches. Mais ce n'est pas la vérité. Dès que la porte de la chambre se referme, le moribond cesse de sourire et d'agiter la main ; et ce qui lui reste alors, c'est l'effroi et un désespoir sans fond.

Ceux qui acceptaient le mieux la mort étaient les enfants. Ce n'était pas seulement mon expérience personnelle. Nous en parlions entre collègues. Comment se pouvait-il que des enfants, qui avaient à peine eu le temps de goûter à la vie, se comportent face à la mort de façon aussi calme et consciente ? Ils restaient dans leur lit et attendaient patiemment ce qui devait advenir. À la place de l'avenir dont ils étaient privés, il existait un autre monde, inconnu, qui leur était destiné.

Les enfants mouraient presque toujours en silence.

Je ne pense pas souvent à ma propre mort. Mais là, dans la voiture, avec Louise qui avait évité l'accident d'un cheveu, cela s'est présenté tout seul. Autrefois, je croyais qu'un médecin mourait différemment de ses patients. Un médecin connaît tout des processus qui conduisent le cœur et le cerveau à cesser de fonctionner. On pourrait donc croire qu'il est mieux armé que d'autres. En réalité, il n'en est rien. J'ai beau être médecin, la mort est aussi dure, effrayante et impossible à anticiper pour moi que pour quiconque. Je ne sais pas si je vais mourir calmement ou au terme d'une résistance acharnée. Je ne sais absolument rien de ce qui m'attend.

J'ai jeté un regard à Louise, qui paraissait toujours aussi absente. À quoi pensait-elle ? La mort avait-elle la moindre place dans sa représentation du monde ? Que signifiait pour elle la mort d'Harriet ? Que signifiait l'enfant qu'elle attendait ? Que signifiait cet enfant pour moi ?

En entrant dans le village, nous avons été surpris par la pluie. Les gens couraient en tous sens pour se mettre à l'abri. Louise s'est garée à l'endroit habituel, derrière la banque, et nous sommes restés dans la voiture en attendant la fin de l'averse. J'ai été surpris qu'elle me demande de m'occuper des courses, je pensais qu'elle aurait préféré les faire elle-même. Mais elle avait d'autres affaires à régler, a-t-elle dit, sans préciser de quoi il s'agissait.

Nous avons décidé de nous retrouver pour déjeuner une heure plus tard au restaurant du bowling.

La pluie a cessé ; nous nous sommes séparés. Je me dirigeais vers le supermarché quand Louise a crié mon nom. En me retournant, j'ai vu qu'elle me faisait signe. Elle est revenue et m'a donné les clés de la voiture. Cela m'a surpris.

– Mais tu auras peut-être fini avant moi ?

– Non. Ça m'étonnerait.

Elle s'est hâtée de repartir. Pourquoi était-elle si pressée et quelles étaient ces « affaires » qu'elle devait soudain régler séance tenante ? Je l'ai suivie du regard. La porte de la banque s'est refermée derrière elle.

Il m'a fallu une demi-heure pour choisir les provisions qui nous seraient nécessaires, selon mon estimation, pour la semaine à venir. Il n'y avait presque personne dans le magasin. La caissière, dont le tour de taille m'a rappelé celui de Margareta Nordin, s'était assoupie à son poste. J'ai pris quelques magazines de mots croisés. Après avoir payé et rangé les sacs dans la voiture, j'ai hésité à passer à la pharmacie. J'ai renoncé. Je ne manquais de rien dans l'immédiat.

Vu qu'il était encore trop tôt pour me rendre au restaurant, je me suis dirigé vers l'ancienne gare de chemin de fer, qui a cessé toute activité longtemps avant que je n'emménage sur l'île. Je guettais Louise, mais je ne l'ai vue nulle part. La devanture du magasin de chaussures avait été refaite, il n'y avait plus que des modèles d'automne et d'hiver. J'ai essayé de voir à l'intérieur, mais il faisait trop sombre. Devant la gare, je me suis souvenu de toutes les fois où j'étais venu, enfant, par l'autorail. Mon grand-père m'attendait. C'était toujours une sensation de liberté que d'arriver là à la fin des classes. Une liberté qui, avec le recul, me paraissait incompréhensible. Cet enfant-là et l'adulte que j'étais devenu étaient-ils vraiment la même personne ? Ou existait-il entre nous une distance infranchissable ? L'espace d'un instant, la pensée de cette enfance lointaine m'a submergé de désespoir. Je me suis éloigné de la gare à grands pas.

Une nouvelle averse se préparait. Je me suis dépêché de descendre jusqu'au restaurant. Les premières gouttes sont tombées au moment où je franchissais le seuil. Pas de Louise. La plupart des tables étaient occupées. Je me suis assis pour l'attendre ; une demi-heure plus tard, elle n'était toujours pas arrivée. Je suis allé choisir mon déjeuner au comptoir. Si elle n'était pas à l'heure, tant pis pour elle.

J'ai fini mon repas tout seul. J'ai attendu encore quelques minutes avant d'aller me chercher un café. Lorsque je suis sorti du restaurant, la pluie avait cessé. Louise restait invisible.

Je me suis demandé tout à coup pourquoi elle était revenue me donner les clés de la voiture. C'était étrange. Je n'avais aucune idée de ce qu'elle fabriquait.

Les clients commençaient à partir. J'ai résolu d'attendre encore dix minutes. Après, elle n'aurait qu'à se débrouiller. Elle avait un téléphone, elle aurait pu me joindre. Mais je n'avais rien reçu, ni appel, ni message.

Lui était-il arrivé quelque chose ? Je ne parvenais pas à éprouver la moindre inquiétude. Elle m'avait tout simplement posé un lapin.

A la fin, j'en ai eu assez. Le soleil est apparu tandis que je rejoignais ma voiture. J'allais mettre la clé dans le contact quand j'ai découvert le papier coincé sous l'essuie-glace. Un PV ? Furieux, j'ai rouvert la portière.

Ce n'était pas un PV. Louise m'avait laissé un mot : *Pars sans moi.*

Je l'ai longuement cherchée du regard.

J'ai démarré, j'ai longé la rue principale dans un sens, puis dans l'autre. Elle n'était nulle part.

Je suis retourné au port. La chaleur du soleil était soudain très perceptible, on se serait presque cru en été. J'ai laissé la voiture chez Oslovski et je suis allé jeter un coup d'œil par la fenêtre de son garage. Elle n'était pas là, et ses outils étaient éparpillés sur le béton. Étrange.

J'ai pris alors une initiative pour laquelle le courage m'avait toujours manqué. J'ai frappé à sa porte. Une fois, deux fois, trois fois. Pas de réaction. Les rideaux étaient fermés. J'ai appuyé mon oreille contre la porte. Aucun bruit à l'intérieur.

J'ai pris mes sacs dans la voiture et je suis descendu jusqu'au bateau. Margareta Nordin prenait le soleil, assise devant son magasin. Paradoxalement, c'est en la voyant ainsi que j'ai cru percevoir pour la première fois combien son mari devait lui manquer.

– Drôle de chaleur, ai-je dit en passant.

– Tout est bizarre. Je suis assise là, tu vois. J'essaie de comprendre qu'Axel est mort.

– On ne peut pas. La mort ne suit aucune règle.

Elle m'a regardé, perplexe. Ma réplique me semblait étrange, à moi aussi. Même si elle était vraie.

Alexandersson, qui fumait une cigarette devant le bâtiment des gardes-côtes, m'a aperçu et s'est dépêché de rentrer à l'intérieur. Il croyait sans doute que je ne l'avais pas vu. En était-on déjà là ? Étais-je devenu un indésirable ?

J'ai posé mes sacs dans le bateau et je l'ai détaché sans même avoir mis en route le moteur. Je voulais m'en aller le plus vite possible.

J'ai dérivé un bon moment avant que le moteur n'accepte de démarrer. Je supposais qu'Alexandersson m'observait depuis la fenêtre de son bureau. Éprouvait-il du mépris ou de la pitié à mon égard ? Il devait probablement me voir avant tout comme un traître – le voisin qui se révèle être un criminel sournois.

J'ai mis cap sur l'île. Le vent était chaud pour un mois de novembre. J'avais parcouru environ la moitié de la distance quand j'ai ralenti avant de m'arrêter tout à fait.

J'ai compris que Louise était partie. Elle n'avait pas pris la peine de faire ses bagages ; mais elle avait dû emporter passeport, argent, carte de crédit, tout ce qui est nécessaire à un départ. Elle l'avait prémédité. Elle n'avait jamais eu l'intention de me retrouver au restaurant. C'était pour cela qu'elle m'avait donné les clés. En sortant de la banque, elle s'était probablement rendue tout droit à la gare routière et elle avait pris le premier car à destination de la ville. Ce qu'elle avait fait ensuite, je n'en savais rien.

Elle avait emporté son futur enfant avec elle. Le père de cet enfant l'attendait quelque part.

J'ai laissé le moteur tourner à vide. La disparition de Louise me remplissait d'amertume. Mais ce n'était pas tout. Une autre idée venait de se présenter à mon esprit. Une intuition, un soupçon, qui grandissait de seconde en seconde.

Je nous ai revus sur l'îlot, assis autour du feu près de la tente. Louise m'avait effleuré en se levant. Et au retour, en me dirigeant vers la caravane, j'avais découvert que ma montre n'était plus à mon poignet.

C'était effarant. Mais soudain je ne voyais plus d'autre explication.

Je refusais de le croire. Comment s'y était-elle prise ?

L'idée était trop déroutante, trop effrayante. Pourtant, elle s'imposait à moi. Si Louise était capable de cela, de cette rapidité, de cette habileté, de ce sang-froid, cela signifiait encore autre chose. *C'était de cette façon qu'elle gagnait sa vie*. C'était aussi simple et insensé que cela.

Quand elle m'avait demandé, dans la voiture, si j'avais retrouvé ma montre, c'était un test. Elle voulait savoir si je la soupçonnais. Ma réponse avait dû la rassurer.

J'ai juré à haute voix. Sa traîtrise, ma propre naïveté, tout me remplissait de consternation. Je ne voulais plus avoir affaire à Louise. Je n'avais pas besoin d'elle, ni du petit-fils ou de la petite-fille qu'elle aurait pu me donner. Elle m'avait volé ma montre et elle était partie rejoindre un inconnu dont elle refusait de me parler alors même qu'elle attendait un enfant de lui.

Je me suis mis à l'avant, j'ai étendu les jambes et j'ai fermé les yeux.

Je me suis endormi, de fatigue et de désarroi. Quand je me suis réveillé, le moteur s'était arrêté tout à fait et j'avais rêvé d'Harriet. Elle se tenait devant les ruines de ma maison. Elle était comme le jour où elle était arrivée en poussant son déambulateur sur la glace. Dans le rêve, c'était l'automne, mais Harriet portait des vêtements d'hiver et se plaignait d'avoir froid. Je la serrais contre moi en lui souhaitant la bienvenue ; elle réagissait en me mordant le bras.

Je me suis levé en titubant et j'ai redémarré le moteur.

En arrivant, je suis allé droit à la caravane. Le passeport de Louise, son argent et sa carte de crédit avaient disparu. J'ai trouvé ma montre au fond de son sac. Je l'ai jetée contre la paroi. J'étais hors de moi. En la ramassant, j'ai vu qu'elle marchait encore. Je l'ai attachée à mon poignet et je me suis allongé sur la couchette. La porte était entrebâillée ; il n'y avait pas un souffle de vent.

– Louise, ai-je dit à voix haute.

Rien que cela. Son prénom. Je ne l'appelais pas. Je ne lui demandais rien, je ne la suppliais pas de revenir. Je prononçais son nom, c'était tout.

J'ai décidé de me rendre sur l'îlot. Le fait de m'asseoir sur le banc de rame et de manipuler les avirons avait toujours eu la vertu de me calmer. J'ai ramé sans me presser, en me reposant fréquemment. Mon inquiétude s'est dissipée.

J'imaginais Louise dans différentes situations. À bord d'un car, ou d'un train, dans le terminal d'un aéroport, sur un ferry. Pourquoi avait-elle choisi ce jour-là précisément ? Était-ce moi qui l'avais chassée en posant trop de questions ? Ou ne supportait-elle pas l'idée que son père soit soupçonné d'avoir mis le feu chez lui ?

Je la comprenais de moins en moins. Une pickpocket. Qui aidait de grands malades à revoir une dernière fois les tableaux de Rembrandt. Ça ne rimait à rien.

Je ne ramais plus. Je me reposais sur les avirons. Peut-être croyait-elle vraiment que j'avais provoqué l'incendie ?

J'ai tiré la barque au sec et je me suis approché de la tente.

J'ai vu que quelqu'un était venu.

Les pierres du foyer étaient plus nombreuses qu'avant. J'ai ouvert la tente et je me suis glissé à l'intérieur. Mon duvet était là. Mais la fermeture à glissière était tirée jusqu'en haut. Or je ne la fermais jamais que pour dormir ; le reste du temps, je laissais le duvet ouvert pour l'aérer.

Qui s'était servi de mon campement ? J'ai fait le tour de l'îlot en quête de traces. Il n'y en avait pas. Au retour, je me suis assis sur la pierre où j'avais l'habitude

173

d'emporter mon assiette ou ma tasse de café. Étais-je victime de mon imagination ? Non. Quelqu'un était venu.

En été, encore, c'était concevable. Des jeunes en kayak auraient pu repérer la tente et former le projet d'y passer une nuit. Mais en automne il ne venait personne. Et les habitants de l'archipel n'auraient jamais eu une idée pareille.

Avant de partir, j'ai posé une petite pierre en forme de flèche à l'entrée de la tente. On ne pourrait pas se glisser à l'intérieur sans la déplacer.

Je suis rentré à la rame. J'ai préparé à manger. De temps à autre, je grimpais au sommet de l'île et je dirigeais mes jumelles vers le campement. Après avoir dîné, j'ai ouvert un magazine de mots croisés. Mais la concentration me faisait défaut. J'ai arraché un bout d'un sac en papier et j'ai essayé de faire le point sur les événements des dernières semaines. La maison incendiée, les soupçons pesant sur moi, l'annonce de la grossesse de Louise.

Je me suis aperçu qu'au lieu d'écrire, j'avais commencé à dessiner des visages grotesques. J'ai froissé le papier et je l'ai balancé dans l'évier.

J'ai gravi les rochers une dernière fois. Il faisait déjà si sombre qu'il ne valait pas la peine d'emporter les jumelles, mais je voulais voir si un feu était allumé près de la tente. Ce n'était pas le cas.

Qui avait dormi sur l'îlot ? Tout à coup je me suis rappelé la maison abandonnée de Hörum et le lit, au premier étage, dans la chambre au toit effondré.

J'ai pris un somnifère, je me suis couché. L'oreiller était imprégné de l'odeur de Louise ; elle me manquait. J'étais au bord des larmes.

J'ai pensé à son futur enfant. J'espérais qu'elle était partie rejoindre l'homme qui en était le père.

Juste avant que le somnifère ne fasse effet, j'ai revu mes parents. Un soir, alors qu'ils me croyaient endormi, je m'étais caché sous la table où la famille prenait ses repas. Pour moi, c'était une aventure excitante. Je n'étais absolument pas animé par le soupçon qu'il se tramait quelque chose qui puisse me concerner. J'étais donc assis sous la table à regarder leurs chaussures, ou plutôt les chaussures de ma mère et les pieds nus de mon père. Il avait perpétuellement mal aux pieds, à cause de son travail, et quand il rentrait il commençait toujours par retirer chaussures et chaussettes avant même d'ôter son chapeau. Quand la journée avait été spécialement rude, ma mère lui préparait une bassine. Il restait ainsi, les pieds dans l'eau, pendant qu'ils buvaient un café ou un verre de vin. En revanche, je n'ai pas le souvenir d'avoir jamais vu les pieds de ma mère quand j'étais enfant.

Le soir où je m'étais caché sous la table, elle lui avait justement préparé un bain de pieds. J'entendais tinter leurs verres. Soudain, ma mère a dit qu'elle aurait bien aimé me donner un petit frère ou une petite sœur. Je me souviens encore de l'émotion terrible qui m'a étreint en entendant cela. Je n'avais jamais envisagé cette possibilité. Je me voyais depuis toujours comme le seul enfant passé, présent et à venir de cette famille. Et là, ma mère annonçait tranquillement son intention de me remettre à des inconnus. En réalité, plutôt que de me donner un petit frère ou une petite sœur, elle voulait m'échanger contre un autre. J'étais une erreur. Un raté.

Mon père n'a pas répondu. Les verres tintaient, et c'était tout. J'ai senti que je devais protester contre cette agression à laquelle me soumettait ma mère. J'ai visé sa cheville, juste au-dessus de la chaussure, et de toutes mes forces j'y ai planté mes dents. J'ai entendu son cri. Elle a essayé de se dégager, mais j'étais solidement arrimé à son mollet. Elle s'est levée en renversant sa chaise, criant toujours, et c'est là qu'elle m'a découvert. Je me souviens d'avoir vu mon père à ce moment-là. Il tenait encore son verre, geste figé, les yeux écarquillés, effaré par cette vision de son fils à la bouche ensanglantée comme celle d'un vampire.

Ce soir-là, je suis passé de l'état d'enfant à un autre, dont je n'ai su ce qu'il était que bien des années plus tard. Je n'étais pas un enfant, pas non plus un adulte – j'étais quelqu'un qui menait une existence invisible dans un pays qui n'existait pas.

Ma mère a gardé mauvaise conscience toute sa vie de m'avoir frappé ce soir-là. Je le sais, même si nous n'en avons jamais parlé ensemble. Mon père, lui, a évoqué le sujet une seule fois, j'avais alors treize ou quatorze ans. Il venait de se faire renvoyer d'une énième place et s'apprêtait à postuler pour un emploi dans l'un des restaurants du parc d'attractions de Tivoli. Quand il avait annoncé que la famille allait peut-être déménager au Danemark, ma mère s'était contentée de lui adresser un regard las.

Il a décidé de m'emmener avec lui à Copenhague. C'était un jour de mai ; dès que le soleil se montrait, il faisait chaud, mais dès qu'il se cachait derrière les nuages, la température chutait. Nous sommes arrivés à son entretien d'embauche avec une heure d'avance. Assis sur un banc, nous buvions une limonade en grelottant ensemble, quand soudain il m'a demandé pourquoi je m'étais caché sous la table ce soir-là et pourquoi j'avais mordu ma mère. Sa question était bienveillante, presque timide. Il n'avait pas l'habitude d'user de ce ton-là avec moi.

Je lui ai avoué la vérité : je l'avais mordue parce que j'avais peur qu'on ne me trouve plus assez bien.

Il n'en a jamais reparlé par la suite. Longtemps après, je me suis dit qu'il comprenait peut-être ma réaction, et que le fait de mordre ma mère, dans ces circonstances, pouvait être excusé.

Il n'a pas obtenu le poste à Tivoli. Nous sommes rentrés à la maison. Quelques semaines plus tard, il était engagé à la brasserie de la gare centrale de Stockholm, où il est resté six ans, la plus longue période d'embauche qu'il ait jamais connue.

J'ai dû m'endormir car le bruit du téléphone m'a fait sursauter. Je me suis redressé dans le noir, effrayé par la sonnerie dont l'écho envahissait l'espace étroit de la caravane.

C'était une voix d'homme que je n'ai pas reconnue.

– Fredrik ?

– C'est moi.

– Je veux te prévenir.

– Quoi ?

– Ils vont venir t'arrêter. Dès demain, si ça se trouve.

– Qui est à l'appareil ?

– Un ami. Ou juste quelqu'un qui te met en garde.

Il a raccroché.

La voix m'était étrangère. Difficile de dire si elle était déguisée. Peut-être l'homme avait-il couvert sa bouche d'un mouchoir ?

J'avais peur. Mes mains tremblaient.

Je n'ai pas beaucoup dormi cette nuit-là. À l'aube, j'étais debout. Je ne savais toujours pas comment réagir à l'appel que j'avais reçu. Je me suis trempé dans la mer glacée. Le temps de me sécher et de m'habiller, ma décision était prise. Je n'allais pas rester sur l'île.

Je n'allais pas non plus m'enfuir. J'allais essayer de comprendre ce qui se passait autour de moi.

Le ciel était gris, un léger vent du nord soufflait. J'ai vu à travers mes jumelles que personne n'était venu sur l'îlot depuis la veille au soir. J'ai quitté la caravane sans même fermer la porte à clé. Le hors-bord a démarré à la première tentative. Les derniers oiseaux étaient partis, tout était désert. Arrivé au port, je me suis amarré tout au fond, derrière un vieux chalutier qui traîne, à demi immergé, à cet endroit depuis des années. Une camionnette de boulangerie stationnait devant l'épicerie ; Veronika n'avait pas encore ouvert son café.

Je suis allé chercher ma voiture chez Oslovski. Les outils étaient toujours par terre, mais pas à la même place. Cela voulait dire qu'elle avait travaillé sur sa DeSoto.

Je n'ai pas frappé à la porte. Je n'ai pas vu le moindre mouvement derrière les rideaux.

J'ai mis le contact et je suis parti.

J'avais un plan. Savoir s'il était réalisable, c'était une autre affaire.

12

L'immeuble de trois étages était situé au bout d'une allée résidentielle aménagée dans les années 1960. Dans mon enfance il n'existait à cet endroit que des champs et des prés où broutaient les vaches. Le dernier bâtiment jouxtait l'orée de la forêt. Du troisième étage, il devait être possible de voir la mer.

Je l'avais trouvé très facilement ; il m'avait suffi d'appeler les renseignements et de demander l'adresse de Lisa Modin.

Je ne me suis pas arrêté. J'ai manœuvré pour faire demi-tour et je suis parti déjeuner au restaurant du bowling. Puis j'ai marché le long du chemin qui borde la baie. Chaque fois que je croisais un promeneur, je baissais la tête ; j'imaginais qu'on allait me reconnaître.

La promenade s'est prolongée. Quand je suis revenu à ma voiture, il était quatorze heures. Quelqu'un avait glissé un tract sous l'essuie-glace : un vendeur ambulant de baies polaires serait présent au marché le lendemain entre midi et quatorze heures. Cela m'a surpris qu'il y ait encore des baies polaires en cette saison.

Je me suis garé non loin de l'immeuble de Lisa Modin, de manière à pouvoir surveiller les allées et venues. J'ai sorti mes jumelles et j'ai examiné rideaux et pots de fleurs. Rien ne me permettait de deviner quelles fenêtres étaient les siennes.

Je suis allé jusqu'à la porte. Il n'y avait ni code ni interphone ; je suis entré. Le tableau des occupants était accroché à gauche de l'escalier. Sur le mur, au feutre rouge, quelqu'un avait écrit le mot *Gringo*. Un autre l'avait barré et remplacé par *Putain de singe*.

Lisa Modin habitait au dernier étage. Il y avait deux noms : Modin L. et Cieslak W. J'ai hésité à monter. Il était un peu tôt. Je voulais être sûr de la trouver chez elle.

Je suis resté près de quatre heures dans ma voiture. Entre-temps, j'avais vu un certain nombre d'enfants rentrer de l'école et se débarrasser de leur vélo en le jetant sur le carré de pelouse. Un gardien était passé et avait huilé les gonds de la porte principale. Un vieil homme était entré dans l'immeuble avec un déambulateur à la poignée duquel était suspendu un sac à provisions. Il avançait avec une lenteur infinie, comme s'il craignait de s'effondrer à chaque pas. J'ai eu l'impression de voir quelqu'un qui avait marché pendant mille ans pour atteindre enfin cet immeuble de béton gris aux fenêtres nues et aux petits balcons encastrés où deux personnes tenaient à peine.

Au cours de cette longue attente, j'ai évité de penser à ce que m'avait dit la voix anonyme au téléphone. Et je n'avais pas la force de m'appesantir sur les raisons pour lesquelles je me cachais à présent devant l'immeuble de Lisa Modin. Plus qu'un hébergement, ce que je voulais, c'était une oreille compréhensive – quelqu'un à qui parler de ce qui m'arrivait. Je ne la connaissais pas et elle ne me connaissait pas. Mais Louise était partie, et je n'avais personne d'autre.

Je voulais m'épancher, je voulais que quelqu'un dissipe la confusion et me console. Lisa Modin pouvait-elle me donner tout cela ? Me laisserait-elle entrer chez elle ?

Que se passerait-il une fois que j'aurais sonné et qu'elle aurait identifié l'homme qui se tenait sur son palier ?

Une femme est sortie de l'immeuble. Elle ressemblait à Harriet. Harriet jeune, à l'époque où nous avions noué notre brève liaison chaotique.

Cela remontait à plus de quarante ans. J'étais un jeune médecin fraîchement diplômé. Je l'avais rencontrée de façon fortuite, par des amis d'amis. Pour moi, il avait été clair d'emblée qu'elle n'était pas l'amour de ma vie. Mais elle m'attirait physiquement. Je voyais bien que, pour elle, l'enjeu était beaucoup plus important ; quant à moi, je ne voulais pas renoncer à satisfaire mon besoin érotique. Je souffre encore aujourd'hui de l'avoir trompée ainsi, en mentant sur des sentiments qu'elle croyait, à tort, que nous partagions. Et tant d'années plus tard, quand elle a surgi sur la glace, avec son déambulateur et son cancer, j'ai continué. La dernière chose que je lui ai dérobée, c'est la vérité.

La femme s'éloignait. J'ai failli renoncer, partir, retourner sur mon île et attendre que la police vienne me chercher. C'était absurde d'espérer me cacher ainsi. Ça ne rimait à rien.

Soudain, j'ai senti un énorme vide. Ma mère, mon père, les frères et sœurs que je n'avais jamais eus, Jansson et ses maladies imaginaires, Harriet, Louise, Oslovski, et même Nordin, qui s'était trompé de pointure en commandant mes nouvelles bottes, me manquaient.

Est-ce que moi-même je manquais à quelqu'un ?

Il était presque dix-huit heures quand Lisa Modin est apparue au bout de l'allée. Elle était à pied, son sac à dos sur l'épaule. À la main, elle tenait un sac en papier kraft du supermarché où j'avais moi-même l'habitude de faire mes courses. Elle portait un béret rouge et une écharpe. Je me suis tassé sur mon siège sans la quitter des yeux. Elle est entrée dans l'immeuble. Quelques minutes plus tard, une fenêtre s'est éclairée dans l'appartement du dernier étage le plus proche des arbres et de la mer invisible. J'ai entrevu sa silhouette quand elle s'est approchée pour ouvrir une autre fenêtre.

Je suis descendu de voiture. J'ai verrouillé les portières et je me suis dirigé vers l'immeuble. J'ai croisé une bande d'adolescents qui parlaient d'une voix forte d'une certaine Rosalin ; j'ai cru comprendre que tous rêvaient de la déshabiller et de coucher avec elle.

J'ai monté les étages lentement pour éviter d'arriver là-haut hors d'haleine. Des notes d'accordéon s'échappaient d'un appartement. Au deuxième, j'ai capté des bribes d'une conversation téléphonique bruyante et j'ai reconnu le déambulateur devant la porte ; c'était donc là que vivait l'homme âgé de mille ans. Avait-il besoin de son engin seulement quand il était dehors ? Ou en avait-il un autre, dont il se servait quand il était chez lui ?

Au dernier étage, j'ai attendu de retrouver une respiration normale. Malgré mes précautions, mon pouls s'était emballé. Sur la porte de Lisa Modin, il y avait la photographie d'un homme tenant un appareil photo. En lisant la légende, j'ai appris qu'il s'appelait Robert Capa et que ce portrait avait été pris en France à la fin de la Seconde Guerre mondiale.

J'ai écouté ; l'appartement était silencieux. Avec d'infinies précautions, j'ai soulevé le rabat de la boîte aux lettres. La lumière était allumée dans l'entrée ; aucun bruit ne me parvenait.

J'ai hésité. Comment expliquer ma présence ? Je ne l'avais même pas prévenue. Que croyais-je donc obtenir ?

Plusieurs fois, j'ai failli sonner. Je levais la main et la retirais à la dernière seconde. À la fin, j'ai renoncé ;

toute cette entreprise n'avait aucun sens. Si je repartais au port tout de suite, je pourrais être de retour sur l'île dans la soirée.

J'ai commencé à descendre l'escalier. Puis j'ai fait demi-tour, j'ai gravi les marches à toute allure et j'ai sonné sans me laisser le temps de réfléchir. Je voulais m'enfuir, mais je suis resté. Elle a ouvert sans ménagement, comme si la sonnerie l'avait dérangée. En me voyant, elle a froncé les sourcils. Puis elle a souri.

– Tiens ! L'homme à la maison brûlée.

– J'espère que je ne dérange pas.

Au lieu de répondre, elle s'est effacée pour me laisser passer. Un grand chat noir m'observait avec méfiance depuis une étagère placée sous un miroir dans l'entrée. Quand j'ai voulu le caresser, il a fait un bond.

– Je te présente Sally. Malgré son nom, c'est un mâle. Et il n'aime pas les inconnus.

Elle m'a tendu un cintre ; j'ai suspendu ma veste et ôté mes bottes.

– Je ne voudrais pas te déranger.

– Tu l'as déjà dit. Mais je suis curieuse. Qu'est-ce que tu fais là ?

– Je n'ai nulle part où aller.

Elle a renoué, plus serré, la ceinture de son peignoir de bain vert bouteille. Elle attendait, mais je n'ai rien ajouté.

Elle m'a fait entrer dans le séjour.

En passant devant la porte entrouverte de sa chambre, j'ai vu que le couvre-lit était défait. Elle se reposait sans doute à mon arrivée.

Du séjour, on apercevait la mer. Une table chargée de livres et un fauteuil étaient placés à l'endroit d'où l'on avait la meilleure vue mais, pour le reste, la pièce était peu meublée.

Elle m'a indiqué le canapé rouge. La table basse avait un plateau en verre et un piétement de style arabe.

– Que puis-je t'offrir ?

– Rien, je te remercie.

– Je vais faire du thé, et tu en prendras si tu veux.

Elle a disparu dans la cuisine. J'ai regardé autour de moi. Aucun détail ne laissait deviner la présence habituelle d'un homme dans cet appartement. Je ne pouvais en être sûr, bien entendu, mais l'espoir était permis. Après avoir versé l'eau dans la théière, elle est partie vers la chambre ; quand elle est revenue elle était habillée.

Elle a servi le thé dans des tasses blanches, avec une assiette de biscuits.

– Alors, raconte-moi. Pourquoi es-tu venu ?

– Je ne sais pas par où commencer.

– Par le commencement ? C'est le plus simple, en général.

Je savais déjà que je ne dirais pas la vérité. Mais le mensonge, pour fonctionner, a besoin de se fonder sur des choses vraies ; seuls certains éléments sont faux, et détournent complètement le sens de ce qu'on raconte. En même temps, je me persuadais que dire la vérité était impossible, puisque je l'ignorais moi-même.

– Le commencement, tu le connais. On m'accuse d'être un incendiaire, or je ne le suis pas.

– Dans ce cas, tu peux te défendre. Nul n'est condamné à moins que sa culpabilité ne soit solidement établie.

– Je suis déjà condamné. Hier soir, j'ai reçu un appel pour me prévenir de mon arrestation imminente. J'ai aussi reçu des lettres anonymes.

– Tu m'avais pourtant dit que tu ne recevais pas de courrier sur l'île, à ta propre demande.

– J'ai trouvé les enveloppes sur le banc du ponton. Je ne sais pas qui les a déposées.

Elle me dévisageait d'un air songeur. Le thé était très sucré et ne ressemblait pas du tout à celui que Louise avait laissé dans la caravane.

— Ma fille est partie, ai-je dit.

— Pourquoi ?

— Aucune idée. Elle ne m'a même pas informé de son départ.

— C'est un comportement étrange.

— Louise *est* étrange. En plus, j'ai l'impression qu'elle se livre à des activités illégales, peut-être en lien avec la prostitution.

Je ne savais pas d'où cela m'était venu.

— Ça ne me paraît pas très rassurant, a-t-elle dit après un silence.

Je voyais bien qu'elle était sur ses gardes. Il y avait à présent une vigilance dans son regard. J'étais probablement allé trop loin.

— Enfin, je ne veux pas vraiment en parler. J'aimerais que tu oublies ce que je viens de dire.

— L'oubli ne se commande pas. En attendant, je ne sais toujours pas pourquoi tu es venu.

— Je n'ai nulle part où aller. Personne à qui parler.

— Ce n'est pas tout à fait pareil. Tu aurais pu me téléphoner.

— Si tu veux, je m'en vais tout de suite.

— Ce n'est pas ce que j'ai dit.

— Je n'avais pas la force de rester sur l'île. Je ne connais pour ainsi dire personne ici. La seule à qui j'ai pensé, c'est toi. Mais je me rends compte que c'était une erreur.

Elle me regardait sans ciller. Je me suis senti tenu d'ajouter quelques mots :

— J'espère que tu ne vas pas écrire dans le journal que je suis venu chez toi.

— Quel intérêt pour les lecteurs ?

– Je ne sais pas.

– Maintenant que tu es là, le mieux est sans doute que tu me dises vraiment ce qui se passe.

Mes faux-fuyants m'avaient déstabilisé et je ne savais plus comment enchaîner. J'ai dû y parvenir, pourtant, car la soirée s'est prolongée, et il y a même eu un instant où j'ai été sur le point de lui dire la vérité : je voulais qu'elle m'emmène dans sa chambre, qu'elle me laisse partager son lit. C'était tout.

L'a-t-elle deviné ? À la fin – nous étions entre-temps passés au vin et il était trop tard pour rentrer sur l'île – elle m'a dit que je pouvais, si je le désirais, rester dormir sur son canapé.

Elle a débarrassé tasses et verres, installé draps et couvertures ; à la fin, elle m'a donné une serviette de toilette. Elle paraissait fatiguée.

– J'ai besoin de dormir. Demain, je dois aller voir un vieux couple, un frère et une sœur, qui vivent dans une ferme retirée sans électricité ni eau courante.

J'avais espéré qu'elle me laisserait au moins l'embrasser. Mais elle a éteint les lampes, sauf celle qui était à côté du canapé, et est entrée dans la salle de bains sur un simple hochement de tête. J'ai attendu ensuite pour me déshabiller qu'elle ait refermé la porte de sa chambre.

Je suis resté assis dans la lumière pâle qui montait de la rue.

Ça ne s'était pas passé comme je le voulais. Ma déception, puérile, me rappelait les tentatives amoureuses maladroites de l'adolescence.

Plus tard dans la nuit, je me suis levé. Devant la porte de sa chambre, j'ai prêté l'oreille en essayant de ne faire aucun bruit. La sensation, soudain, qu'elle écoutait de l'autre côté m'a fait reculer d'effroi. J'ai ouvert la porte de l'autre chambre. La pièce servait apparemment de bureau. Sous la fenêtre, un ordinateur et une vieille machine à écrire. J'ai jeté un coup d'œil aux papiers éparpillés sur la table. Des notes indéchiffrables, des brouillons d'articles. Par terre, une pile de quotidiens. Je dressais l'oreille en permanence pour ne pas être surpris au cas où elle sortirait de sa chambre.

Sur une étagère, quelques photos encadrées – des portraits de studio qui semblaient dater des années 1930 ou 1940. Aucune photographie plus récente de personnes qui auraient pu être le père ou la mère de Lisa Modin, ou d'autres membres de sa famille.

Il y avait comme un vide dans cet appartement. J'ai pensé qu'il existait peut-être en définitive un point commun entre sa vie et la mienne.

Je me suis assis à la table et j'ai examiné ses papiers. J'ai trouvé quelques lettres, que j'ai lues après avoir allumé la lampe de bureau. Je tenais les feuillets d'une main, le commutateur de la lampe de l'autre, prêt à éteindre à la moindre alerte. Moi qui n'hésite jamais à dire tout le mépris que m'inspirent ceux qui fouillent dans les affaires d'autrui, il m'est pénible d'admettre que je suis du nombre.

Un courrier signé d'un lecteur critiquait la façon dont elle avait traité un fait divers touchant à la protection des animaux. Plusieurs vaches avaient dû être abattues en raison d'un manque de soins caractérisé et cet homme, un certain Herbert, estimait avoir été diffamé par son article. Au bas de la lettre, Lisa Modin avait écrit : *Ne pas répondre*. Un autre courrier m'a sidéré par l'intensité de la haine qu'il dégageait. J'avais prétendu avoir reçu des lettres anonymes, mais Lisa Modin, elle, en recevait réellement ! L'expéditeur, en l'occurrence, ne l'accusait pas d'écrire des choses fausses ou déplaisantes, il tenait simplement à lui dire combien elle l'excitait, après quoi il détaillait par le menu tout ce qu'il projetait de lui faire s'il en avait l'occasion. Le caractère sadique de ses fantasmes devenait apparent dès la troisième ligne.

En bas, Lisa Modin avait écrit : *Peut-on l'identifier ?*

L'un des murs était occupé par une penderie. J'ai fait coulisser la porte, j'ai inspiré l'odeur de ses vêtements, je me suis penché pour ramasser un escarpin.

Un bruit m'a fait sursauter. J'ai reposé l'escarpin et j'allais partir quand mon œil a été attiré par une pièce de tissu suspendue à un cintre. Je l'ai sortie et dépliée. C'était une broderie qui figurait le drapeau suédois. En dessous, une croix gammée noire sur fond rouge et blanc.

Je suis resté planté là, tenant à la main l'étrange broderie dont le tissu avait jauni ; puis je l'ai repliée et rangée. J'ai découvert alors un autre cintre portant une sacoche en cuir noir. Elle contenait des décorations militaires du Troisième Reich, parmi lesquelles une Croix de Fer dont je n'ai pas pu déterminer la classe. Il y avait aussi une gaine contenant un couteau. Tout au fond de la sacoche se trouvait une photographie. Un portrait d'homme en veste d'uniforme. Au dos, un nom : *Karl Madsen*. Mal rasé, souriant, il fumait une cigarette en fixant l'objectif. Quelqu'un avait ajouté, d'une écriture différente : *Front de l'Est, 1942.*

J'ai rangé la sacoche à sa place, j'ai éteint la lampe et j'ai quitté le bureau. Tout était silencieux du côté de la chambre à coucher. Il était trois heures du matin. Je me suis étendu sur le canapé sans me déshabiller et me suis endormi. J'ai rêvé que ma fille venait vers moi dans une rue que je ne reconnaissais pas. Je ne reconnaissais pas non plus Louise ; elle était tout à fait différente, pourtant je savais que c'était elle. Quand j'ai crié son nom, elle a souri. Sa bouche était comme un trou noir ; elle n'avait pas de dents.

Je me suis réveillé en sursaut. La situation – me trouver là, en pleine nuit, dans l'appartement de Lisa Modin – était irréelle. Je me suis approché de la fenêtre et j'ai regardé au-dehors. Un lampadaire oscillait sur son fil, éclairant une partie de l'allée. Ma voiture était là quelque part parmi les ombres.

Je suis retourné dans la pièce qui servait de bureau. J'ai rouvert la penderie et j'ai contemplé une nouvelle fois la photographie.

J'allais me recoucher quand l'envie m'a repris d'aller écouter à la porte de sa chambre. L'impulsion était irré-sistible.

Tout était silencieux. Avec d'infinies précautions, j'ai entrebâillé la porte. Le store n'était baissé qu'à demi et la lumière de la rue tombait sur son lit.

Je ne sais pas combien de temps je suis resté là. Dans la lumière pâle, elle ressemblait à toutes les femmes que j'avais connues. Elles ne sont pas si nombreuses. Mais elles étaient toutes présentes, et elles avaient toutes le visage de Lisa Modin.

Je suis retourné à mon canapé. J'ai somnolé en résistant à l'envie de m'endormir pour de bon. Je voulais qu'elle me trouve assis tout habillé sur le canapé quand elle se réveillerait, et je prétendrais alors que je n'avais pas fermé l'œil de la nuit. J'espérais susciter sa compassion.

En entendant un réveil sonner, puis le bruit de la radio dans la chambre, je me suis redressé, je me suis peigné, et j'ai attendu. Elle a ouvert la porte avec pré-caution, de crainte sans doute de me réveiller. Il était six heures. Elle avait enfilé son peignoir. Voyant que je ne dormais pas, elle m'a adressé un signe de tête avant de disparaître vers la salle de bains. J'ai entendu couler la douche. Quand elle est revenue, elle avait une serviette nouée en turban autour de la tête ; elle est repartie dans sa chambre. Je n'avais pas bougé de mon canapé. Dehors, il faisait encore nuit.

Elle a reparu tout habillée, en souriant.

– Je croyais que tu dormirais à poings fermés, vu que tu étais tellement fatigué hier soir.

– Je n'ai pas dormi.

– Tu es assis sur le canapé depuis hier soir ?

– Je me suis allongé un peu.

Elle a secoué la tête. Elle paraissait vaguement inquiète.

– J'étais bien quand même. Tranquille. Personne ne sait que je suis là.

– Rien ne va s'améliorer si tu ne dors pas.

– Rien ne va s'améliorer non plus si je dors.

Elle est allée à la cuisine préparer le petit déjeuner. Je l'ai rejointe quand elle a crié que le café était prêt. J'avais faim, mais j'ai dit que je ne voulais rien manger et que le café me suffirait.

Elle s'est levée, sa tasse à la main.

– Je dois partir dans une demi-heure. D'ici là, j'ai besoin d'organiser ma journée.

Elle a refermé la porte du bureau.

Je me suis dépêché de manger une tranche de pain beurré tout en me demandant comment faire pour gagner le droit de rester chez elle encore une nuit. Je ne voulais pas retourner sur l'île.

Lisa Modin est revenue après quelques minutes ; elle a rempli sa tasse, s'est approchée de la fenêtre et a regardé vers la baie, qui émergeait des ombres avec le lever du jour.

Quand elle a pris la parole, sa voix était différente, plus sombre.

– Pourquoi es-tu venu ?

Elle parlait sans me regarder. J'ai senti mon cœur s'emballer.

– J'ai essayé de te le dire hier soir. Je n'ai peut-être pas réussi…

– Tu as fouillé dans mes affaires.

Elle s'est tournée vers moi. J'ai eu un vertige, un peu comme quand on échappe de justesse à un accident de la route.

– De quoi parles-tu ?

Elle a posé sa tasse sur le plan de travail. Sa main tremblait.

– Tu es entré dans mon bureau. Tu as déplacé mes papiers et tu as ouvert ma penderie.

– Tu fais erreur. Je n'ai pas pour habitude de fouiller dans les affaires des autres.

– Je croyais que tu avais besoin d'aide. Maintenant, je me demande vraiment ce que tu fais chez moi.

– Tu te trompes sur toute la ligne.

Elle m'a regardé. Son expression avait changé. Elle paraissait lasse.

– Je veux que tu t'en ailles. Tout de suite.

– Je t'assure que je ne suis pas entré dans ton bureau.

Je ne sais pas comment elle l'avait découvert, mais elle était sûre d'elle, et je ne la ferais pas changer d'avis.

– Alors je m'en vais.

Je me suis levé. Elle m'a suivi dans l'entrée. J'ai enfilé mes bottes et ma veste. Sur le palier, une impulsion m'est venue ; je me suis retourné vers elle.

– Un jour, il faudra que tu me dises qui est Karl Madsen et ce qu'il faisait sur le front de l'Est en 1942.

Je n'ai pas attendu sa réponse – je ne voulais pas l'entendre. J'ai descendu l'escalier le plus vite possible. J'étais déjà sur le palier du vieux monsieur au déambulateur quand j'ai entendu la porte claquer là-haut.

Une fois dans ma voiture, j'ai incliné le dossier au maximum ; je me suis endormi presque tout de suite.

Je me suis réveillé deux heures après, transi de froid et en proie à la nausée. J'ai tâté mon pouls. Beaucoup trop élevé, quatre-vingt-dix-sept pulsations minute. J'ai fait quelques pas pour chasser l'engourdissement.

Un peu plus tard, j'ai stationné dans la rue principale et j'ai attendu l'ouverture des magasins. J'ai acheté de la vodka en demi-bouteilles que je pouvais caser dans la poche de ma veste. Et dix cannettes de bière pour atténuer l'inévitable gueule de bois.

Puis je suis entré dans un petit salon de thé où je n'étais encore jamais allé et j'ai mangé deux tartines. J'ai profité de ce que j'étais seul pour verser dans mon café une solide rasade de vodka. Je n'avais aucune raison d'attendre. Il n'y avait jamais de contrôle de police sur la route du port. Ma longue abstinence décuplait les effets de l'alcool. Un calme réconfortant m'a envahi.

Après être remonté en voiture, j'ai bu encore une longue rasade avant de démarrer. J'étais ivre, mais pas au point de heurter les véhicules qui roulaient en sens inverse. Soudain, je me suis surpris à rire. Ma dernière réplique à Lisa Modin avait sûrement dû produire son petit effet.

Je me suis garé devant chez Oslovski et je suis descendu au bateau avec mes bouteilles sans regarder au passage si Margareta Nordin était là. Les deux vedettes des gardes-côtes étaient à quai. J'ai détaché mon bateau et j'ai quitté le port. Il soufflait un léger vent de terre ; le soleil est apparu entre les nuages juste quand j'accélérais, mettant le cap au nord pour prolonger le temps de la traversée. Les maisons de vacances fermées semblaient à l'abandon. À un moment, j'ai cru apercevoir un sanglier parmi les arbres. Puis les îles se sont faites plus rares ; les ultimes rochers de l'archipel se découpaient sur l'horizon. Au lieu de virer nord-est pour rentrer chez moi, j'ai arrêté le moteur et je me suis levé. Le bateau a oscillé, un aviron est tombé à l'eau mais j'ai pu le récupérer avant qu'il ne parte à la dérive. Je me suis allongé à l'avant et j'ai continué de boire. Le soleil me chauffait le visage. J'ai ôté ma veste.

Je ne pensais à rien, ni à Lisa Modin, ni à ma fille, ni aux policiers inconnus qui m'interrogeraient bientôt. Je buvais. La fatigue de ma nuit blanche me rattrapait et j'ai fini par m'endormir ainsi, couché dans mon bateau.

J'ai été réveillé par un choc sourd. Quand j'ai ouvert les yeux, le visage d'Alexandersson flottait très loin au-dessus de moi. Il me contemplait par-dessus le bastingage de la grande vedette des gardes-côtes qui me surplombait telle une gigantesque baleine. En me retournant, j'ai vu que j'avais dérivé jusqu'aux confins de l'archipel, à la limite de la haute mer, et que la houle commençait à s'emparer du bateau. J'ignorais combien de temps j'avais dormi, mais j'étais encore très soûl.

– Il vaut mieux que tu montes à bord, a dit Alexandersson.

– Plutôt crever.

J'ai titubé jusqu'à l'arrière et j'ai tiré le cordon.

Le moteur a répondu du premier coup. J'ai enclenché la marche arrière puis mis le cap sur mon île en pensant qu'Alexandersson me suivrait. J'étais ivre, il aurait été normal qu'il m'arrête.

Mais il m'a laissé tranquille. J'ai foncé droit vers le rivage ; à la dernière seconde j'ai eu la présence d'esprit de relever le moteur.

Je suis rentré à la caravane en chancelant. Avant de me coucher, j'ai fait une chose inhabituelle.

J'ai fermé la porte à clé.

13

Il y avait deux jours qu'Alexandersson m'avait découvert dans mon bateau à la dérive. Une fois rentré, j'ai continué de boire, et je n'ai commencé à dessoûler que le lendemain en fin de journée. Je m'attendais à tout instant à ce que la police vienne et m'embarque.

Les occasions où il m'est arrivé de boire ainsi ne sont guère nombreuses. C'est toujours le même scénario : je suis seul, je bois méthodiquement, je garde le silence, sauf à certains moments où je crie dans le vide. Parfois je m'endors, mais jamais pour longtemps.

Je reprenais donc mes esprits ; le remords et l'angoisse s'estompaient. Je suis monté au sommet de l'île en emportant mes jumelles. J'ai observé ma tente. Il n'y avait personne, mais cela ne voulait rien dire. Le visiteur inconnu avait pu revenir dans l'intervalle.

Je guettais en permanence un bruit de moteur. De temps à autre, je faisais l'effort de préparer de la nourriture, mais ensuite j'y touchais à peine et je finissais par la jeter aux mouettes. Lentement, le souvenir de la nuit passée chez Lisa Modin m'est revenu.

Je pensais à ce que j'avais découvert. Lisa avait beau être née longtemps après la Seconde Guerre mondiale, celle-ci revêtait pour elle une signification personnelle. Personnelle et cachée. Cet homme souriant qui soufflait la fumée de sa cigarette vers l'objectif, et qui s'appelait peut-être Karl Madsen – qui était-il ?

L'angoisse liée à la gueule de bois cédait la place à l'abattement et à la honte. Je me méprisais intensément.

Comme chaque fois, j'ai alors pensé à mon père et à l'habitude qu'il avait, en rentrant le soir, de s'asseoir à la table de la cuisine et de déverser sur ma mère, sans transition, le récit de toutes les vexations qu'il avait dû subir ce jour-là de la part de ses collègues et supérieurs hiérarchiques, sans oublier les clients. Je ne l'ai jamais entendu admettre qu'il ait pu être responsable, même en partie, de ces situations regrettables qui surgissaient continuellement. C'était toujours l'autre qui était stupide et borné, ou qui s'était comporté sans raison de façon insultante. Au début, quand j'étais petit, je me disais que mon père était un homme étonnant, qui avait toujours raison et qui ne commettait jamais d'erreur. J'ai compris plus tard qu'il se défaussait sur les autres de la responsabilité de ses actes, et que c'était pour cela qu'une tristesse abyssale le submergeait parfois ; tristesse et incompréhension devant cette vie bancale qu'il menait, cette vie qui semblait avoir été mystérieusement déviée de son cours.

Ma mère était l'exact opposé. Elle endossait d'emblée la culpabilité de tout ce qui n'allait pas. Si je rapportais de mauvaises notes, c'était sa faute parce qu'elle n'avait pas su me laisser en paix quand j'avais besoin d'apprendre mes leçons. Si je saignais du nez après une bagarre dans la cour de l'immeuble, c'était sa faute parce qu'elle ne m'avait pas suffisamment mis en garde contre ces garçons-là.

Le surlendemain de ma grande beuverie, je suis allé me tremper dans l'eau glacée. Après m'être séché vigoureusement, j'ai enfin été capable d'avaler un petit déjeuner digne de ce nom. Ensuite j'ai jeté ce qui me restait de vodka et j'ai rangé les dernières cannettes de bière.

L'après-midi, je me suis allongé dans la caravane et j'ai dormi.

J'ai été réveillé par des coups frappés à la porte. Lorsque j'ai ouvert, je me suis retrouvé face à Lisa Modin. Elle était habillée comme le jour où je l'avais emmenée sur l'île de Vrångskär. Elle était pâle et paraissait mal à l'aise, inquiète. Mais elle ne semblait pas être venue pour m'accuser. Je l'ai laissée entrer.

– Comment es-tu arrivée ici ?

Je lui ai proposé la couchette, plus confortable. Mais elle a préféré le tabouret.

– Par mes propres moyens. Mon rédac-chef a un petit bateau, il me l'a prêté. Est-ce que je te dérange ?

– Pas du tout. Je peux t'offrir quelque chose ?

– Je veux bien un thé.

Nous avons bu le thé de Louise. Il n'y en avait pas d'autre. J'ai vu à sa tête qu'elle ne l'appréciait pas plus que moi.

Je l'observais à la dérobée en pensant au moment, chez elle, où je l'avais regardée dormir.

Elle s'est levée.

– On peut sortir ? Il ne pleut pas, et j'ai besoin d'air. Ta caravane est trop petite.

J'ai enfilé ma veste et mes bottes. Dehors, le soleil brillait. L'automne dans l'archipel restait clément jusqu'à nouvel ordre.

Nous nous sommes promenés sur les rochers. Puis nous avons grimpé jusqu'au banc au sommet de l'île.

C'est là qu'elle m'a raconté. Sa famille maternelle était originaire d'Allemagne. Sa grand-mère, qui se prénommait Ulrike, avait été mariée à un homme appartenant à une unité qui s'était rendue responsable de crimes de guerre en Pologne. Karl Madsen, c'était lui. Ulrike, elle, était restée à Brême, leur ville d'origine. La mère de Lisa, Roswita, était née après la fin de la guerre, à l'automne 1945. La dernière permission de son père remontait à la fin 1944.

Ulrike était morte à la fin des années 1970. Roswita avait toujours cru que son père était tombé en défendant Berlin. En parcourant les papiers de sa mère après sa mort, elle avait découvert que celle-ci lui avait menti. Karl Madsen avait été exécuté à Cracovie au début de l'année 1945, pendu à une potence de fortune sur l'une des places de la ville. Il avait été identifié comme étant l'auteur d'« actes de barbarie » dont les documents laissés par Ulrike ne permettaient pas de reconstituer la nature. Lisa ne savait rien de plus.

Nous nous étions entre-temps remis en marche, car elle avait froid.

– Ma mère a rencontré un marin suédois qui avait quinze ans de plus qu'elle, et qui s'appelait Lars Modin. C'est pour cela qu'elle est venue vivre en Suède. Ulrike les avait accompagnés. Je suis née sur la côte ouest, à Uddevalla. Mes premiers souvenirs sont ensoleillés. C'est l'été, il fait chaud, tout est paisible. Ma grand-mère avait un appartement aménagé pour elle sous les combles de la maison où nous habitions. Elle prenait ses repas avec nous, mais je n'allais jamais la voir là-haut. Elle voulait être au calme. J'avais peur d'elle. Non parce qu'elle était sévère, mais parce qu'elle ne parlait pour ainsi dire jamais. J'étais très jeune quand elle est morte et j'avais treize ans quand ma mère a été emportée par une hémorragie cérébrale. Je suis restée avec mon père, qui est décédé il y a quelques années. Un gentil vieux monsieur, qui faisait son ménage lui-même et veillait à ce que sa chambre à la maison de retraite soit toujours accueillante. On ne m'avait pas raconté grand-chose sur ce passé allemand. C'est à la mort de mon père que j'ai découvert ces objets et cette photo, ainsi qu'une lettre de ma mère.

Je n'avais pas de raison de ne pas croire à son histoire. Sans doute était-elle soulagée de pouvoir évoquer enfin ce passé.

– Merci de ta confiance. Tu peux compter sur ma discrétion.

– J'avais besoin de le dire. Mais je ne veux plus qu'on en parle. C'est mon histoire. Pas la tienne, pas la nôtre. Juste la mienne.

Je lui ai proposé de manger un morceau avec moi dans la caravane. À ma grande surprise, elle a accepté. Il restait une barquette de gratin de poisson. J'ai sorti des bières. Au dîner, nous avons discuté de tout sauf de ce qu'elle venait de me raconter.

Nous n'avons pas évoqué la question de son retour sur la côte. Nous avons continué de parler tout en vidant les dernières cannettes de bière.

Dans ma tête, les questions se bousculaient. Entre autres, j'avais le sentiment qu'elle n'allait pas tarder à déménager, que la petite communauté étriquée que nous formions, sur ce bout de littoral, ne semblait pas lui convenir. Je voulais lui demander si mon intuition était juste, mais je ne l'ai pas fait. J'avais compris qu'elle préférait garder l'initiative de ses confidences.

– Je crois bien que je vais être obligée de dormir ici, a-t-elle dit alors que minuit approchait.

C'était ce que j'espérais.

– On est un peu à l'étroit, mais il n'y a pas de problème. Je te laisse la couchette, j'ai un matelas que je peux mettre par terre. On s'arrangera.

J'ai fait chauffer de l'eau sur le réchaud et je lui ai donné une serviette.

– Je vais m'occuper des bateaux. Tu peux éteindre la lumière quand tu seras couchée. Je n'en ai pas besoin pour trouver mon chemin.

– Je n'ai jamais dormi dans une caravane, a-t-elle dit en riant. À vrai dire, je n'ai même jamais dormi sous une tente.

J'ai mis ma veste. J'allais sortir quand elle m'a effleuré l'épaule.

– Je peux prendre le matelas. Je ne veux pas te priver de ton lit.

Je me suis contenté de secouer la tête et je suis sorti. En me retournant, j'ai vu qu'elle tirait soigneusement le rideau de la fenêtre.

Arrivé au ponton, j'ai éteint la lampe torche. Je suis resté immobile dans l'obscurité. Un bruit me parvenait de loin – celui d'un cargo progressant vers l'inconnu. C'était un instant hors du temps. J'ai toujours perçu le temps comme un fardeau qui s'alourdissait avec les années, à croire que les minutes pouvaient se mesurer en grammes et les semaines en kilos. Là, sur le ponton, dans le noir, j'étais devenu impondérable. J'ai fermé les yeux. J'ai écouté le bruit du vent. Il n'y avait pas de passé, pas d'avenir, pas d'inquiétude pour Louise, pas de maison incendiée, pas de jeune femme qui avait perdu son bras à cause d'une stupide erreur dont j'étais responsable.

J'ai senti des larmes me brûler les paupières.

Ce n'était pas moi qui me tenais sur le ponton dans l'obscurité. C'était l'enfant. Celui que j'avais été.

Je me suis essuyé les yeux et j'ai vu que la lumière s'éteignait dans la caravane. Je suis allé dans la remise chercher le savon de mer que je garde à côté de mon stéthoscope. Je me suis savonné et rincé dans l'eau glacée, puis me suis rhabillé en claquant des dents. J'avais les doigts gelés, mes jambes tremblaient.

J'ai sautillé sur le ponton pour retrouver un peu de chaleur. Bien entendu, ça a déclenché une crampe, et j'ai dû me masser le mollet un long moment avant de pouvoir remonter à la caravane.

La douleur m'avait rappelé à l'ordre. J'étais un vieil homme qui avait trop bu, qui était à bout de forces et qui souhaitait, plus que tout, dormir.

J'ai ouvert la porte avec mille précautions. Lisa Modin était couchée et me tournait le dos, seule sa tête apparaissait au-dessus des couvertures. Elle ne dormait sans doute pas, mais voulait me donner le change. J'ai déroulé le matelas sur le sol, j'ai sorti l'oreiller et le duvet de leur casier de rangement et je me suis couché en gardant mes sous-vêtements.

À l'époque où j'étais jeune étudiant, j'étais sorti un soir avec des camarades. Il était tard, nous venions de nous séparer devant le restaurant, et je m'étais retrouvé à marcher à côté d'une fille de la bande qui habitait le même quartier que le mien. C'était l'hiver, il faisait très froid, on devait faire attention à ne pas déraper sur la glace. Cette fille était de celles qu'on ne remarquait guère. Elle n'était pas jolie, pas drôle, juste anonyme, pâle, renfermée. Elle était souvent seule, et cela devait lui convenir, pensions-nous, puisqu'elle ne recherchait jamais activement le contact. Nous allions nous quitter au coin d'une rue quand elle a perdu l'équilibre ; je l'ai rattrapée in extremis, elle était soudain serrée contre moi. Ça a été l'œuvre d'un instant : chacun a senti le corps de l'autre à travers les couches superposées de vêtements d'hiver. Je l'ai suivie jusque chez elle sans qu'un mot ait été prononcé. Elle habitait un petit studio. Je me souviens encore d'une odeur de savon noir. Nous étions à peine entrés qu'elle a commencé à me déshabiller. Il m'arrive de penser à elle comme à la femme la plus passionnée que j'aie jamais connue. Elle m'a griffé le dos, elle m'a mordu le visage. Quand enfin nous nous sommes endormis, à l'aube, il y avait du sang sur les draps. En allant dans la salle de bains un peu plus tard, j'ai aperçu mon reflet tuméfié dans le miroir.

Nous ne nous étions pas parlé. Malgré sa sauvagerie, qui m'avait entraîné toujours plus loin moi aussi, elle n'avait pas prononcé une parole.

Quand je me suis réveillé, elle n'était plus là. Elle avait laissé un mot sur la table.

Merci. Tu peux claquer la porte en partant.

Nous nous sommes revus le même jour à un cours magistral qui portait sur l'éthique médicale. Elle m'a adressé un signe de tête comme s'il ne s'était strictement rien passé. J'ai essayé de l'aborder à la pause, mais elle s'est dérobée.

Nous ne nous sommes jamais revus en dehors du groupe et, nos études terminées, nous avons perdu tout contact. Bien des années plus tard, par hasard, je suis tombé sur son nom dans le journal. Elle était morte brutalement. Les proches mentionnés dans la notice nécrologique étaient ses parents, ainsi qu'un frère et une sœur. Elle avait quarante-deux ans ; à sa mort, elle travaillait comme médecin de district en Laponie, dans l'intérieur des terres.

En découvrant tout cela, j'avais éprouvé un grand chagrin. C'était inattendu. Elle me manquait sans que je comprenne pourquoi.

– Tu ne dors pas, a constaté Lisa Modin.

Sa voix ricochait contre les parois de la caravane.

– Je ne dors pas très bien, en général.

Elle s'est retournée. Je distinguais vaguement ses traits dans la pénombre.

– Moi, je me suis endormie. Et puis je me suis réveillée. C'est pire que le pire cauchemar, cette seconde où on ne sait pas où on est ni qui on est.

Il y a eu un silence.

– Qu'est-ce que tu attends de moi ? a-t-elle demandé enfin.

– Est-ce que je dois te répondre ?

– Je ne peux pas t'y obliger.

– J'attends que tu m'invites à te rejoindre et qu'on fasse l'amour ensemble.

Elle a eu un petit rire. Il n'y avait ni hostilité, ni surprise dans ce rire.

– Ce n'est pas ce qui va se passer.

– Je suis trop vieux pour toi.

– Je n'ai jamais couché avec un homme dont je n'étais pas amoureuse.

Elle m'a tourné le dos.

– Dormons. Sinon, je vais me réveiller tout à fait.

– C'est toi qui as commencé.

– Je sais. Maintenant, on dort.

Je suis resté longtemps éveillé. La tentation était forte de me lever et de tenter ma chance. De deux choses l'une : soit elle m'accueillait, soit elle me repoussait. Je ne risquais rien de pire.

Couché sur le matelas, j'écoutais son souffle devenir de plus en plus lourd. Elle dormait.

Dans mon rêve, les lumières incandescentes se sont rallumées une fois de plus. J'essayais de fuir la maison en flammes, mais c'était impossible, l'escalier s'était effondré, j'étais pris au piège. Je me retournais, et j'entendais ma grand-mère appeler mon grand-père pour qu'il vienne manger : elle avait préparé un brochet au court-bouillon.

Je me suis réveillé au bruit d'un moteur qui démarrait. En me redressant j'ai vu que Lisa n'était plus là. Ses vêtements et son sac avaient disparu. Je suis sorti en courant. Elle était assise à la barre. En me voyant, elle a agité la main. Puis elle m'a montré le ponton d'un geste. J'ai foulé l'herbe mouillée. Une feuille de papier pliée en quatre était coincée sous une pierre, sur le banc :

Tu dormais si bien que je n'ai pas eu le cœur de te réveiller. Maintenant, tu en sais quand même un peu plus.

Quand je me suis immergé dans l'eau, le froid m'a transpercé. J'ai compté jusqu'à dix avant de remonter sur le ponton. J'ai couru jusqu'à la caravane et je me suis recouché.

À mon réveil, quelques heures plus tard, j'ai senti que l'épuisement m'avait enfin quitté. Je me suis assis à la table. L'important, à présent, était d'avoir les idées claires pour affronter la perspective de ma mise en examen. J'ai tiré le rideau si brusquement que la tringle s'est détachée de la paroi. J'ai balancé le tout, tringle et rideau, dans l'herbe.

Je suis sorti, les jumelles autour du cou. Pour avoir les idées claires, il fallait que je bouge. La barque était pleine d'eau ; j'ai dû commencer par écoper.

Je me suis installé aux avirons et j'ai pris la direction de l'îlot.

Le vent soufflait du nord-est, et un banc de nuages sombres s'était formé à l'horizon. Je ramais de toutes mes forces pour me réchauffer.

Il n'y avait personne dans la tente. Mais quelqu'un avait fait du feu. Sous un genévrier j'ai trouvé des boîtes de conserve vides qui, d'après l'étiquette, avaient contenu du corned-beef. J'ai fait le tour de l'îlot pour tenter de découvrir d'autres indices. J'ai aperçu un carton de lait coincé entre deux pierres du rivage, mais il pouvait avoir dérivé jusque-là.

Devrais-je laisser un message à l'intention de mon visiteur ? Je suis entré dans la tente et me suis allongé sur le duvet.

C'est là, dans la lumière grise filtrée par la toile poreuse, que j'ai pris conscience que Lisa Modin et moi étions devenus bien plus proches que je n'avais osé l'espérer. La différence d'âge entre nous était importante, certes. Mais elle avait peut-être besoin de moi autant que j'avais besoin d'elle.

J'étais soudain de bonne humeur. Je n'ai pas laissé de message. J'ai repris les avirons et je suis retourné sur mon île. J'avais décidé d'échafauder un plan d'action. Pas seulement pour les prochains jours, mais pour l'avenir, en général. J'allais proposer à Lisa que nous fassions un voyage ensemble. S'il y avait un lieu au monde où elle avait envie d'aller, je l'y emmènerais. Ce serait mon cadeau. Je lui proposerais un endroit ensoleillé. Peut-être les Caraïbes ? Ou plus loin encore, une île du Pacifique ?

Pour la première fois depuis l'incendie, je me sentais léger. J'avais hâte de noter mes idées par écrit.

Le téléphone a sonné au moment où je poussais la porte de la caravane. Je n'ai pas reconnu le numéro.

C'était Louise. Elle parlait vite, d'une voix forcée. Je l'entendais mal. Je lui ai demandé de répéter plus lentement. Elle m'a répondu qu'elle n'avait pas le temps. Elle avait peur, cela s'entendait à sa voix. Je lui ai dit de parler plus fort. Elle a crié dans le téléphone qu'elle avait été arrêtée par la police. Elle en bégayait presque. Elle était en garde à vue, à Paris, elle avait besoin de mon aide. J'ai voulu savoir ce qui s'était passé, mais elle n'écoutait pas ; elle a répété que je devais l'aider.

La communication a été interrompue. Sa voix résonnait dans ma tête. J'ai essayé de rappeler le numéro, sans succès.

Je ne l'avais jamais entendue dans un tel état d'angoisse.

Je suis sorti en prenant le téléphone avec moi au cas où elle rappellerait. Je suis monté jusqu'au banc de mon grand-père et je me suis assis, malgré le vent et le froid.

Mon passeport avait brûlé dans l'incendie. Mais il était possible de faire établir un passeport provisoire juste avant le départ, à condition de partir d'un grand aéroport.

J'ai appelé la banque. J'ai obtenu de parler à l'homme qui m'avait reçu au guichet la fois précédente. Il m'a appris que ma nouvelle carte bancaire était arrivée.

Je n'ai pas eu besoin de réfléchir davantage. J'ai demandé à Jansson de passer me prendre dans une heure. Il a voulu savoir si mon moteur était retombé en panne.

Dans un cabas que Louise avait récupéré du temps d'Harriet, j'ai fourré mes chemises et mes sous-vêtements chinois, l'argent qu'il me restait, le chargeur du téléphone, et j'ai rédigé un court message à l'intention d'Alexandersson. Pas question qu'on aille imaginer que j'avais pris la fuite.

J'ai attendu Jansson sur le ponton. Il est arrivé ponctuellement comme à son habitude. Nous nous sommes serré la main.

– Au port ?
– Oui.

205

– Tu rentres quand ?

– Je ne sais pas.

Nous sommes partis. L'étrave du bateau soulevait une écume fraîche, jaillissante. Jansson m'a laissé près des pompes. Je lui ai donné le billet de cent habituel et, le temps qu'il appareille, j'étais déjà presque arrivé devant le bâtiment des gardes-côtes. J'avais replié mon bout de papier et noté dessus le nom d'Alexandersson. J'expliquais que ma fille se trouvait dans une situation délicate et avait besoin de mon aide ; j'espérais revenir dans quelques jours. Je n'en disais pas plus.

En passant devant le magasin d'accastillage, je n'ai pu m'empêcher d'entrer et de demander à Margareta si mes bottes étaient arrivées. Toujours pas.

– Je m'absente pour quelques jours. Peut-être seront-elles là à mon retour.

– On ne sait jamais quand les commandes arrivent. On ne peut plus se fier à rien.

Oslovski n'était pas chez elle. Mais quand j'ai jeté un coup d'œil dans le garage, tous les outils avaient retrouvé leur place.

Les rideaux de la maison étaient fermés. J'ai chargé le cabas dans la voiture et j'ai démarré.

J'espérais obtenir un vol pour le soir même.

III

Le Bédouin dans la bouteille

14

Au cours du trajet en voiture vers l'aéroport d'Arlanda, j'ai beaucoup pensé à Louise. Puis j'ai laissé ma voiture dans un parking et j'ai pénétré dans un univers grouillant encombré de files d'attente et de comptoirs innombrables. Je me sentais perdu. Je n'aurais même pas su dire quand j'avais pris l'avion pour la dernière fois.

J'ai mis longtemps à rassembler mes esprits, puis à découvrir l'emplacement du point de vente de la compagnie Air France ; les tableaux d'affichage annonçaient que le vol initialement prévu à dix-neuf heures trente était retardé de deux heures. C'était le seul vol pour Paris ce soir-là. Il restait des places. J'ai payé avec la carte que j'étais passé chercher à la banque avant mon départ.

– J'ai oublié mon passeport, ai-je dit. Je suppose que ce n'est pas un problème pour un ressortissant suédois ?

– Une carte d'identité suffit. La police peut aussi établir un passeport rose valable pour un voyage.

Je me suis procuré le passeport provisoire. Je suis passé par le bureau de change et le comptoir d'enregistrement et j'ai franchi le contrôle de sécurité. Dans le hall des départs, j'ai acheté une valise à roulettes, où j'ai fourré le contenu du cabas, avec quelques chemises et quelques caleçons supplémentaires. Je me suis assis près d'une baie vitrée et j'ai regardé les avions parqués dehors comme du bétail, chacun à côté de sa porte d'embarquement.

Lisa Modin a décroché alors que je n'espérais plus l'entendre.

Je lui ai expliqué en peu de mots l'appel à l'aide de ma fille et mon départ précipité.

– Je voudrais te demander un service. Je n'ai pas eu le temps de réserver une chambre. Pourrais-tu me trouver un hôtel sur Internet, dans le centre de Paris ? À partir de demain. L'avion a du retard, j'arriverai en pleine nuit.

– Quel est ton prix ? Et combien de nuits ?

– Pour le prix, je ne sais pas. Trois étoiles maximum. Et je resterai au moins deux nuits.

– Entendu.

Elle m'a rappelé vingt minutes plus tard.

– J'ai trouvé. Hôtel Celtic, rue d'Odessa, à Montparnasse. Est-ce que cela te convient ?

– C'est parfait. Ils veulent un numéro de carte bancaire ?

– Je peux leur donner le mien, en attendant. Ça ne t'empêchera pas de payer avec ta propre carte.

– Tu ne voudrais pas venir ?

C'est seulement après l'avoir dit que l'évidence m'a sauté aux yeux. J'avais cela en tête depuis le début. Voilà pourquoi je lui avais demandé de me réserver une chambre. Je cherchais à l'attirer, alors même que je partais pour retrouver ma fille.

– Pardon ?

– Tu ne voudrais pas venir à Paris ? C'est moi qui t'invite. Pour te remercier de m'avoir hébergé dans un moment difficile.

– Ça me paraît un dédommagement un peu excessif pour un canapé inconfortable.

210

– Tu te trompes.

Elle a ri. J'ai insisté.

– Tu as mon numéro. Appelle-moi en arrivant, je viendrai te chercher.

– Je n'irai pas. Je ne te connais pas assez.

– Moi, je me connais. Et je suis tout à fait sérieux.

– Où es-tu, là tout de suite ?

– À Arlanda, en train d'attendre mon vol. Je crois bien que je ne me suis jamais senti aussi seul.

– J'ai un travail. Je ne peux pas partir sur un coup de tête.

– Tu peux travailler sur place. Tu peux écrire sur l'incendiaire en fuite qui cherche sa fille.

– Tu as réussi à lui reparler ?

– Non. Je suis inquiet.

Silence. J'avais la sensation que le temps lui-même s'était arrêté. J'entendais son souffle contre mon oreille. Je m'attendais à ce qu'elle me dise qu'elle m'aimait. De mon côté, en fait d'amour, je ressentais le violent besoin d'une femme, n'importe laquelle, et j'étais prêt à dire n'importe quoi pour la convaincre de me rejoindre.

Je me suis souvenu d'une femme qui m'avait accusé un jour, dans ma jeunesse – je venais de la quitter –, d'être une araignée qui prenait plaisir à voir ses proies se débattre dans ses fils. Je ne les dévorais pas. Je les regardais un moment, puis je m'en allais simplement tisser une autre toile ailleurs.

Son silence devenait un supplice.

– Alors ? Tu viens ?

– Non.

– Je t'attends.

– Cette conversation m'inquiète.

– Ce n'était pas mon intention.

– Je t'envoie un sms avec l'adresse de l'hôtel.

211

– Merci.

Elle a raccroché et n'a pas rappelé. Moi non plus.

L'avion a décollé pile deux heures après l'horaire initialement prévu et, à l'arrivée, nous avons encore dû attendre l'autorisation d'atterrir. Il était tard. Dès que le voyant lumineux s'est éteint, les voyageurs ont commencé à se lever et à rassembler leurs affaires avec une impatience à peine contenue. On aurait cru qu'on venait de leur voler un temps précieux et qu'ils se bousculaient à présent pour être sûrs de débarquer avant les autres. J'observais le spectacle depuis mon siège. C'était comme un troupeau de bêtes en fuite. Mais que fuyaient-elles ? Les sièges trop étroits ? La peur de l'avion ? Leur propre vie ? Avais-je été ainsi, moi aussi ? Quelqu'un qui considérait le temps comme un jeu, avec des gagnants et des perdants ? Je savais que la réponse était oui. J'avais été ainsi. Mais plus maintenant. L'enjeu du temps, pour moi désormais, était de ne pas gaspiller le peu qui m'en restait.

Le terminal avec tous ses escaliers mécaniques m'a fait penser à l'usine où mon père avait travaillé à une époque en tant qu'employé de la cantine. Il m'y avait emmené une fois. Nous étions arrivés très tôt le matin, avant tout le monde. J'ai eu la même sensation de vide et d'immensité en m'approchant du contrôle des passeports et de la douane. Personne n'a demandé à voir mes papiers ni le contenu de ma valise.

Je suis sorti par les portes vitrées. La nuit était froide. Je comptais partir à la recherche d'un bus qui m'emmènerait en ville. Mais à quoi bon traîner en ville en pleine nuit ? J'allais devoir attendre des heures avant de pouvoir accéder à ma chambre. Je suis retourné dans le terminal, me suis allongé en travers de quelques sièges vacants avec ma valise en guise d'oreiller et me suis endormi.

Chaque fois que quelqu'un passait près de moi, je me réveillais. L'art de dormir par séquences de quelques minutes m'était resté du temps où je multipliais les gardes à l'hôpital.

Il était sept heures du matin quand je me suis redressé. J'étais engourdi par le froid. J'ai bu un café et mangé un croissant dans une cafétéria qui venait d'ouvrir. La femme qui m'a servi avait une cicatrice à la joue et il lui manquait une partie du lobe de l'oreille du même côté. Je me suis demandé de quelle guerre civile elle était rescapée. Liberia ? Rwanda ? J'ai essayé de lui sourire, mais elle était recrue de fatigue, et peut-être avait-elle aussi perdu la capacité de faire confiance.

Je devinais tant de morts dans son ombre. Famille, amis, inconnus qui, contrairement à elle, n'avaient pas réussi à fuir à temps.

Le terminal se remplissait rapidement. Je suis sorti et j'ai choisi un bus qui avait pour destination « Opéra ». Il était déjà à moitié occupé par un groupe de touristes chinois ; leur guide leur parlait tout en se déplaçant parmi eux. Je me suis faufilé vers le fond ; une famille noire chargée d'innombrables bagages est montée en dernier, juste avant le départ du bus.

Le trajet a tiré en longueur. Monotonie, grisaille, ralentissements. Ce que je voyais par la vitre du bus était un spectacle qui se répétait à l'identique dans tous les pays. Les files serrées de véhicules provoquaient en moi un sentiment de désespérance à l'égard de ce monde où le hasard m'avait jeté en même temps que tous ces gens. À quoi pensaient-ils, dans leurs voitures où ils étaient, pour la plupart, seuls ?

Comment allais-je procéder pour retrouver Louise ? Mon français était loin d'être parfait, même si je réussissais en général à me faire comprendre.

Je suis descendu au terminus dans l'intention d'aller à pied jusqu'à Montparnasse ; après avoir consulté le plan du métro, j'ai réalisé que c'était beaucoup trop loin. J'ai pris le métro, avec un changement à Châtelet. Il n'y avait pas de places assises. Je me suis retrouvé serré contre un groupe de femmes africaines qui discutaient intensément à voix basse.

À Montparnasse, quand je suis remonté à l'air libre, il pleuvait. Mais je connaissais la direction. La rue d'Odessa n'était pas loin.

Il était dix heures quand je suis arrivé devant l'hôtel. L'immeuble était ancien et avait connu des jours meilleurs. Quelques marches conduisaient vers l'entrée où une jeune femme noire astiquait les vitres portant gravé le nom de l'hôtel. Elle a levé la tête à mon approche et m'a tenu la porte en souriant.

La réception était exiguë. Papier peint, lambris marron, et une épaisse moquette usée couleur lie-de-vin dont le motif représentait des sirènes souriantes ; une odeur de lavande flottait dans l'air.

J'ai montré au réceptionniste mon passeport provisoire et ma carte de crédit en expliquant dans mon français hésitant que j'avais réservé une chambre.

Il portait un badge au nom de M. Pierre. À ma question de savoir quand je pourrais prendre possession de la chambre, il a répondu avec un sourire aimable.

– Vous pouvez monter tout de suite. Votre prédécesseur a dû partir très tôt, le pauvre, à quatre heures du matin.

Il a indiqué d'un signe de tête la jeune femme qui frottait les vitres de l'entrée.

214

– Et Rachel a déjà fait le ménage.

Il a pris une lourde clé à l'ancienne qui portait le numéro 213 et m'a désigné l'ascenseur.

– Soyez le bienvenu.

Ma chambre donnait sur une arrière-cour. Elle était petite, mais propre. Comme la réception, le décor était à dominante marron et sentait la lavande. J'ai ôté mes chaussures et je me suis allongé sur le lit après avoir replié la courtepointe.

De minces fissures craquelaient la blancheur du plafond.

On aurait dit une brume qui se dissipait.

J'ai composé le numéro de Louise. Son portable était éteint.

J'ai pensé à ma maison brûlée. À ma tente, où un inconnu avait dormi.

Et maintenant cette chambre 213.

J'ai pensé à ce que m'avait dit Louise sur ce jardin japonais qu'elle appelait l'Océan Nu.

Soudain, je n'avais plus qu'une idée en tête : je ne voulais pas mourir d'un infarctus ou d'un AVC dans cette chambre d'hôtel. Pas avant d'avoir retrouvé ma fille !

Je me suis levé. Je devais partir à sa recherche. Je suis allé à la fenêtre. La pluie tombait plus dru qu'à mon arrivée.

J'ai remis ma veste et mes chaussures et je suis sorti. L'ascenseur était occupé. J'ai appuyé plusieurs fois, en vain.

Dans l'escalier, j'ai croisé Rachel qui montait avec une brassée de draps propres. Elle m'a souri. Je lui ai donné un billet de cinq euros et j'ai continué.

En jetant un regard par-dessus mon épaule, j'ai vu qu'elle me suivait des yeux.

15

J'ai déjeuné dans un restaurant du quartier. Partout, il me semblait n'être entouré que de jeunes. Le serveur s'est approché comme s'il était déjà en route vers une autre table, et a pris ma commande, un plat de pâtes et une bière, sans chercher à dissimuler son impatience. Il était jeune, lui aussi.

Mon plan était de me rendre à l'ambassade de Suède. C'était la seule chose à faire si je voulais tenter de localiser Louise rapidement. Quand le serveur est revenu, j'ai commandé un café et un calvados, et j'ai décidé de m'y rendre à pied.

La pluie avait cessé. Ma morosité s'est dissipée. J'étais content, soudain, de marcher dans Paris. Un souvenir est remonté. C'était un soir de la Saint-Jean, à Stockholm. J'étais étudiant, seul, isolé, et je marchais dans la rue après avoir visité le musée d'Art moderne, sur l'île de Skeppsholmen, quand j'ai repéré une femme sur le trottoir. Elle avait sûrement dix ans de plus que moi. Elle était belle. J'ai commencé à la suivre, sans autre intention que de la regarder marcher ainsi, de dos, le plus longtemps possible. À Norrmalmstorg, elle s'est retournée brusquement, un sourire aux lèvres ; je n'ai pas eu d'autre choix que de continuer d'avancer comme si de rien n'était. Quand je suis arrivé à sa hauteur, elle m'a demandé ce que je voulais. « Rien, ai-je dit. Apparemment, nous allons dans la même direction. – Non. Nous n'allons pas dans la même direction. Et maintenant, si tu ne veux pas voir disparaître mon sourire, tu vas arrêter de me suivre, d'accord ? »

Je nous ai revus, elle qui tournait au coin de Biblioteksgatan, moi qui la suivais du regard. En cet instant, je n'étais plus un vieil homme.

Rue Barbet-de-Jouy, le service consulaire était ouvert. Je suis allé boire un café, puis je suis revenu sur mes pas et j'ai franchi le sas de sécurité.

La réceptionniste parlait le suédois avec un accent français. Je lui ai expliqué que ma fille m'avait appelé en disant avoir été arrêtée par la police à Paris.

– Quel âge a-t-elle ? Est-elle majeure ou mineure ?

– Elle a quarante ans. Et elle est enceinte de son premier enfant.

– Tu es certain qu'elle a été arrêtée ?

– Elle ne mentirait pas sur un sujet pareil, je pense.

– Elle ne t'a pas dit où elle était ?

– Elle n'en a pas eu le temps. C'est bien pour cela que je suis là.

La femme paraissait sceptique. J'ai hoché la tête pour montrer que j'étais de bonne foi et que je n'en savais pas plus. Elle a parlé quelques instants au téléphone à quelqu'un avant de raccrocher.

– Si tu veux bien patienter là-bas, près du présentoir à journaux, Petra va venir. Tu pourras lui exposer ton affaire.

Je me suis assis à l'endroit qu'elle m'avait indiqué et j'ai contemplé le portrait du couple royal. Le cadre était de travers. Je me suis levé et j'ai accentué un peu l'inclinaison.

La dénommée Petra n'avait pas plus de vingt-cinq ans.

On aurait dit une petite fille qui se serait développée en un temps record. Elle portait un jean et un haut léger qui comprimait sa poitrine volumineuse. Elle m'a tendu la main en fronçant les sourcils.

– Raconte, a-t-elle dit en s'asseyant sous le présentoir.

– On ne peut pas parler ici ! Tu n'as pas un bureau ?

Elle m'a regardé d'un air vaguement réprobateur. J'ai compris que je n'aurais pas gain de cause.

Je me suis assis et je lui ai résumé le coup de fil de Louise, mon départ précipité, l'impossibilité de la joindre. J'ai ajouté que j'avais appris son existence sur le tard, alors qu'elle était déjà adulte.

Petra portait un badge qui indiquait son nom de famille, Munter ; sa fonction n'était pas précisée. Elle m'a écouté en prenant des notes. Parfois elle levait la main pour que je la laisse finir d'écrire avant de continuer.

– Je ne dois pas être le premier à me trouver dans cette situation. Quelle est la marche à suivre ?

– Tout d'abord, nous devons la localiser. Nous disposons pour cela de voies officielles.

– C'est toi qui vas t'en charger ?

Elle a pris un air grave.

– Je suis stagiaire. Tout en bas de l'échelle, mais c'est quand même moi qui décide d'alerter la hiérarchie ou de classer l'affaire.

– Alors ? Tu vas alerter la hiérarchie ?

– Oui.

– Je suis très inquiet.

Elle a noté mon numéro de téléphone et le nom de mon hôtel.

– On en saura sans doute plus demain.

218

Elle s'est levée. L'entretien était clos, mais j'ai cru nécessaire d'insister.

– Ma fille est enceinte. Et j'ai vraiment senti qu'elle avait peur.

Petra Munter m'a dévisagé. Elle paraissait soudain plus âgée ; très différente de l'adolescente que j'avais cru voir à son arrivée dans le hall.

– Je te promets que je vais faire mon possible.

Elle m'a raccompagné jusqu'au trottoir. Je lui ai serré la main.

– Quelqu'un t'appellera demain sans faute.

Elle se dirigeait vers la porte du consulat, quand je me suis souvenu que j'avais une autre question. En me voyant revenir, elle s'est immobilisée à l'entrée du sas.

– J'ai besoin d'un passeport. Ma maison a brûlé il y a quelques semaines, et tout a été détruit. Je suis venu à Paris avec un passeport provisoire. Je me sentirais mieux, je crois, si j'en avais un vrai.

– On a une machine qui fait ça vite et bien. Mais à ta place, j'attendrais d'être rentré en Suède. Il n'y a pas d'urgence.

J'ai quitté l'ambassade après avoir mémorisé les horaires d'ouverture du service consulaire et j'ai repris le chemin de Montparnasse.

Le téléphone a sonné dans ma poche un peu plus tard ; c'était un numéro suédois. La circulation était intense sur le boulevard et je me suis réfugié dans une rue latérale pour mieux entendre.

– J'ai vu que tu n'étais pas chez toi ! Tu es où ?

C'était Jansson. Il crie toujours dans le combiné. Il n'a jamais pu admettre que la distance ne changeait rien à la qualité de la réception. J'ai repensé à la vieille Mme Hultin, qui avait continué d'habiter sur son île de Vesselskär longtemps après la mort de son mari, et que

219

j'allais voir parfois quand ses pieds la faisaient trop souffrir. « Jansson criaille comme un geai ! » disait-elle toujours dès qu'il était question de notre facteur. Elle-même parlait si bas au téléphone qu'on avait du mal à la comprendre. Elle devait croire que l'archipel entier espionnait nos conversations pour tout savoir sur ses cors et ses œils-de-perdrix.

– Comment le sais-tu ?

– Je suis passé chez toi. La police te cherchait.

– Ils ne m'ont pas appelé.

– Ils sont venus en bateau. C'était à propos de l'incendie.

– Je suis inculpé ?

– Quoi ? Je n'en sais rien, moi.

– Mais qu'est-ce qu'ils t'ont dit ?

– Ils m'ont juste demandé si je savais où tu étais.

– Et tu leur as répondu quoi ?

– Que je n'en savais rien.

– J'ai écrit à Alexandersson avant de partir. Il est informé de mon absence.

– Ah. Alors je ne dois pas m'inquiéter ?

– Et quelle raison aurais-tu de t'inquiéter ? C'est toi qui as mis le feu à ma maison ?

– Pourquoi tu me demandes ça ?

– Je suis à Paris.

– Qu'est-ce que tu fous là-bas, merde ?

Jansson emploie rarement des mots grossiers. Aussi rarement qu'il laisse entendre sa belle voix de baryton.

– Je fais le contraire. C'est moi qui cherche la police.

– Là je ne te comprends plus du tout.

– Il est possible que Louise ait des ennuis. Mais je préférerais que tu ne le répandes pas dans tout l'archipel.

– Tu me prends pour qui ?

– Pour celui que tu es.

– Je ne répands rien.

– Si, et tu le sais aussi bien que moi. Autant de rumeurs que de courrier, pendant toute ta carrière.

Jansson n'a pas répondu. Il était vexé.

– Ils ont dû te dire autre chose.

– Qui ?

– La police.

– Ils ont dit qu'ils voulaient que je les prévienne quand tu rentrerais. Bon, alors comme ça tu es à Paris ? Tu fais quoi ?

Je cherchais fébrilement quelle version de l'histoire je pourrais lui servir pour qu'il la diffuse autour de lui. Personne ne devait croire que j'avais pris la fuite.

– Je ne t'entends plus… Ah, je crois que je n'ai plus de batterie.

Ce n'était pas vrai. Mais si je restais au téléphone avec lui, il allait me tirer les vers du nez et je devais à tout prix éviter cela.

– On se reparle plus tard ! ai-je crié dans le téléphone.

Et j'ai raccroché.

J'étais en sueur. Le fait que des policiers soient passés chez moi ne pouvait signifier qu'une chose. Ils étaient convaincus de ma culpabilité. Et je ne voulais pas de la pitié de Jansson ou d'autres âmes simples dans son genre. Moi seul avais le droit de ressentir de la compassion pour moi-même.

Je suis entré dans un café. Il y avait beaucoup trop de monde. Je me suis réfugié sur la terrasse et j'ai bu deux calvados. Mon voyage à Paris prenait de plus en plus des allures de fuite alcoolisée loin de mon île, où les ruines de ma maison attendaient l'hiver et la neige.

J'ai essayé de réfléchir à la suite. Que se passerait-il une fois que j'aurais retrouvé Louise ? Et de quoi était-elle accusée ? À vrai dire, je n'en avais absolument aucune idée. Peut-être le vol de ma montre avait-il une tout autre signification ? Peut-être était-ce un message qu'elle me destinait ? Que je n'avais même pas essayé de déchiffrer ?

Mes pensées s'égaillaient dans tous les sens. J'ai continué vers mon hôtel. Je marchais de plus en plus lentement. Le reflet des vitrines me renvoyait la silhouette d'un vieillard. À l'hôtel, M. Pierre avait été remplacé par une Mme Rosini. J'ai trouvé qu'ils se ressemblaient, même sourire absent, même gentillesse. Rachel était invisible.

À peine étendu sur le lit, je me suis endormi. Ma maison était en flammes, je fuyais la lumière aveuglante ; l'instant d'après, j'étais de retour dans mon lit et l'obscurité se remplissait à nouveau de projecteurs géants qui me brûlaient les yeux. Cela se répétait sans fin. Mon chien était encore en vie, dans le rêve. À un moment j'ai même cru voir mon chat s'enfuir, le pelage embrasé.

Je me suis réveillé à la nuit tombée. J'ai pris une douche. L'eau était froide comme celle de la mer autour de mon île. Je n'ai pas réussi à ajuster les robinets.

Je venais de m'enrouler dans une grande serviette quand le téléphone a sonné. Un numéro suédois, de nouveau. J'ai hésité. Selon toute probabilité, c'était la police.

– Alors ? Comment trouves-tu l'hôtel ?

Lisa Modin ! Je n'ai pu m'empêcher de sourire.

– C'est pour ça que tu m'appelles ?

– Non. Je t'appelle pour te dire que je viens.

– Aujourd'hui ?

– Demain.

– Tu ne peux pas savoir quelle joie tu me fais. Tu arrives à quelle heure ? Je veux venir te chercher.

– Non. Tu as retrouvé ta fille ?

– Je suis allé à l'ambassade. Ils pensent pouvoir la localiser d'ici demain.

La communication a été coupée. Peut-être de son fait ? J'ai tenté de la rappeler, sans succès. Mais j'étais certain qu'elle avait pris sa décision. Elle allait venir, et elle connaissait l'adresse de mon hôtel. Cela signifiait qu'elle avait envie de me voir. Tout était subitement changé. Je me suis habillé en vitesse et je suis descendu à la réception, où M. Pierre était de retour.

J'ai demandé si une certaine Mme Modin, de Suède, avait réservé une chambre pour le lendemain. Il a consulté son ordinateur.

– Non, désolé. Je n'ai que Mme Andrews, une dame canadienne qui vient toujours chez nous à l'automne.

Je suis sorti dans la nuit de novembre. Il faisait encore doux. Je suis allé jusqu'à la gare, où j'ai pu trouver un quotidien suédois. J'ai choisi ce qui me semblait être un bistrot de quartier – du moins, il n'y avait aucun touriste en vue – et j'ai mangé des ris de veau. Ils n'étaient pas fameux, mais j'étais affamé. J'ai bu du vin en pensant tour à tour à ma fille, à Lisa Modin et à cet ahuri de Jansson, que je ne comprendrais décidément jamais.

J'ai commandé un café et feuilleté mon journal, jusqu'à ce que je me rende compte que je l'avais déjà lu pendant que je patientais à l'aéroport d'Arlanda.

En quittant le restaurant, j'étais d'humeur légère.

Puis j'ai repensé à Louise. Les gens de l'ambassade étaient-ils au travail en ce moment même pour retrouver sa trace ?

J'ai ressenti du chagrin en songeant que je ne m'étais jamais autorisé à être son père. Quand elle avait surgi dans ma vie, je l'avais longtemps considérée comme une source d'embarras plus que de joie. Naturellement, je ne l'avais jamais avoué à quiconque, surtout pas à Harriet. Pourtant, en mon for intérieur, je lui en voulais. Elle m'avait volé ma fille. Elle avait fini par me révéler son existence, certes, et Louise faisait désormais partie de ma vie ; mais je resterais à jamais incapable de l'aimer comme j'imaginais qu'un homme devait aimer son enfant.

Peut-être cet amour pourrait-il naître vis-à-vis de l'enfant qu'elle attendait ?

Je marchais au hasard des rues. Je n'avais que des questions, aucune réponse.

Mais une certitude : la naissance d'un enfant signifiait le début d'une nouvelle histoire dans la grande chronique de l'humanité.

Je me suis retrouvé devant un club de jazz. Il était vingt-trois heures. Sans réfléchir, je suis entré, j'ai payé, j'ai descendu les marches. Je n'avais même pas regardé l'affiche du programme du soir. C'est seulement en arrivant en bas et en distinguant un peu partout dans la pénombre des bonnets rayés rouge vert jaune que j'ai compris mon erreur. Le groupe de reggae faisait la pause, mais n'allait pas tarder à reprendre. J'ai été soulagé de voir plusieurs hommes et femmes aux dread-locks grisonnantes. Je n'étais pas le seul vieux.

Je suis allé commander un calvados au bar. Le temps que la musique redémarre, une chaleur irradiante s'était répandue dans mes veines. J'ai continué de boire. La piste était bondée. Tout le monde dansait avec tout le monde, de petits mouvements imperceptibles des pieds et des hanches. On aurait dit une mer soulevée par une houle légère.

À côté de moi, au comptoir, il y avait une femme coiffée d'un turban. Sidéré par mon propre courage, je lui ai demandé si elle voulait danser. Elle a accepté, et nous nous sommes frayé un chemin jusqu'à la piste. Je n'ai jamais été bon danseur. Du temps du lycée, j'avais appris à maîtriser à peu près les pas élémentaires de deux ou trois danses de salon, mais j'avais toujours eu honte de ma maladresse. Là, on pouvait à peine bouger ; pourtant je me sentais complètement perdu. Ma partenaire s'en est aperçue. Je dansais comme si j'avais eu des sabots à la place des pieds. Assez vite, elle m'a planté là. L'humiliation était totale.

J'ai remonté l'escalier et j'ai fui. Les rythmes du reggae me suivaient.

J'étais presque arrivé à mon hôtel quand j'ai sorti le téléphone de ma poche.

Il y avait un sms. De Louise.

Où es-tu ?

J'ai essayé de l'appeler. En vain. Son portable était de nouveau éteint.

— Je suis là, ai-je dit à haute voix. Crois-le ou non, je suis là.

16

Je haïssais la femme qui m'avait abandonné sur la piste de danse. À chaque pas qui me rapprochait de mon hôtel, je la vouais à des outrages de plus en plus grossiers.

Près de la gare, un homme ivre s'est approché de moi et m'a demandé une cigarette. J'ai rugi que je ne fumais plus depuis trente ans.

J'ai eu peur qu'il me frappe. Mais il a dû me juger imprévisible car il est parti sans insister.

J'ai mal dormi cette nuit-là. L'incident du faux club de jazz me tourmentait. J'avais honte. Je suis resté éveillé si longtemps qu'il m'a semblé entendre les clients de la chambre voisine se préparer à partir. Un chariot est passé dans le couloir. Peut-être était-ce Rachel qui prenait son service en pleine nuit.

La sonnerie du téléphone m'a réveillé vers huit heures. Un certain Olof Rutgersson. Je n'étais pas sûr d'avoir bien entendu quelle fonction il occupait au sein de l'ambassade.

– Nous n'avons pas encore retrouvé la trace de votre fille, malheureusement.

Il parlait d'une voix nasale, et le vouvoiement n'arrangeait rien ; l'impression qu'il dégageait était celle d'une arrogance assumée.

– Que va-t-il se passer ?

– Nous continuons. Et nous allons réussir, même si les démarches sont un peu ralenties du fait qu'elle est probablement détenue dans un commissariat de quartier. Je vous rappelle dès que j'ai du nouveau.

J'avais envie de protester, de lui dire que sa façon de parler était insupportable. Mais je ne l'ai pas fait. J'avais besoin de lui.

Il n'y avait pas beaucoup de clients dans la salle à manger de l'hôtel, dont un mur était occupé par des gravures des ponts de la Seine encadrant une grande tête d'antilope koudou aux cornes torsadées. Mme Rosini, que j'avais croisée la veille, avait remplacé M. Pierre. Une jeune femme aux traits asiatiques m'a apporté mon café.

Après le petit déjeuner, je suis allé acheter un quotidien suédois à la gare et je suis retourné m'asseoir dans l'un des fauteuils en cuir râpé de la réception.

Cet hôtel me plaisait. Lisa Modin avait bien choisi. Avant de commencer à lire mon journal, j'ai demandé à Mme Rosini si une dame suédoise avait par hasard réservé une chambre. Ce n'était pas le cas. Elle avait donc choisi un autre hôtel. J'ai feuilleté mon journal. Il était dix heures trente.

Mon téléphone a sonné.

– Bonne nouvelle ! Nous l'avons trouvée ! Elle est dans un commissariat de Belleville.

– Que fait-elle là-bas ?

– J'ai bien peur de ne pas pouvoir vous répondre. Mais je passe vous prendre à votre hôtel.

Une heure plus tard, une voiture pourvue de plaques diplomatiques s'est arrêtée au bord du trottoir. Je suis monté à l'arrière à côté d'Olof Rutgersson, un type

maigre au visage fermé, qui pouvait avoir la cinquantaine.

Nous avons traversé la ville. Je lui ai demandé ce
qu'il savait.

– Pas grand-chose. Nous l'avons repérée grâce à
nos canaux habituels et au système informatique de la
police française, qui laisse beaucoup à désirer. Nous
devons maintenant en apprendre plus sur sa situation
afin de décider de la marche à suivre. Je propose que
tu me laisses mener l'entretien avec la police. J'ai un
passeport diplomatique, ce n'est pas ton cas.

J'ignorais pour quelle raison il avait soudain opté
pour le tutoiement. Il s'est mis à passer des coups de
fil. J'ai vu qu'il portait un petit tatouage au-dessus du
poignet gauche. J'ai réussi à déchiffrer le mot *maman*.

Le commissariat de Belleville se trouvait dans une
rue dont je n'ai pas retenu le nom. Olof Rutgersson a
jailli de la voiture avec une énergie surprenante. Il était
métamorphosé. Il m'a rappelé que je devais le laisser
parler et ne pas chercher à intervenir.

La vitre du commissariat portait la trace d'impacts
de balles. Nous avons franchi le sas de sécurité. Olof
Rutgersson a montré son passeport diplomatique à
l'agent en civil à la réception. Après un bref échange
téléphonique, un policier plus âgé, qui marchait avec une
canne, est apparu. Nous l'avons suivi dans un bureau
poussiéreux encombré de livres et de dossiers. L'homme
s'est assis avec difficulté dans son fauteuil. Ses mains
présentaient les signes d'une arthrose avancée. J'ai
deviné qu'il souffrait beaucoup.

J'ai avisé un tabouret ; Olof Rutgersson, qui s'était
assis dans le fauteuil destiné aux visiteurs, a pris la
parole d'autorité.

Son français était absolument parfait. Il parlait vite,

en martelant ses mots à la manière de ceux qui ne supportent pas la contradiction. J'avais du mal à suivre, mais j'ai cru comprendre qu'il régnait une certaine incertitude sur la présence de Louise dans ce commissariat. L'officier de police, dont le nom était Armand, a appelé à la rescousse un collègue plus jeune. Lui non plus n'était apparemment pas sûr de la réponse. Pendant que les deux policiers discutaient, Olof Rutgersson s'est levé pour me résumer la situation.

– Ça se passe toujours comme ça. Personne n'est capable de fournir la moindre information claire.

– Louise n'est pas ici, alors ?

– Il leur arrive d'égarer du monde. Mais on ne va pas lâcher prise. D'ailleurs, la police suédoise ne vaut sans doute pas mieux.

Après d'autres échanges confus avec des collègues successifs, il est apparu que Louise avait bien été en garde à vue dans ce commissariat, mais qu'elle avait été transférée le matin même au Dépôt de la préfecture de police, situé dans l'enceinte du Palais de Justice, sur l'île de la Cité. Armand buvait gobelet sur gobelet de café noir. Il affirmait ne rien savoir des conditions de son transfert, ni de ce dont elle était accusée. Olof Rutgersson avait beau être tenace, il n'a rien obtenu. Les collègues qui étaient venus la chercher en même temps que d'autres suspects avaient emporté tous les papiers.

Cela m'a donné une idée. J'ai voulu savoir si elle avait été arrêtée seule ou en bande. Il a transmis ma question mais, là encore, impossible d'obtenir une réponse.

Olof Rutgersson, de plus en plus énervé, a fini par admettre qu'il était inutile de s'attarder à Belleville. Une fois dans la rue, il a dit qu'il voulait manger un morceau. Nous sommes allés dans un café ; j'ai pris un thé, Olof Rutgersson un sandwich et un café pendant que le chauffeur attendait dans la voiture.

J'ai eu un appel de Lisa Modin, presque aussitôt interrompu.

– La mère de ta fille ? a demandé Olof Rutgersson.

– Non, une amie. La mère de ma fille est morte.

– Désolé. Je ne savais pas que tu étais veuf.

– Nous n'étions pas mariés. Nous avions seulement une fille ensemble.

Nous sommes repartis. La circulation était dense. Olof Rutgersson a continué de passer des coups de fil et d'envoyer des sms. Il portait une alliance. J'ai essayé d'imaginer à quoi pouvait ressembler sa femme.

En réalité, j'attendais que Lisa me rappelle. Je n'avais pas compris si elle était déjà à Paris ou non. La possibilité de partager sa chambre, d'être allongé contre son corps, me faisait oublier par moments jusqu'à l'existence de Louise. J'étais trop vieux pour avoir mauvaise conscience. Je ne voulais pas devenir comme mon père, qui, à la fin de sa vie, était devenu obsédé par les gens vis-à-vis desquels il avait pu se mettre en tort, par méchanceté ou arrogance, alors que lui-même avait si souvent été maltraité.

Peu après la mort de ma mère, je lui avais rendu visite dans le sombre petit appartement du quartier de Vasastan où il vivait alors. Je venais de finir mes études, et j'avais apporté mon stéthoscope et mon tensiomètre. C'était un geste symbolique, destiné à lui montrer que j'étais désormais pleinement qualifié pour l'examiner, lui dont la santé déclinait et qui s'inquiétait sans cesse pour cette raison.

Cette nuit-là, j'ai dormi dans son appartement. Je m'étais couché de bonne heure car je devais prendre mon service à l'hôpital de Söder tôt le lendemain matin.

Mon père était insomniaque, après une vie entière

d'horaires décalés. Il lui arrivait rarement de s'endormir avant trois heures du matin.

Soudain, je me suis réveillé et j'ai vu que la porte du séjour était ouverte. L'instant d'après, j'ai entendu qu'il composait un numéro de téléphone. Qui pouvait-il appeler à cette heure ? Je me suis levé et me suis approché à pas de loup. Il était assis sur le canapé, le combiné contre l'oreille. J'entendais vaguement résonner la sonnerie. Après un moment, il a raccroché avec précaution, et il a tracé une croix sur une feuille de papier qui était sur la table devant lui.

Au matin, quand je me suis levé, il dormait. Le papier était toujours sur la table. J'ai vu que c'était une liste de noms. Ils m'étaient tous inconnus. À côté de certains, il avait écrit *décédé*. Il y avait aussi des numéros de téléphone assortis d'un point d'interrogation.

Je l'ai interrogé lors de ma visite suivante. À qui téléphonait-il ainsi ? Il m'a répondu que c'étaient des personnes à l'égard desquelles il avait le sentiment de s'être mal conduit. Il voulait, avant qu'il ne soit trop tard, leur parler et leur demander pardon. Malheureusement, beaucoup d'entre elles étaient mortes. Cela le tourmentait. Je me suis demandé si c'était pour cela qu'il avait commencé à faire preuve de négligence et à ne plus prendre la peine d'enlever les taches sur ses chemises et ses pantalons.

Il a vécu six mois encore. J'ignorais combien de personnes de la liste il avait réussi à joindre. Mais quand j'avais vidé son appartement, j'avais retrouvé la liste. Elle était dans un tiroir de mon bureau. Elle avait disparu dans l'incendie de ma maison.

Nous avons traversé le pont. Une fois dans l'enceinte du Palais de Justice, Olof Rutgersson a brandi son passeport diplomatique, ce qui nous a permis d'atteindre rapidement le bon service, où une femme, dont j'ai cru comprendre qu'elle était juge d'instruction, nous a reçus dans son bureau. Elle nous a priés de nous asseoir et a ouvert un dossier. Ayant appris que j'étais le père de Louise, elle s'est adressée à moi, mais Olof Rutgersson est tout de suite intervenu et a commencé à poser des questions sur un ton péremptoire. La juge avait une petite cicatrice de brûlure sur la joue. Elle parlait aussi vite que Rutgersson. J'étais incapable de suivre leur échange. Mon impression relative à ce Rutgersson changeait d'heure en heure. Il paraissait prendre sa mission très au sérieux. Le sort de Louise ne lui était pas indifférent. De temps à autre il interrompait sa discussion avec la juge pour se tourner vers moi et me résumer ce qu'elle venait de dire.

À la fin, il m'a semblé avoir une image à peu près cohérente des faits. Louise avait été arrêtée dans le métro après avoir subtilisé le portefeuille d'un voyageur en profitant de la cohue de l'heure de pointe. Le vieux monsieur victime du vol n'avait rien remarqué, mais un autre passager avait tout vu. Ce témoin, qui se trouvait être un employé de la préfecture de police, était intervenu et avait maîtrisé Louise. Flagrant délit, autrement dit.

Elle était seule au moment de son interpellation, ce qui ne signifiait pas qu'elle travaillait seule. Les pickpockets opéraient rarement en solo.

Louise avait donc été placée en garde à vue, puis conduite au Dépôt. Selon Olof Rutgersson, la police avait durci son action depuis quelque temps. Je lui ai demandé s'il ne serait pas possible de se contenter d'une amende, dans la mesure où elle n'avait jamais été condamnée en France et où elle était, d'autre part, enceinte. Il a fait la moue. Ma fille ne serait sans doute pas relâchée aussi facilement, a-t-il dit.

– Le plus important, dans l'immédiat, c'est de la rencontrer et d'entendre sa version des faits.

– Le plus important, c'est qu'elle voie que nous sommes là. Tout le reste est secondaire.

Un policier en uniforme nous a entraînés dans un dédale de couloirs, d'escaliers, de passages couverts. Nous nous enfoncions toujours plus loin dans le sous-sol. Voûtes passées à la chaux, portes en fer, bancs en bois, échos de voix qui s'interpellaient. J'avais la sensation d'un labyrinthe ; quiconque s'y perdait pouvait ne pas en ressortir.

Olof Rutgersson et moi avons été conduits dans une pièce aveugle meublée d'une table en bois et de chaises à barreaux. Après une attente qu'Olof Rutgersson a supportée avec calme – j'étais pour ma part de plus en plus inquiet –, la porte s'est ouverte et Louise est entrée, escortée par une femme policier.

Je ne sais pas ce que j'avais imaginé, mais Louise portait des vêtements à elle, un pantalon et une chemise que je lui avais déjà vus. Elle était très pâle. Pour la première fois depuis que je la connaissais, son regard a exprimé de la joie en me voyant. D'habitude, elle était toujours réservée, sur ses gardes. Cette fois, non.

Elle n'avait pas de menottes. La policière n'a pas réagi quand je me suis avancé pour l'embrasser.

Louise a cligné des yeux.

– Tu es là !

– Bien sûr.

– Je n'aurais jamais cru que tu viendrais.

Je lui ai présenté Olof Rutgersson. La femme policier s'était postée à l'entrée de la pièce et se désintéressait complètement de nous. Nous nous sommes assis. Je n'ai pas eu à poser de questions, Louise a tout raconté d'elle-même.

Elle a admis avoir volé le portefeuille. Pour moi, il était clair désormais que c'était son gagne-pain, même si elle n'a avoué que cette occurrence unique. Je la comprenais : pourquoi se serait-elle dévoilée devant Olof Rutgersson ? Nous avions établi une complicité tacite.

– On va te trouver un bon avocat, a dit Olof Rutgersson. L'ambassade ne peut pas le prendre en charge, malheureusement, mais elle peut avancer les frais.

– Je peux payer les frais d'avocat, ai-je dit.

Olof Rutgersson a hoché la tête. Il a regardé son téléphone ; à cette profondeur, il n'y avait pas de réseau. Il a échangé quelques mots avec la femme policier, qui l'a laissé sortir. J'ai entendu son pas rapide s'éloigner vers la lumière du jour et les antennes relais.

J'ai pris la main de Louise. C'était une sensation très inhabituelle. Pour la première fois depuis le jour où Harriet m'avait annoncé que la femme à l'entrée de la caravane dans la forêt était ma fille, j'ai senti qu'elle l'était vraiment.

J'ai regretté qu'Harriet ne soit plus en vie. J'aurais voulu pouvoir lui montrer cela. Qu'elle voie que Louise et moi nous étions enfin trouvés.

Comment allait-elle ? Et le bébé ? Elle m'a répondu tout bas que tout allait bien. À la fin, je n'ai pu m'empêcher de l'interroger sur ce qui s'était passé le jour où nous étions censés déjeuner ensemble au restaurant du bowling.

– J'avais juste besoin de m'en aller, c'est tout.

Je n'ai pas insisté. Sa réponse était claire : elle ne souhaitait pas en parler.

Nous accédions brièvement à une forme d'intimité.

Là, dans ce sous-sol, il m'a semblé que je la comprenais davantage. Jusque-là, j'avais seulement deviné qu'elle était en fuite, rien de plus. J'avais encore une question :

– Tu n'as appelé personne à part moi ?

– Non.

– Pourquoi ?

– Tu étais le seul à qui je pouvais demander de l'aide.

– Tu as pourtant toujours dit que tu avais beaucoup d'amis.

– Ce n'est peut-être pas la vérité.

– Mais pourquoi mentir sur un sujet pareil ?

– Je ne sais pas comment ça se passe pour les autres, mais moi, je ne dis pas toujours ce qu'il en est. Toi non plus d'ailleurs.

Elle s'est tue. Elle n'en dirait pas plus. Elle m'avait appelé, moi. Elle n'avait appelé personne d'autre.

Olof Rutgersson est revenu. Cet homme-là avait tout d'un furet. Le téléphone à la main, comme une arme ; il était toujours pressé.

– J'ai contacté une avocate, a-t-il dit avant même que la policière ait refermé la porte derrière lui. Elle s'appelle Mme Riveri, et elle nous a déjà été d'un précieux secours par le passé en réussissant à faire libérer trois ressortissants suédois en situation délicate. Elle sera là dans une heure. Nous pouvons lui confier l'affaire en toute sérénité.

Il a serré la main de Louise et lui a souhaité bonne chance.

– Je ne peux malheureusement pas m'attarder, j'ai une réunion à l'ambassade. Maître Riveri me tiendra informé.

Une fois de plus, ses pas ont résonné dans le couloir.

Mme Riveri, élégante, la cinquantaine, sûre de ses compétences, s'exprimait d'une voix posée. D'un geste, elle a congédié la femme policier, puis elle a tiré de son sac un grand cahier relié de cuir et est passée à l'anglais. J'ai pu alors entendre les détails de l'affaire – comment Louise avait pris le métro, en changeant de ligne plusieurs fois, à la recherche d'une victime potentielle, à quelle station elle était montée, à quelle station elle avait effectué un premier changement, puis un deuxième, pourquoi elle avait finalement choisi cet homme-là. Ses réponses m'ont donné le sentiment qu'elle faisait confiance à l'avocate.

Elles ont évoqué l'enfant à naître sans que maître Riveri l'interroge sur l'identité du père. À la fin, elle a demandé si c'était son premier délit. Louise a répondu par l'affirmative, mais il était clair que l'avocate ne la croyait pas ; le témoin avait fait état d'une dextérité trahissant une longue pratique.

– Nous savons toutes deux ce qu'il en est, a-t-elle dit. Mais c'est la ligne que nous allons défendre.

Elle a refermé son cahier d'un geste sec et elle s'est levée.

– Il me reste à vous prier de ne pas faire la moindre déclaration à qui que ce soit en mon absence. Dans deux jours, trois au maximum, vous serez sortie d'ici. Moins, ça me paraît difficile, mais on ne sait jamais.

Elle lui a serré la main. La femme policier a emmené Louise. L'avocate m'a fait signe de l'accompagner. Elle était si rapide que j'avais du mal à la suivre dans les escaliers. Nous avons franchi le hall et la grille du sas d'entrée. La lourde porte s'est refermée derrière nous. Sur le trottoir, elle m'a tendu sa carte de visite.

– Je prends en charge tous les frais, ai-je dit.

– C'est parfait.

Je voulais lui demander ce qui allait se passer à présent, quelle serait la prochaine étape. Mais elle avait déjà hélé un taxi. Elle s'est engouffrée à l'intérieur sans prendre le temps de me serrer la main.

J'ai commencé à marcher vers mon hôtel. L'air était chargé de pluie. Sur le pont Saint-Michel je me suis arrêté et j'ai aperçu une femme qui étendait du linge à bord d'une péniche ; une poussette était attachée sur le pont. J'ai sursauté en sentant qu'on me touchait l'épaule. En me retournant j'ai vu le visage mal rasé d'un homme qui me demandait de l'argent. Son haleine était abominable. Je lui ai donné un euro et me suis éloigné à grands pas.

Je me suis souvenu de la peur de mon père, qu'il m'avait confiée un jour, de ne plus pouvoir payer ses factures et d'être obligé de vivre dans la rue. Je ne sais pas pourquoi il m'avait raconté cela. Peut-être voulait-il me mettre en garde ? Mais j'étais économe. Je m'étais toujours arrangé pour avoir de quoi parer aux imprévus.

Je suis arrivé à l'hôtel. M. Pierre était de retour, souriant comme à son habitude. J'ai pris un thé au bar. Puis je suis monté dans ma chambre.

Je venais de m'allonger quand j'ai découvert que j'avais un sms. Mme Riveri m'annonçait qu'elle avait rendez-vous dès le lendemain avec la juge pour demander la libération et le rapatriement de Louise. Elle voulait savoir si je pouvais financer son billet d'avion. J'ai répondu par l'affirmative.

Je me suis endormi. J'ai rêvé de mon père. Il courait devant une terrasse de café. La terrasse était vide, le vent soufflait et la serviette qu'il portait repliée sur le bras fouettait l'air comme une aile. J'essayais d'attirer son attention. Je criais son nom, mais pas un son ne franchissait mes lèvres. Il a perdu l'équilibre. Je me suis réveillé au moment où il tombait.

Mon cœur battait à grands coups. Assis sur le bord du lit, je me suis efforcé de respirer lentement. Après quelques minutes, j'ai mesuré mon pouls. Quatre-vingt-dix-sept pulsations minute. C'était beaucoup trop élevé. Je me suis rallongé. La crainte de l'infarctus me taraudait. J'ai pris un calmant dans le flacon que je garde toujours avec moi et j'ai attendu qu'il agisse.

Le téléphone a sonné. C'était Lisa Modin.

– Je suis à Paris ! Où es-tu ?

– À l'hôtel. Et toi ?

– À la gare.

– Montparnasse ?

– Gare du Nord. Je m'apprête à prendre le métro pour Montparnasse.

– Tu as réservé une chambre au Celtic ?

– Non, mais pas loin.

– Je viens te chercher.

– Pas la peine. Je sais où est mon hôtel.

– J'ai toujours rêvé d'accueillir une femme qui arrivait à Paris.

Elle a ri. Un rire bref, un peu gêné.

– Je te rappelle. Je viens de débarquer, j'ai besoin de m'asseoir dans un café et de m'habituer au fait d'être là.

J'ai accepté avec joie. Je suis descendu au bar et j'ai bu une eau minérale. M. Pierre s'apprêtait à céder sa place au portier de nuit.

Une demi-heure plus tard, Lisa m'a rappelé et m'a indiqué le nom et l'adresse du café où elle se trouvait.

Je l'ai aperçue au premier regard. Elle était assise, seule, près de la cloison vitrée qui marquait la limite de la terrasse du café. Elle buvait un thé. Elle portait un manteau bleu nuit. Une valise était posée à ses pieds.

J'ai pensé qu'elle était belle et qu'elle était venue pour moi.

J'allais m'avancer vers elle quand le téléphone a sonné dans ma poche. J'ai décroché, car ce pouvait être Louise. Mais c'était Jansson. Il était hors d'haleine.

– Je te dérange ? Tu es où ?

– Ça ne te regarde pas. Qu'est-ce que tu veux ? Si c'est pour me parler de tes maladies, il va falloir attendre.

– C'était juste pour te dire que ça brûle de nouveau.

Je n'ai pas compris. Puis l'angoisse m'a étreint.

– Qu'est-ce qui brûle ? La caravane ? Ma remise à bateaux ?

– Non. La maison de la veuve Westerfeldt. Sur Källö.

– Quoi, il y a un nouvel incendie ?

– En ce moment même. Je voulais que tu le saches.

La communication a été coupée.

J'espérais que la veuve Westerfeldt avait eu le temps de se sauver.

Sa maison ressemblait à la mienne. Elle avait été construite par les mêmes artisans habiles à la fin du dix-neuvième siècle.

J'étais interdit. J'avais du mal à saisir la portée de ce qu'il venait de m'apprendre.

Mais cela devait tout de même signifier que les soupçons à mon encontre n'avaient plus lieu d'être ? À moins que l'incendie chez la veuve Westerfeldt n'ait eu une cause naturelle ?

J'ai rangé mon portable. Quand j'ai relevé les yeux, j'ai vu que Lisa Modin m'avait repéré. En croisant mon regard, elle a levé la main d'un air hésitant.

Je me suis avancé vers sa table.

17

Nous avons entamé la conversation comme deux inconnus que le hasard avait placés côte à côte. J'ai commandé un verre de vin. Nous avons trinqué. J'ai effleuré sa main en disant que j'étais content de la voir. J'ai posé des questions anodines sur son voyage ; elle m'a répondu sur le même ton.

J'ai voulu payer, elle a refusé. J'ai proposé de tirer sa valise : même chose.

Nous avons pris la direction de son hôtel. Je n'avais encore rien dit concernant Louise, et elle ne m'avait pas interrogé. Je pensais à l'appel de Jansson.

Son hôtel était plus simple que le mien. Je l'ai suivie à l'intérieur. La réception, minuscule, était tenue par un jeune homme à la peau mate. Les chambres s'ouvraient à l'aide d'une carte en plastique. J'ai patienté, le temps qu'elle s'acquitte des formalités.

— Je suis fatiguée, a-t-elle dit en se retournant vers moi. J'ai besoin de me reposer.

— Tu as la chambre 312. C'est sûrement au troisième étage, tu seras moins dérangée par le bruit de la rue.

— On reparlera demain, si tu veux bien.

— Quelques minutes, le temps de boire un verre au bar. J'ai du nouveau.

Elle a hésité.

– Bon. Laisse-moi juste poser mes affaires et me laver les mains.

Elle s'est éloignée vers l'ascenseur. Un homme et une femme sont passés ; ils parlaient bruyamment, en danois. Dans le bar, la femme derrière le comptoir m'a dit qu'elle s'apprêtait à fermer. Je lui ai demandé un verre de vin rouge, en précisant qu'une autre cliente de l'hôtel arrivait dans une minute et que nous ne resterions pas longtemps.

Elle a acquiescé en silence. Elle a versé un verre de vin et me l'a apporté.

Lisa Modin est entrée ; j'ai remarqué qu'elle s'était coiffée et avait changé de chemisier. Elle a commandé la même chose que moi. La femme est revenue avec un verre et l'a servie sans un mot.

– La chambre est toute petite. J'étais un peu déçue, mais tu as raison, la circulation ne s'entend pas de là-haut.

– J'ai une bonne nouvelle. Louise est saine et sauve. Et l'ambassade lui a trouvé une avocate. Nous avons bon espoir qu'elle soit libérée d'ici après-demain.

– C'est formidable ! Je ne voulais pas aborder le sujet, mais tu dois être content.

– Oui. Un type de la mission diplomatique m'a aidé du début à la fin. Sans lui, on n'aurait jamais obtenu un résultat aussi rapide.

Cette fois, j'ai été autorisé à payer l'addition. Nous avons vidé nos verres et nous nous sommes levés. Nous n'étions pas encore sortis que la femme a éteint toutes les lumières.

– J'ai aussi une autre nouvelle.

Lisa Modin avait déjà appuyé sur le bouton d'appel de l'ascenseur.

– Oui ?

– Jansson, que tu connais – l'ancien facteur, celui qui t'a conduite sur mon île –, m'a appelé. C'est à lui que je parlais tout à l'heure quand tu m'as aperçu au café. Un autre incendie s'est déclaré sur une île voisine.

– Un acte criminel ?

– Je ne sais pas. Tout cela est très étrange et inquiétant.

Pour la première fois depuis son arrivée, elle semblait avoir envie de parler avec moi. Cela m'a déçu de nouveau. Un incendie était plus important qu'un homme qui ne désirait rien d'autre que se rapprocher d'elle.

– On en reparlera demain, ai-je dit. Quand puis-je passer te prendre ?

– Laisse-moi plutôt venir te chercher. Comme ça, je verrai à quoi ressemble l'hôtel que je t'ai choisi.

Nous sommes convenus qu'elle passerait à dix heures. Une fois seul, j'ai été pris d'un besoin violent de m'enfoncer dans la nuit et de voir où cela me mènerait. Sans réfléchir, j'ai ouvert la portière d'un taxi qui patientait à une borne et j'ai demandé au chauffeur de me conduire à Pigalle. Puis je l'ai prié de baisser le son de sa musique. Il a fait semblant de ne pas m'entendre.

Cela m'a exaspéré. Je lui ai rugi de s'arrêter et je suis sorti après lui avoir balancé quelques euros.

– Saleté de musique ! ai-je crié par la vitre baissée côté passager.

Il m'a hurlé quelque chose en retour que je n'ai pas compris. Je lui avais déjà tourné le dos en pensant que s'il descendait de son taxi pour me régler mon compte je ne ferais pas le poids. Puis je l'ai entendu démarrer en trombe et il m'a dépassé sans un regard.

J'étais tellement tendu que j'en tremblais. Le mieux à faire était de retourner à l'hôtel. Mais j'ai hélé un autre taxi. Ce chauffeur-là était grisonnant. Sa radio était éteinte et une odeur de thé et de saucisson à l'ail imprégnait l'habitacle. Je me suis imaginé qu'il était russe. Quand je lui ai demandé de me conduire place Pigalle, il a acquiescé en silence. Il m'a déposé et je suis entré dans le bar le plus proche.

J'ai bu. Je me suis enivré. De soulagement, d'abord, à l'idée qu'avec un peu de chance Louise serait bientôt libre grâce à moi. Et parce que le coup de fil de Jansson, pour inquiétant qu'il fût, laissait présager l'abandon des poursuites contre moi. Mais surtout, je me suis enivré par dépit, parce qu'il était clair désormais que les raisons pour lesquelles Lisa Modin avait décidé de venir à Paris n'étaient pas celles que j'espérais. En tant qu'être humain, je l'intéressais peut-être. En tant qu'homme, non.

J'ai continué de boire. Après un long moment, j'ai rappelé Jansson. Quand il a enfin répondu, il était hors d'haleine et a crié son nom dans le combiné.

– Calme-toi. Ce n'est que moi, Fredrik. Où es-tu ?

– On essaie d'empêcher le feu de détruire la grange. Mais la maison est foutue, rien à faire.

– Éloigne ton téléphone.

– Pourquoi ?

– Je veux entendre l'incendie.

Il a obéi. Et j'ai vraiment cru entendre le crépitement assourdissant des flammes.

– Vous avez pu sauver la veuve ? ai-je demandé quand il a de nouveau collé le téléphone contre son oreille.

– On l'a emmenée chez les Sundell, sur Ormö. Il ne faut pas qu'elle voie ça.

– Prends une photo.

– Quoi ?

– Prends une photo de la maison avec ton téléphone et envoie-la-moi.

– Pourquoi ?

– Parce que je veux voir si ce que tu dis est vrai. Je veux une photo, ici, dans ce bar, où je suis en train de me soûler la gueule.

– Pourquoi ?

– Je te le dirai quand on se verra. J'attends ma photo.

Jansson s'est exécuté. J'ai eu le temps de boire encore un verre avant d'entendre le tintement signalant l'arrivée d'un message. J'ai contemplé la photo. Elle était très mauvaise. On ne voyait rien. Un rougeoiement informe remplissait l'écran.

J'ai levé le téléphone vers le barman.

– Ma maison brûle, ai-je déclaré.

Il m'a regardé. Il n'a rien dit. Ça ne m'a pas étonné.

Je suis sorti dans la nuit. Je ne voulais ni n'osais aborder les femmes que je croisais. Je repensais à un soir de Nouvel An, pendant mes études. Je fréquentais à l'époque une jeune femme qui était employée dans une quincaillerie. À l'approche de Noël, j'avais compris que je voulais la quitter. Mais comment le lui dire ? Je craignais ses larmes et son désespoir. Il me fallait un délai de réflexion. Nous étions chez elle, dans l'appartement où elle vivait avec ses parents, qui s'étaient absentés pour quelques jours. Nous étions censés fêter le Nouvel An au calme, en tête à tête – une perspective qui m'épouvantait, et que je voulais éviter à tout prix.

Je lui ai annoncé que je devais aller acheter des chaussures neuves. Juste avant, j'étais allé dans sa chambre et j'avais glissé un message sous sa chemise de nuit pour être sûr qu'elle le trouve le soir même.

J'écrivais que je l'aimais, mais que j'avais besoin d'être seul quelques jours car cet amour trop grand pour moi me prenait au dépourvu et me déstabilisait. En sortant de chez elle, je me suis rendu à l'aéroport d'Arlanda et j'ai pris le premier avion pour Paris.

J'ai loué une chambre dans un hôtel près de la place Clichy. Je dormais jusqu'à midi. La nuit, j'écumais les bars de Pigalle et ceux des Halles en cherchant le courage d'accoster une prostituée et de lui demander son prix. Les femmes de la rue me faisaient peur. Celles que je visais travaillaient dans les bars. Mais là aussi, l'audace me manquait. Chaque soir, chaque nuit, je rôdais dans les rues tel un chat affamé craignant les coups. Le soir du 31, la veille de mon retour programmé en Suède, j'ai enfin osé pousser la porte d'un bar. De lourds rideaux masquaient les fenêtres, une lampe solitaire éclairait le seuil. Je ne savais pas à quoi m'attendre. Y aurait-il beaucoup de clients ? Beaucoup de femmes ? Une fois à l'intérieur, dans la pénombre, j'ai vu que la salle était vide. Un homme âgé se déplaçait telle une ombre derrière le comptoir où scintillaient les bouteilles dédoublées par le reflet du miroir. Il m'a jeté un regard – étais-je un client ou un fauteur de trouble ? Il a hoché la tête. J'avais le choix entre les chaises de velours rouge, en salle, et les tabourets de cuir du bar. La seule femme présente était assise à l'extrémité du comptoir et fumait une cigarette. J'ai évité de la regarder et j'ai commandé un verre de vin en essayant de prendre un air dégagé. La musique se déversait du haut d'enceintes invisibles. J'ai commandé un autre verre. Le barman m'a proposé d'en offrir un à la femme. J'ai accepté. Il lui a servi un Martini. Nous avons levé nos verres. J'ai remarqué qu'elle avait la trentaine et des cheveux châtains coupés au carré. Elle n'était pas maquillée de façon provocante et ne ressemblait pas, même de très loin, à la représentation que je me faisais d'une prostituée. Mais, naturellement, l'idée qu'elle soit disponible m'excitait.

Je suis resté là jusqu'aux douze coups de minuit, transmis par la radio allumée derrière le comptoir. Au cours de la soirée, seul un autre client avait franchi le seuil. La femme et lui se connaissaient ; peut-être était-il son maquereau, comment aurais-je pu savoir ? Juste avant qu'il ne parte, une dispute a éclaté au sujet de son briquet, qu'elle l'accusait d'avoir pris, et j'ai pensé que c'était le bon moment pour quitter les lieux. Mais le briquet a reparu, tout s'est calmé et l'homme est parti. Quand la porte s'est refermée derrière lui et que la tenture est retombée, la femme s'est approchée de moi. Elle s'est assise sur le tabouret voisin et m'a dit qu'elle s'appelait Anne. Je ne sais pas ce que j'ai répondu. Peut-être que je m'appelais Erik ou Anders, les prénoms les plus banals qui me sont venus à l'esprit. Elle a voulu savoir d'où j'étais. J'ai répondu le Danemark. Que faisais-je à Paris ? Je me reposais de mon travail, j'étais directeur d'une agence bancaire à Copenhague, ou autre chose, peu importe. Elle m'a demandé de lui offrir un dernier verre. J'ai fait signe au barman, tout en m'inquiétant du prix des boissons dans cet établissement. Comment pouvait-il faire tourner son bar avec un client unique le soir du réveillon ?

Que faisait au même moment ma copine à Stockholm ? Pensait-elle à moi, seule dans l'appartement familial ? Je n'en savais rien. Mais j'étais content d'être sorti en prétextant l'achat de chaussures et d'avoir embarqué pour Paris. À mon retour, j'allais devoir trouver le courage de lui expliquer que notre relation n'avait pas d'avenir.

Anne m'a effleuré la jambe.

— Tu sais qu'on peut faire l'amour dans la chambre derrière ?

– Oui.

Je n'ai rien ajouté. Je lui ai été reconnaissant de ne pas insister.

Il était minuit et demi. Du dehors nous parvenaient le bruit des pétards qui explosaient et les cris des fêtards éméchés. Je lui ai offert un autre verre. Je craignais sans cesse qu'elle ne me propose ouvertement de passer à côté. La tentation avait disparu, je ne cherchais plus qu'un moyen de fuir. Nous étions silencieux. Toutes les quinze minutes, comme si elle obéissait à une sonnerie muette, elle allumait une nouvelle cigarette avec son briquet Ronson et la flamme illuminait ses ongles rongés.

J'ai demandé l'addition. J'ai payé. Je lui ai donné un billet de cent francs, qu'elle a pris avec un sourire. Puis je me suis levé et je suis sorti. Les passants braillaient dans la nuit froide. Au loin je voyais les fusées du feu d'artifice de Montmartre monter vers le ciel. Je me suis arrêté à quelque distance du bar et j'ai attendu. Après une dizaine de minutes, alors que je venais de prendre la décision de partir, je l'ai vue sortir du bar. Elle portait un manteau en peau de mouton retournée. Quand elle est passée devant moi, je l'ai saluée. Elle a reculé comme devant une agression. J'étais déjà redevenu un étranger.

J'ai marché toute la nuit. Une nuit d'hiver, longue et froide. Le lendemain, je suis rentré en Suède. Je n'ai pas acheté de nouvelles chaussures. Et je n'ai pas osé rompre avec ma petite amie. Ce n'est que début février que j'ai pu prononcer les mots décisifs, tenir bon face à ses larmes et m'en aller avec la ferme intention de ne jamais revenir. Bien des années plus tard, je l'ai croisée par hasard dans la rue. Elle était mariée et mère de trois enfants. Elle m'a dit qu'avec le recul elle était contente que je l'aie quittée. Si je ne l'avais pas fait, notre histoire se serait terminée en catastrophe.

J'ai erré un peu dans Pigalle en essayant de me remémorer l'emplacement de ce bar. Les immeubles n'avaient pas changé, pourtant je ne reconnaissais rien. À la fin, j'ai cru avoir trouvé l'endroit ; il me semblait reconnaître le pas-de-porte, les tentures aux fenêtres. C'était toujours un bar. J'ai hésité à franchir le seuil. J'avais peur d'ouvrir la porte du passé et de découvrir une scène qui s'était jouée autrefois. J'étais persuadé que je verrais la même femme assise à l'extrémité du comptoir, fumant une cigarette. Pour reprendre pied dans la réalité, j'ai sorti mon téléphone et j'ai regardé la photo du brasier. J'ai pensé rappeler Jansson. Mais je ne l'ai pas fait. J'ai rangé le téléphone et je suis entré.

Tout avait été refait. Le comptoir était neuf, la lumière forte ; un téléviseur était allumé dans un coin, sans le son ; quelques hommes se tenaient accoudés au comptoir, derrière lequel travaillait une jeune femme qui portait un piercing à une narine et une pierre précieuse à l'oreille gauche.

Il n'y avait pas d'autre femme dans le local. C'était pour moi non une déception mais un soulagement. Ne savais-je donc plus ce que je voulais ? N'étais-je plus capable de boire sans perdre le contrôle de mes pensées ?

Je suis ressorti. De retour place Pigalle, j'ai pris un taxi et je suis rentré à l'hôtel. J'ai jeté mes vêtements en vrac sur le sol et je me suis couché. De la chambre voisine me parvenait le bruit d'un téléviseur. Il était deux heures et quart. J'ai frappé du poing deux fois contre le mur. Le bruit a cessé.

Voilà, ai-je pensé. Je suis arrivé jusqu'ici. Je suis un vieil homme seul avec sa nausée dans un lit à Paris. Ma fille est prisonnière dans une cellule de la police française et une femme qui ne m'aime pas dort dans un hôtel non loin d'ici.

J'ai été réveillé par le téléphone.

– Ça ne brûle plus, a déclaré la voix de Jansson. Je te réveille ?

Il était six heures du matin. J'entendais le vent souffler au-dehors ; les fenêtres étaient mal isolées, et un courant d'air agitait les rideaux.

– Non. On connaît l'origine de l'incendie ?

– D'après Alexandersson, c'est exactement le même scénario que chez toi.

– C'est-à-dire ?

– Le feu a pris à plusieurs endroits en même temps.

– Autrement dit, on a affaire à un dingue. Moi, je dormais dans mon lit. Là, c'est une vieille dame de quatre-vingt-cinq ans !

– Je crois qu'elle a été réveillée par son chien. Sans lui, elle ne s'en serait peut-être pas tirée.

– Merci de m'avoir appelé. Les gens croient-ils toujours que j'ai mis le feu à ma maison ?

– Ce que croient les gens, je n'en sais rien.

– Je vais rentrer d'ici quelques jours.

– Je ne suis jamais allé à Paris. Parfois j'ai l'impression que je ne suis jamais allé plus loin que Söderköping.

– Tu n'es pas allé aux Canaries une fois ?

– Je ne m'en souviens plus.

– Envoie-moi encore une photo. Si tu es toujours sur place.

La photo est arrivée quelques minutes plus tard. Les flammes avaient disparu, seul subsistait un amas de ruines d'où s'échappait un peu de fumée. Les gardes-côtes avaient monté des projecteurs puissants qui éclairaient la scène d'une lumière spectrale. On devinait des ombres humaines autour des décombres – les bénévoles, les voisins qui étaient venus, comme chez moi, apporter leur secours.

Je me suis levé. J'ai écarté le rideau côté cour et j'ai regardé en bas. Des feuilles mortes, des bouts de papier tourbillonnaient au vent.

À dix heures, je suis descendu. Lisa Modin m'attendait à la réception. En me voyant, elle s'est levée.

– Viens, a-t-elle dit, on sort. J'ai besoin d'air.

Nous avons marché une demi-heure, malgré le vent. Nous longions l'interminable rue de Vaugirard en direction de la porte de Versailles. Enfin, elle a bifurqué dans la petite rue de Cadix et elle est entrée dans une brasserie. L'heure du déjeuner approchait, mais les clients étaient encore peu nombreux ; nous nous sommes assis au fond de la salle. Le serveur était vieux. Il boitait. Lisa a commandé une bouteille de vin. Elle a choisi le plus cher de la carte. Cela m'a inquiété. Le serveur est revenu avec la bouteille et deux verres. Elle m'a souri.

– Le soir où tu as surgi devant ma porte, je n'ai pas été étonnée. Tu n'es pas le premier, tu sais.

– Le premier quoi ?

– Tu sais très bien de quoi je parle.

– Je croyais t'avoir expliqué les raisons de ma venue.

Elle a froncé les sourcils.

– Arrête de mentir. Je ne peux pas parler avec toi dans ces conditions.

– Je ne mens pas.

Elle a repoussé son verre et s'est penchée par-dessus la table.

– Tu mens.

– Non.

– Si !

Elle était vraiment en colère. Soudain, j'ai eu l'impression d'avoir affaire à Louise.

Du coin de l'œil, j'ai vu que le serveur suivait notre échange avec intérêt. Quand j'ai levé la tête, il s'est détourné et a fait semblant d'essuyer une table.

Voilà à quoi ressemble le monde, ai-je pensé confusément. Partout des gens qui se détournent.

J'ai essayé de garder mon calme et de prendre mon verre sans trembler. Je l'ai vidé d'une traite, je me suis levé. Sans un mot, j'ai posé de l'argent sur la table et je suis sorti. Une fois dans la rue, j'ai marché le plus vite possible jusqu'au métro, je me suis enfoncé dans le sous-sol et j'ai pris la direction de Montparnasse.

Le remords m'a rattrapé. J'aurais dû l'écouter jusqu'au bout. Assis dans la rame bringuebalante, je me sentais démasqué. Elle avait vu juste, elle avait lu dans mes pensées racornies de vieil homme. Elle me mettait au défi de dire ce que je voulais. Croyais-je vraiment à la possibilité d'un amour entre nous ? Et, si tel était le cas, pourquoi la blesser par des mensonges et des manœuvres indignes ?

J'ai continué. J'ai pris la correspondance, je suis descendu à Châtelet. Quand j'ai émergé à l'air libre, il pleuvait. J'ai acheté un parapluie.

J'essayais de l'ouvrir lorsque mon téléphone a sonné. Je me suis abrité sous l'auvent d'un magasin de chaussures.

C'était Olof Rutgersson.

– Où es-tu ?

– Sous la pluie. Avec un parapluie neuf.

– Je voulais juste t'informer que maître Riveri doit en principe aller chercher ta fille à quinze heures aujourd'hui. C'est assez bluffant, même pour une femme aussi efficace qu'elle. Elle doit avoir un très bon contact avec la juge. Bref, elle va t'appeler, et vous pourrez convenir d'un rendez-vous pour procéder à l'échange.

– Quel échange ?

– Ta fille contre ses honoraires.

J'ai cru entendre un sourire dans sa voix.

– Louise va-t-elle être expulsée ?

– Je ne sais pas. Mais si maître Riveri dit qu'elle va être libérée, tu peux la croire sur parole. C'est l'essentiel.

– Je ne sais comment te remercier.

– Le ministère des Affaires étrangères et la mission diplomatique se réjouissent chaque fois qu'un problème se résout à la satisfaction générale. Mais ta fille devrait éviter à l'avenir de se livrer à ce type d'activité sur le sol français. Elle n'est pas rayée du fichier ; toute nouvelle infraction serait taxée de récidive et punie comme telle.

Après quelques phrases de politesse, j'ai rangé le téléphone en pensant que je n'autoriserais plus jamais Lisa Modin à me mettre dans des états pareils.

Et que je ne l'encombrerais plus avec mes rêves d'intimité.

J'ai erré sous la pluie. Puis je suis entré dans un café.

J'ai rappelé Jansson. Y avait-il du nouveau concernant l'incendie ? Rien, sinon que la rumeur courait déjà que les deux sinistres étaient liés.

– On ne me considère donc plus comme un criminel ?

– Ça n'a jamais été le cas.

– Arrête de mentir.

– Les gens ont peur que ça se reproduise.

Je les comprenais. La peur se répand vite, surtout parmi les personnes âgées. Assis dans ce café parisien, j'ai pensé avec ironie que dans l'archipel je faisais encore partie des jeunes. Du moins pendant la saison hivernale.

La pensée de Lisa Modin ne me quittait pas. Le

dédain que j'essayais d'éprouver à son endroit manquait de conviction. Je n'aurais pas dû partir sans la laisser finir de s'exprimer. J'aurais sûrement trouvé un stratagème pour la persuader qu'elle se trompait, et que je n'étais pas celui qu'elle croyait.

Je suis resté jusqu'à la fin du service. Il n'y avait plus que quelques clients. Une femme aveugle caressait le chien assis à ses pieds. Voir sa main passer et repasser sur la fourrure de l'animal était comme voir un geste immuable qui se répétait depuis la nuit des temps.

J'ai songé à ma grand-mère, garante d'une sécurité dont je n'avais compris l'importance que bien plus tard. Elle a passé les dernières années de sa vie dans une maison de retraite spécialisée ; elle était atteinte de démence. Elle avait pour habitude de sortir la nuit, croyant que grand-père était en mer, en proie au danger. Même quand il n'y avait pas un souffle de vent dehors, en elle la tempête faisait rage, avec cette inquiétude pour son mari qui ne s'apaisait jamais.

Ils étaient morts à deux heures d'intervalle. Il n'y avait pas de vie possible pour eux l'un sans l'autre. C'est Jansson qui m'a raconté l'histoire, bien sûr. Jansson sait tout. En apprenant que sa femme était morte – c'était un matin –, mon grand-père avait replié le journal qu'il était en train de lire et rangé ses lunettes dans leur étui. Puis il s'était allongé sur son lit. Deux heures après, il était mort lui aussi.

La sonnerie du téléphone m'a tiré de mes réflexions. Maître Riveri me donnait rendez-vous à Montparnasse. Pouvais-je être à mon hôtel dans une heure ? Elle y serait avec Louise.

Je l'ai remerciée et j'ai repris le métro. Une brève rupture de courant m'a affolé – que se passerait-il si je n'étais pas rentré à temps ? Mais la rame a redé-

253

marré, et je suis arrivé très en avance. J'ai demandé à M. Pierre, à tout hasard, s'il avait encore des chambres libres. Il a hoché la tête, mais je n'ai rien réservé, ignorant les projets de Louise.

À l'heure dite, je suis sorti sur le trottoir pour les attendre. La pluie avait cessé. Soudain j'ai cru reconnaître Lisa Modin sur le trottoir d'en face. Je ne voulais plus jamais la revoir. Voilà ce que j'ai pensé, mais ce n'était pas vrai. En réalité, je ne voulais pas renoncer à mon rêve. Quelle importance qu'il soit sans espoir ?

Maître Riveri et Louise sont arrivées en taxi. Louise était très pâle. Nous sommes entrés dans le hall de l'hôtel et Mme Riveri s'est excusée un instant.

– Si tu veux dormir là cette nuit, c'est possible, ai-je dit à Louise.

Elle a acquiescé en silence. Je l'ai conduite à une table, dans le bar désert, et je suis allé voir M. Pierre.

– Je voudrais réserver une chambre pour ma fille.

– Je suppose que c'est la jeune femme qui est assise dans le bar.

– Oui.

– Et pour votre femme ?

– Je n'ai pas de femme. La mère de ma fille est décédée.

– Je suis désolé.

Mme Riveri est revenue. Elle était pressée. Je lui ai demandé comment elle avait fait pour obtenir le non-lieu.

– J'ai expliqué qu'elle était enceinte, qu'elle n'avait jamais été condamnée, que son père était à Paris et attendait de la ramener en Suède. Je connais bien la juge. Ça a aidé, bien sûr.

– Elle va dormir ici cette nuit. Ensuite, on verra.

Maître Riveri a extrait une enveloppe de son sac.

– Tenez. Mes honoraires.

Elle m'a adressé un bref sourire et est allée dire au revoir à Louise avant de sortir en coup de vent.

J'ai accompagné Louise jusqu'à sa chambre, située au même étage que la mienne.

– Il me faudrait des vêtements, a-t-elle dit.

Je lui ai donné de l'argent. Je brûlais de l'interroger. Où vivait-elle à Paris ? Où avait-elle ses affaires ? Je me suis retenu. Le moment était mal choisi. Elle m'était sûrement reconnaissante de l'avoir aidée, mais elle ne voulait pas dépendre de moi.

Avant de la laisser, je lui ai proposé de dîner avec moi ce soir-là.

– Je suis trop fatiguée. J'ai besoin de me laver, et de dormir.

– J'ai la chambre 213. On se retrouve pour le petit déjeuner demain matin ?

Elle a hoché la tête.

J'ai dîné dans un restaurant chinois non loin de l'hôtel. Ensuite j'ai regardé la télévision dans ma chambre. Un film en noir et blanc, avec Fernandel. Ma fille n'était pas la seule à être fatiguée.

Peu après minuit, j'ai été réveillé par un coup frappé à ma porte. C'était Louise. Elle avait l'air d'avoir froid.

– Je peux dormir ici ?

Je n'ai pas posé de questions. Mon lit était bien assez grand pour deux. Elle s'est couchée et m'a tourné le dos.

Après un moment, j'ai vu qu'elle avait tendu la main vers moi.

Je l'ai prise. Je lui ai tenu la main. Nous nous sommes endormis ainsi.

18

Une fois de plus, j'ai rêvé que ma maison brûlait. J'essayais de fuir, mais l'escalier était sans fin. Enfant, j'avais compté les marches, il y en avait vingt-trois. Là, plus je courais, plus l'escalier s'allongeait, pendant que le feu, derrière, gagnait du terrain. Je me suis réveillé au moment où je trébuchais et tombais.

Louise dormait profondément. Elle n'avait pas bougé. Sa main était toujours dans la mienne.

J'ai écouté sa respiration. Puis j'ai commencé à en entendre d'autres. Le ronflement irrégulier de mon père, ponctué de silences et de grondements sourds. Le souffle imperceptible de ma mère, qu'on n'entendait pas même en tendant l'oreille. Celui de mon grand-père – un silence prolongé, comme s'il ne respirait pas du tout, suivi d'une grande inspiration sonore. Le ronflement léger de grand-mère, un peu sifflant parfois, semblable aux courants d'air dans les interstices des planches de la remise à bateaux.

Je n'avais aucun souvenir de la respiration d'Harriet. Elle se plaignait autrefois de ce que mes ronflements la réveillaient la nuit. Mais son sommeil à elle n'avait laissé aucune trace. J'ai cherché dans ma mémoire, en vain.

La pensée de tous ces dormeurs m'a aidé à m'assoupir. Quand j'ai rouvert les yeux, Louise était levée. Elle se tenait à la fenêtre et regardait par l'interstice des rideaux. La lumière grise l'éclairait de biais. Soudain, j'ai vu très nettement l'arrondi de son ventre. Il y avait un enfant, là, qui grandissait de jour en jour. Cela a éveillé en moi une joie intense. M'était-il déjà arrivé d'éprouver une émotion semblable ?

Louise s'est tournée vers moi sans lâcher le rideau.

– Merci de ne pas avoir ronflé cette nuit.

– Tu dormais profondément. À un moment, j'étais éveillé, et j'ai eu l'impression que tu étais très, très loin.

– J'ai rêvé d'un chien. Il était mouillé, sa fourrure pendait comme si elle était en lambeaux. Chaque fois que j'essayais de m'approcher, il hurlait à la mort.

Elle s'est recouchée. Je me suis lavé, rasé, habillé, et je suis descendu à la salle à manger. Elle est arrivée une demi-heure après moi. Le teint grisâtre et les yeux cernés avaient disparu, Louise était redevenue elle-même. Elle a mangé de bon appétit.

– Pourquoi ne me demandes-tu pas où j'habite ?

– D'habitude, tu n'aimes pas trop que je t'interroge.

– Tu te trompes. Quels sont tes projets pour aujourd'hui ?

– Ça dépend de toi. On devrait peut-être rentrer en Suède ?

Elle m'a regardé comme si mes paroles la prenaient au dépourvu.

– Pas tout de suite. J'aimerais bien t'emmener là où je vis. Si ça t'intéresse.

– Évidemment que ça m'intéresse.

J'aurais dû lui dire que Lisa Modin était à Paris. Mais je ne l'ai pas fait. S'il y avait une chose que je ne voulais pas en cet instant, c'était prendre le risque de provoquer la colère de ma fille, et sa fuite.

Je lui ai raconté ce que m'avait appris Jansson au téléphone. Je lui ai montré la photo du brasier, et celle des ruines fumantes.

– C'est effrayant. Elle se trouve où, cette île ?

J'ai essayé de le lui expliquer. Elle a dit qu'elle visualisait la maison de la veuve Westerfeldt, mais j'avais l'impression qu'elle la confondait avec une autre.

– L'avantage, bien sûr, c'est qu'ils ne peuvent plus te soupçonner.

– Et toi ? Est-ce que tu m'as soupçonné ?

– Non. Sérieusement, non. En même temps, je ne te connais pas très bien.

– Dis donc, au fait : pourquoi n'as-tu pas voulu admettre que c'était toi qui m'envoyais des signaux avec la lampe torche ?

Elle n'a pas eu l'air de comprendre de quoi je parlais. Puis elle a secoué la tête en souriant.

– J'avais envie de te déstabiliser.

– Mais pourquoi ?

– Peut-être parce que tu t'es mal comporté avec Harriet.

– Je me suis occupé d'elle quand elle était malade.

– C'est vrai. Mais avant, non. Quand vous étiez ensemble. Elle m'a raconté.

– Tu m'as obligé à revenir à la rame en pleine nuit pour te demander ce que tu voulais. Ce n'était pas assez ?

– Non. J'ai beaucoup pensé à toi et à maman cette nuit-là.

Je préférais ne pas savoir ce qu'Harriet avait bien pu lui raconter à mon sujet. J'ai contre-attaqué en parlant de la montre.

– Tu me l'as prise quand tu t'es levée, n'est-ce pas ? Quand nous étions assis près du feu ?

– C'est ma spécialité. Les montres-bracelets.

– Tu es très habile. Je n'ai rien remarqué. Mais tu aurais pu me dire, après coup, que c'était toi.

– Je savais que tu comprendrais tôt ou tard. Je l'ai laissée dans la caravane exprès.

Soudain, alors qu'elle n'avait pas fini son assiette, elle s'est levée.

– Viens ! J'ai envie de rentrer.

Nous sommes montés chercher nos vestes et je me suis laissé conduire par ma fille, comme je m'étais laissé conduire la veille par Lisa Modin.

Nous avons pris le métro. Nous avons changé à Châtelet en direction de la porte des Lilas. Louise est descendue à la station Télégraphe. Je l'ai suivie le long d'une petite rue tortueuse bordée d'immeubles couverts de graffitis qui accentuaient la grisaille au lieu de l'éclairer. Une femme voilée est passée, un enfant en pleurs dans les bras. Quelques hommes fumaient assis sur des chaises, devant un magasin.

Louise marchait vite. Elle s'est engagée dans une voie sans issue qui s'arrêtait au pied d'un mur. Elle est entrée dans le dernier immeuble, qui était aussi délabré que ceux que je voyais depuis notre sortie du métro.

– Bienvenue sur mon île, a-t-elle dit en me tenant la porte.

Une odeur d'épices inconnues imprégnait la cage d'escalier. De la musique s'échappait d'un appartement – une musique de flûte, monotone et plaintive, que j'ai trouvée belle. J'ai suivi Louise jusqu'au quatrième et dernier étage. À ma propre irritation, j'étais de nouveau hors d'haleine.

– Voilà. C'est là qu'on habite.

Elle avait un trousseau de clés à la main.

– Attends ! Il faut que je sache à quoi m'attendre.

– Mon appartement.

– Mais tu as dit « on ».

– Mon mari et moi.

– Quoi ?

– Le père de mon enfant.

– Attends un peu. Tu n'as rien voulu me dire et maintenant, tout à trac, tu m'annonces que c'est ton mari et tu veux me le faire rencontrer ?

– Oui.

– Il a un nom ?

– Oui.

– Alors tu peux peut-être me le dire ? Et me dire ce qu'il fait ? Et depuis combien de temps vous êtes ensemble ?

– On est obligés de parler sur le palier ? Il s'appelle Ahmed.

J'attendais qu'elle continue, mais elle avait déjà ouvert la porte. Je me suis retrouvé dans une entrée sombre et exiguë.

– Ne fais pas de bruit, il dort, a murmuré Louise.

Elle m'a montré une porte d'un air entendu. Il devait dormir là. J'ai essayé de me le représenter – cet Ahmed, qui allait désormais faire partie de ma famille. C'était impossible.

Nous sommes entrés dans une minuscule cuisine qui avait été repeinte récemment ; une odeur de térébenthine flottait dans l'air. La gazinière et le réfrigérateur étaient d'un modèle ancien. La table et les deux chaises semblaient avoir été récupérées dans un conteneur.

Elle a fait du café. Je me suis assis sur la chaise la plus proche de la fenêtre, qui donnait sur le mur aveugle d'un autre immeuble. Une radio était allumée chez les voisins.

– Je dois savoir ce qu'il en est. C'est vraiment

comme ça que tu gagnes ta vie ? En volant les gens dans le métro ?

– Je dois bien vivre de quelque chose.

– Et alors tu as choisi ça ?

– Je n'ai jamais rien pris à quelqu'un qui n'avait pas les moyens de s'en passer.

– Comment peux-tu le savoir ?

Elle a haussé les épaules.

– Et Ahmed ? Il est au courant ?

– Oui.

– Il gagne peut-être sa vie de la même manière ?

– Non. Lui, il est gardien de nuit.

J'ai vu qu'elle hésitait. Puis elle s'est décidée.

– OK, a-t-elle dit. Je vais te raconter. L'année qui a suivi la mort d'Harriet, je suis partie à Barcelone. J'avais une amie là-bas, Carmen Rius, qui habitait le quartier du Poble Sec. Je participais à une action pour le droit à l'avortement. Après, elle m'a emmenée sur les Ramblas, au milieu des touristes, en me disant de rester près d'elle et de ranger dans mon sac ce qu'elle me passerait à un certain moment. Je parle mal l'espagnol, et le catalan pas du tout, mais j'ai compris l'idée générale, et je l'ai suivie. Je l'ai vue s'approcher d'une touriste japonaise – une *guiri*, comme on les appelle là-bas – qui portait un sac à dos dont une poche n'était pas bien fermée. Carmen a pris le portefeuille tellement vite que je n'ai pas vu comment ça s'était fait, et elle me l'a passé aussi vite avant de disparaître. La touriste japonaise ne s'était aperçue de rien. J'étais sidérée par la facilité avec laquelle elle avait opéré. Quand je lui ai demandé, plus tard, quel effet ça lui faisait d'être une voleuse, elle m'a répondu qu'elle ne s'en prenait qu'aux touristes. Selon elle, si ces gens-là avaient les moyens de voyager pour leur plaisir, ils n'auraient sûre-

261

ment aucune difficulté à remplacer un portable ou un portefeuille. Elle m'a convaincue. Elle m'a enseigné la pratique. Je suis restée six mois, et j'ai rejoint un groupe de quatre femmes qui opéraient ensemble. Par la suite j'ai essayé de travailler seule. Ma première cible a été, encore, une touriste asiatique, qui avait son portefeuille dans la poche arrière de son jean. Tout s'est bien passé, je n'ai même pas eu le trac. Et c'est comme ça que je suis devenue une *carterista*. Voilà.

Elle s'est tue, guettant ma réaction. Je sentais qu'elle m'avait dit la vérité. Elle voulait vraiment que je sache.

– Quel rapport entre Barcelone et Ahmed ?

– Il se trouve que Carmen a été arrêtée. Alors j'ai quitté Barcelone pour Paris, et c'est là que j'ai rencontré Ahmed, par des amis d'amis.

– Tu lui as raconté ce que tu faisais ?

– Pas tout de suite. Pas avant d'être sûre de notre histoire.

– Qu'a-t-il dit ?

– Pas grand-chose. Rien. Ahmed n'a rien à voir avec ça. Même s'il a des doigts fantastiques.

– Mais il te laisse faire ? C'est quoi, ce type ?

Louise s'est penchée par-dessus la table et a saisi ma main.

– Ce type, c'est l'homme que j'aime. Ça ne m'était jamais arrivé avant. Pour Giaconelli, oui, j'avais beaucoup d'amour, mais ça n'a rien à voir. Quand j'ai rencontré Ahmed, j'ai compris ce que ça pouvait être.

– Quoi ?

– Aimer quelqu'un.

J'ai sursauté. Un homme se tenait sur le seuil ; il avait ouvert la porte sans aucun bruit. Depuis combien de temps écoutait-il notre conversation ? Il était très brun, mal rasé, les cheveux courts. Il portait un tee-shirt blanc et un pantalon de pyjama à rayures. J'ai remarqué ses doigts de pied, très poilus.

– Voici mon père Fredrik, a dit Louise en anglais. Et voici Ahmed, mon mari.

Je me suis levé pour lui serrer la main. J'ai vu alors qu'il était beaucoup plus jeune que ma fille : il n'avait pas plus de trente ans. Son sourire était teinté de méfiance.

Il a tiré un tabouret de sous le plan de travail et s'est assis à la table avec nous. Il me regardait toujours comme s'il attendait que je prenne la parole. J'ai pensé que tout ce qui touchait ma fille m'était décidément incompréhensible. Je ne saurais jamais par quel mystère elle était devenue la femme que j'avais devant moi.

– J'ai cru comprendre que vous travaillez de nuit. J'espère que nous ne vous avons pas réveillé.

J'avais le sentiment de parler à l'aveuglette.

– Je ne dors pas beaucoup, a-t-il répliqué en souriant.

Louise a versé le café. Il n'en voulait pas. À un moment elle est passée derrière lui avec la cafetière et elle lui a effleuré rapidement les cheveux.

J'ai interrogé Ahmed sur ses parents.

– Mon père est mort. Il travaillait dans le port d'Alger, il a été percuté par un câble d'acier – le câble était trop tendu, il a lâché, voilà. Ma mère aussi est décédée.

Il n'a pas donné de précisions, et je ne lui en ai pas demandé.

– Des frères et sœurs ?

– J'ai un frère. Les deux autres ne sont plus parmi nous, hélas.

Cet Ahmed était entouré de morts. Pour changer de sujet, je l'ai interrogé sur son travail.

– J'assure la sécurité dans des magasins de luxe. On

peut dire que je passe mes nuits dans un monde qui m'ignore le reste du temps.

Il y a eu un silence. Il souriait toujours.

– Félicitations pour l'heureuse nouvelle, ai-je dit. Je sais que de nos jours on a coutume de chercher à connaître le sexe du bébé. Est-ce que vous...

Ahmed a froncé les sourcils.

– Nous ne ferions jamais une chose pareille.

– On s'assure juste que tout va bien, a dit Louise. Étant donné mon âge, n'est-ce pas.

Je me sentais de plus en plus mal à l'aise. Je soupçonnais cet Ahmed de me mépriser. Et j'étais indigné par la façon dont elle le couvait des yeux. Il y avait comme de la soumission dans son attitude, dans sa manière de lui caresser la tête. Je découvrais une Louise que je n'avais encore jamais eu l'occasion de voir.

J'étais déconcerté. La situation tout entière m'apparaissait en quelque sorte humiliante. Ma fille était une voleuse professionnelle amoureuse d'un Algérien sans avenir dont elle attendait un enfant. Je ne comprenais rien à ses choix.

Je me suis demandé si Ahmed avait lu dans mes pensées car il s'est levé et il est sorti.

– Il a l'air très sympathique, ai-je dit à Louise.

Quand il est revenu dans la cuisine, il avait enfilé une chemise bleue et un pantalon. À la main, il tenait une de ces bouteilles qu'on expose sur de petits tréteaux et qui contiennent traditionnellement un bateau miniature.

– Pour vous, a-t-il dit.

Il a posé délicatement l'objet sur la table et a orienté le faisceau de la lampe pour que je puisse mieux voir.

Ce n'était pas un bateau. À la place des vagues bleues en tissu ou en carton peint, j'ai vu une mer de sable, des dunes ondoyantes et, posée dessus, une tente de

Bédouin. On y apercevait des hommes en blanc assis sur des coussins et des femmes voilées portant l'une un plateau de thé, l'autre un narguilé. À l'extérieur, un cavalier abandonnait les rênes de son cheval à un serviteur. Son turban à lui seul était un chef-d'œuvre.

Je n'étais pas totalement ignorant en la matière. Le père de mon grand-père, qui avait navigué en mer du Nord avant de devenir pêcheur, avait réalisé une maquette du *Daphne* – un navire qui s'était échoué sur un haut-fond au large de Skagen, au Danemark, en 1862. Parmi les pêcheurs qui avaient bravé la tempête pour porter secours à l'équipage, huit avaient péri. Mon grand-père m'assurait que le bateau avait été introduit entier dans le goulot de la bouteille, et qu'un système ingénieux de minuscules ficelles avait ensuite permis de dresser les mâts, border les voiles et incliner le tout sur le banc de sable en pâte à modeler.

Mais le campement bédouin d'Ahmed m'impressionnait davantage que tous les bateaux en bouteille que j'avais pu voir. Sa technique et sa dextérité étaient prodigieuses. L'idée m'a traversé que ce genre de don ferait de lui un excellent professeur de vol à la tire. Louise m'avait-elle menti, tout compte fait ?

– C'est très beau. Est-ce que c'est un mode de vie dont vous avez l'expérience ?

J'avais peur qu'il le prenne mal, mais il n'a pas bronché.

– J'ai grandi à Alger. Le désert était loin, mais je voyais des images, des films. Et mon père était d'origine bédouine. Il a vécu une enfance nomade.

– Je devrais avoir un cadeau pour vous, moi aussi. Mais ce voyage a été entrepris un peu précipitamment.

– Merci d'être intervenu pour Louise.

– Oui, elle était en fâcheuse posture.

Louise s'est énervée.

– Tu ne vas pas me le rappeler indéfiniment !

Ahmed a posé une main sur son bras.

– Ton père a raison.

Il s'est tourné vers moi.

– Fredrik, c'est bien cela ?

– Oui.

Il avait prononcé mon nom à la française. Fré-dé-ric.

J'ai regretté ma méfiance.

Il s'est levé.

– Il vaut mieux que je retourne dormir un peu.

Il a quitté la cuisine sur un léger salut. Louise l'a suivi. Je me suis préparé à partir.

J'étais debout, mon cadeau à la main, quand elle est revenue.

– Ce n'est pas fini, a-t-elle dit. Pose la bouteille.

J'ai obéi. Elle a ouvert la porte qui était restée fermée depuis le début de ma visite.

La pièce était exiguë, peinte en blanc, sommairement meublée. De la moquette au sol, un lit, un plafonnier. Et un fauteuil roulant, vers la fenêtre. Une nuque, une tête, dépassait.

– Je te présente Mohammed.

Sa voix a déclenché un flot de sons inarticulés. Elle a tourné le fauteuil vers moi.

Mohammed pouvait avoir sept ou huit ans. Son visage était déformé par une grimace qui ressemblait à une cicatrice. J'ai eu le sentiment que cette bouche tordue pouvait d'un instant à l'autre laisser échapper un cri d'angoisse. Ses yeux grands ouverts étaient fixés sur moi.

– Je te présente mon père, Fredrik, a dit Louise en français, tout en pianotant sur un clavier relié à un écran d'ordinateur fixé au fauteuil.

Elle m'a fait signe d'approcher.

– Il ne t'entend pas. Mais tu peux lui dire bonjour en effleurant sa joue.

J'ai obéi, et j'ai dû réprimer un mouvement de recul, tant la peau du garçon était froide.

Mon malaise était à son comble.

– Cet enfant a-t-il une mère ?

– Mohammed est le frère d'Ahmed. Celui dont il parlait tout à l'heure. Le diagnostic a été posé à la naissance. Leur mère est devenue folle ; on peut dire qu'elle s'est réfugiée dans la folie. Alors Ahmed a décidé qu'il s'occuperait de lui. C'est pour cela qu'il est venu en France.

Nous sommes retournés dans la cuisine.

– Qu'a-t-il exactement ?

– Son cerveau n'est pas bien développé. Nous en discuterons une autre fois.

– Très bien.

J'ai fait mine de prendre la bouteille.

– Laisse ! Je vais l'emballer comme il faut pour qu'elle ne se casse pas pendant le transport.

– Tu ne rentres pas en Suède avec moi ?

– Je vais rester ici jusqu'à la naissance du bébé. Ensuite nous viendrons peut-être habiter en Suède. Quand la maison sera reconstruite.

J'étais désemparé. Une partie de moi voulait l'embrasser et la serrer contre moi de toutes mes forces. Une autre partie souhaitait, avec une intensité égale, s'enfuir et s'enfermer à double tour dans la caravane.

Elle m'a demandé combien de temps encore je comptais rester à Paris.

– Je pars demain. Tu es libre, tu n'as pas été expulsée, je sais même un peu mieux à quoi ressemble ta vie. Rien ne me retient. Et ça revient cher de vivre à l'hôtel.

– Tu peux dormir ici, si tu veux.

– Les villes ne me conviennent plus. Je veux rentrer sur mon île, je veux retrouver mes ruines. Elles me manquent.

Louise a réfléchi un instant.

– Je passerai à ton hôtel à dix-neuf heures avec la bouteille.

Nous nous sommes dit au revoir dans le vestibule sombre. Je me sentais aussi peu sûr de moi qu'un très jeune homme sans aucune expérience de la vie. Je n'aimais pas le fait de ne pas comprendre.

J'ai marché au hasard des rues. De longues heures me séparaient du rendez-vous avec Louise. J'ai repris le métro. À République, j'ai changé de ligne, je suis descendu à Bastille et j'ai pris, à pied, la direction de l'Hôtel de Ville. J'ai pensé que je devais réserver mon billet d'avion. Quelque chose venait de prendre fin, de façon irrévocable. La rencontre avec la famille de Louise m'avait convaincu que nous vivions dans des mondes différents ; pourtant, j'espérais confusément que cela pourrait changer, que ces mondes pourraient peut-être se rencontrer et découvrir qu'en réalité ils ne faisaient qu'un.

J'ai appelé le numéro qu'on m'avait donné au comptoir d'Air France. Après une longue attente et de nombreux interlocuteurs, j'ai réussi à obtenir une place sur un vol le lendemain matin à onze heures trente.

J'ai repris ma longue marche vers Montparnasse. Une chanteuse de rue interprétait des standards de jazz d'une voix forte et vibrante. Je me suis arrêté pour l'écouter. Son chapeau était bien garni. J'y ai déposé un euro. Elle m'a souri. Il lui manquait plusieurs dents.

Je suis arrivé fourbu à l'hôtel. M. Pierre rangeait des rouleaux de monnaie dans sa caisse.

– Je m'en vais demain, ai-je annoncé.

– Ah ! Vous en avez fini avec Paris pour cette fois ?

– Peut-être pour toujours. À mon âge, on ne sait jamais.

– Vous avez raison. Vieillir, c'est s'aventurer sur une glace de moins en moins solide.

Le bar était ouvert. Il était désert. J'ai commandé un café.

En revenant, j'ai entendu M. Pierre fredonner dans la pièce qu'une tenture grenat séparait de la réception. La mélodie ne m'était pas inconnue. Je l'ai écoutée jusqu'à ce que ça me revienne. Offenbach !

Dans ma chambre, une fiche signalait que, ce jour-là, le ménage avait été fait par Rachel. Je me suis endormi sitôt allongé. Au réveil, il me semblait avoir dormi longtemps, mais en réalité il ne s'était écoulé que vingt minutes. Je me suis adossé à la tête de lit en rabattant la courtepointe sur mes jambes. J'étais de retour dans l'appartement où Ahmed avait surgi sans bruit sur le seuil de la cuisine. Je revoyais son frère dans son fauteuil, le geste de Louise caressant la tête d'Ahmed et du garçon. Elle m'avait donné accès à sa vie ; mais j'avais eu le sentiment de pénétrer dans un espace où tout m'était étranger.

J'avais une fille douée d'une grande faculté d'empathie, qui partageait désormais la responsabilité d'un petit infirme. Je me suis souvenu de ce qu'elle m'avait raconté sur les malades qui souhaitaient revoir les tableaux de Rembrandt et sur son propre rôle dans l'équipe de bénévoles qui leur permettait de réaliser ce rêve. Comment pouvait-elle concilier tout cela avec le fait d'être une délinquante professionnelle ? Elle était pour moi une énigme. Mais je faisais partie d'elle comme elle faisait partie de moi. C'était un récit qui venait à peine de commencer.

J'étais arrivé jusque-là. Du Stockholm modeste de mon enfance à cette chambre d'hôtel parisienne. Autrefois, j'étais un chirurgien respecté. Je ne l'étais plus. J'étais un vieil homme dont la maison avait brûlé. Il n'y avait pas grand chose à ajouter.

Je n'ai pas peur de la mort. La mort signifie qu'on est libéré de la peur. C'est la liberté même.

Je me suis levé, j'ai pris quelques feuilles de papier à lettres et le sous-main marron et je suis retourné sur le lit pour tenter de formuler mes pensées. Mais au lieu d'aligner des mots et des phrases, je me suis mis à dessiner. Un archipel imaginaire a pris forme, rempli d'écueils et d'abysses, de criques mystérieuses, de défilés vertigineux. J'ai rempli les deux côtés de la feuille. C'était la seule carte de ma vie que j'étais capable de produire.

J'ai pensé à Ahmed et au cadeau qu'il m'avait fait. Peut-être devrais-je lui donner mon archipel ?

Je suis sorti marcher. J'ai fait le tour du quartier, puis je me suis posté à la sortie du métro la plus proche de l'hôtel. Il faisait nuit, il faisait froid. Les voyageurs émergeaient du sous-sol ou s'y engouffraient. Tous avaient le visage détourné.

Personne ne me voyait. Je ne manquais à personne.

Louise est arrivée quelques minutes avant dix-neuf heures. À la main, elle tenait la bouteille enveloppée dans plusieurs épaisseurs de papier journal. Elle a sursauté en me voyant au métro et m'a demandé si tout allait bien. J'ai eu l'impression que son inquiétude était sincère.

– Je rentre demain. Je n'aime pas les grands adieux. J'ai cru comprendre que toi non plus, d'ailleurs.

Elle a éclaté de rire. J'étais stupéfait. C'était le rire d'Harriet ! Je ne l'avais jamais remarqué.

– Tu as raison. Ça nous fait au moins un point commun.

Elle m'a tendu le paquet en me recommandant de faire bien attention et de le garder avec moi dans la cabine.

– J'ai la place 32B. Je serai coincé entre deux autres passagers.

Je ne savais pas quoi ajouter.

– Je vais venir sur l'île, a dit Louise. Nous allons venir. Mais toi, maintenant, il faut que tu rentres et que tu construises la nouvelle maison. Tu n'as pas le droit de mourir avant.

– Je n'ai pas l'intention de mourir. Et je ne vais pas te laisser un tas de ruines.

Elle m'a embrassé. Je l'ai serrée dans mes bras. Puis elle s'est détournée et elle est redescendue vers le passage souterrain. Je suis resté longtemps à regarder l'endroit où elle avait disparu. Peut-être espérais-je la voir revenir ?

Je suis allé dans un bistrot. J'ai emprunté un stylo-bille et j'ai dessiné ma future maison sur la nappe en papier. De mémoire, tous les détails de l'ancienne. Je n'imaginais pas en construire une qui soit différente.

Il était vingt et une heures trente quand je me suis décidé à rentrer à l'hôtel. Une pluie fine tombait sur Montparnasse. J'espérais que les longues heures passées à marcher dans les rues m'aideraient à dormir.

Le portier de nuit était un jeune aux cheveux longs ramassés en queue-de-cheval, un anneau à l'oreille. Quel pouvait être le sentiment de M. Pierre vis-à-vis de ce collègue ?

L'instant d'après, j'ai découvert Lisa. Elle s'est levée du fauteuil où elle m'attendait et m'a demandé si elle me dérangeait.

– Non. Je viens de dire au revoir à ma fille. Elle a été libérée, mais elle reste à Paris jusqu'à nouvel ordre.

Je n'ai rien dit de la vie de Louise. Je n'ai pas parlé d'Ahmed ni de son frère.

– On m'a donné une bouteille. À l'intérieur, il y a un campement bédouin. J'espère qu'un jour je vivrai dans une maison où cette bouteille trouvera sa place.

Nous avons pris l'ascenseur. Dans ma chambre, j'ai posé le paquet sur le bureau et je me suis assis sur le bord du lit. Elle s'est assise à côté de moi. J'ai dit que je rentrais le lendemain.

– Moi aussi.

– Peut-être est-ce le même vol ?

– Je prends le train. Je ne te l'avais pas dit ? J'ai peur de l'avion. Il part à seize heures vingt de la gare du Nord.

– C'est toujours le même itinéraire ? Hambourg, Copenhague, Stockholm ?

– Oui. Je ne regrette pas de m'être mise en colère. Et ce qui est fait est fait. Mais je ne veux pas avoir accompli ce voyage pour rien.

– J'ai réfléchi. C'est peut-être la solitude qui nous unit.

– Je n'en suis pas sûre. Nos attentes ne sont pas les mêmes. Et ça ne te va pas d'être sentimental.

Elle a ôté sa veste et ses chaussures. J'ai fait pareil.

C'était la deuxième femme avec qui je partageais mon lit au cours de ce voyage.

D'abord ma fille. À présent Lisa Modin.

J'ai pensé au sable, à la tente, au Bédouin et à son cheval.

J'ai ressenti un grand calme, un début de liberté. L'incendie, ma fuite, la lumière aveuglante étaient brusquement très loin.

19

Nous ne nous sommes pas touchés cette nuit-là.

Nous avons parlé longuement. Elle m'a parlé d'elle. Son enfance avait été si étale qu'elle se demandait parfois si la vie n'était que cela : un ennui infini, une route qui se déroulait imperturbablement en ligne droite. Elle m'a parlé de cette peur de l'avion qu'elle ne parvenait pas à surmonter, malgré ses efforts. Ça avait commencé alors qu'elle revenait d'un voyage au Sri Lanka ; elle sommeillait tant bien que mal dans la cabine aux lumières éteintes quand elle avait réalisé qu'elle était, littéralement, suspendue dans le ciel à dix mille mètres d'altitude.

– Nous voyagions sur les épaules du vide. Tôt ou tard, il ne nous porterait plus. Après cela, je n'ai plus jamais réussi à monter dans un avion.

Notre conversation progressait par bribes. À un moment, elle m'a raconté qu'elle avait eu le pasteur au téléphone.

– Je lui ai parlé de la dent d'ours qui aurait été trouvée sur Vrångskär. Il n'a rien compris à ce que je lui racontais. Il m'a dit qu'il n'y avait pas la moindre dent d'ours, pas plus chez lui qu'à l'église ou dans la maison communautaire.

Nous avons parlé de tous les sans-abri que nous avions vus dans les rues de Paris.

– La misère se rapproche de plus en plus, a-t-elle dit.

– Moi, je pense parfois que le temps et le lieu où j'ai vécu forment une parenthèse exceptionnelle dans l'histoire. Je n'ai jamais manqué d'argent à moins de l'avoir moi-même choisi. Nous ne savons rien du monde où vont devoir vivre nos petits-enfants.

– C'est peut-être pour cela que je n'ai pas voulu avoir d'enfants.

– On ne peut pas raisonner ainsi. Dans le monde de la biologie, seuls les enfants ont un sens. Tout le reste est indifférent.

Il était trois heures du matin quand elle s'est endormie. Sa respiration, rapide, a ralenti avant d'accélérer de nouveau. Elle dormait comme si elle était éveillée. Doucement, j'ai posé ma tête contre son épaule. Elle n'a pas bougé.

Quand j'ai ouvert les yeux, elle me regardait.

– Je viens de me réveiller, a-t-elle dit.

Il était sept heures.

– Je suis contente que tu ne m'aies pas demandé de partir, hier soir.

– Pourquoi l'aurais-je fait ?

– Parce que j'avais été désagréable avec toi au café.

– Tu avais tes raisons.

Elle a sauté au bas du lit et a tiré le rideau.

– Tu es un homme spécial, tout compte fait.

– Je ne sais pas. Je suis comme je suis.

Elle a disparu dans la salle de bains. Je suis allé à la fenêtre. J'ai pensé qu'elle était venue à mon hôtel et qu'elle avait passé la nuit avec moi. Cela devait bien avoir un sens.

Quand elle est revenue, son énergie m'a rappelé notre

première rencontre. Je lui ai proposé de m'accompagner dans la salle du petit déjeuner. Elle a secoué la tête en souriant.

– J'ai à faire. Si tu n'avais pas pris l'avion, nous aurions pu dîner ensemble dans le train.

Elle a ramassé son manteau et son sac. Avant de sortir, elle a effleuré mon visage. Une pensée confuse m'a traversé l'esprit : j'espérais que Rachel ne la verrait pas dans le couloir.

Je me suis senti désemparé. Je n'avais pas faim, mais j'ai décidé de me rendre malgré tout dans la salle à manger. En descendant, j'ai aperçu M. Pierre qui pianotait sur son ordinateur.

La salle à manger était lugubre, avec ses clients solitaires penchés sur leur œuf à la coque et leur café.

Quand je n'ai plus eu la force de rester là, je suis allé à la réception et j'ai demandé ma note. J'ai réglé avec ma carte de crédit. Soudain, j'ai eu peur de ne pas avoir assez d'argent sur mon compte.

C'était une inquiétude sans fondement. Tant que je ne dépensais pas à tort et à travers, j'aurais toujours de quoi vivre. Toutes ces années d'exercice de la médecine m'avaient malgré tout permis de toucher une bonne retraite.

J'ai laissé dix euros à l'intention de Rachel.

– C'est quelqu'un de remarquable, a dit M. Pierre. Nous sommes très contents de l'avoir.

– À qui appartient cet hôtel ?

– À Mme Perrain. Son père l'a fondé en 1922. Elle a quatre-vingt-dix-sept ans et elle est, hélas, très malade. Sa dernière visite chez nous remonte à une dizaine d'années.

Je l'ai remercié et j'ai pris l'ascenseur. J'étais dans le couloir du deuxième étage, ma clé à la main, quand la décision m'est apparue sans même que j'en aie envisagé la possibilité.

Je n'allais pas prendre l'avion.

J'allais rentrer par le même train que Lisa.

J'ai dormi deux heures. Il me restait encore beaucoup de temps avant le départ du train, pourtant j'ai pris un taxi et j'ai demandé à être conduit gare du Nord. J'étais pressé de partir. Je reviendrais peut-être exceptionnellement pour rendre visite à Louise et à sa famille. En dehors de cela, j'en avais fini avec Paris.

Le chauffeur de taxi écoutait Bob Marley. J'ai commencé à fredonner la mélodie. Au feu rouge, il s'est retourné et m'a souri.

Le feu est repassé au vert. Je quittais la ville au son de *Buffalo Soldier*. Arrivé gare du Nord, j'ai laissé un large pourboire. J'avais débarqué à cet endroit la première fois que j'étais venu à Paris. J'étais alors un tout jeune homme sans le sou en proie à une rage de dents. J'étais monté dans un taxi ; cette fois, je descendais d'un taxi. Malgré la distance qui les séparait, il me semblait que les deux voyages étaient liés.

J'ai acheté un billet en deuxième classe, Lisa Modin avait sûrement fait le même choix. J'ai erré dans le hall de gare en essayant de me rappeler comment c'était alors, plus de cinquante ans auparavant. Ce train-là avait eu une locomotive à vapeur, de cela j'étais certain. Et j'avais voyagé dans la voiture de queue.

J'ai appelé Jansson. Je ne lui ai pas annoncé que je rentrais ; je voulais juste savoir s'il y avait du nouveau. Rien, a-t-il répondu, sinon que le niveau d'inquiétude devenait préoccupant. Les habitants de l'archipel étaient persuadés qu'un individu maléfique rôdait parmi eux.

Le mot « maléfique » m'a surpris. Il ne faisait pas

partie du vocabulaire habituel de Jansson. J'ai demandé si la police avait trouvé d'autres indices confortant l'hypothèse d'un auteur unique. Jansson n'avait aucune réponse à me fournir. Il en revenait sans cesse à la peur des habitants et au fait qu'on redoutait un autre drame.

J'ai déjeuné et je me suis promené autour de la gare. Chez un marchand de journaux, j'ai acheté une revue médicale anglaise, que j'ai rangée dans ma valise.

Une demi-heure avant le départ, j'ai localisé le quai et je me suis posté derrière un pilier de la grande verrière.

Lisa Modin est arrivée quinze minutes plus tard. Le train était à quai. Je l'ai suivie de loin, comme un détective miteux, légèrement titubant après son déjeuner trop arrosé. Au moins sur un point je ne m'étais pas trompé : elle voyageait en deuxième classe.

Je suis monté juste avant la fermeture des portières et j'ai patienté à côté des toilettes jusqu'au départ.

Il n'y avait pas grand monde dans la voiture. Lisa Modin était assise, les yeux fermés, la tête appuyée contre la vitre. Par chance elle était seule, et il n'y avait personne en face d'elle. Je me suis assis sans bruit. Une minute s'est écoulée avant qu'elle n'ouvre les yeux. Elle m'a souri.

– Je devrais être étonnée. Pourtant je ne le suis pas.

– La toute première fois que je suis venu à Paris, c'était en train. Mais je suis reparti en stop. Voilà que la possibilité s'offre à moi d'accomplir enfin le voyage du retour.

– Je suis contente. La perspective de rentrer ne me réjouissait pas. Maintenant, ce sera peut-être différent.

– Pourquoi es-tu venue ? Je ne peux pas faire ce long voyage sans savoir pourquoi tu es venue.

Avant qu'elle ait pu me répondre, une forte secousse a ébranlé la voiture. Cela m'a rappelé mon premier trajet :

le train avait freiné exactement de la même manière, un voyageur avait perdu l'équilibre, un autre avait poussé un juron. C'était comme si le temps s'ouvrait en me précipitant vers un monde qui n'existait plus.

Nous avons dépassé la banlieue nord. Le train a pris de la vitesse. Les sièges autour de nous étaient vides. Elle était assise dans le sens contraire à la marche. Je lui ai demandé si elle voulait qu'on change de place.

– Merci, tout va bien.

Je me suis souvenu d'une soirée dansante, alors que j'étais adolescent. Je m'étais retrouvé dehors, ivre mort, dans le froid de l'hiver en compagnie d'une fille effarée qui s'appelait, je crois, Ada, et qui avait une coiffure en choucroute, c'était la mode à l'époque : toutes les filles voulaient ressembler à Farah Diba. J'avais été mis à la porte en raison de mon état et elle, qui se considérait comme ma petite amie, avait tenu à me suivre dans l'épreuve et l'humiliation. Soudain, j'avais été saisi d'un haut-le-cœur, et j'avais vomi sur ses souliers blancs. Elle avait pris la fuite sans un mot et couru se réfugier à l'intérieur, où il faisait chaud et où des élèves appliqués dansaient en couple au son d'un orchestre de jazz.

Pourquoi ce souvenir m'est-il revenu à ce moment-là, pendant que la banlieue cédait la place aux champs et qu'un petit homme traversait la voiture en traînant une énorme valise ? Était-ce l'espoir de ne pas être abandonné comme je l'avais été ce soir-là ?

J'ai croisé les bras et appuyé ma tête contre la vitre.

Nous avons franchi la frontière belge. Nos billets étaient posés sur la tablette. J'ai feint de dormir quand le contrôleur est passé.

Plus tard, elle m'a proposé d'aller dîner à la voiture-bar.

Lorsque nous sommes revenus, elle a replié ses jambes et posé son manteau sur elle comme une couverture.

– Où sommes-nous ?

– Sans doute déjà en Allemagne. On sera à Hambourg dans cinq ou six heures.

– Tu me réveilleras ?

Elle a fermé les yeux.

Je me suis endormi, moi aussi. L'arrêt du train m'a fait sursauter. Dans la lumière blafarde des néons, j'ai vu que nous étions en gare. Lisa Modin dormait ; seule une jambe dépassait sous le manteau.

Il était trois heures du matin ; on avait annoncé un arrêt de trente-cinq minutes. J'ai effleuré son manteau à l'endroit où je devinais son épaule. Elle a sursauté comme si on l'agressait.

– Qu'y a-t-il ?

Elle me regardait, étourdie, encore à moitié dans son rêve.

– Nous sommes à Hambourg.

– Mon Dieu, je rêvais. Des trous s'ouvraient sous mes pieds.

– Je vais prendre l'air.

– Attends-moi, je viens avec toi.

Elle a enfilé ses chaussures et s'est recoiffée avec les doigts.

Nous sommes descendus sur le quai. Il faisait froid. L'escalier mécanique donnant accès aux magasins, aux guichets et aux restaurants était juste devant nous.

Nous sommes allés dans un café qui restait ouvert toute la nuit et nous avons commandé deux gobelets de thé. Quelques jeunes à la mine apathique, peut-être des sans-abri, étaient attablés non loin d'un couple de trentenaires qui se caressaient tendrement le visage et les cheveux.

Nous avons emporté nos gobelets dehors. Lisa Modin s'est accoudée à la balustrade d'où l'on avait vue sur les quais et sur le hall de gare, désert à cette heure.

J'ai risqué mon va-tout. Je l'ai prise dans mes bras. Elle a attendu un instant avant de se dégager avec douceur.

– Il ne faut pas faire les choses à la sauvette, ça laisse rarement de bons souvenirs.

Un toxicomane famélique s'est arrêté devant nous et nous a demandé de l'argent. Je lui ai donné un euro. Quand il m'en a réclamé davantage, j'ai haussé le ton et lui ai dit de disparaître. Lisa l'a suivi du regard.

– C'est terrible. Je ne comprends pas que les gens osent avoir des enfants.

– La vie n'est qu'une série de risques. Elle n'est faite que de cela.

– Tu n'y as jamais pensé ? Quand la mère de ta fille était enceinte ?

– Je ne savais pas qu'elle était enceinte. Je te l'ai déjà dit.

Nous avons jeté nos gobelets vides dans une poubelle et nous sommes remontés dans le train. De nouveaux passagers s'étaient installés dans notre voiture. J'ai failli lui proposer de chercher un endroit où nous pourrions être seuls. Je ne l'ai pas fait. Il suffisait de la regarder pour comprendre qu'elle n'en avait pas envie. À peine assise, elle a fermé les yeux comme pour me signifier que son monde n'était pas le mien et que je n'y avais pas accès.

Nous avons repris notre voyage vers le nord. Je ne sais pas si elle dormait ; le manteau la recouvrait entièrement, y compris la tête. Je regardais la nuit au-dehors, ou le peu que m'en laissait voir le reflet des lumières du train, pendant que dans ma tête défilaient à grande vitesse des souvenirs épars, des fragments de films qu'on aurait mis bout à bout. Quand le contrôleur est passé, je lui ai demandé si un quelconque service de restauration était ouvert. Il a secoué la tête. Un distributeur, c'était tout. Il me semblait peu probable que ce distributeur propose de l'alcool.

Nous sommes arrivés à Stockholm à l'heure prévue. Entre-temps, nous avions pris notre petit déjeuner, puis notre déjeuner à bord du train. Lisa avait accepté ma proposition de la raccompagner chez elle en voiture. Elle se comportait comme si la brève étreinte dans la gare de Hambourg n'avait pas eu lieu. Je ne savais pas ce qu'il en était pour elle. Mais moi, au cours des heures passées dans le train qui nous emmenait vers Copenhague, puis vers Stockholm, à travers les paysages de cette fin d'automne, je n'avais cessé de me demander comment il était possible de ressentir un tel manque en étant assis à moins d'un mètre de quelqu'un.

Elle était restée des heures plongée dans un livre consacré à l'histoire du journalisme suédois. De mon côté, je n'avais rien d'autre à lire que mon agenda de poche. J'ai parcouru tous les noms de saints qui y figuraient. J'ai essayé de m'imaginer un autre prénom que Fredrik. Le seul qui m'a paru envisageable était Filip. Ensuite j'ai pris mon stylo-bille et j'ai inventé des anagrammes de son nom et du mien. Le sien était plus facile.

Refkrid Nilew était moins intéressant que Masdi Olin.

À la gare centrale de Stockholm, nous avons pris un autre train jusqu'à l'aéroport. Il tombait une pluie froide. Elle a attendu avec nos bagages pendant que j'allais récupérer la voiture au parking. J'ai tourné longtemps avant de trouver la bonne sortie et de réussir à revenir la chercher devant le terminal 3.

Vers le sud sous la pluie. Le chauffage dans la voiture fonctionnait mal. La circulation était dense, les automobilistes stressés. Après Södertälje, le nombre de véhicules a diminué. Je lui ai demandé si elle avait faim.

– Non, je profite du voyage. J'aimerais qu'il ne s'arrête jamais. Je suis comme une enfant qui n'en a jamais assez.

– Assez de quoi ?

Elle a secoué la tête sans répondre. Je regardais l'asphalte mouillé scintiller à la lumière des feux arrière, et j'étais d'accord avec elle. Si cela n'avait tenu qu'à moi, ce voyage aurait duré toujours.

Nous traversions la forêt de Kolmården quand elle m'a demandé de m'arrêter. Elle a disparu dans l'obscurité de l'aire de stationnement. J'ai allumé la radio et écouté les informations avec la sensation d'avoir déjà entendu tout cela auparavant. J'ai éteint en la voyant revenir. Il pleuvait plus fort. Elle avait les cheveux mouillés.

– Alors ? Que se passe-t-il dans le monde ?

– Tout. De nouveau. Ou encore. Toujours pareil, toujours différent.

Nous avons continué. Près de Norrköping, nous avons mangé dans un restaurant en bord de route. Elle a repoussé son assiette après la première bouchée.

– Il faudrait protester. Ce n'est pas mangeable.

– Je peux protester, si tu veux.

– Non. Si je n'ai pas la force de le faire moi-même, tant pis.

Elle a rapproché son assiette et s'est mise à avaler de petites bouchées de son gratin de poisson. Une dispute a éclaté à une autre table. Un groupe de jeunes hommes. Deux d'entre eux en sont venus aux mains avant que les autres ne réussissent à les séparer.

Nous avons continué dans le noir. Un lièvre a traversé la route peu après Söderköping, m'obligeant à freiner. Nous ne parlions pas beaucoup. Ce silence partagé me gênait. J'aurais voulu lui parler, mais je ne savais pas de quoi.

Je me suis arrêté devant son immeuble vers vingt-deux heures. Il pleuvait toujours, la même pluie froide qu'à notre arrivée à Stockholm. Je suis allé prendre sa valise dans le coffre en me protégeant la tête avec ma veste.

— Comment vas-tu rentrer sur ton île ?

— Je ne sais pas encore.

— Tu peux dormir chez moi.

À sa voix, j'ai entendu qu'elle avait pris sa décision. Ce n'était pas une idée qu'elle venait d'avoir.

J'ai sorti ma valise du coffre. J'ai verrouillé les portières et je l'ai suivie sous la pluie.

Devant la porte de l'immeuble, juste à côté des vélos, j'ai trébuché. Le temps d'arriver chez elle, l'égratignure saignait abondamment. Elle m'a emmené dans la salle de bains. Elle a lavé la plaie et posé un pansement.

Le voyage à Paris était terminé.

Je savais que nous approchions d'un tournant.

Mais je ne savais pas lequel.

IV

Le tambour de l'empereur

20

Son premier geste, après avoir pansé ma blessure, a été d'ouvrir en grand la porte du balcon. L'air froid de la nuit s'est engouffré dans la pièce.

Je l'ai observée pendant qu'elle ramassait et triait le courrier dans l'entrée ; elle était abonnée à plusieurs journaux.

Elle m'a proposé de m'asseoir pendant qu'elle nous préparait quelque chose à manger. J'ai voulu l'aider, mais elle a secoué la tête. J'ai compris qu'elle se demandait si elle avait bien fait de m'inviter.

Assis sur le canapé, j'ai repensé à toutes les fois où je m'étais retrouvé dans une situation semblable. Seul avec une femme sans savoir à quoi m'attendre.

Soudain je me suis souvenu de la première fois où j'avais fait l'amour. Je crois qu'elle s'appelait Inger ; des amis m'avaient parlé d'elle comme d'une fille facile, qui ne disait jamais non. J'avais quatorze ans. Elle faisait souvent son apparition aux soirées dansantes de l'école. Pour moi, la danse était seulement une étape obligée quand on voulait attirer une fille vers d'autres aventures ; c'était du moins ce que je me racontais. Je l'ai aperçue contre le mur, parmi les autres filles qui attendaient l'assaut des garçons alignés contre le mur opposé. Je m'étais donné du courage avec la liqueur d'arak de Hasse, le fils du boulanger, qui la fauchait dans la réserve de son père et la revendait à prix d'or dans de petits flacons de pharmacie. Je n'étais pas ivre, mais suffisamment éméché pour oser franchir l'abîme et l'inviter. Inger ne savait pas du tout qui j'étais. Nous avons rejoint la masse humaine sur la piste. Ce n'était pas de la danse, mais une série d'oscillations et de bourrades, parfois brutales. Dans mon souvenir, nous n'avons pas échangé une parole.

Je lui ai proposé de partir. Elle m'a demandé où. Je n'en avais aucune idée. Dans l'immédiat, il s'agissait juste de s'éloigner de cette salle qui sentait la transpiration, la cuite adolescente et le parfum de supermarché. C'est alors qu'elle m'a dit, comme une évidence, qu'il n'y avait personne chez elle.

Elle habitait une banlieue, je ne sais plus laquelle, peut-être Bagarmossen. Nous avons pris le métro. Nous ne parlions toujours pas. Elle portait une jupe marron, des chaussures épaisses qui trahissaient de grands pieds, un chemisier blanc, un manteau bordeaux. Elle n'avait pas du tout l'air d'une fille qui couchait avec n'importe qui. Mais au fait – à quoi ressemblait une telle fille ?

La famille occupait un trois-pièces dans un immeuble coopératif des années 1950. Sur une étagère, j'ai vu une photo de son père en uniforme de contrôleur de train. Je me suis assis sur le canapé, au milieu de coussins sur lesquels étaient brodées des formules de sagesse.

Elle a disparu dans la salle de bains. J'ai entendu couler l'eau en me demandant ce qu'il fallait que je fasse à présent. Ce qui m'attendait, ou à quoi je m'apprêtais à me confronter, était aussi effrayant qu'irrésistible. C'était une tentation qui s'apparentait à du désespoir.

Elle m'a offert un secours inespéré.

– Tu veux baiser tout de suite, ou on attend un peu ?

Elle n'a pas précisé en quoi consisterait cette attente.

– Tout de suite.

Je me suis senti rougir. Elle a pris la direction de la chambre, et je me suis aussitôt levé pour la suivre, mais elle m'a indiqué la salle de bains.

– Tu peux prendre la serviette bleue.

Je n'ai presque aucun souvenir de ce qui s'est passé ensuite. Quand je suis entré dans la chambre, la lumière était éteinte ; elle était couchée dans le lit parsemé d'animaux en peluche. Dans une étreinte confuse, où je ne savais pas toujours si ce que j'avais sous la main était un sein ou un nounours, je l'ai pénétrée et j'ai éjaculé aussitôt. En l'entendant glousser, j'ai juré intérieurement. J'ai ramassé quelques peluches et je les ai balancées par terre.

– On ne peut pas baiser avec tous ces trucs.

J'essayais de garder contenance. Elle a gloussé de nouveau.

Je suis resté encore une heure. Nous ne parlions pas du tout. Puis je me suis rhabillé et je suis parti.

– À plus tard.

– Ça m'étonnerait.

Plus d'un demi-siècle s'était écoulé depuis cette première fois dévastatrice et confuse, et je me demandais encore ce qu'elle avait voulu dire. Était-ce elle qui ne voulait pas me revoir ? Ou était-elle certaine de ne plus m'intéresser dès lors que j'avais obtenu ce que je voulais ?

Lisa Modin m'a appelé ; le dîner était prêt.

Qu'était-il advenu d'Inger, qui portait une jupe marron et qui avait la réputation d'être une fille facile ? Vivait-elle encore ? Vivait-elle bien ? Je ne l'avais jamais revue.

Nous avons dîné dans sa cuisine en parlant de tout et de rien. Je me suis occupé de la vaisselle pendant qu'elle passait dans la salle de bains. La vaisselle faite, j'ai fermé la porte du balcon et je me suis rassis sur le canapé. Elle est apparue en peignoir.

– Je t'ai laissé une serviette sur le bord de la baignoire.

Je pensais à Inger. C'était tellement différent, pourtant tellement pareil.

– Elle est bleue ?

– Elle est blanche, pourquoi ?

J'ai pris une douche. Quand je suis ressorti, elle avait éteint toutes les lampes sauf une. Je suis allé dans la chambre, j'ai laissé tomber la serviette et je me suis couché entre les draps.

Nous étions silencieux dans le noir. J'ai cherché sa main. Elle avait le poing serré. Je n'ai pas tenté de l'ouvrir.

Elle dormait quand je me suis réveillé vers six heures. Je me suis habillé et je suis parti.

Il faisait froid. J'ai pris ma voiture et j'ai longé la rue principale. Tout était désert. J'avais l'impression de traverser un décor savamment construit où aucun film ne serait jamais tourné et où tous les habitants se promenaient avec un clap dont ils espéraient avoir l'occasion de se servir un jour. Au bord de l'eau j'ai marché de long en large sur les planches, malgré le froid, en essayant d'assimiler ce qui s'était passé la veille au soir. La seule conclusion que je pouvais en tirer était que je ne comprenais décidément pas grand-chose à Lisa Modin.

J'ai pris la route du port. Dans un virage, j'ai croisé une voiture qui m'a obligé à me rabattre sur le bas-côté. J'ai cru reconnaître un certain mécanicien de bateaux, dont Jansson m'avait dit une fois qu'il buvait. Mais on ne savait jamais, avec Jansson. Les gens qui ne lui plaisaient pas étaient tous alcooliques.

Je me suis garé chez Oslovski, sous une pluie fine. Le gravier de l'allée avait été ratissé récemment ; les rideaux étaient fermés. J'ai prêté l'oreille. Rien. On n'entendait que le vent de la mer. En tournant à l'angle de la maison, j'ai vu que la porte du garage était ouverte. Ce n'aurait jamais été le cas en son absence. Elle fermait toujours à clé.

Nordin m'avait raconté qu'un jour il l'avait vue tirer de sa poche un énorme trousseau de clés alors qu'elle cherchait de la monnaie pour le payer au magasin. Il n'en avait jamais vu de semblable. Comment une femme qui vivait dans une si petite maison pouvait-elle avoir besoin d'un trousseau de clés digne d'un gardien de prison ?

J'ai frappé et poussé la porte. La lumière était allumée. Oslovski était étendue sur le ciment près de la voiture surélevée. Elle portait sa combinaison de mécanicienne où était écrit le nom *Algot* en lettres délavées.

Je n'ai pas eu à m'agenouiller pour savoir qu'elle ne respirait plus. Elle gisait sur le dos, une jambe tordue comme si elle avait cherché à retenir sa chute, une clé anglaise dans la main droite. Il y avait du sang à l'endroit où sa tête avait heurté le sol. Ses paupières étaient fermées. J'ai tâté son pouls.

Sa peau n'avait pas encore pris une apparence cireuse ; le décès remontait à moins d'une heure. Rien n'indiquait qu'il y ait eu violence. L'hypothèse la plus probable était qu'elle venait d'être victime d'un infarctus ou d'un AVC, ou bien d'une rupture d'anévrisme.

J'ai dû m'asseoir.

D'abord Nordin. Maintenant Oslovski. J'étais entouré de morts.

Après coup, je n'ai jamais compris pourquoi j'ai fait cela. J'ai pris le trousseau de clés dans la poche de la combinaison d'Oslovski et je suis retourné vers la maison. Dans mon dos, j'entendais le bus du matin peiner dans la montée. J'ai attendu que le bruit s'éloigne, puis je suis entré.

C'était la première fois que je pénétrais chez Oslov-ski. Il m'était arrivé, exceptionnellement, de parler un moment avec elle devant sa porte, sur le perron qui formait une véranda exiguë. J'avais toujours eu le sentiment alors qu'elle montait la garde. Son seuil marquait une frontière que seules les personnes autorisées avaient le droit de franchir ; je n'en faisais pas partie.

Dans l'ombre de l'entrée je percevais l'odeur caractéristique qui semble toujours accompagner les vies solitaires. Y avait-il eu la même chez moi, avant que ma maison ne brûle ?

Lentement, j'ai fait le tour des trois pièces. L'escalier raide qui menait aux combles était encombré de piles de journaux et d'innombrables sacs en plastique. Partout c'était le chaos. Vêtements, tissus, chaussures, bonnets, skis, une luge cassée, meubles, lampes hors d'usage, filets de pêche, le désordre était indescriptible. Seule la pièce où elle avait son lit présentait quelque trace d'organisation. Debout à la porte, j'ai été frappé par une impression que je n'ai pas su déchiffrer d'emblée. Puis j'ai compris : malgré le capharnaüm, rien n'était sale, bien au contraire. Les piles de journaux étaient épousssetées, les draps de lit immaculés. Dans la cuisine débordante d'objets et de paquets divers, j'ai aperçu un lave-linge et un séchoir. J'ai jeté un coup d'œil dans le sac-poubelle à côté de l'évier. Il contenait le carton d'un gratin de poisson « à la française » qui avait peut-être été le dernier repas d'Oslovski. Devant la petite table en formica vert foncé, il y avait une unique chaise, qui était rouge et garnie d'une assise plastifiée.

Apparemment elle n'avait jamais envisagé d'inviter quelqu'un à partager son repas.

J'ai refait le tour de la maison. C'était partout pareil : un désordre ahurissant et une propreté méticuleuse.

Soudain, j'ai eu la sensation d'avoir vu un détail

qui aurait dû me faire réagir. Je suis resté un moment indécis. Puis je suis retourné dans sa chambre. À peine entré, j'ai vu ce qui avait retenu mon attention.

Ses draps avaient une bordure bleu ciel parsemée d'étoiles. Or j'avais vu ces mêmes draps tout récemment dans un autre endroit. J'en étais absolument certain. Puis ça m'est revenu : les draps que j'avais sous les yeux étaient identiques à ceux du lit de la maison abandonnée de Hörum.

Peut-être se cachait-elle là-bas quand la peur devenait trop forte ?

Oslovski nous avait côtoyés pendant de longues années. Mais elle était toujours demeurée une étrangère. Avait-elle jamais eu le désir de se rapprocher de nous ?

Elle avait emporté ses secrets avec elle. Elle laissait un lit dans la forêt et une DeSoto dans son garage.

Pour le lit, j'étais certain que c'était elle qui l'avait utilisé. Mais je ne saurais jamais pourquoi.

Elle avait disparu sans un mot. Muette. Inaccessible.

L'odeur de renfermé me donnait la nausée. Une fois dehors, j'ai appelé Jansson.

– C'est moi.

Je n'avais jamais besoin de me présenter, Jansson reconnaissait ma voix.

– Où tu es ?

– Je vais bien, merci de m'avoir posé la question. Je suis au port. Oslovski est morte.

Silence. Quand enfin il a réagi, j'ai entendu qu'il était très secoué.

– Elle aussi ?

– Comment ça ?

– D'abord Nordin et maintenant…

– Je l'ai trouvée dans son garage. Je pense qu'elle a eu un AVC.

Nouveau silence, j'ai senti Jansson au bord des larmes.

– Elle était tellement seule.

– Comme nous tous. Écoute, j'aimerais bien que tu viennes me chercher au port. Laisse-moi juste deux heures, le temps que je fasse ce qu'il faut pour Oslovski.

– Qu'est-ce que tu fabriquais chez elle ?

– J'ai l'habitude de passer lui dire bonjour quand elle travaille dans son garage.

J'avais parlé au présent. J'ai eu un serrement de cœur.

– Ah oui ! a dit Jansson. Sa Cadillac !

– C'était une DeSoto.

– Et elle est morte comme ça ?

– On en reparlera tout à l'heure. Je dois appeler la police.

Jansson a raccroché à contrecœur. Je suis retourné auprès d'Oslovski, j'ai déposé le trousseau de clés dans la poche de sa combinaison et j'ai tâté son pouls une dernière fois.

Puis j'ai composé le numéro d'urgence, je me suis présenté, j'ai dit d'où j'appelais, et que j'avais découvert le corps d'une femme dans un garage, en précisant que j'étais médecin. À la question de savoir s'il pouvait s'agir selon moi d'un homicide, j'ai répondu non.

Je suis sorti les attendre dehors. Il faisait très froid. Après un moment, je suis remonté dans ma voiture. Mes pensées étaient revenues à la nuit passée avec Lisa Modin.

La voiture de police et l'ambulance sont arrivées après quarante-cinq minutes. Je suis allé à leur rencontre. Je ne connaissais pas les deux policiers. L'un était une femme ; elle ressemblait à ma fille. Même détermination dans le regard, qui pouvait passer pour de la réserve quand on ne la connaissait pas.

Avec les ambulanciers, qui étaient plus âgés et costauds, nous sommes remontés jusqu'au garage. Je leur ai expliqué la raison de ma présence, notre accord qui m'autorisait à laisser ma voiture chez elle.

– Elle est à l'intérieur. Je vous rappelle que je suis médecin et que j'ai constaté le décès.

J'ai patienté dehors. La pensée qu'Oslovski n'était plus là me déprimait de plus en plus. Je ne la connaissais pas vraiment, mais elle était l'une des personnes qui faisaient partie de ma vie. Avec sa disparition, c'était un pan de mon monde qui s'écroulait.

Les ambulanciers sont ressortis.

– On n'a pas le droit de charger les morts dans l'ambulance, a dit l'un.

L'autre a opiné.

– Mais on a appelé les pompes funèbres, ils envoient une voiture. En tout cas, ça ressemble bien à un AVC.

Je me suis approché des policiers qui examinaient le corps.

– La blessure à la tête, a fait la femme en se tournant vers moi. Un avis ?

– Provoquée par la chute. Dans le cas d'un AVC massif, on tombe comme un oiseau fauché en vol.

– Il faut qu'on fasse un tour dans la maison, a dit l'homme.

– Elle a l'habitude de garder ses clés dans sa poche.

J'ai attendu le temps qu'ils fassent leur travail. Ils sont ressortis de la maison avec la carte d'identité d'Oslovski.

– C'est dingue, ce qu'on voit chez les gens, a commenté la femme.

Je n'ai rien dit. J'ai verrouillé les portières de ma voiture, laissé mes coordonnées aux deux policiers, et je suis descendu sur le quai. Un autre médecin n'allait pas tarder à arriver. En attendant Jansson, j'ai fait quelques courses à l'épicerie et pris des journaux au passage. Voyant que Veronika avait ouvert, j'ai décidé d'en profiter pour prendre mon petit déjeuner. Quand elle est sortie de sa cuisine, souriante, j'ai compris qu'elle n'était pas au courant.

– Tu es matinal, ma parole ! Un café ?

– Asseyons-nous, si tu veux bien.

– Qu'est-ce qui se passe ?

– Rut est morte.

Elle a tressailli.

– Mais comment ?

– Je l'ai trouvée dans son garage. Ils sont en train d'emporter le corps en ce moment même.

Ses yeux se sont embués. Je savais qu'elle était l'une des rares personnes à qui Oslovski parlait. De la pluie et du beau temps, guère plus. Mais elles se parlaient.

Elle est allée nous chercher du café et des brioches. Nous parlions à voix basse. Nous ne parvenions pas à assimiler la nouvelle.

– Elle était très seule, a dit Veronika.

– Ces derniers temps, j'ai eu l'impression qu'elle avait peur. Je la trouvais changée.

Elle a froncé les sourcils.

– Que veux-tu dire par « ces derniers temps » ?

– Les deux derniers mois.

– Moi, j'ai toujours eu l'impression qu'elle avait peur. Pendant toutes les années où je l'ai connue.

– Peur de quoi ? Elle t'en a parlé ?

– Non.

– Sais-tu si elle était vraiment originaire de Pologne ?

– Non. Elle était inaccessible.

– Qui était-elle, en réalité ?

– Je n'en sais pas plus que toi.

J'ai voulu changer de sujet, pour laisser Veronika sur une note moins triste.

– Comment va notre gagnante ? Celle qui touche désormais vingt-cinq mille couronnes par mois ?

– Elle raconte à qui veut l'entendre qu'elle a l'intention de passer dorénavant tous ses hivers en Thaïlande. C'est vraiment une conne.

Je n'avais jamais entendu Veronika s'exprimer ainsi. Pour moi, elle avait toujours été la gérante du café du port, discrète et gentille. Soudain, elle révélait une autre facette d'elle-même, et je me sentais gêné.

Je me suis levé en apercevant par la fenêtre le bateau de Jansson.

— Oslovski va nous manquer, ai-je dit.

Veronika a hoché la tête d'un air absent.

Jansson m'attendait sur le quai.

— C'est vraiment vrai ? Pour Rut ?

— Tu me connais mal si tu crois que je mentirais sur un sujet pareil.

Il a fait la grimace.

— Ça fait trop. C'est comme une épidémie.

— Non. Pure coïncidence.

J'ai déposé ma valise et mon sac de courses dans le bateau. Je ne voulais pas prolonger inutilement la conversation. J'avais hâte de retrouver ma caravane.

Le trajet s'est déroulé en silence. Une fois de plus, j'ai été pris au dépourvu de ne pas voir ma maison apparaître entre les arbres. Et je ne m'étais pas davantage habitué à la vision des ruines qui la remplaçaient désormais.

Jansson a accosté avec la souplesse due à sa longue expérience. J'ai hissé ma valise et mon sac sur le ponton, et j'allais lui donner son billet de cent quand il a ôté sa casquette. Je savais ce que cela signifiait : il voulait que je l'examine.

— Ça ne peut pas attendre ? Je suis fatigué.

— J'ai des palpitations. Je crois que c'est le cœur et ça m'inquiète.

Moi qui ne prenais jamais ses symptômes au sérieux, j'ai pressenti que ce pouvait être différent cette fois. Je lui ai fait signe d'aller se mettre sur le banc et je suis allé chercher mon stéthoscope.

Jansson m'attendait ; il avait enlevé sa grosse veste en cuir.

– Le pull et la chemise aussi.

Il s'est mis torse nu. Il avait la chair de poule dans le vent froid. Je lui ai demandé d'inspirer à fond, et j'ai écouté ses poumons et son cœur. Les poumons n'avaient rien, mais au cœur – j'avais dû l'ausculter au moins cent fois au fil des ans, et jamais le moindre son inhabituel ne m'avait fait réagir – j'ai perçu une arythmie.

J'ai vu l'anxiété dans son regard. Jansson était brusquement devenu un très vieil homme.

– Tu devrais peut-être aller passer un électrocardio-gramme au centre médical.

– C'est grave ?

– Pas nécessairement. Mais à notre âge, un petit contrôle ne peut pas faire de mal.

– C'est mortel ?

– Si tu n'y vas pas, ça peut le devenir. Rhabille-toi, rentre chez toi, et prends rendez-vous.

Jansson s'est rhabillé en silence pendant que j'allais ranger le stéthoscope. Quand je suis ressorti de la remise, il était toujours sur le banc. Penché en avant, les coudes sur les genoux, les mains nouées, comme s'il éprouvait soudain le besoin de prier. Il a levé la tête en m'entendant approcher.

– Pourquoi ne me dis-tu pas la vérité ?

– Tu dois passer un ECG, c'est tout. Pas la peine de t'inquiéter.

– J'ai lu des tas de trucs sur le cœur. Il commence à battre longtemps avant la naissance. Je suis sûr qu'il y a des gens qui croient qu'il se met en route seulement quand on coupe le cordon.

– Il commence à battre au vingt-huitième jour. Et une

fois qu'il a commencé, il ne s'arrête plus jusqu'au jour où il s'arrête vraiment. Le pouls et la tension descendent à zéro, et voilà, c'est fini. Si ton cœur était un oiseau, et si chaque battement était un battement d'ailes, tu aurais le temps de faire quelques allers et retours entre la Terre et la Lune avant que ton cœur ne décide qu'il est temps de se reposer.

Je m'étais assis à côté de lui. Il y a eu un silence. Deux vieillards sur un banc où il y avait de la place pour toutes sortes de vérités, petites et grandes.

– On ne nous apprend pas à mourir, a dit Jansson.

– Comment ça ?

– Avant, la mort faisait partie de la vie. Quand ma grand-mère est morte, j'avais six ans. On l'a exposée dans le salon, sur une porte dégondée. Ça nous paraissait normal. Maintenant, c'est une autre affaire. On ne sait plus mourir dans ce pays.

Je le comprenais. Son anxiété était tout à fait authentique. Pourtant, j'étais surpris par sa réaction. Comme si le Jansson que je connaissais était en train de changer de peau.

– Comment fait-on pour mourir ? a-t-il continué sur un ton plaintif.

Je n'avais pas de réponse. Aucun moribond ne m'avait jamais donné le moindre indice pour mieux affronter cette mort qui me frapperait, moi aussi, tôt ou tard.

Non seulement on meurt seul, mais on meurt sans savoir. Avec ou sans diagnostic, peu importe, on ne sait jamais comment ça se passera.

J'ai repensé à une photographie en noir et blanc que j'avais vue autrefois, et qui m'avait longtemps effrayé.

C'est une photographie prise à Stockholm au début des années 1950. Un ramoneur au travail sur un toit a décidé que le moment était venu de mettre fin à ses jours. Il choisit un câble parmi ses outils, l'attache à une cheminée, fait un nœud à l'autre extrémité et passe cette boucle autour de son cou. Puis il grimpe sur le faîte, où il reste perché en équilibre un certain temps. Des hommes montés sur une échelle tentent de le convaincre de ne pas passer à l'acte. Sur une autre échelle est tapi un photographe.

Le ramoneur a une soixantaine d'années. Les exhortations échouent, il se jette dans le vide. Le photographe déclenche une fraction de seconde avant que le câble ne se tende, provoquant la rupture des vertèbres cervicales et la mort. Sur cette photo, le ramoneur reste à jamais pendu dans le vide. Je n'ai jamais réussi à déterminer si son visage exprimait de la fermeté ou du désespoir. Pourtant, j'ai passé beaucoup de temps à le contempler.

Qu'est-ce donc qui, pendant toutes ces années, m'a effrayé et attiré, à parts égales, dans cette photographie où le ramoneur choisit le saut vers l'inconnu ? Cette image révèle-t-elle une partie du secret du dernier instant ?

Voilà ce qu'il me reste, ai-je pensé. Partager ce banc avec un autre vieux qui n'arrive plus, lui non plus, à sauter dans son bateau sans se faire mal aux genoux. Je l'avais bien vu un peu plus tôt, quand il était venu me chercher au port. J'avais eu l'impression de me voir moi-même.

Deux vieux recroquevillés ensemble sur un banc, à se plaindre de ne pas savoir comment il convient de se comporter au moment de mourir. Soudain, j'en ai eu par-dessus la tête. Je ne voulais plus rester là avec Jansson à gémir sur les misères de l'âge.

Je lui ai donné un coup de coude.

– Tu veux un café ?

– J'étais en train de penser à Oslovski, et toi, tu me frappes comme si tu me détestais.

Je n'en croyais pas mes oreilles.

– Je ne te déteste pas, voyons. Où vas-tu chercher des idées pareilles ?

– Tu me tapes dessus.

– Mais enfin, je t'ai juste proposé d'aller prendre un café !

– Je sais bien que tu as toujours eu envie de me tuer.

Il s'est levé et il a fait ce qu'il n'était plus en état de faire : il a sauté dans son bateau. Naturellement, l'oscillation était trop forte, il est tombé et sa tête a heurté le plat-bord. La blessure s'est mise à saigner. Comme celle d'Oslovski.

Jansson a manœuvré. Le sang coulait de son arcade sourcilière. Peut-être était-il en train de devenir dément ?

Je n'ai pas attendu de le voir disparaître derrière la pointe. J'ai pris ma valise et mon sac et je suis monté à la caravane.

Le téléphone a sonné alors que je venais de m'asseoir avec une tasse de café. Lisa. Elle a tout de suite commencé à m'interroger sur Oslovski. Je l'imaginais, en alerte, stylo à la main.

– Comment as-tu appris la nouvelle ?

– J'ai mes informateurs.

– Police ? Ambulanciers ? Pompes funèbres ?

– Peut-être.

– Bon. Alors voilà, je confirme, c'est bien moi qui l'ai trouvée.

Je lui ai décrit les circonstances. C'était comme si je prenais conscience de l'événement en en parlant avec elle. La mort des autres m'est aussi incompréhensible que celle qui m'emportera, moi aussi, le moment venu.

– Y a-t-il selon toi un élément suspect ?

– Et ce serait quoi ?

– Je te pose la question.

– Pour moi, il s'agit d'une mort naturelle. L'autopsie donnera les détails.

Silence dans le combiné. Elle devait être en train d'écrire.

– Que fais-tu ? a-t-elle demandé ensuite.

– Je bois un café.

J'aurais voulu que l'échange se prolonge, mais elle était pressée.

Après quelques minutes, le téléphone a sonné de nouveau. J'espérais que ce serait encore elle mais non, c'était quelqu'un de l'église du village, qui s'est présenté sous le nom de Lars Tyrén. Il voulait savoir si j'accepterais de faire partie de ceux qui porteraient le cercueil de Nordin. La cérémonie aurait lieu le vendredi à onze heures. Pouvais-je m'engager à être là à temps pour passer en revue les détails de l'inhumation ?

J'étais surpris. Je croyais qu'il serait incinéré, mais il existait apparemment un caveau familial. J'ai promis d'arriver de bonne heure.

J'ai bu mon café en pensant qu'il fallait que je m'achète un costume sombre.

Lisa ne m'a pas rappelé au cours des jours suivants, et je n'ai pas essayé de la joindre. En revanche, je parlais tous les soirs avec Louise. La tonalité de nos échanges évoluait petit à petit. Chaque fois, nous consacrions un moment à évoquer le souvenir d'Harriet. Et j'ai remarqué qu'elle m'incitait toujours à relancer l'assurance pour pouvoir démarrer les travaux de reconstruction.

Je suis allé jusqu'en ville, je suis entré dans le meilleur magasin et j'ai choisi un costume Armani noir. Ne sachant pas si mon statut de porteur de cercueil justifiait la cravate blanche réservée aux proches du défunt, j'ai pris les deux – une blanche et une noire.

Le costume coûtait six mille couronnes. Le fait de m'autoriser cette dépense extravagante m'a rempli d'une joie que j'avais un peu de mal à m'avouer.

Le jour des obsèques, il soufflait un vent de tempête. Tout cet automne avait d'ailleurs été plus venteux que la moyenne. Le bateau avançait péniblement en se cognant aux vagues. Jansson, qui devait porter le cercueil lui aussi, avait mis une cravate noire.

Nous avons récupéré ma voiture chez Oslovski. Jansson regardait autour de lui avec curiosité. Je l'ai emmené jusqu'au garage, à sa demande, pour voir l'endroit où je l'avais découverte. Le garage était fermé, ainsi que la maison.

Nous avons pris la route. Arrivé à l'église, avant de descendre, j'ai noué la cravate noire en vérifiant le résultat dans le rétroviseur.

Un bouquet de roses était posé sur le couvercle du cercueil en bois clair. Le pasteur a parlé de Nordin comme d'un serviteur de Dieu, ce qui m'a mis mal à l'aise. Nordin avait été quelqu'un de bien, mais il avait refusé de faire crédit à certaines personnes en difficulté. Aucun des habitants de l'archipel ne l'avait oublié et certains le tenaient même pour un salaud à cause de cela.

Nous avons porté le cercueil dans la bourrasque. Le caveau familial se trouvait dans le coin ouest du cimetière. L'inscription la plus ancienne révélait que le propriétaire terrien Hjalmar Nordin était décédé le 12 mars 1872.

Nous avons fait descendre le cercueil. J'ai croisé le regard de Jansson. On aurait cru que c'était son propre cercueil qui s'enfonçait dans le trou.

Quand nous nous sommes dirigés ensuite vers la maison paroissiale pour le café traditionnel, j'ai été pris d'une envie de m'enfuir en courant.

La proximité de la mort me faisait peur. C'était venu d'un coup.

Je suis entré dans la salle où le café nous attendait.

21

La première neige est tombée dans la nuit du
2 novembre. Au réveil, quand je suis sorti, nu, de la
caravane pour aller me tremper dans la mer, il n'y avait
aucun vent. La nature retenait son souffle. Mes pieds ont
laissé une empreinte sur la blancheur. Je suis descendu
en m'aidant de l'échelle de bain et j'ai compté jusqu'à
dix, la tête sous l'eau. Le froid me mordait la peau.
En remontant sur le ponton, je tremblais de tout mon
corps. Mais je ne renoncerais pas à mes bains, quelle
que soit l'épaisseur de la glace que j'aurais à découper
avant de pouvoir m'immerger.

Je me suis dépêché de retourner à la caravane et de
prendre mon petit déjeuner. J'ai vu mon reflet dans la
glace. Pâle, les traits affaissés, les tempes dégarnies,
une plaie à la commissure gauche qui ne cicatrisait pas,
peut-être une verrue qui poussait en dedans. Je me suis
regardé dans les yeux. Cet individu-là était quelqu'un
que je ne reconnaissais qu'en partie.

C'était comme un duel entre l'homme que me renvoyait le miroir et celui qui se tenait debout dans la
caravane.

Le voyage à Paris, la mort d'Oslovski, l'enterrement
de Nordin paraissaient déjà loin. Veronika, qui est bien
informée, m'a raconté qu'Oslovski était bien morte d'un

AVC, mais que l'autopsie avait aussi révélé la présence d'un cancer généralisé dont la tumeur mère était située dans une surrénale.

Oslovski n'avait pas de famille. Malgré les recherches entreprises, il n'avait pas été possible d'identifier le moindre proche. J'ai assisté à ses funérailles. Elle avait apparemment souhaité être incinérée. Nous étions peu nombreux dans l'église. L'absence de Jansson m'a surpris et indigné. Je ne comprenais pas qu'il ne soit pas venu, ne fût-ce que pour satisfaire sa curiosité.

Je parlais de temps en temps au téléphone avec Lisa. Chaque fois, je raccrochais avec le regret que notre échange n'ait pas duré plus longtemps. Mais elle me rappelait toujours tôt ou tard. Je commençais à comprendre qu'elle avait autant besoin que moi de quelqu'un à qui parler.

Jansson avait suivi mon conseil et pris rendez-vous au centre médical, où l'électrocardiogramme avait montré ce que je soupçonnais, un dysfonctionnement du tissu nodal. Il prenait désormais un traitement et n'avait plus de symptômes, ce qui ne l'empêchait pas de rester méfiant et en alerte. Chaque fois qu'il venait me voir, je l'auscultais. Quand je lui confirmais que tout allait bien, il ne me croyait pas.

Il me parlait aussi de l'enquête, qui semblait au point mort, et de la peur des insulaires, qui ne s'estompait pas, bien au contraire.

Selon lui, le coupable était quelqu'un « de l'extérieur » – c'était son expression – qui surgissait dans la nuit et disparaissait sitôt son crime accompli.

Or le temps passait sans qu'aucun nouveau drame survienne. J'ai reçu la visite d'un autre représentant de la compagnie d'assurance. Kolbjörn Eriksson, son fils et un cousin menuisier-charpentier ont accepté de prendre en charge le futur chantier. Avec un peu de chance, les travaux pourraient démarrer au printemps.

Le jour de la première neige, j'ai décidé d'aller me ravitailler au village.

J'en ai profité pour acheter des caleçons longs, une écharpe et une veste chaude en prévision de l'hiver. Puis je suis allé déjeuner. Je n'avais pas bu d'alcool depuis mon retour de Paris. Ça ne me manquait pas.

Après avoir chargé mes achats dans la voiture, j'ai aperçu une affiche signalant qu'il était temps de réserver sa table au restaurant du bowling pour le réveillon du Nouvel An.

Au même instant, j'ai décidé que j'allais faire une fête chez moi. Dans la caravane. J'allais inviter Jansson et Lisa Modin. À trois, on serait à l'étroit et on aurait sans doute trop chaud. Mais un réveillon dans une caravane, c'était unique ; rien à voir avec ce qui se tramait du côté du restaurant du bowling.

Je demanderais à Veronika de se charger du menu, si possible, et j'achèterais moi-même les boissons.

J'ai pris la route du port. Cette décision m'apparaissait comme un défi, mais l'année écoulée avait été difficile, et j'avais de bonnes raisons de vouloir lui dire adieu. En même temps, ce serait l'occasion de célébrer l'enfant à venir. Louise, Ahmed et Mohammed seraient naturellement les bienvenus s'ils avaient la force et l'envie de faire le voyage. On serait vraiment très à l'étroit. Mais quelle importance !

À ma grande surprise, Lisa a accepté mon invitation. Elle a même dit qu'elle se réjouissait de venir. Quand je l'ai interrogée sur ses projets pour Noël, elle m'a répondu qu'elle partait en Crète. Cela m'a rendu jaloux, mais je n'ai pas bronché.

Jansson a promis de nous faire un petit feu d'artifice.

Veronika m'a proposé un menu sans prétention. Elle se chargerait de tout ; nous nous sommes entendus pour le budget.

Avant de repartir sur mon île, j'ai déposé ma voiture chez Oslovski. Personne n'avait encore réclamé sa maison ni ses biens. Jansson avait pris l'initiative de lancer une collecte pour financer une pierre tombale. Les gens s'exécutaient lentement et à contrecœur. Je crois que c'est lui qui a payé le plus gros de la facture. Mais j'étais présent quand la pierre a trouvé sa place au cimetière, entre l'un des derniers pilotes côtiers de l'archipel, parent de Veronika, et le propriétaire de l'île Röda Furholmen, connu pour sa méchanceté quand il avait bu. Oslovski reposait donc là. Il arrivait qu'un anonyme dépose quelques fleurs sur sa tombe.

Une nuit, une grosse tempête du sud-est s'est abattue sur l'archipel. Le vent, d'une violence exceptionnelle, menaçait de renverser la caravane. J'étais sorti dans l'obscurité et la pluie mêlée de neige pour l'étayer tant bien que mal et je venais de retourner à l'intérieur quand le courant a été coupé. Je me suis déshabillé et séché dans le noir. J'ai allumé une bougie et je me suis préparé un café, bien qu'il fût quatre heures du matin.

Mon téléphone a sonné ; Jansson voulait sans doute savoir si l'électricité avait aussi sauté chez moi. Mais l'homme qui m'appelait parlait anglais avec un fort accent. J'ai cru que c'était une erreur, jusqu'au moment où j'ai reconnu Ahmed.

– Je suis à la clinique. Louise est en train d'accoucher.

J'ai eu un coup au cœur. C'était beaucoup trop tôt par rapport au terme ! Je ne devais pas me faire de souci, s'est-il hâté d'ajouter. Louise lui avait juste demandé de me prévenir. Il me rappellerait quand le bébé serait né.

Malgré son ton rassurant, j'avais perçu toute l'angoisse d'Ahmed. Je ne me suis pas rendormi cette nuit-là. Je passais mentalement en revue les différents risques liés à une naissance très prématurée. La tempête qui hurlait au-dehors ne contribuait pas à la sérénité de l'attente.

J'ai pensé à Harriet.

Elle me manquait soudain de façon aiguë.

Une nuit, Louise, elle et moi avions dormi ensemble dans la caravane. C'était dans la forêt, avant que la caravane ne soit transférée sur l'île. À présent, Harriet n'était plus là et Louise était en train d'accoucher dans une maternité de Paris.

La flamme de la bougie vacillait dans le courant d'air. Mes souvenirs défilaient comme des ombres inquiètes. Mon père, ma mère, mon grand-père, ma grand-mère, les femmes que j'avais connues, et celles que je n'avais pas réussi à convaincre de m'aimer. J'étais là, moi aussi, parmi les ombres. Étais-je celui qui se tenait caché au fond, qui évitait soigneusement la lumière ?

Ahmed a rappelé un peu après cinq heures du matin. C'était une fille. Elle ne pesait pas lourd, mais tout s'était bien passé. On l'avait placée en couveuse.

Il a dit qu'elle me ressemblait. Je ne l'ai pas cru, mais cela m'a fait plaisir.

Je suis sorti dans le vent et la nuit. J'éclairais le chemin devant moi à l'aide de la lampe torche. J'étais fou de joie. Je n'avais pas imaginé que le sentiment serait aussi fort. Je suis allé dans la remise, où le vent sifflait dans les interstices du bois. Je me suis assis sur le vieux casier à anguilles que mon grand-père avait continué d'utiliser jusqu'à la dernière année de sa vie. Les mailles du filet étaient devenues si fragiles qu'il suffisait pour les casser que j'y glisse deux doigts et que je les écarte.

J'avais une envie démesurée de partager la nouvelle avec quelqu'un. Mais avec qui ? Je n'avais pas beaucoup de choix. Jansson ou Lisa Modin. Peut-être Veronika ?

J'ai appelé Lisa en espérant la réveiller. J'ai réussi.

– C'est toi ? Mais quelle heure est-il ?

– Cinq heures et demie. Je suis grand-père.

– Félicitations. Garçon ou fille ?

– C'est une fille.

– Tout s'est bien passé ?

– D'après ce que j'ai pu comprendre, oui. À cela près que c'est une grande prématurée.

– Elle va aller en couveuse ?

– Elle y est déjà. J'avoue que les mots me manquent.

– Et c'est à moi que tu téléphones ? C'est gentil. On pourrait peut-être boire un verre ensemble ?

– Ce matin ? Ça me paraît difficile.

– Ce week-end ?

– On verra. Rappelle-moi dans un jour ou deux.

– Appelle-moi, toi.

J'avais hâte de la revoir. Le voyage à Paris m'apparaissait comme un lointain souvenir.

J'ai composé le numéro de Jansson.

– Je n'ai plus de courant, a-t-il dit. Si c'est ça que tu voulais savoir.

– Louise a accouché. C'est une fille.

Jansson a observé un silence.

– Ce n'est pas un peu tôt ?

– Si. Mais ça s'est bien passé. J'espère.

– Alors je ne peux que te présenter mes félicitations au nom de tous les habitants de l'archipel.

Jansson s'exprime parfois d'une façon étrange, voire pompeuse. Mais là, j'ai eu le sentiment qu'il était sincère, et qu'il se voyait vraiment comme le porte-parole de la communauté.

C'était aussi une manière de me signifier que j'en faisais partie. Je n'étais plus quelqu'un « de l'extérieur ».

– Merci.

Puis nous avons parlé de la météo. Jansson avait été en contact avec le fournisseur d'électricité, qui pensait que le courant serait rétabli pour neuf heures. Le problème se situait au niveau d'un poste électrique au départ de la côte. Un grand nombre d'arbres avaient été abattus par la tempête.

Après avoir raccroché, je me suis recouché et j'ai attendu l'aube. Quand la lumière grise a filtré par les rideaux, je suis ressorti. Au sommet de l'île, près du banc, un chêne avait été déraciné ; la base ressemblait à un énorme champignon arraché par un géant. Les autres arbres avaient tenu bon. La terre n'est guère profonde, mais sur les îles leurs racines s'agrippent telles des griffes à la roche.

J'ai décidé de scier une rondelle dans le tronc du chêne. Avec mon égoïne, il m'a fallu plusieurs heures. J'étais en nage. Puis j'ai pris une loupe et je me suis installé dans la remise pour compter les anneaux de croissance. J'ai constaté que le premier anneau remontait à 1847. Le chêne était encore une plante frêle l'année suivante, lors des grandes révolutions européennes de 1848. Loupe à la main, j'avais la sensation de me mouvoir aux confins de l'éternité.

À neuf heures cinq, tout s'est rallumé. En fin d'après-midi, j'ai remarqué que le vent faiblissait. J'ai fait le tour de l'île. Les vagues heurtaient de plein fouet les rochers émergés à la limite de l'archipel.

Je pensais sans interruption à Louise et à ma petite-fille. Le soir, Ahmed a rappelé et m'a dit, dans son anglais hésitant, que tout allait bien. Il connaissait sûrement les risques inhérents à une naissance prématurée, mais il n'en a pas parlé.

– Comment va-t-elle s'appeler ? ai-je demandé.

– On n'a pas encore décidé.

Il a ri. Je ne savais toujours pas pourquoi Louise avait choisi d'aimer cet homme ; mais son rire me donnait le début d'un indice.

Ce soir-là, j'ai commencé à préparer ma fête de Nouvel An. J'ai établi ma liste de vins, de bière et d'akvavit en fonction du menu. Je voyais sans arrêt le bébé dans sa couveuse.

Le lendemain, la mer était de nouveau calme. J'en ai profité pour me rendre au port et discuter des détails de l'organisation avec Veronika. Elle trouvait inutile que j'achète de la vaisselle. Elle pouvait m'en prêter, ainsi que des chaises.

– Une nappe ?

– Ah oui, merci.

Elle prenait des notes au dos d'un facturier.

Nous avons parlé de son café, qui ne marchait pas fort. Dans un accès de confiance inattendu, elle m'a avoué qu'elle envisageait de déménager.

– Un autre café ?

– Un autre pays. Je ne sais pas encore ce que je ferai.

– Tu seras très regrettée ici.

– Peut-être. Pas sûr.

La clochette de la porte a tinté et une dizaine de personnes sont entrées.

– C'est l'administration du comté, a murmuré Veronika. Ils doivent se rendre dans l'archipel pour décider où vont être situées les futures toilettes de plein air. C'est dingue, non, qu'il faille dix fonctionnaires pour décider ça ?

Je suis allé au village et j'ai fait mes courses en prévision de la fête. Cinq sacs en tout, que j'ai rangés dans la voiture ; puis j'ai déjeuné au restaurant. Quand je suis ressorti, il tombait quelques flocons de neige.

Louise m'a appelé à ce moment-là. Je suis retourné à l'intérieur et je me suis mis à côté de la piste de bowling où il n'y avait personne.

Elle allait bien, mais elle s'inquiétait pour la petite.

– Que puis-je faire pour toi ?

– Prier.

– Mais je ne suis pas croyant !

– Pas grave.

– Bien. Alors je vais envoyer ma prière vers les quatre coins de l'univers, vers le passé, vers l'avenir et vers le fond des mers.

Je l'ai interrogée sur la maternité où elle se trouvait. Le personnel lui paraissait compétent et expérimenté. Elle leur faisait confiance. Quant à Ahmed, il lui apportait tout le soutien qu'elle pouvait désirer et bien plus encore.

Je lui ai demandé s'ils avaient avancé dans le choix du prénom.

– On va lui en donner trois, comme ça elle pourra choisir elle-même plus tard celui qu'elle préfère.

– Et quels sont-ils ?

– Rachel, Anna, Harriet.

J'ai pensé à la Rachel qui avait fait le ménage dans ma chambre d'hôtel à Paris. J'ai pensé à Harriet. Personne dans notre famille n'avait porté le prénom Anna.

– Ce sont de beaux noms, ai-je dit. Comment l'appelez-vous pour le moment ?

– Ça change tout le temps.

– J'aimerais la voir. Tu pourrais… ?

– C'est pour cela que je t'appelais. Dès qu'on aura raccroché, je t'envoie une photo.

– Vous allez rentrer pour Noël ?

– Venir chez toi, tu veux dire ? Je ne sais pas. Il faudrait déjà qu'elle ne soit plus en couveuse…

– Si c'est une question d'argent, je peux payer.

– Ce n'est pas une question d'argent. Occupe-toi plutôt de reconstruire la maison.

Je n'avais pas la force d'envisager une nouvelle brouille qui nous laisserait muets l'un en face de l'autre, alors je me suis tu. Elle m'a demandé s'il neigeait. C'est tout ce qui restait, en fin de compte : parler de la météo. Ça nous a calmés tous les deux. Pas d'éclats intempestifs, pas de silences hostiles.

La photo de Rachel Anna Harriet m'est parvenue quelques secondes après.

Ma petite-fille, qu'on apercevait à peine dans sa couveuse, ne ressemblait à personne d'autre qu'à elle-même. J'ai agrandi l'image. Debout à côté de la piste de bowling, je la regardais. J'étais ému. Un petit être venait de rejoindre la danse de la vie. Une fille qui avait trois prénoms et qui, si elle atteignait un âge avancé, vivrait encore à la fin du siècle.

J'ai rangé mon téléphone en voyant approcher un groupe de jeunes. Je n'ai pas identifié leur langue. Ils devaient faire partie des réfugiés qui avaient été accueillis récemment dans le village.

J'ai repris la route du port. La forêt était silencieuse, les renards invisibles.

J'ai sorti mes sacs du coffre et je les ai portés jusqu'au bateau. Puis je suis passé voir Veronika et je lui ai montré la photo de ma petite-fille.

– Elle est belle !

– Tu trouves ? À mon avis, il va falloir attendre un petit moment avant de se prononcer là-dessus.

– Tu sais, j'ai réfléchi. Peut-être pourrais-je aller m'installer à Paris ? Je sais que tu y es allé récemment.

– Paris est une très grande ville. Elle peut t'engloutir si tu ne sais pas précisément pour quelle raison tu y es.

Je suis allé au magasin d'accastillage, où Mme Nordin buvait un café. Elle avait les yeux brillants, comme si elle venait de pleurer. Son mari devait lui manquer.

Je n'ai pas eu l'idée, ou le cœur, de lui montrer la photographie. Je lui ai juste acheté des piles pour ma lampe torche.

Je suis rentré. Le soleil est apparu pendant la traversée. J'ai décidé que je demanderais à Jansson de chanter à ma fête, comme il l'avait fait à la Saint-Jean pour Harriet, peu avant sa mort.

Je ne pouvais pas imaginer une meilleure fin pour l'année qui s'achevait ni un meilleur commencement pour celle qui allait venir.

Peut-être accepterait-il de chanter l'*Ave Maria* ?

Maintenant comme alors.

Encore une fois.

22

Finalement, Louise et Ahmed ont décidé que leur petite fille s'appellerait Agnes.

Louise et moi parlions au téléphone chaque jour. Parfois, c'était Ahmed qui m'appelait, et nous échangions quelques mots avant qu'il ne me passe Louise. Il me semblait entendre un ton nouveau dans sa voix, dont je n'arrivais pas bien à cerner la nature. Était-ce la fatigue ? L'inquiétude pour la petite ? Autre chose ? Je concluais chaque entretien en l'assurant de mon soutien.

Nous parlions aussi de la maison. Louise m'a confié qu'en rêve elle la voyait souvent se relever littéralement de ses cendres. Ou alors, elle découvrait que des charpentiers étaient venus en cachette et qu'au matin les murs s'étaient élevés d'un mètre. Personne ne savait d'où ils venaient, personne n'entendait leurs coups de marteau dans la nuit.

Elle pouvait compter sur moi. Je la reconstruirais.

Le temps était instable. Il neigeait, puis la neige fondait ; le vent se déchaînait avant de retomber. Parfois, il régnait un calme plat comme ça n'arrive qu'en été, puis il pleuvait quatre jours d'affilée ; des trombes d'eau s'abattaient sur le toit fragile de la caravane.

La maison d'Oslovski demeurait fermée et intacte. L'allée était toujours bien ratissée. On aurait presque douté de la réalité de sa mort.

– Ça a toujours été désert par ici en hiver, m'a déclaré Jansson un jour. Mais là, c'est pire que jamais. Comme si le vide pouvait devenir encore plus vide.

Je comprenais ce qu'il essayait de dire. Le silence hivernal de l'archipel s'approfondissait d'année en année. Ce n'était pas seulement le quai en ciment qui se fissurait et les bollards qui rouillaient. C'était comme si la mer elle-même n'avait plus l'énergie nécessaire pour remplir le bassin du port.

J'ai demandé à Jansson s'il serait d'accord pour chanter à ma fête. Il a sursauté comme si j'avais dit une grossièreté.

– Ce serait merveilleux, ai-je dit aimablement.

Il s'est mordu la lèvre. Il ressemblait à un élève qui n'aurait pas fait ses devoirs.

– Je ne sais plus chanter.

– Bien sûr que si !

– Pas l'*Ave Maria*.

– Si ! Justement !

Nous n'en avons pas reparlé. Mais je savais qu'il le ferait. Il chanterait quand nous serions réunis dans la caravane et que minuit approcherait.

Je suis allé au café de Veronika, et ensemble nous avons passé en revue une dernière fois l'organisation du dîner. Le plat principal serait du saumon. Un potage en entrée, une tarte aux pommes pour le dessert. J'ai été pris de remords.

– Je t'aurais bien invitée, mais la caravane est trop petite.

– Ah, mais je vais en Islande pour le Nouvel An.

Je n'en revenais pas.

– Quoi ? Mais il y fait encore plus froid qu'ici !

316

– Ça m'est égal. Ce qui m'intéresse, ce sont les chevaux islandais.

– Alors c'est peut-être là-bas que tu devrais envisager de vivre ?

– Peut-être.

Elle s'est levée pour prendre un appel à la caisse. Concernant une fête d'anniversaire, si j'ai bien compris. J'ai enfilé ma veste, enfoncé mon bonnet sur mes oreilles, je lui ai fait un signe de la main. Elle m'a souri tout en commençant à griffonner sur le cahier turquoise posé à côté du téléphone.

Le bateau se cognait aux vagues courtes et dures. J'ai imaginé que la mer pouvait se figer d'un instant à l'autre et tout transformer – les vagues, l'écume, le bateau, moi – en objets morts, pétrifiés. La mer, ce jour-là, était comme une horloge sans aiguilles. Ou une pièce aux murs écroulés. Parfois, j'avais la perception confuse que c'était elle qui me tuerait un jour.

J'ai choisi de passer par l'intérieur de l'archipel. C'était plus long, mais on était protégé du vent du nord, sauf pour la toute dernière partie du trajet. J'ai dépassé des îles où les chênes dénudés pointaient leurs branches vers le ciel. J'ai cru une nouvelle fois apercevoir un sanglier dans les fourrés. J'ai laissé le moteur tourner à vide un moment dans l'espoir qu'il se montre de nouveau.

Le téléphone a sonné. C'était Jansson.

– Je suis sûr de mon fait, a-t-il dit.

– Quel fait ?

– L'incendiaire n'est pas d'ici.

– Comment peux-tu le savoir ?

– J'ai passé en revue toutes les personnes qui vivent sur les îles. Ce ne peut être aucune d'entre elles.

– Que sait-on des autres ? Que sais-tu de moi ? Ou moi de toi ?

– Assez pour être sûr d'avoir raison.

Notre conversation tournait en rond.

– Et la police ? ai-je demandé. Elle en pense quoi ?

– Je crois qu'elle pense comme moi. Mais que peut-elle faire ? Où chercher ?

Jansson a gloussé comme s'il venait de dire quelque chose d'amusant. Puis il a retrouvé son sérieux.

– Et toi ? Qu'en penses-tu ?

– Là, tout de suite, je suis en mer et il fait froid.

Après avoir rangé le téléphone, je me suis posé la question. Que savais-je au juste de Jansson ? À part le fait qu'il avait transporté le courrier sur les îles, par tous les temps, pendant toute sa vie adulte, et qu'il savait tout sur tout le monde ? Chacun connaissait Jansson, le serviable facteur de l'archipel, toujours prêt à donner un coup de main. Mais qui le connaissait vraiment ?

Je suis rentré. Quelques oies du Canada tournoyaient dans le ciel gris, comme si elles n'arrivaient pas à décider où était le sud.

De retour dans la caravane, j'ai résolu un problème d'échecs dans le journal local. C'était élémentaire. J'ai eu envie de les appeler et de protester contre cette façon de prendre leurs lecteurs pour des idiots. Je n'ai pas appelé, bien sûr. Les fois, dans ma vie, où j'ai eu envie de protester et où je l'ai vraiment fait sont extrêmement rares.

Lisa Modin avait tenté de me joindre. J'ai composé son numéro.

– J'étais dehors, je n'ai pas pu décrocher.

Elle a paru surprise.

– Mais je ne t'ai pas appelé.

Elle respirait vite, comme si elle avait couru.

– Pourtant c'est bien ton numéro qui s'affiche.

– J'ai dû effleurer une touche par mégarde.

– Tu n'avais donc pas l'intention de m'appeler ?

– Pas tout de suite, non.

– Alors ce n'est pas la peine qu'on poursuive cette conversation.

J'ai raccroché brutalement avant qu'elle ait pu me répondre et j'ai jeté le téléphone sur la couchette. Il s'est remis à sonner aussitôt, mais je n'ai pas répondu. Je ne me comprenais pas moi-même.

Une heure plus tard je lui ai envoyé un sms :

Tu es toujours la bienvenue à ma fête. Si tu n'as pas changé d'avis.

Elle a répondu après minuit. J'avais abandonné tout espoir qu'elle vienne quand l'écran s'est illuminé. Un seul mot :

Oui.

Je suis resté longtemps éveillé. Je pensais à ce mot unique. *Oui.*

Une crampe au mollet m'a réveillé à l'aube. Cela pouvait être le diabète. Mais je ne buvais pas des quantités d'eau, je ne me relevais pas la nuit pour uriner.

J'ai déniché un glucomètre parmi les sacs en plastique où je conserve mes médicaments. Ma glycémie était à 6,9. Je n'étais pas diabétique.

Dans un accès d'impatience et d'énergie, j'ai entrepris un grand ménage dans la caravane. Puis j'ai fait du feu dans le vieux tonneau où mon grand-père avait l'habitude de brûler ce dont il ne voulait plus, et j'y ai mis tout ce que j'avais accumulé malgré moi, y compris une chemise bleue dont la couleur avait pâli et dont les boutonnières commençaient à se découdre. Je l'ai fait brûler méthodiquement.

Enfant, il m'arrivait de me venger d'une rage de dents en arrachant les ailes d'un insecte. Un hématome douloureux pouvait me pousser à noyer un beau papillon ou à pêcher des perches que je laissais ensuite agoniser sur un rocher.

À présent, je me défoulais sur une chemise chinoise.

Plus tard dans la journée, j'ai mis la barque à l'eau et je me suis rendu sur l'îlot. La tente était encore là, même si un certain nombre de sardines avaient été arrachées par la violence du vent. Personne n'y avait dormi. Le caillou était toujours au même endroit et personne n'avait fait du feu sur les pierres noires de suie.

La mer était calme. Au retour, j'ai cherché du regard le filet dérivant que j'avais vu une fois dans les parages. Le filet qui continuait de pêcher alors que personne ne le relèverait plus.

Cette nuit-là, il a neigé abondamment sur l'archipel. À l'aube, je me suis déshabillé et je suis descendu au ponton en éclairant mes pas dans la neige.

L'hiver s'installait.

La neige a tenu jusqu'à Noël, avant de fondre de nouveau à la faveur du vent du sud. J'ai suspendu une guirlande d'ampoules colorées entre la remise et la caravane. Veronika est arrivée avec les chaises, la vaisselle et la nourriture. Nous avons dressé la table. Il était possible de dîner en se serrant, même si on serait très à l'étroit.

Le temps était froid, limpide. Il n'y avait pas de vent. Veronika a fini de tout préparer et m'a donné ses dernières instructions. Pour me faciliter la tâche, elle avait versé le potage dans des thermos et m'avait prêté un réchaud supplémentaire, que j'avais mis à l'abri du vent derrière la caravane.

Nous avons trinqué sur le ponton en nous souhaitant la bonne année par avance, car elle s'apprêtait à embarquer pour l'Islande. Je l'ai regardée partir en agitant la main.

À dix-neuf heures, j'ai vu arriver le bateau de Jansson. Il était passé prendre Lisa Modin au port. Des veilleuses éclairaient le chemin jusqu'à la caravane. Jansson a consacré une demi-heure aux préparatifs de son feu d'artifice.

Nous nous sommes assis à la petite table, et nous avons festoyé. À vingt-trois heures, il n'y avait plus rien à manger, nous étions ivres et la chaleur était si intense que Jansson s'était mis torse nu. Profitant d'un moment où Lisa Modin était sortie, je lui ai demandé s'il n'était pas temps pour lui de chanter. Il s'est illuminé comme s'il avait eu peur que j'oublie. Mais pas tout de suite, a-t-il dit ; il préférait attendre la nouvelle année.

– L'*Ave Maria* !

– D'accord. Mais je vais aussi en chanter une autre.

– Laquelle ?

– *Buona Sera*. Rendue célèbre en Suède dans les années 1950 par Little Gerhard.

Je m'en souvenais vaguement. J'aurais sans doute préféré qu'il choisisse une autre chanson pour accompagner l'*Ave Maria*.

– Bien, ai-je dit. Parfait.

Lisa est revenue, les yeux brillants.

J'avais réservé une bouteille de champagne au frais. Celui que tout le monde appelait « La Veuve Jaune » à cause de l'étiquette. Cette étiquette me rappelait un événement de mon enfance : l'anniversaire de mariage de mes parents, que mon père n'avait pas oublié, pour une fois ; il était arrivé à la maison avec une bouteille de ce champagne. Le jour où Louise viendrait avec sa famille, j'avais bien l'intention de leur en servir aussi.

En attendant, nous finissions une bouteille de vin

rouge. Je suis sorti appeler Louise, qui était à la maternité. Elle a ri en m'entendant.

– Tu es ivre ! Tu sais quoi ? Ça me fait plaisir.

Minuit approchait. Nous sommes sortis. Jansson affirmait que sa montre indiquait l'heure juste à la seconde près. Nous ne voulions pas allumer la radio. Le thermomètre que j'avais suspendu à la porte de la caravane indiquait deux degrés au-dessus de zéro. Nous sommes montés jusqu'au banc de mon grand-père en éclairant nos pas avec la lampe torche. La guirlande d'ampoules jetait des reflets multicolores sur l'eau calme, sous un ciel où dérivaient lentement des nuages effilochés. Jansson marchait en tête. Je l'entendais pratiquer de discrets exercices d'échauffement. Lisa a trébuché, je lui ai pris le bras. Elle m'a laissé faire.

Nous sommes arrivés au sommet du rocher. Tout était tranquille, Jansson avait orienté le faisceau de la lampe vers sa montre. J'essayais de visualiser Louise et sa famille, Agnes, Ahmed, Mohammed dans son fauteuil. Je les imaginais réunis près d'une fenêtre.

Nous nous tenions là comme si nous étions les derniers êtres humains au monde. Jansson a commencé le compte à rebours. J'ai pris la main froide de Lisa. Elle ne l'a pas retirée. De l'autre main, je vérifiais que le briquet était bien dans ma poche, celui que j'allais donner à Jansson dans un moment pour qu'il allume son feu d'artifice.

– Maintenant, a dit Jansson, d'une voix qui tremblait d'excitation et d'émotion.

L'année était finie. Jansson a entonné *Buona Sera*. Lisa Modin était aussi stupéfaite que je l'avais été lors de la fête de la Saint-Jean, trois ans plus tôt, quand Jansson nous avait tous pris de court avec sa voix superbe. Il tenait sa lampe torche dirigée vers son visage, de bas en haut. L'effet était fantomatique, mais peu importait. Et puis il a chanté l'*Ave Maria*. La nuit d'hiver a disparu. L'été refleurissait autour de nous. Je voyais Harriet, un verre de vin à la main, des fleurs dans les cheveux, Jansson qui s'était levé et nous autres, autour de la table, qui l'écoutions, médusés.

Quand il s'est tu, Lisa avait les larmes aux yeux. Moi aussi, je pense, et Jansson peut-être aussi. La bouteille a tourné, chacun a bu au goulot, comme on le fait entre amis, nous nous sommes souhaité la bonne année, nous avons félicité Jansson. Je l'ai pressé de démarrer son feu d'artifice. Les pétards ont résonné au milieu des rochers ; les fusées solitaires montaient, explosaient et s'éteignaient aussitôt. Le spectacle qu'il nous offrait n'était guère impressionnant, mais Lisa et moi avons applaudi ses efforts héroïques pour faire fuir les démons.

Ensuite nous sommes revenus à la caravane. Jansson, qui paraissait brusquement fatigué, a refusé le gin tonic que je m'apprêtais à lui servir.

— Je vais rentrer. Il se fait tard pour un vieux facteur qui n'a pas l'habitude de chanter.

Lisa a souri.

— Qui aurait pu croire une chose pareille ? Qu'un nouveau Jussi Björling se cachait parmi ces îles ?

— Björling était ténor, a déclaré Jansson en se levant. Et moi, je préfère le silence.

Il paraissait tout à coup inquiet.

Nous l'avons raccompagné au ponton. Il suivait le sentier glissant avec assurance ; on aurait pu le croire à jeun. C'était surprenant.

Mon principal souci, cependant, était de le voir partir et qu'il ne change pas d'avis. Il est monté dans son bateau.

— Merci, lui ai-je dit.

– Qui a écrit la chanson italienne ? a demandé Lisa.

Jansson a secoué la tête. Il ne savait pas, et j'ai eu une bouffée d'impatience.

– Allez, on s'en fiche. Bonne nuit !

Jansson a commencé à chauffer la boule de son vieux moteur. Lisa et moi grelottions sur le ponton. Il avait enfilé sa casquette de fourrure que je lui avais toujours connue.

Au loin, on entendait exploser pétards et fusées.

– Ça tire sur Vattenholmen, a commenté Jansson.

Il a disparu ; on l'a entendu actionner le volant d'inertie. Sa tête a émergé et il a quitté le ponton en marche arrière en agitant la main. Nous sommes restés jusqu'à ce que les feux vert et rouge aient disparu.

Je suis allé dans la remise éteindre la guirlande d'ampoules et nous sommes remontés vers la caravane. Lisa était toujours abasourdie par les dons musicaux de Jansson.

– Je voulais t'en faire la surprise et il a accepté. Tu as de la chance. Il cache sa voix comme un secret potentiellement dangereux.

– Pourquoi était-il si pressé ?

– Aucune idée.

Lisa a rangé les bouteilles dans les sacs en papier, verre blanc d'un côté, verre coloré de l'autre, pendant que je jetais les restes de nourriture dans un sac-poubelle.

J'ai fermé le sac plastique et je suis sorti. Je l'ai poussé sous la caravane et je l'ai calé avec un pack de bières – la bière n'avait pas eu beaucoup de succès pendant la fête.

Quand je me suis redressé, je n'ai pas pu résister à la tentation de jeter un coup d'œil à l'intérieur. Lisa était assise sur la couchette. À la main, elle tenait le briquet qui avait servi pour le feu d'artifice.

Soudain elle a levé la tête, droit vers la fenêtre. Je n'ai pas eu le temps de me baisser. Je l'ai entendue m'appeler. J'ai compris qu'elle me disait de venir. Puis elle a éteint la lumière.

Elle avait déroulé le matelas par terre à mon intention. Elle-même venait de s'allonger sur la couchette. Je voulais tendre la main et la toucher, mais je n'osais pas. Dans l'immédiat, j'éprouvais uniquement de la gratitude de ne pas être seul. Je me demandais si c'était pareil pour elle.

C'est alors qu'elle s'est mise à me parler. Peut-être parce qu'elle avait bu, peut-être pour d'autres raisons.

Elle m'a dit qu'il y avait eu, dans sa vie, un homme qu'elle ne parvenait pas à oublier.

– C'était avant que je ne m'essaie au journalisme. Je ne savais pas ce que je désirais accomplir, si tant est que je veuille accomplir quelque chose. Pour gagner ma vie, j'ai longtemps travaillé chez un marchand de couleurs. Si tu as une question, n'importe laquelle, concernant la peinture ou les pinceaux, tu peux me la poser, j'ai la réponse. Un jour, un homme est entré et il a acheté un petit pot de peinture bleue. Dès que je l'ai vu, j'ai su que je voulais vivre avec lui. Quelques jours plus tard, il est revenu. On s'est mis à parler. Il m'a dit qu'il repeignait une vieille commode. Et puis on a habité ensemble. Il avait un travail mortellement ennuyeux de fonctionnaire dans une administration communale. Quand il rentrait le soir, il était comme enveloppé de noirceur, c'était impressionnant. Mais j'étais folle de lui. Et lui de moi. Cela a duré quatre ans. Jusqu'au jour où il est rentré, avec son nuage noir, et m'a annoncé qu'il ne voulait plus vivre avec moi.

Elle s'est tue.

– Pourquoi me racontes-tu cela ?

– Pour que tu le saches.

– Je ne veux pas le savoir.

– Que veux-tu, alors ?

– Pour l'instant, il me suffit que tu sois là.

Il faisait très chaud dans la caravane. Le chauffage était au maximum, mais ni elle et moi n'avions la force de nous lever et d'aller l'éteindre.

Cette nuit-là, j'ai commencé à croire que nous partagions malgré tout quelque chose, elle et moi. Par-delà toutes mes précédentes illusions.

Le téléphone a sonné. Ce ne pouvait être Louise, il était au moins trois heures du matin. Je ne voulais pas décrocher, mais Lisa m'a dit qu'à cette heure-là, la nuit du Nouvel An, ce ne pouvait être que quelqu'un de très ivre, et que la conversation ne serait pas longue.

Il n'était pas ivre. C'était Jansson, et il avait peur. Sa voix tremblait.

– Ça brûle ! a-t-il crié dans mon oreille. Par tous les diables, ça brûle chez Karl-Evert Valfridsson ! Sors, tu verras le reflet du feu au nord-ouest.

Je suis sorti. Il avait raison. On aurait cru que c'était la guerre sur Karstenön, l'île où la famille Valfridsson avait sa grande villa.

– Je venais de m'endormir et je ne sais pas ce qui m'a réveillé, mais maintenant je suis là-bas ! Tous ceux qui peuvent aider doivent venir !

– Ont-ils pu sortir à temps ?

– Ils ne sont pas là. La maison est vide. Elle va brûler comme les autres.

– Comment est-ce arrivé ?

Jansson n'a pas répondu. Ce n'était pas nécessaire.

– Je viens, ai-je dit. On vient tous les deux.

Je suis retourné dans la caravane, où Lisa avait allumé la lampe et était en train de se préparer.

– C'est ce que je pense ?

– Oui. Sur Karstenön. Il faut qu'on y aille.

– Il y a des morts ?

– Non.

Nous avons fini de nous habiller en silence et nous nous sommes dépêchés de descendre jusqu'au bateau.

Je lui ai demandé de se mettre à l'avant et de diriger le faisceau de la lampe torche droit devant. Je n'avais pas de feux. J'étais à la barre, une carte marine étalée sur les genoux, que j'éclairais de temps à autre avec mon téléphone. Il y avait à peine deux milles marins jusqu'à l'île de Valfridsson, mais la traversée était ponctuée de quelques hauts-fonds dont je ne connaissais pas l'emplacement exact.

Quand nous avons atteint le bassin de Harfjärden, la maison est apparue telle une gigantesque boule de feu illuminant la nuit.

Nous nous dirigions droit vers le brasier.

Des bateaux arrivaient de toutes les directions.

L'année s'ouvrait sur un nouvel incendie.

23

Une fois de plus, j'ai cru voir brûler ma maison.

L'incendie ravageait celle des Valfridsson avec une rage similaire. La vieille bâtisse résistait, mais le feu était le plus fort.

Nous étions une trentaine à courir en tous sens en criant, armés de seaux et de tuyaux d'arrosage. Quand les gardes-côtes sont arrivés et que pompes et lances sont entrées en action, le remue-ménage s'est interrompu. Alexandersson, bien qu'un peu ivre, avait pris les commandes avec autorité. Je connaissais toutes les personnes présentes. Nous nous sommes souhaité la bonne année au milieu du chaos. J'ai remarqué que Lisa Modin était pleine d'énergie et de ressource. Elle prenait des initiatives, et ses propositions étaient suivies.

La cause était perdue. Vers cinq heures du matin, le toit a commencé à s'effondrer. Les tuiles brûlantes explosaient en touchant le sol, les vitres se brisaient et l'air s'engouffrait à l'intérieur, alimentant le brasier. Tout le monde a dû reculer et se mettre à l'abri. La chaleur était insoutenable.

Un court moment je me suis retrouvé à côté d'Alexandersson, dont le visage ruisselait. Il paraissait désemparé.

– Qui s'en prend à nous de cette manière ? Qu'avons-nous fait pour mériter cela ?

– C'est le même scénario que chez moi ?

– On ne peut pas encore l'affirmer, mais oui, bien sûr. Même méthode, même fou furieux.

Il a craché une substance noire qu'il avait dans la bouche, peut-être du tabac à chiquer, et il est retourné à son poste.

Lisa Modin s'était assise sur une vieille luge près d'un barbecue protégé par un taud déchiré. Son visage en sueur brillait à la lumière du feu. Des quelques jours à Paris jusqu'à cet incendie nocturne dans l'archipel, la distance paraissait incommensurable. J'ai pensé que nous avions eu quelques heures de calme avant le coup de fil de Jansson.

Où était-il d'ailleurs ? Je l'ai cherché du regard. Soudain je l'ai aperçu, en retrait dans l'ombre. Je me suis approché. Il ne m'avait pas entendu. Son visage était tourné vers les flammes. Il était aussi figé qu'une sculpture ou un épouvantail.

En me voyant, il a cligné des yeux comme si je l'avais surpris à commettre un acte honteux.

Je savais que la honte était ce que Jansson redoutait plus que tout. Faire tomber du courrier dans l'eau au moment de le remettre à son destinataire, laisser un avis de pension de retraite lui échapper des mains et s'envoler au vent. Peut-être était-ce la raison pour laquelle il refusait de chanter : la crainte d'une fausse note ?

Sa belle chemise de fête était noire de suie. Il sentait la sueur et l'alcool.

– Heureusement qu'il n'y avait personne, ai-je dit.

– C'est quand même terrible.

Les ombres se déplaçaient autour du brasier. Se posait-il la même question que moi ? Était-ce l'une d'entre elles qui avait mis le feu à la maison ? Son visage ne trahissait rien.

Il était sept heures quand Lisa Modin et moi avons repris le bateau. La maison brûlait encore, mais il n'y avait plus rien à faire. Alexandersson avait réussi à joindre les propriétaires, qui se trouvaient dans un hôtel à Marseille.

Nous avons gagné le port dans l'obscurité. Lisa voulait rentrer chez elle. Mon taux d'alcoolémie ne me permettait pas de conduire, mais j'avais du mal à imaginer que des policiers soient de sortie à la première heure en ce jour de l'An, dans ce coin désert du pays, pour traquer les automobilistes en infraction.

Nous avons pris la route dans le brouillard matinal qui rendait les arbres invisibles. Elle a mis la radio.

Des incidents avaient éclaté dans la banlieue de Paris pendant la nuit. Un pompier avait été touché à la tempe, il était grièvement blessé. Un grand bijoutier de Moscou avait été victime d'un hold-up particulièrement ingénieux. Quelqu'un était mort après avoir consommé du cannabis de synthèse. On attendait une tempête de neige en provenance de la Baltique.

Elle a éteint la radio et m'a demandé de m'arrêter. Je me suis engagé sur un chemin forestier. Quand je l'ai vue s'éloigner sur le chemin, je l'ai suivie. Il n'y avait pas un bruit, pas un souffle de vent. Elle marchait à quelques mètres devant moi, je ne la voyais presque plus. Deux ou trois mètres de plus et elle deviendrait invisible. J'ai pris peur. Je ne voulais pas qu'elle cesse d'exister, qu'elle se dissolve parmi les pins tordus.

– J'ai l'impression de faire partie d'une autre histoire, a-t-elle dit.

Elle parlait à voix basse, comme si elle ne voulait pas déranger le silence. Elle ressemblait à un animal prêt à fuir.

– Autre que laquelle ?

– Que celle où je me trouve. Parfois, je n'en peux plus de toutes ces brèves et notices absurdes que j'écris pour le journal. Tous ces mots qui meurent à peine lus. C'est comme de la vermine. On lit le journal comme on épouillerait un chien.

Je ne comprenais pas tout ce qu'elle me disait. Mais elle était sincère, pas de doute.

– Je veux écrire autre chose. Pas des livres. Mais autre chose…

Elle s'est tue. C'était mon soixante-dixième jour de l'An. La pensée qu'il m'en restait si peu en perspective m'a effaré. Je frissonnais sans plus pouvoir m'arrêter.

Elle m'a souri.

– Un café ? Je vais en avoir besoin pour écrire le compte rendu de cette nuit.

Tout était silencieux dans sa cage d'escalier. Comme pour protester contre ce mutisme, elle a gravi bruyamment les marches de béton. Un chien s'est mis à aboyer, une voix d'homme exaspérée l'a fait taire. Je marchais derrière elle. J'ai tendu la main. Mais je ne l'ai pas touchée.

Elle a fait du café. Nous l'avons bu dans la cuisine, avec des tartines.

– Je devrais dormir un peu, a-t-elle dit en débarrassant la table. J'ai l'impression que tout ça est irréel.

– Je peux t'assurer que la maison des Valfridsson a réellement brûlé.

Elle s'est adossée au plan de travail.

– Je n'avais jamais vécu une situation pareille. Le feu hurlait littéralement, cette nuit. Je ne savais même pas que c'était possible.

– Personne n'a quoi que ce soit à gagner en détruisant

cette maison, ou celle de la veuve Westerfeldt, ou la mienne. Pour moi, c'est de la folie pure.

– Et s'il s'agissait d'une vengeance ?

– Les gens sont envieux, sur les îles, c'est sûr. Et la rancune est corrosive. Mais quand même pas au point de prendre le risque de tuer ses voisins.

– Le désir de vengeance peut rendre fou.

– Nous sommes trop frustes pour ça.

– Tu n'es pas d'ici.

Je l'ai regardée, surpris.

– Moi non. Ma famille maternelle, oui.

Elle avait l'air dubitative.

Nous sommes allés dans sa chambre, comme si c'était la chose la plus naturelle du monde. Nous nous sommes allongés sur son grand lit. Sa respiration s'est faite peu à peu lente et régulière. Les flammes dansaient devant mes yeux. Je me suis endormi à mon tour.

Je me suis réveillé vers neuf heures et demie, la tête lourde et la bouche sèche. J'entendais le son assourdi d'une radio dans la cuisine. J'ai toussé un peu. Il y a eu un bruit de chaise, puis Lisa s'est matérialisée à l'entrée de la chambre dans son peignoir, un verre d'eau à la main.

– Est-ce que tu te sens comme moi ? Si oui, tu veux de l'eau.

J'ai vidé le verre d'un trait.

– Tu aurais quelque chose contre le mal de tête ?

Elle est revenue avec un comprimé et un verre plein. Je me suis calé contre l'oreiller.

– Comment va ton article ?

– Pas encore commencé. Je vais m'y mettre.

– Tu vas parler du pompier volontaire qui dort dans ton lit ?

– Je crois que cela ne présente pas d'intérêt pour nos lecteurs.

Mon téléphone a sonné. C'était Kolbjörn, l'électricien ; il ne m'a pas demandé où j'étais, il m'a simplement souhaité la bonne année avant de m'exposer son affaire.

Un petit groupe, parmi les voisins présents cette nuit-là, avait décidé d'agir, m'a-t-il dit. Ils s'étaient réparti les personnes à prévenir.

J'entendais à sa voix qu'il avait une sérieuse gueule de bois. Ou peut-être était-il encore ivre.

– On a convenu de se réunir au local de l'Association de l'Archipel. Ce sera le 6 janvier à quatorze heures. Il faut qu'on soit nombreux. On va parler des incendies, et de ce qu'on peut faire.

– Pour éviter que ça recommence ?

– Pour identifier le coupable.

– Y a-t-il un suspect ?

– Non.

– Le 6 janvier à quatorze heures ? J'y serai.

Lisa avait quitté la chambre à coucher. La porte de son bureau était entrebâillée.

Elle écrivait dans un cahier. Son peignoir était ouvert sur ses jambes.

Je ne voulais pas qu'elle me voie. Je suis allé dans la cuisine, j'ai fait du bruit avec un verre.

Elle est arrivée, le cahier à la main.

– J'écris que j'étais sur les lieux après avoir fêté le Nouvel An sur les îles. Je ne donne pas de noms.

– Tu devrais au moins citer celui de Jansson. Il sera enchanté de figurer dans le journal. Son prénom est Ture.

Elle ne m'écoutait pas.

333

– Je veux être seule maintenant. Je dois écrire mon article.

– Tu ne m'entendras pas. Je peux être extrêmement discret.

– Ce n'est pas ce que je voulais dire. J'ai besoin de fermer ma porte.

Je me suis attardé dans l'entrée pour nouer mes lacets pendant qu'elle restait à la porte de la cuisine, le cahier à la main. J'ai essayé de l'embrasser. Elle a reculé.

– Arrête.

Je suis rentré. Dans un champ, près de la mer, un skieur avançait sur la fine couche de neige. Un chien courait devant lui.

J'ai garé ma voiture à l'endroit habituel. Je n'ai pas pu m'empêcher d'aller jeter un œil par la fenêtre du garage. L'absence d'Oslovski me donnait envie de pleurer.

Je suis descendu au port, abandonné en ce matin de premier de l'An. La mer sombre avait l'air d'avoir aussi froid que moi.

La nuit du 5 au 6 janvier, il a encore neigé. L'ancienne ferme qui hébergeait l'Association de l'Archipel était située au bord d'une crique en contrebas de l'église ; en approchant par la mer, j'ai vu les traces de pas dans la neige qui montaient depuis le ponton où étaient amarrés les bateaux.

Dans la grande salle, il y avait du café chaud et une flambée dans la cheminée. Kolbjörn Eriksson a hoché la tête en me voyant. Il est venu me serrer la main. Sa poigne ressemblait à une patte d'ours.

– C'est bien que tu sois là.

– C'est bien qu'il y ait autant de monde.

– Voudras-tu prendre la parole ?

– Pourquoi moi ?

– Tu es le premier dont la maison a brûlé.

J'ai refusé. Je n'avais rien à dire. Au buffet où j'attendais de pouvoir me servir un café, j'ai échangé quelques mots avec des gens que je croisais rarement. Ma capacité à retenir les noms diminue de plus en plus avec les années.

J'avais compté jusqu'à cinquante-six personnes présentes quand Wiman, le pasteur à la retraite qui habite sur Almö, a frappé dans ses mains pour réclamer le silence. Je ne l'avais jamais entendu prêcher, mais on m'avait dit qu'il ne parlait jamais de l'enfer ni du diable, ce qui semait la division parmi les paroissiens. Certains insulaires s'en irritaient, estimant qu'il était du devoir d'un pasteur de rappeler la présence insistante du Malin parmi nous, tandis que ceux de la côte l'approuvaient au contraire.

Wiman a souhaité à tous la bienvenue et la bonne année. Puis il s'est mouché et, haussant la voix, il a déclaré que c'en était assez, à présent, de ces maisons qui brûlaient. Nous devions apprendre à mieux observer les bateaux qui croisaient au large de nos îles. Nous devions nous sentir solidaires de nos frères et sœurs. Il n'était pas nécessaire de mettre sur pied une organisation à proprement parler. En revanche, Kolbjörn Eriksson, Ture Jansson et lui-même allaient former un comité de vigilance. Ils s'engageaient à être toujours disponibles pour recueillir toutes les informations et observations que nous jugerions utile de leur communiquer, ainsi que nos éventuels soupçons ou inquiétudes.

Il a laissé la parole à l'assistance. Grand silence ; on n'avait pas l'habitude qu'un pasteur cède la parole de la sorte. Il a redemandé si quelqu'un souhaitait poser une question ou faire un commentaire. À la fin, un homme s'est bruyamment levé de sa chaise. C'était Alabaster

Wernlund, le vieux pêcheur de Torpholmen, l'un des plus petits propriétaires de l'archipel. Chacun savait qu'il entendait mal, qu'il avait un tempérament colérique et téléphonait volontiers aux gardes-côtes pour signaler d'intenses activités de contrebande autour de son île. À part ça, il était réputé pour avoir les idées claires et ne pas s'en laisser conter.

Il portait un bonnet de laine rouge et une veste orange comme celles des cantonniers.

– Et s'il s'avère que le pyromane ne vient pas du Danemark, mais qu'il est présent dans cette salle ? Qu'est-ce qu'on fait ?

Aussitôt, Pontus Urmark – un menuisier, un type maigre qui habitait sur Kattskärsvarpen – a sauté sur ses pieds. Il était sans doute moins malin que Wernlund, mais il n'avait rien à lui envier côté colérique.

– Pourquoi veux-tu qu'il vienne du Danemark ? Ils n'ont pas leurs propres îles, là-bas, peut-être ?

– La Belgique alors, si tu préfères !

Wiman a tenté de s'interposer, mais il était trop tard. Urmark et Wernlund, dressés à chaque extrémité de la salle, échevelés et en sueur, ressemblaient à deux comédiens qui luttaient pour avoir le dernier mot. Urmark avait l'atout de sa voix puissante et de son profil qui évoquait celui de Charles XII. Mais Wernlund avait un meilleur sens de la repartie, il savait exactement à quel moment glisser la réplique venimeuse qui ferait mouche.

La dispute a cessé aussi brutalement qu'elle avait commencé. N'ayant plus rien à dire ils se sont rassis, mais ce n'était qu'une trêve ; au premier prétexte, ils repartiraient à l'assaut.

Wiman, qui avait retrouvé son énergie, a profité du silence pour nous rappeler à quel point il était important d'avoir à l'œil les étrangers susceptibles de débarquer au port ou de croiser près des îles. L'assemblée a paru se réveiller d'un coup. Des mains se sont levées pour réclamer la parole. Un jeune pêcheur dont je ne connaissais pas le nom, qui s'est dit originaire du sud de l'archipel, a déclaré d'une voix tremblante – timidité ou colère, ou les deux – que tous nos problèmes venaient des étrangers, de toute façon. La disparition du poisson, c'était dû à « ces salauds de Polonais ». Il l'a répété plusieurs fois. Pour lui, clairement, les Baltes n'étaient pas en cause, pas plus que les Russes. Si la perche était menacée d'extinction, c'était uniquement à cause des Polonais. Mais tout le reste – la délinquance rampante, les moteurs volés, les cambriolages et les incendies – était la faute des étrangers. La Suède avait renoncé à ses frontières. Le pays ne s'appartenait plus, il avait été abandonné à ces hordes qu'on laissait entrer chez nous et se servir à leur guise comme si elles étaient chez elles. Assis dans mon coin, j'observais ce jeune pêcheur au visage brillant de sueur et de certitude. En cet instant, il était plus croyant que Wiman ne l'avait jamais été. Il était absolument persuadé de défendre la Vérité. Il a continué de fustiger en vrac l'immigration incontrôlée, les gens mal intentionnés, mendiants, pickpockets, qui s'en donnaient à cœur joie dans les villes, mais aussi désormais à la campagne et jusque sur nos îles, et les politiciens qui les autorisaient à défigurer notre pays.

Puis il a fondu en larmes. C'était si inattendu que l'assemblée entière a retenu son souffle. Il s'est couvert le visage, il tremblait de tout son corps. Il s'est laissé tomber sur sa chaise. On a constaté alors qu'il était venu seul. Il n'y avait personne pour le réconforter.

Ses larmes ont été le signal de la révolte. Les participants se sont levés les uns après les autres pour témoigner de ce que le jeune pêcheur avait raison. La haine de l'étranger, nourrie de mythes, de on-dit, d'expériences rapportées par des connaissances de connaissances, a envahi la salle comme une chape de malaise poisseux. Wiman a tenté de répliquer, mais il manquait de force, peut-être aussi de conviction. Une seule personne s'est exprimée vigoureusement : Annika Wallmark, la potière qui avait son atelier en dehors du village. Mais comme elle se réclamait ouvertement de la gauche radicale, personne ne l'écoutait ; quand elle prenait la parole, les autres en profitaient pour échanger des commentaires à voix basse.

Qu'a dit Veronika ? Elle était revenue d'Islande après s'être foulé le pied en tombant de cheval. Elle a rappelé l'évidence, que nous ne savions rien pour l'instant et que nous devions prendre garde à ne pas désigner de boucs émissaires. Il circulait déjà suffisamment de rumeurs empoisonnées sans qu'il soit besoin d'en rajouter.

Et moi ? Le médecin dont la fille était pickpocket et vivait avec un Algérien à Paris ? Je n'étais pas de l'avis du jeune pêcheur. Et mes idées ne coïncidaient pas non plus avec celles d'Annika Wallmark.

Je n'ai rien dit. Toutes ces voix qui se mêlaient finissaient par former un labyrinthe sonore, menaçant et rassurant à la fois. Nous nous sommes engagés à garder un œil vigilant sur la maison de nos voisins et sur d'éventuels bateaux suspects – nous qui, en temps normal, avions plutôt tendance à guetter les oiseaux dans le ciel dès que la chasse était ouverte. Bref, nous avions réussi à éloigner le soupçon de nos propres têtes pour le reporter sur un envahisseur inconnu.

Pendant que Wiman esquissait sa conclusion, je sentais monter en moi un malaise que je n'avais jamais éprouvé auparavant. Je pensais à Ahmed. S'il avait été là, s'il avait pu comprendre ce que disaient ces gens et comment ils le jugeaient sans même le connaître, qu'aurait-il fait ? Et moi ? Aurais-je été capable de le défendre ?

Je suis descendu vers les bateaux en compagnie de Jansson. L'obscurité était compacte. Les gens conversaient à voix basse, par petits groupes. Leur souffle s'exhalait en signaux de fumée énigmatiques.

Il y avait à côté du ponton une cabane où l'association conservait ses fanions, drapeaux et cordes à drapeaux. Jansson s'était changé là en arrivant. En le regardant remettre ses vêtements chauds de marin pour le trajet du retour, j'ai eu comme une curieuse sensation de déjà-vu.

Il a plié délicatement son costume et l'a rangé dans un sac en plastique. Nous sommes sortis sur le ponton. Des bateaux s'éloignaient, feux allumés. Quelqu'un venait d'éteindre les lumières là-haut, dans la salle.

Pendant que Jansson s'affairait avec son chalumeau, j'ai démarré le hors-bord, allumé ma lampe de poche et mis le cap sur mon île.

Il faisait très froid en cette fin d'après-midi. La glace commençait à se solidifier au fond des anses des îles et aux abords de la côte. Si les températures se maintenaient, elle prendrait bientôt possession de l'archipel.

De retour dans la chaleur de la caravane, j'ai pu mettre un peu de distance entre moi et le malaise laissé par cette réunion où j'avais entendu des gens que je croyais connaître exprimer des opinions que j'entendais de leur part pour la première fois.

Que m'étais-je donc imaginé ? Comment croyais-je donc qu'ils voyaient le monde, au-delà de ces quelques îles ?

Je buvais un café, en proie à mes interrogations, quand le téléphone a sonné. C'était Lisa. Nous nous étions parlé à quelques reprises depuis le matin du Nouvel An dans son appartement.

– Comment s'est passée la réunion ?

– Qui le demande ? Lisa Modin, ou la journaliste ?

– C'est la même personne.

Comment pouvait-elle savoir que c'était fini et que je venais de rentrer sur mon île ?

– Tu en as déjà parlé avec quelqu'un ?

– Non.

Je ne la croyais pas. J'ai tout de suite pensé à la potière, Annika Wallmark.

– Je sais même qui est ton informateur.

– Je ne dévoile pas mes sources, tu le sais bien.

– Annika Wallmark passe son temps à déblatérer, ses opinions n'intéressent personne.

– Ne veux-tu pas me dire plutôt comment ça s'est passé ?

– Nous étions nombreux, et nous sommes tombés d'accord. Nous allons ouvrir l'œil et le bon. Nous avons inventé un onzième commandement à notre usage personnel. Nous allons nous transformer en guetteurs. C'est le pasteur Wiman qui l'a énoncé. C'est pathétique, mais c'est comme ça.

– Rien d'autre ?

– Non.

– Comment était l'ambiance ?

J'ai eu le sentiment qu'elle en savait beaucoup plus qu'elle ne voulait bien le dire. Qui étaient ses autres contacts ? Jansson ? Je ne le pensais pas. Le jeune pêcheur qui avait fondu en larmes ? Non plus. Peut-être Wiman ?

En fait, je ne faisais confiance à aucun des individus qui avaient participé à cette réunion.

J'ai essayé de parler d'autre chose. Aurait-elle par hasard envie de passer me voir ?

– Pas dans l'immédiat.

– Je suis un vieux raseur. Tu peux me le dire en face. Un ancien médecin peut tout entendre, y compris la vérité.

C'était un mensonge. En réalité, nous la supportions peut-être moins bien que d'autres. Je l'ai entendue soupirer.

– Arrête. Tu es aussi solitaire que moi.

Je suis retourné à mon café. Je croyais encore à la possibilité de rompre cette solitude grâce à elle.

Tout à coup, j'ai éprouvé un sentiment de joie. Je n'étais pas seul. J'avais Lisa, j'avais ma fille et ma petite-fille. Vis-à-vis d'Ahmed et de Mohammed, je ne ressentais rien. Mais ça viendrait peut-être plus tard ?

Je me suis allongé sur la couchette. La radio diffusait de la musique douce à faible volume.

J'ai sursauté. La scène, quelques heures plus tôt, dans la cabane, quand Jansson s'était changé – je venais de comprendre ce qui m'avait fait réagir.

La nuit du Nouvel An, il m'avait appelé pour m'annoncer que la maison de Valfridsson brûlait et que la nouvelle l'avait tiré du lit.

Or, quand je l'avais revu sur le lieu de l'incendie, il portait toujours la chemise qu'il avait la veille au soir.

Je suis resté allongé sans bouger. La radio passait un autre air. Je l'ai reconnu. Il s'intitulait *Sail Along Silvery Moon*.

Sans que je sache ce que j'avais découvert au juste à propos de Jansson, cela me préoccupait.

C'était comme un haut-fond qui aurait surgi contre toute attente dans un chenal familier.

24

Le froid s'est maintenu tout au long de la semaine qui a suivi l'Épiphanie. La glace affermissait son emprise sur l'archipel. Je n'étais pas encore contraint d'ouvrir un trou à la hache pour mon bain matinal. Mais la fumée s'étendait au ras de l'eau, qui s'obscurcissait toujours davantage. Bientôt, les vaguelettes ne bougeraient plus.

Deux jours après la réunion de l'Association de l'Archipel, je faisais une réussite dans la caravane quand j'ai eu un brusque malaise. J'ai enfilé ma veste et je suis sorti.

J'ai fait le tour de l'île. Le givre brillait comme du verre sur la carcasse noire de l'ancienne maison. Je suis monté m'asseoir au sommet et j'ai enfilé les gants qui étaient dans la poche de ma veste.

Le vertige s'était transformé en une migraine lancinante. Ça tenait peut-être au manque d'exercice ? J'ai décidé d'aller voir si ma tente était toujours solidement plantée. J'ai poussé la barque à l'eau. Il n'y avait presque pas de vent. J'ai commencé à transpirer immédiatement. Tous les quinze coups de rame, je me reposais sur les avirons avant de continuer.

Quand j'avais cinq ans, mon grand-père m'avait fabriqué un petit bateau. Il avait assemblé des plaques d'Isorel avec une proue et un tableau arrière en pin. Les avirons étaient en aulne. Rien ne m'était plus précieux que ce bateau.

Pourrais-je en fabriquer un pareil pour ma petite-fille ? J'en doutais fort. Mais peut-être pourrais-je en commander un à Kolbjörn Eriksson ? J'avais entendu dire qu'il était expert.

La barque a raclé le fond, et je l'ai tirée au sec. La tente était bien arrimée. Mais j'avais eu de la visite. Le muret de pierres qui protégeait le foyer avait été consolidé. J'ai ouvert la tente. Une odeur caractéristique m'a frappé. Acétone. L'acétone entrait dans la composition de certaines drogues – le cannabis de synthèse, par exemple. Avais-je affaire à un toxicomane ?

Cette idée m'a déstabilisé. J'ai toujours eu la plus grande antipathie pour les gens qui gâchaient leur vie de cette façon.

D'irritation, j'ai failli démonter la tente. En définitive, je ne l'ai pas fait. En explorant le reste de l'îlot, j'ai découvert dans une faille de rocher un tas de détritus dissimulé sous quelques poignées de mousse. Il s'agissait surtout d'emballages de pain et de cartons de lait. Un peu plus loin, j'ai trouvé un fragment de caoutchouc noir, que j'ai pris tout d'abord pour un bout de pneu de vélo, mais qui provenait plus vraisemblablement d'une combinaison de plongée.

Il y avait une autre possibilité : les surfeurs utilisaient eux aussi des combinaisons de ce type. Dans ce cas, mon visiteur pouvait être le véliplanchiste que j'avais vu au cours de l'automne. Celui dont la voile était noire et qui filait vers la haute mer.

J'ai levé le regard. Mais il n'y avait rien à voir à l'horizon sinon les bancs de nuages qui arrivaient du golfe de Finlande.

À quoi bon m'interroger ainsi sur l'identité de mon visiteur ? Lorsque j'ai remis ma barque à l'eau, j'avais

décidé que le moment était venu d'affronter sérieusement la compagnie d'assurance. Il fallait entreprendre
ces travaux. Je n'avais pas le temps d'attendre ; ma fille
et ma petite-fille non plus.

De retour sur mon île, j'ai contemplé les décombres
en imaginant que la maison se relevait peu à peu. Toutes
mes photographies avaient été détruites dans l'incendie,
mais je savais que l'Association de l'Archipel avait fait
appel, du vivant de mes grands-parents, à un photographe
professionnel pour documenter le bâti ancien sur les îles.
J'aurais dû y penser lors de la réunion. Wiman était
l'archiviste de l'association, il devait pouvoir m'aider.

Je l'ai appelé. Après l'avoir complimenté sur la façon
dont il avait tenu la réunion je lui ai présenté ma requête.

– Je ne te promets rien, m'a-t-il dit. Mes prédéces-
seurs semblent avoir eu à cœur d'empêcher quiconque
de trouver quoi que ce soit dans ces archives.

J'ai promis de le rappeler, et j'ai posé le téléphone
au milieu des cartes éparpillées sur la table.

J'ai consacré le reste de la soirée à envisager sérieusement l'organisation des travaux. J'espérais pouvoir les
entreprendre dès le début du printemps. Pour commencer, il faudrait déblayer les décombres. J'ai décidé de
consulter deux personnes : Jansson et Kolbjörn. L'avis
de Jansson ne comptait pas, mais je ne voulais pas
m'exposer à son ressentiment, inévitable si je ne faisais
pas au moins semblant de le consulter.

Cette nuit-là, j'ai rêvé de grottes. J'errais dans une nuit
qui devenait toujours plus compacte, jusqu'au moment
où je ne pouvais plus respirer. Cela m'a réveillé. Des
souris couraient sur le toit de la caravane. J'ai guetté
le bruit du vent, mais tout était silencieux.

Un court instant, j'ai imaginé que je ne me réveillerais
peut-être pas. La mort était soudain très proche.

Je me suis endormi au milieu de cette pensée, entouré de souris qui cherchaient un abri contre le froid.

Le lendemain, j'ai appelé l'assurance. Je m'étais préparé à d'interminables négociations bureaucratiques avec une succession d'interlocuteurs récalcitrants. Mais quand j'ai fini par avoir en ligne celui qui m'avait déjà répondu la première fois, tout s'est passé avec une facilité déconcertante. Peut-être les problèmes étaient-ils à venir et les découvrirais-je petit à petit ? En attendant, j'ai choisi de croire que ce qu'il me disait était vrai. Rien ne s'opposait à ce que les travaux démarrent au printemps ; il était même prêt à m'envoyer une liste d'entrepreneurs locaux approuvés par sa compagnie.

Après le déjeuner, j'ai résolu d'appeler Kolbjörn. Au même moment, j'ai entendu le bruit du moteur de Jansson. Je suis descendu sur le ponton. Parfois il me semblait pouvoir déceler, rien qu'au bruit, quelle serait son humeur ce jour-là. Pure illusion, bien sûr, mais l'idée m'amusait.

Jansson a accosté au ponton sans couper le moteur. Cela signifiait qu'il ne comptait pas s'attarder, et que je ne devais pas aller chercher mon stéthoscope.

Il a débarqué ; nous nous sommes serré la main, et il m'a tendu une enveloppe.

– Wiman m'a demandé de t'apporter ça.

L'enveloppe n'était pas cachetée. Je l'ai entrebâillée, pour ne pas dévoiler son contenu ; c'étaient de vieilles photos en noir et blanc de la maison de mes grands-parents. En la rangeant dans ma poche, j'ai pensé que ces précautions étaient évidemment inutiles : Jansson les avait bien entendu déjà regardées. J'ai alors éprouvé une envie irrésistible de le pousser à l'eau. Il a dû s'en douter, car il a reculé d'un pas. J'ai souri.

– Pourrais-tu dire à ton successeur que j'aimerais bien recommencer à recevoir mon courrier ?

– Quand as-tu changé d'avis ?

– À l'instant. Merci de m'avoir apporté les photos.

– Quelles photos ?

J'ai failli lui balancer que tout l'archipel savait depuis toujours qu'il lisait le courrier qui passait entre ses mains, que ce soient les lettres d'huissier, de menaces, de deuil, d'amour, d'amitié ou de rien du tout. Alors qu'il ait au moins la décence de ne pas prétendre le contraire.

– Je te souhaite une bonne journée, ai-je dit. J'ai beaucoup à faire aujourd'hui.

Après son départ, je suis remonté le long du chemin. Quelques corneilles qui picoraient dans les décombres se sont égaillées à mon approche. J'ai décidé que j'enterrerais la boucle de la chaussure de Giaconelli dans les fondations de la nouvelle maison.

Cela m'a fait penser à mes bottes.

J'ai appelé le magasin d'accastillage. Margareta a mis si longtemps à décrocher que j'ai cru que je l'avais réveillée. Est-ce qu'elle s'était aménagé un divan dans la réserve ? Les clients étaient rares en hiver. Certains habitants de l'archipel entraient carrément en hibernation. Peut-être était-elle du nombre ?

Les bottes n'étaient pas arrivées.

Dans la caravane j'ai étalé les photos de Wiman sur la table. La plus ancienne datait du début du vingtième siècle. La véranda du perron n'est pas encore construite, mais on voit mon grand-père debout près de la porte et ma grand-mère assise à côté de lui, sur un tabouret. Ils sont jeunes. Il n'a pas encore sa grande barbe, juste une moustache. Au dos, une note précise que la photographie a été prise par Robert Sjögren, un photographe qui se déplaçait beaucoup sur les îles à cette époque.

346

Je les ai toutes examinées. Sur la plupart, on ne voit que la façade de la maison. L'arrière n'est représenté sur aucune ; le contraire aurait été surprenant. Sur l'une – datée de l'été 1946 –, les meubles de jardin peints en blanc sont là. La véranda existe déjà depuis une vingtaine d'années, mes grands-parents sont installés sur les chaises à barreaux autour de la table chargée de tasses à café et d'assiettes de gâteaux. À l'ombre, le visage légèrement détourné comme s'il se méfiait du photographe, un troisième personnage est assis. Son nom est mentionné au dos : il s'agit du propriétaire terrien Adolf Sundberg.

Soudain, je me suis souvenu de lui. Il était né en 1899 et il affirmait avoir l'intention de vivre trois siècles. Il avait réussi, puisqu'il était mort en 2003, à l'âge de cent quatre ans.

Il venait souvent prendre le café chez mes grands-parents. C'était un excellent conteur. Je m'arrangeais toujours pour traîner dans le coin quand il était là. Une histoire en particulier m'avait beaucoup marqué. Je devais avoir une dizaine d'années, il l'avait racontée lors d'une fête des moissons où l'alcool coulait à flots, et l'histoire n'avait cessé d'être reprise par la suite quand les habitants de l'archipel se retrouvaient et cherchaient à établir si l'on pouvait se fier, ou non, aux dires d'Adolf Sundberg.

Ses grands-parents paternels avaient eu une pharmacie à Alingsås. À l'époque, vers 1840, les sangsues étaient très recherchées, et son grand-père avait eu l'idée lumineuse d'élever des sangsues dans l'étang du parc municipal à la place des carpes qui peinaient à survivre dans l'eau boueuse. Quand le stock de sangsues diminuait dans la réserve, sa grand-mère savait ce qui l'attendait. Rien ne servait de protester : à l'aube, les voilà partis, lui muni de bocaux et d'une longue perche, elle dans sa chemise de nuit cachée sous un grand manteau. Arrivée à l'étang, elle devait se mettre nue – elle était très forte – et s'immerger jusqu'aux seins, en se tenant à la perche pour ne pas se noyer ; elle ne savait pas nager, et son mari aurait été incapable de la sauver. Elle devait rester ainsi un long moment avant d'avoir le droit de secouer la perche et d'être tirée hors de l'eau. Elle apparaissait alors, entièrement couverte de sangsues noires qui pendaient par grappes, surtout de son arrière-train. Son mari les saupoudrait de sel ; les sangsues lâchaient prise et tombaient dans les bocaux.

La procédure se reproduisait régulièrement à la belle saison ; les habitants de la ville s'étaient passé le mot, si bien qu'à l'aube les fourrés du parc étaient remplis de curieux venus voir la matrone s'ébattre dans l'étang avec les bestioles qui lui suçaient le sang.

Tout le monde croyait secrètement dur comme fer à l'histoire d'Adolf Sundberg, tout en exprimant à haute voix les plus grandes réserves. Maltraiter sa femme, c'était une chose ; s'en servir d'appât pour attraper les sangsues, ça dépassait toutes les bornes de la décence.

Je suis resté longtemps devant cette photo. Les voix me revenaient, lointaines ; celle de mon grand-père, qui s'exprimait avec une lenteur réfléchie ; celle de ma grand-mère, qui parlait peu, mais avec une grande précision et de belles paraboles qu'elle semblait tirer d'une réserve secrète inépuisable. Et puis l'invité, Adolf Sundberg, avec son chapeau melon, sa barbe fleurie et son gilet luisant où les taches avaient fini par former avec les ans une pellicule graisseuse.

Le café se prenait toujours là, sur ces chaises blanches. L'incendie les avait détruites en même temps que le reste.

La dernière photographie avait été prise le jour des soixante-quinze ans de mon grand-père. Cette fois, il y avait beaucoup de monde autour de la véranda. Le photographe, Tage Palmblad, les avait alignés devant son objectif, mon grand-père au centre, ma grand-mère à ses côtés. À ma grande surprise, je me suis reconnu, coincé entre deux cousines de ma grand-mère, deux dames robustes originaires de Gusum, bien plus préoccupées de paraître à leur avantage sur la photo que de me laisser un peu de place.

J'avais treize ans. Maigre, culotte courte, polo rayé, sandales, pas très à l'aise au milieu de tout ce monde, les cheveux décolorés par le soleil au point de paraître blancs.

Une idée m'est venue. Quand la maison serait reconstruite, j'inviterais toutes mes connaissances et je m'assoirais sur une chaise au centre, avec Louise et sa famille autour de moi.

J'ai appelé Wiman pour le remercier.

– Il se peut qu'il y en ait d'autres, m'a-t-il dit. Comme je te l'expliquais, je n'ai pas encore eu le temps de tout inventorier.

– C'est bien assez pour se faire un aperçu.

– Tu as pensé au fait que celle des Österström sur Skärsholmen date de la même période ? Si j'ai bien compris, c'est le même entrepreneur qui a imaginé et construit les deux maisons.

– Tu as raison !

Cela signifiait que l'entrepreneur que je choisirais pourrait utiliser la maison des Österström comme modèle. À l'époque, on avait rarement recours à un architecte ; on se répartissait le boulot entre maître d'ouvrage et maître d'œuvre.

Après ma conversation avec Wiman, je suis remonté m'asseoir au sommet de l'île. J'ai tourné mes jumelles vers l'îlot. Je n'ai repéré aucune trace de présence humaine autour de la tente.

Le crépuscule tombait, j'avais froid. En redescendant, j'ai entendu le téléphone sonner à l'intérieur de la caravane. Dans ma précipitation, j'ai trébuché sur une racine qui affleure à côté de la porte et je me suis cogné violemment le menton. J'ai essuyé le sang tant bien que mal. J'ai senti du bout de la langue qu'il me manquait une dent en bas à droite. Je suis ressorti avec un torchon en guise de compresse, et j'ai cherché en vain la dent dans l'herbe à l'aide de la lampe torche.

Le saignement continuait. J'ai mis quelques glaçons dans un sac en plastique que j'ai appliqué contre mes lèvres.

J'ai observé les dégâts dans le miroir. Il ne restait rien de ma dent, dont la racine se perdait dans un amas de sang figé. En appuyant avec le doigt, j'ai éprouvé une forte douleur. Il faudrait aller consulter un dentiste le lendemain. Pour l'heure, il était trop tard. Je pourrais éventuellement être reçu en urgence si je me rendais en ville. Mais je n'avais pas de courage d'aller aussi loin.

J'ai avalé deux comprimés et j'ai regardé qui avait tenté de me joindre. Louise. Je l'ai rappelée. Occupé. J'ai rappelé. Toujours occupé. Je me suis allongé, le téléphone à la main. La perspective de devoir consacrer du temps à aller me faire soigner chez le dentiste m'exaspérait. Ou peut-être était-ce juste de la fatigue. Vieillir, c'était perdre un peu d'énergie chaque jour qui passait, jusqu'au moment où elle serait épuisée.

Je me suis assoupi. La sonnerie m'a réveillé. C'était Louise. Sans même me préoccuper de savoir comment elle allait, j'ai entrepris de lui raconter ma mésaventure. Elle m'a interrompue.

– Agnes est malade.

Sa voix s'étranglait. Je me suis redressé en position assise en serrant la mâchoire. Vive douleur à la dent.

– Qu'est-ce qu'elle a ?

– Ils ne savent pas.

– Quels sont les symptômes ?

– Elle pleure. Elle a mal.

C'était sérieux, je le comprenais intuitivement. Louise m'avait communiqué son angoisse.

J'ai essayé de nous calmer l'un et l'autre. Je lui ai demandé des détails. Quand et comment cela avait-il débuté ? Que disaient les médecins ?

Tout s'était passé très vite. Agnes s'était mise à pleurer le matin. Rien ne pouvait la consoler, pas même le sein. Louise l'avait emmenée à l'hôpital. Aux urgences, on l'avait tout de suite placée sous surveillance ; on attendait maintenant les résultats des examens. Louise était là-bas avec elle. J'ai noté le numéro de téléphone de l'hôpital sur un emballage.

Je n'étais pas plus avancé. L'hémorragie cérébrale était rare chez les nourrissons. La méningite était plus fréquente, et potentiellement mortelle. On ne pouvait pas exclure la présence d'une tumeur. Les médecins français étaient au travail, on ne pouvait qu'attendre leur diagnostic.

Je lui ai demandé si elle voulait que je vienne. Elle a dit non, mais j'ai entendu à sa voix qu'elle pouvait changer d'avis.

Elle devait raccrocher parce qu'elle attendait un appel d'Ahmed. Elle me ferait signe dès qu'il y aurait du nouveau.

– Rappelle-moi dès que tu peux, même s'il n'y a rien de neuf. Je suis près du téléphone, la batterie est chargée.

Je suis resté assis, le téléphone à la main. La mort s'était soudain invitée dans la caravane. Je n'en voulais pas. J'ai appelé Lisa. Je ne me suis pas soucié de savoir si je la dérangeais ni où elle était, je lui ai raconté ce que venait de m'apprendre Louise.

– C'est terrible, a-t-elle dit. Tu veux venir chez moi ?

– Non. Mais je te remercie de me le proposer.

– Tu penses vraiment que c'est une bonne idée de rester seul ?

– Tu ne pourrais pas venir, toi ?

– Ta caravane est trop petite pour une inquiétude pareille.

Je lui ai demandé si je pouvais la joindre pendant la soirée. Elle a dit oui.

Après avoir raccroché, je suis sorti. Le froid m'a coupé le souffle. Il faisait nuit. Je suis descendu m'asseoir sur le banc du ponton. Le téléphone a sonné. C'était Louise. On allait faire un IRM. Pas de diagnostic encore. Sa peur était plus vive que lors de notre échange précédent. Je crois que j'ai moi-même échoué à dissimuler ma panique.

La conversation n'a duré qu'une minute. On emmenait la petite, quelqu'un a dit à Louise d'éteindre son téléphone.

J'avais froid. Je suis rentré à la caravane. La proximité de la mort transforme le temps en un élastique tendu dont on craint sans cesse qu'il ne se rompe. J'ai pensé que je devrais essayer de parler à un médecin, mais mon français était trop limité. J'avais senti la béance de la peur chez Louise, et je ne pouvais rien faire pour lui venir en aide.

À l'aube, après une nuit sans sommeil, Louise m'a rappelé et m'a annoncé que c'était en fin de compte une méningite virale sans gravité. Agnes devait rester sous surveillance à l'hôpital pendant une semaine, après quoi elle pourrait rentrer à la maison.

Nous avons pleuré de soulagement tous les deux au téléphone. Nous étions épuisés.

J'ai été réveillé en fin de matinée par un bruit de moteur. J'avais mal à la mâchoire. J'ai bu un peu d'eau. L'identité du visiteur ne faisait aucun doute.

J'ai eu le temps de m'asseoir sur le banc avant que le bateau de Jansson n'apparaisse au détour de la pointe. Il a accosté en laissant tourner le moteur. Il a débarqué, nous nous sommes serré la main et nous avons passé en revue les thèmes incontournables : la météo, la direction du vent, le banc de nuages à l'est, la température, la glace et le fait que la fille des Enberg, qui avait dix ans et jouait de la contrebasse, venait de toucher une bourse d'étude du Lions Club pour un montant de trois mille couronnes.

Il ne m'avait toujours pas dit le motif de sa visite. Pour ne pas le retenir plus que nécessaire, je ne lui ai rien dit des événements de Paris.

– Je vais aller voir mon frère, a-t-il annoncé enfin.

– Ah bon ? Tu as un frère, toi ?

– On n'a pas beaucoup de contact. Il a quelques années de moins que moi et il est parti il y a très longtemps.

– Mais tu ne m'as jamais dit que tu avais un frère !

– Bien sûr que si.

– Où vit-il ?

– À Huddinge, dans la banlieue de Stockholm. Je pars demain matin jusqu'à dimanche.

J'ai fait le calcul : il serait parti trois jours.

Jansson s'est levé.

– Ça fait des années que je n'ai pas vu la capitale. C'est peut-être le moment.

– Bon voyage. Et bonjour à ton frère. Comment s'appelle-t-il ?

– Albin.

Après son départ, je suis resté songeur. Il était surprenant qu'il n'eût jamais, durant toutes ces années, mentionné l'existence de ce frère. Ou était-ce moi ? Pouvais-je avoir oublié une information pareille ?

J'ai réussi à joindre un dentiste qui était prêt à me recevoir. Le voyage et la visite ont duré trois heures en tout. Au retour, je n'avais plus mal.

Le soir, Louise m'a annoncé au téléphone que tout allait bien, aucune complication à signaler. Elle me rappellerait bientôt. Je me suis couché ce soir-là avec un sentiment de soulagement comme il me semblait n'en avoir jamais éprouvé.

Le lendemain matin, il faisait froid et il n'y avait pas de vent. En prenant mon café, une idée m'est venue. Je l'ai repoussée mais elle s'est imposée à moi.

J'allais faire un saut à Stångskär et visiter la maison de Jansson. Il avait mentionné un jour avoir caché une clé de réserve dans une petite cavité ménagée dans les fondations.

Vers dix heures, je me suis mis en route. Par endroits, le bateau fendait une mince épaisseur de glace flottante. Une semaine encore, et la mer serait gelée.

Le hangar à bateaux de Jansson et sa vieille cale se trouvaient dans une anse de la face sud de l'île, à l'abri des grosses tempêtes de nord-ouest. Je me suis laissé dériver jusqu'au ponton. Après avoir débarqué, j'ai crié son nom à plusieurs reprises pour m'assurer qu'il n'y avait personne. Il était vraiment parti chez son frère.

La maison de Jansson est l'une des plus anciennes de l'archipel, à deux étages, peinte en rouge. J'ai frappé pour la forme. Puis je me suis mis à la recherche de la clé. Elle était bien cachée, j'ai mis du temps à la trouver. En la faisant tourner dans la serrure, je me suis demandé pourquoi diable je me livrais à cette visite clandestine. J'ai pensé à la maison d'Oslovski, et à la maison abandonnée dans la forêt. Et maintenant la maison de Jansson, avec ses fenêtres bien entretenues et ses détails de menuiserie décorative dans la véranda, qu'il avait repeinte récemment.

Je suis entré. Les planchers luisaient, la cuisine était immaculée. J'ai fait le tour des pièces. Dans sa chambre, le couvre-lit avait été lissé, les pantoufles étaient rangées, aucun vêtement ne traînait. Les autres chambres étaient vides. Il ne recevait jamais de visiteurs. Pourtant les lits étaient faits. Était-ce l'expression d'un désir, d'un regret ?

Je suis redescendu. Dans le séjour, il avait posé un drap sur le téléviseur. Cette maison ne lui correspondait pas. Il aurait dû vivre tout autrement.

À la fin, je suis allé dans la buanderie derrière la cuisine. Il y régnait le même ordre impeccable que partout ailleurs. La lumière pâle de janvier tombait par la fenêtre. Vêtements propres pendus à des cintres, sous-vêtements rangés dans des paniers. Je me suis soudain souvenu des caleçons qu'il m'avait apportés après l'incendie de ma maison.

Mon regard est tombé sur le panier de linge sale. J'ai reconnu la chemise qu'il avait mise pour la fête du Nouvel An chez moi et qu'il portait encore quand je l'avais croisé au petit matin sur l'île des Valfridsson.

Je n'ai pu m'empêcher de la soulever. J'allais la remettre à sa place quand un autre vêtement, dessous, a attiré mon attention. Une autre chemise. Elle portait des traces de suie aux poignets. Je l'ai défroissée. J'ai perçu un relent d'essence.

J'étais comme pétrifié.

De nouveau, j'ai revécu la nuit de l'incendie. Ma maison s'embrasait dans une lumière aveuglante.

C'était impossible à croire.

En redescendant vers mon bateau, j'avais peur. J'espérais ne pas avoir laissé de traces de mon passage.

25

Je me suis souvenu du jardin japonais que m'avait décrit ma fille.

L'Océan Nu.

Ce nom reflétait mon sentiment en revenant de l'île de Jansson. Comme si Stångskär s'était transformée en une forteresse où Jansson avait vécu retranché avec ses secrets. À présent je savais ; mais je ne comprenais pas ce que je savais. Jansson était devenu net en même temps qu'il s'éloignait indéfiniment. J'aurais beau tendre la main, je ne pourrais jamais le toucher.

J'ai coupé le moteur. J'ai essayé de réfléchir. Mes pensées se dérobaient sans cesse.

J'ai continué. Soudain, j'ai vu qu'il y avait quelqu'un sur l'îlot. J'en étais sûr ; une silhouette se mouvait à l'extérieur de la tente. J'ai choisi de passer par le côté escarpé, où les rochers bloquent la vue de la mer depuis la combe. J'ai remonté le moteur et sorti les avirons. Le bateau m'a semblé lourd à manœuvrer.

Mon esprit était occupé par Jansson. Mais il restait malgré tout un petit espace pour s'inquiéter de l'identité de mon visiteur secret.

J'ai accosté au pied de la paroi et j'ai progressé tel un lézard maladroit en m'aidant des anfractuosités de la roche. Adolescent, j'y avais gravé mon nom, mais toute trace avait disparu.

À mon arrivée, il n'y avait personne. L'inconnu devait être sous la tente. La fermeture à glissière était tirée.

Le flotteur et la voile gisaient à l'endroit où j'avais l'habitude de tirer ma barque au sec. On aurait dit un insecte géant apporté par la mer.

Brusquement, la peur m'a étreint. Mais je n'ai pas eu le temps de fuir. La tente s'était ouverte.

Le garçon était blond et ne devait pas avoir plus de dix-sept ans. Il était vêtu de la combinaison noire. J'ai tout de suite repéré l'accroc à l'épaule, qu'il avait masqué avec de l'adhésif. Il avait les yeux sombres. Impossible de déterminer s'il avait peur, ou s'il était seulement sur ses gardes. Ses cheveux paraissaient artificiels, trop blonds, presque blancs. J'ai eu la sensation qu'ils avaient été teints à la va-vite. Pourquoi avait-il fait cela ? Pour changer de tête, ou pour changer d'identité ?

Je lui ai fait signe d'approcher. Pour une raison quelconque, je m'imaginais qu'il ne comprenait pas le suédois. Il s'est assis dans l'herbe. Je l'ai imité.

La peur cédait la place à la curiosité.

– Je n'ai rien pris. Je me suis juste reposé.

Il avait un léger accent. Peut-être venait-il du nord du pays ?

J'allais lui demander son nom quand il s'est redressé d'un bond et s'est mis à courir vers sa planche. C'était allé tellement vite que j'ai juste eu le temps de me lever pour le voir entrer dans l'eau, grimper sur le flotteur et attraper le wishbone. Il était extraordinairement agile ; on aurait dit un animal au pelage noir et lisse. Le vent était assez fort pour le tirer hors de l'eau et remplir aussitôt la voile.

J'étais là, bras ballants, en proie à un curieux mélange d'impuissance et de colère. Je me suis mis à crier :

– Toi ! Eh, toi ! Toi, là-bas !

C'était absurde. Il avait déjà disparu.

Bientôt, la mer serait prise par la glace et il ne pourrait plus surfer.

L'ouverture de la tente bougeait au vent. J'ai regardé à l'intérieur. Il n'y avait qu'une bouteille en plastique vide, les restes d'un paquet de biscuits et quelques feuillets froissés. J'en ai saisi un et je l'ai déplié. C'était du papier millimétré. Il avait joué au morpion tout seul, apparemment. La plupart des grilles se soldaient par un match nul.

Sur un autre feuillet, j'ai découvert quelques lignes de texte. Son écriture était déliée, presque calligraphiée à l'ancienne. J'ai mis un moment à la déchiffrer.

Par deux fois, comme un refrain, ces trois vers :

> *Certains poèmes deviennent jours*
> *Quand l'aube et le rêve*
> *S'accordent à déclarer un vainqueur*

Je comprenais les mots, mais pas le sens. Était-ce un simple essai poétique, ou un message qu'il avait finalement renoncé à envoyer ? Et dans ce cas, s'adressait-il à moi ? À l'homme qui avait dressé la tente, qui lui avait offert ce refuge ?

J'ai rangé le texte dans ma poche et je suis parti. J'ai escaladé péniblement les rochers jusqu'au point d'où je pouvais voir le bras de mer où il avait disparu.

La mer était déserte. Peut-être se cachait-il parmi les petites îles qu'on appelle Hällarna, mais qui n'ont pas de nom sur les cartes marines.

Quand j'ai eu trop froid, je suis revenu à la tente, j'ai pris mon stylo-bille et j'ai écrit quelques mots au dos d'une partie de morpion inachevée :

Joli poème. Tu peux continuer de te servir de la tente si tu veux. Je serais curieux de savoir qui tu es.

J'ai hésité avant de signer de mon nom. Fredrik. J'ai ajouté mon numéro de téléphone. J'ai laissé le papier en évidence sur le duvet, j'ai refermé la tente et je suis parti.

Ce garçon était un visiteur de ces temps nouveaux que j'aurais à peine l'occasion de connaître.

J'espérais qu'il me donnerait de ses nouvelles, qu'il me dirait son nom.

Je n'ai pas démarré le moteur ; j'ai laissé le bateau dériver jusqu'à mon île. La nuit commençait à tomber.

Le froid a persisté pendant quinze jours. La glace s'étendait toujours plus loin vers la mer. Étendu sur la couchette, je l'écoutais grincer et craquer. Quand je touchais la paroi de la caravane, ma main se refroidissait aussitôt. Le chauffage était allumé au maximum. L'extérieur et l'intérieur, le froid et le chaud, se livraient un combat permanent.

Je pensais avant tout à Jansson et à la découverte que j'avais faite dans sa maison de Stångskär. Jamais, même après l'intervention ratée qui m'avait coûté ma carrière, je n'avais éprouvé autant de sentiments confus et contradictoires. Le jour je ruminais, et la nuit je rêvais de lui. Plusieurs fois, j'ai failli appeler la police.

Mais je ne pouvais m'y résoudre. La pensée que Jansson aurait pu me laisser brûler vif dans ma maison était trop irréelle – trop effarante en un mot.

Je redoutais le jour où il reviendrait de ce voyage dont j'ignorais tout. Comment l'affronter ? Il avait dit trois jours. Deux semaines s'étaient déjà écoulées.

Je tournais en rond dans le froid immobile comme dans une cage. Je m'obligeais à continuer de me baigner tous les matins, mais l'eau glacée elle-même ne m'aidait plus à garder les idées claires. Dans ma tête,

Jansson était passé du statut d'aimable facteur des mers à un autre, que je ne pouvais qualifier autrement que de monstre.

Je parlais chaque jour au téléphone avec Louise. Agnes était complètement rétablie. Je ne posais aucune question sur leur vie. J'avais du mal à imaginer ma fille écumant les couloirs du métro à la recherche de victimes alors qu'elle avait un bébé à la maison. Mais je n'en savais rien, et en vérité je ne désirais pas savoir.

C'est après l'une de ces conversations avec Louise qu'un lointain souvenir m'est revenu. Mon père était arrivé à la maison bien avant la fin de son service. Il était ivre, hors de lui, désespéré. Je pouvais avoir une dizaine d'années. Ma mère avait laissé la porte de la cuisine entrebâillée. Plus tard j'ai compris qu'elle voulait que je puisse les entendre, et peut-être aussi comprendre que, même quand on était tombé aussi bas, il était encore possible de se relever.

Il s'était retrouvé en conflit avec le maître d'hôtel, et il avait été renvoyé séance tenante. De rage, il avait jeté sa serviette, il était parti dans la rue, le maître d'hôtel l'avait suivi. L'altercation avait continué sur le trottoir jusqu'à ce que les mots s'épuisent et cèdent la place aux grognements. Ils étaient comme deux chiens trempés sous la pluie.

C'était en soi une scène familière. Mon père gémissait sur sa chaise, détaillant toutes les injustices dont il était victime, ma mère l'aidait patiemment à retrouver peu à peu foi en les autres et surtout en lui-même. Mais ce soir-là, il a dit quelque chose que je n'avais jamais entendu auparavant. Il a raconté qu'à un moment de sa journée, en feuilletant un magazine, il avait lu une histoire sur un empereur chinois des temps anciens qui avait ordonné qu'un grand tambour soit placé à l'entrée du palais. N'importe qui pouvait s'arrêter, donner un grand coup de tambour et formuler ses griefs à l'oreille d'un serviteur qui les transmettait à l'empereur. Chacun avait ainsi le loisir d'exprimer son mécontentement sans s'exposer à la fureur impériale.

– On ne trouve nulle part de ces tambours, a dit mon père. Nulle part on ne peut frapper un grand coup et obtenir que quelqu'un écoute toutes les injustices qu'on est obligé de subir.

Pourquoi ai-je pensé à mon père et au tambour de l'empereur après ma conversation avec Louise ? Il n'y avait aucun lien. Ils n'avaient rien de commun. Sauf peut-être le désir d'un autre monde, plus sensé, où la justice serait la même pour tous.

Le lendemain, j'ai reconnu le bruit du moteur de Jansson. Le cœur battant, j'ai ouvert la porte de la caravane. Aucun doute possible, c'était bien lui.

Il était égal à lui-même. Il a levé le bras droit comme d'habitude, en un geste un peu raide, avant d'agiter la main en écartant les doigts, jusqu'à ce que je lève la main à mon tour. Il n'avait donc pas découvert ma visite secrète. Ou alors, il le cachait bien.

En approchant du ponton, il m'a lancé l'amarre d'un geste sec. J'ai attaché le bateau.

Il a débarqué et s'est assis à l'extrémité du banc.

– Mon frère allait bien, a-t-il déclaré. Mais le voyage a duré plus longtemps que prévu.

Il a retiré sa botte gauche et l'a secouée, faisant tomber un fragment de pomme de pin. Il l'a renfilée.

J'étais resté debout, à regarder cet homme que je connaissais depuis tant d'années : cet homme-là n'était que la partie visible d'un individu scindé et complexe, secret. Un individu effrayant.

Savait-il lui-même qui il était ?

Je n'avais aucune réponse. J'étais simplement en présence d'un fait incompréhensible.

Si je ne m'étais pas réveillé cette nuit-là, je serais mort. La veuve Westerfeldt aurait pu mourir. Les Valfridsson aussi.

Face à l'homme assis sur mon banc, j'étais sans défense.

– Tu ne viens jamais sans une bonne raison, ai-je dit.

– Je voulais juste t'annoncer que mon frère allait bien. Moi, je ne pourrais jamais vivre dans une grande ville. Ça me paraît une existence bien précaire.

– Que veux-tu dire ?

– Comment rester sain d'esprit quand on n'arrête pas de se faire piétiner ?

Jansson n'avait peut-être pas de frère. C'était peut-être un mensonge parmi tant d'autres. Cet homme-là avait commencé par détruire ma maison avant de m'offrir de m'héberger. Il m'avait même apporté une botte en caoutchouc pour remplacer celle qui avait brûlé. Il avait fêté le réveillon du Nouvel An chez moi avant d'aller mettre le feu à une autre maison. Et entre-temps, il en avait incendié encore une autre.

Ça ne pouvait plus attendre. La question a fusé toute seule.

– Pourquoi ?

Jansson a cligné des yeux.

– Tu me parlais ?

– Oui.

– Tu disais quoi ?

– Je crois que tu m'as entendu.

Jansson ne semblait pas avoir saisi. Comment pouvait-il être sûr de son impunité à ce point ? N'était-il même pas sur ses gardes ?

– Un café ne serait pas de refus, a-t-il dit.

Ce n'était encore jamais arrivé, en toutes ces années,

qu'il prenne l'initiative de me demander un café. J'ai hésité. Devais-je avoir peur ? S'il était capable de mettre le feu à des maisons où dormaient ses voisins, il était sûrement capable de me tuer d'un coup de marteau.

Nous nous sommes rendus à la caravane d'un même pas. Jansson et sa démarche familière, un peu chaloupée. Il s'est assis sur la couchette pendant que je préparais le café. Il a voulu savoir comment allaient Louise et le bébé, il a parlé de Lisa Modin. C'est quand il a voulu savoir comment avançait le projet de reconstruction de la maison que j'ai failli lui verser la casserole d'eau bouillante sur la tête.

Je ne l'ai pas fait. Mais j'ai éteint le réchaud.

– Je veux que tu t'en ailles, ai-je dit à voix basse. Je ne veux plus te voir ici.

Jansson a tressailli.

– Quoi ? Qu'est-ce qui te...

J'avais ouvert la porte de la caravane. Il n'a pas bougé. Il est resté assis comme si de rien n'était.

Mon attitude ne laissait pourtant aucune place à l'équivoque. Il la comprenait forcément. Le contraire était inenvisageable.

Il a levé les yeux vers moi.

– Tu me chasses ?

J'ai refermé la porte. Soudain, je ne voulais plus qu'il parte, je l'en aurais empêché au besoin.

– Je sais que c'est toi. J'ai des preuves, et je crois que tu les as laissées exprès. C'est pour cela que tu es venu me dire que tu partais chez ce frère, qui n'existe peut-être même pas. Tu espérais que j'irais chez toi. Si tu avais voulu les faire disparaître, rien n'eût été plus simple, il suffisait de laver ton linge ou de t'en débarrasser. Tu es comme le criminel qui fournit des indices à la police.

Je ne pouvais plus m'arrêter de parler.

363

– Mais qu'avais-tu donc dans la tête ? As-tu toujours attendu ce moment ? Était-ce à ça que tu pensais pendant toutes les années où tu nous distribuais notre courrier ? Qu'un jour tu deviendrais un autre ? Qu'un jour le gentil se révélerait être un vrai méchant ?

Jansson était silencieux.

– Ce ne sont probablement pas des preuves suffisantes. Mais la police en trouvera d'autres, à moins que tu n'avoues avant. Tu vas passer des années en prison. Vu ton âge, je suppose que tu y mourras. Ou alors on te jugera irresponsable et on t'enfermera avec d'autres fous pour le restant de tes jours. Ça, tu pourras peut-être le supporter. Mais le regard que les gens d'ici vont porter sur toi, et de savoir que c'est le seul souvenir qu'ils vont garder de toi – est-ce que tu le supporteras ?

Jansson ne faisait plus semblant de ne pas comprendre. Assis, courbé, comme affaissé sur la couchette, les mains sur les genoux, il regardait le sol.

– Pourquoi m'as-tu appelé en masquant ta voix pour me raconter que la police allait venir m'arrêter ? Qui es-tu, à la fin ?

Je m'étais mis à crier. Jansson n'a pas répondu. Il était immobile, figé dans un déni que rien ne pouvait entamer.

Je me sentais totalement impuissant. Lui aussi, sans doute.

J'ai repris la parole d'une voix calme.

– Pourquoi as-tu voulu me tuer ?

Jansson s'est redressé et m'a regardé. Dans ses yeux, à ce moment-là, il n'y avait que de l'étonnement.

– Je n'ai jamais voulu te tuer, pourquoi dis-tu ça ?

– Je dormais. J'aurais pu mourir.

– Ah, mais non. Si tu ne t'étais pas réveillé, je t'aurais aidé à sortir.

– Tu étais là ?

– J'attendais que tu te réveilles.

J'ai essayé de visualiser la scène. Moi, fuyant la maison en flammes, mes bottes dépareillées aux pieds. Et là, dehors, dans l'ombre, Jansson. Il avait guetté ma sortie. Et ensuite il avait récupéré son bateau et il était revenu avec les autres pour aider à éteindre l'incendie.

Il me regardait toujours. Mais son regard me traversait. Il était fixé ailleurs, sur un horizon connu de lui seul. J'ai compris que je ne saurais jamais la raison de ses actes. Il n'y avait pas de réponse. Et s'il y en existait une, lui-même la connaissait moins que quiconque. Quelque chose s'était éteint en lui ; une obscurité intérieure qu'il lui fallait éclairer en allumant des torches géantes.

Jansson s'est levé. Je me suis écarté. Il est passé devant moi. Il est descendu lentement vers le ponton. Pour la première fois depuis que je le connaissais, je le voyais avancer sans but.

J'ai entendu son bateau démarrer. Je suis monté jusqu'au banc de mon grand-père. Il faisait trop froid pour m'asseoir. Je suis resté debout, à regarder les plaques de glace qui bougeaient lentement. Rien ne pressait plus désormais.

J'aurais dû appeler aussitôt Alexandersson. Mais j'en étais incapable. Si moi-même je ne pouvais assimiler les faits, comment d'autres pourraient-ils les assimiler à leur tour ? Il m'était impossible de prendre mon téléphone et de dire que l'auteur des incendies était Jansson. On ne me croirait pas.

J'ai imaginé la scène, Alexandersson dans la caravane, écoutant mon histoire, me regardant en silence et me demandant, après une longue pause, si j'étais en mesure d'étayer mes accusations. Une chemise imprégnée d'essence ne constituait pas une preuve suffisante.

C'était une fable insensée. Les détails avaient beau

s'emboîter d'une manière cohérente, cela ne changeait rien.

Et Alexandersson ne manquerait pas de poser la question : pourquoi diable Jansson aurait-il commis des actes si abominables ?

Pourquoi ?

Je ne pourrais qu'avouer mon ignorance. Seul l'intéressé aurait répondu à cette question. Mais il n'en était pas capable.

Que se passerait-il s'il était arrêté ? Dans un premier temps, tout le monde serait soulagé, bien sûr. Mais bientôt l'angoisse s'insinuerait à la pensée que le criminel, l'ennemi, n'était autre que l'un des plus solides représentants de notre petite communauté. Si le coupable était Jansson, à qui donc pourrait-on accorder sa confiance désormais ? Quelque chose prendrait fin à ce moment-là dans l'archipel. Peut-être le dernier lien qui nous unissait encore. La confiance, la volonté d'aider celui ou celle qui était dans le besoin ; pas seulement en portant son cercueil l'heure venue, mais de façon plus générale.

Je les imaginais si bien. Parlant à voix basse, par petits groupes de deux ou trois, sur les pontons, dans le port. Les conversations sans fin, les vaines tentatives pour comprendre. Sûrement, il y en aurait plus d'un pour proposer qu'on aille à Stångskär brûler sa maison à lui. Mais personne ne serait prêt à le faire.

Je pensais à Jansson avec un mélange de colère et d'étonnement. Tout compte fait, sa solitude avait été tellement plus grande que la mienne.

Le temps passait. Je n'avais encore rien dit. La police ne se manifestait guère, et personne ne semblait soupçonner quoi que ce soit.

J'ai envisagé d'adresser un courrier anonyme à la police. Mais je ne me fiais pas à ma propre jugeote.

Au fond de moi, je refusais sans doute d'admettre que Jansson ait pu être en réalité si radicalement différent de l'homme à qui j'avais toujours cru avoir affaire. Et s'il était malade à mon insu ? Peut-être une tumeur au cerveau ? Il n'y avait aucune réponse, uniquement des questions qui se multipliaient à l'infini.

J'ai rêvé qu'il mettait le feu à ma caravane et que je me jetais dehors en pleine nuit en hurlant.

Kolbjörn est arrivé le 3 avril à bord de son bac à bestiaux. Il avait amené son fils Anton et un ami de celui-ci. Ensemble nous avons réussi à charger la caravane à bord du bac. Kolbjörn avait préparé un câblage provisoire pour relier l'île à l'îlot. Il l'a installé, visiblement satisfait de se livrer à une activité cent pour cent illégale, tout en m'assurant qu'il n'y avait aucun risque de court-circuit.

Nous avons attaché le bac en remorque de mon hors-bord. Kolbjörn a pris quelques photos avec son téléphone.

– La dernière fois qu'on a transporté des vaches sur ce bac, c'était il y a quarante-cinq ans. Mais le vieux a dit qu'on devait le garder, même s'il n'y avait plus de vaches à transporter, car on ne pouvait pas savoir ce que l'avenir nous réservait. Et, tu vois, il avait raison.

Il a contemplé la caravane en silence avant de changer de sujet :

– C'est curieux, tout de même. Que la police n'ait toujours pas arrêté le moindre suspect.

– Ce n'est sans doute pas évident.

Kolbjörn a grimacé.

– J'essaie de comprendre. Mais je n'y arrive pas. Tout le monde en est probablement au même point. Peut-être faudrait-il être aussi pragmatique que Jansson ?

J'ai tressailli en l'entendant prononcer son nom, mais il n'a pas eu l'air de s'en apercevoir.

– Que dit Jansson ?

– Il a écrit à la commune que tous les habitants à l'année devraient recevoir un extincteur gratuit.

– Il a vraiment proposé ça ?

– Ça me paraît une idée sensée.

Je me suis demandé si je devenais fou. Où s'arrêterait-il ? Pourquoi nous narguait-il ainsi – nous, ses voisins, ses amis, qu'il connaissait depuis toujours ?

– La commune nous donnera sûrement des extincteurs, a ajouté Kolbjörn. Mais qui remerciera Jansson ? Personne, si tu veux mon avis.

– Tu as sans doute raison.

Ma voix tremblait. Kolbjörn m'a jeté un coup d'œil et j'ai souri pour signaler que tout allait bien.

Il avait soigneusement préparé le transfert de la caravane jusqu'à la combe. Il avait aligné des planches et prévu un système ingénieux de cordes et de poulies. Tout fonctionnait, et la caravane n'a pas tardé à être installée à sa nouvelle place. Kolbjörn a branché le courant. J'avais acheté une bouteille de champagne que nous avons partagée comme de la gnôle, au goulot.

J'ai passé ma première nuit sur l'îlot. J'ai rêvé que j'étais sur un bateau. Plutôt, l'îlot lui-même s'était détaché et me conduisait vers le lointain détroit d'Öresund.

Je me suis réveillé de bonne heure. Il faisait beau. J'avais proposé à Kolbjörn et à Anton de ne pas travailler en ce jour férié et d'attaquer les travaux le lendemain, mais Kolbjörn estimait qu'il n'y avait aucune raison d'attendre.

Après le petit déjeuner, j'ai pris mon bateau et je suis allé sur l'île. Le bac chargé de la pelleteuse, de la cabane de chantier et de tous les outils est apparu sur le coup de neuf heures. Assis sur le banc du ponton, j'ai assisté au début des travaux. Anton était un homme qui travaillait dur, comme son père, et qui semblait y prendre le même plaisir intense. Il n'allait pas lui falloir longtemps pour déblayer les gravats.

Vers dix-huit heures, ils ont rangé leurs outils et se sont préparés à rentrer chez eux. Un merle s'était perché sur le toit de la cabane de chantier. C'était le premier que j'entendais cette année.

Je les ai raccompagnés jusqu'au ponton.

– Je veux enterrer quelque chose dans les fondations de la nouvelle maison, ai-je dit à Kolbjörn pendant qu'Anton démarrait le moteur du bac.

– C'est grand ?

– Non. Une petite boîte en fer-blanc qui contient une boucle de chaussure. Elle a beaucoup de valeur pour moi.

– Entendu. Je demanderai à Anton de prévoir un trou au centre des fondations. S'il y a de la roche, on s'en débarrassera au mortier expansif.

Je les ai regardés partir en agitant la main.

À peine le bac a-t-il disparu qu'un autre bateau a fait son apparition. Une embarcation rapide en aluminium, que je n'ai pas reconnue tout d'abord. Puis j'ai aperçu la publicité pour une marque de café et j'ai compris que j'avais la visite de Veronika.

Je me suis aussitôt inquiété. En dehors des préparatifs de ma fête de Nouvel An, elle n'était jamais venue jusqu'à mon île.

Elle a débarqué sur le ponton. À son regard j'ai vu que mon pressentiment était fondé. Elle apportait sûrement une mauvaise nouvelle.

– Tu as eu le coup de fil des gardes-côtes ?

– Non.

Je me suis assis sur le banc. Elle s'est mise à côté de

moi. Elle n'avait pas amarré son bateau ; elle tenait le bout d'amarrage à la main, comme une laisse.

– Jansson est en mer. Il est parti droit vers le large. Les gardes-côtes, qui revenaient de Landsort, l'ont aperçu alors qu'il était déjà loin. Ils sont allés le voir pour s'assurer qu'il n'y avait pas de problème. Jansson avait l'air normal. Il a dit qu'il ferait bientôt demi-tour pour rentrer. Alexandersson n'a pas insisté. C'est quand même Jansson. Mais en arrivant au port, ils ont vu qu'il avait laissé un message sur le répondeur. C'était lui, et il parlait d'une voix très agitée, disant qu'il ne voulait pas qu'on parte à sa recherche, et que personne ne le trouverait de toute façon. Alors ils sont repartis. Ils vont le chercher jusqu'à la nuit. Tout le monde se demande évidemment s'il est devenu fou.

J'écoutais Veronika et je n'étais pas surpris.

Jansson avait pris sa décision. Il allait avaler des somnifères, s'enchaîner à une ancre et faire un petit trou dans la coque pour que le bateau coule lentement. Personne n'aurait jamais de certitude quant à son sort. Personne ne le trouverait.

– Jansson a toujours été un peu spécial, ai-je dit prudemment.

– Ah bon ? Moi, je me dis souvent que c'est le plus normal d'entre nous. En quoi est-il spécial ?

– Je veux dire qu'il est comme il est. Seul, célibataire, pas d'enfants.

– Je suis seule et sans enfants.

– Tu es jeune, ce n'est pas pareil.

– Jansson est timide. C'est son seul problème. Imagine qu'il ait décidé de se suicider ? Il a dû se passer quelque chose, mais quoi ?

C'était comme si elle venait de me donner la réponse. Nous étions assis sur le banc où j'avais tant de fois examiné Jansson sans lui trouver le moindre pépin de santé. Cette fois, ce serait peut-être différent.

– Tu sais que je suis tenu au secret professionnel. Alors ce que je vais te dire maintenant, je ne l'ai jamais dit à quiconque.

Je l'ai regardée. Elle a hoché la tête, dans l'expectative, pendant que je faisais mentalement un tri rapide entre différents diagnostics qui pouvaient impliquer la même issue.

– Jansson est gravement malade. Il souffre d'un cancer du pancréas avec métastases au foie. Il est peu probable qu'il survive jusqu'à l'été.

Veronika m'a cru. Un médecin disait toujours la vérité. Peut-être même était-elle venue jusqu'à moi parce qu'elle devinait que l'explication pouvait être celle-là. Comment, sinon, comprendre le geste de Jansson, cette panique, cette fuite ?

– Est-ce qu'il souffre ?

– Jusqu'à présent, il a été possible d'y remédier. À l'avenir, je ne sais pas.

– Et on ne peut vraiment rien faire ?

– Non.

Il n'y avait pas grand-chose à ajouter. Veronika est restée assise, son bout d'amarrage à la main.

– Je n'en peux plus, a-t-elle dit après un moment. Je vais m'en aller. Je revends le café et je pars.

– Où ?

– Pas en pleine mer, en tout cas.

Elle s'est levée.

– Je voulais juste te prévenir. Et maintenant, je sais ce qu'il en est.

J'ai regardé disparaître son bateau.

Personne ne retrouverait jamais Jansson s'il avait décidé de mourir en emportant avec lui le secret des incendies.

Il n'allait pas continuer droit devant jusqu'à tomber par-dessus le bord de l'horizon. Il avait raconté des bobards à Alexandersson. Une fois seul, il reviendrait dans l'archipel. Il existait de nombreuses failles profondes où il n'aurait aucun mal à faire disparaître son bateau. Il n'avait que l'embarras du choix. Personne ne le trouverait car tout le monde serait persuadé qu'il était loin, qu'il était parti en haute mer.

Je me suis levé. C'était un instant simple, clair et net. C'en était fini des consultations médicales sur mon ponton.

La maison est sortie de terre. J'assistais de mon mieux Kolbjörn et son fils, même si j'avais l'impression de les gêner plus qu'autre chose. Mon rôle se limitait à leur décrire tous les détails de l'ancienne maison. Dans ma mémoire, elle était intacte et n'avait jamais été ravagée par le moindre incendie.

Dès la mi-juin, Kolbjörn a annoncé que je pourrais y emménager dans la deuxième quinzaine d'août.

Veronika avait revendu son café à un couple d'Iraniens. J'ai décidé d'organiser ma pendaison de crémaillère par mes propres moyens.

Lisa Modin m'a rendu visite plusieurs fois pendant cette période. Elle a vu la maison prendre forme. Je me languissais toujours de l'amour qu'elle ne pouvait me donner. Mais je lui étais reconnaissant de m'offrir sa compagnie. J'étais un vieil homme qui avait gagné une amie. Elle m'incitait à me révolter contre ma morosité chronique. Je supportais de voir mon reflet dans la glace. Je me rasais avec soin, je ne me laissais pas aller. Grâce à elle, je n'étais pas complètement replié sur moi-même.

Je n'avais aucune illusion cependant. Un jour, elle disparaîtrait. Un autre journal, ou une chaîne de télévision, une autre ville. Comment je réagirais ce jour-là, je n'en avais aucune idée. Mais il me restait ma petite-fille, et ma fille, et sa famille qui était aussi la mienne.

Louise a promis de venir à la pendaison de crémaillère. Elle amènerait tout le monde, a-t-elle dit.

Pendant cette période où la maison se reconstruisait petit à petit, je pensais beaucoup à Jansson, à Oslovski, à Nordin. Je ne voyais pas pourquoi j'aurais dû cesser de fréquenter mes amis sous prétexte qu'ils étaient morts.

Je continuais de leur parler, de les écouter, de me souvenir d'eux. Il m'arrivait encore de chercher à imaginer les derniers instants de Jansson et ceux de Nordin. Quant à Oslovski, je me demandais si elle avait eu le temps de comprendre que la mort lui rendait visite dans son garage ce jour-là.

Je me voyais en eux. Et au cours de ce printemps et de cet été, j'ai compris que les autres, eux aussi, se voyaient en moi. Il devait en être ainsi.

Le mois de juillet a été inhabituellement chaud. Ensuite il a beaucoup plu pendant les deux premières semaines d'août.

J'ai emménagé le 27 août. Il y avait encore peu de meubles.

Le soir, Lisa est venue. Elle a dormi dans sa propre chambre.

Louise, Agnes et les autres membres de ma famille devaient arriver le lendemain. Kolbjörn avait proposé de passer les chercher au port.

Tôt le matin, j'ai pris mon bain comme à l'accoutumée et j'ai mesuré ma tension sur le banc.

J'étais un vieil homme. En tant que médecin, cependant, j'étais en mesure de me déclarer en bonne santé.

Je suis allé chercher mon stéthoscope. Je me suis avancé jusqu'au bout du ponton et je l'ai balancé à la mer. Il a coulé vers le fond comme un serpent mort.

Au même instant j'ai aperçu une perche.

Petite, mais quand même.

Je n'avais pas rêvé. Un poisson disparu était revenu ; il s'était offert de lui-même à ma vue.

Le stéthoscope reposait désormais au fond de l'eau.

Encore quelques jours et il serait enfoui dans la vase qui à la fin recouvre tout.

J'en étais là quand le téléphone a sonné dans ma poche. C'était Margareta Nordin.

Elle m'a dit que mes bottes étaient arrivées.

Son plaisir était sincère.

Je suis remonté vers la nouvelle maison. J'ai pensé au jour où j'avais pris une pelle pour déplacer enfin la fourmilière qui avait pris ses quartiers depuis si longtemps dans le salon. Ç'avait été un jour de grande joie.

Dans mon nouveau salon, j'avais installé une table qui traînait parmi les hirondelles mortes dans les combles de la remise. Dessus, j'avais posé la vieille cage et le pot de glu. Il m'arrivait de feuilleter le manuel des oiseleurs avant de m'endormir le soir.

Un jour je saurais pourquoi mes grands-parents avaient consacré du temps à capturer de petits oiseaux à l'aide de bâtonnets enduits de colle. Je n'allais pas m'avouer vaincu. C'était une tâche parfaite pour un vieil homme tel que moi.

J'ai contemplé en passant le pommier que j'avais lavé à l'eau et au savon noir. Il avait retrouvé sa couleur d'origine, mais je ne savais pas s'il porterait un jour des fruits.

La boucle de Giaconelli était enfouie sous la maison, dans la terre, dans une boîte en fer-blanc. C'était rassurant de penser qu'elle avait survécu aux flammes.

Déjà fin août.

L'automne serait bientôt là.

Mais l'obscurité ne me faisait plus peur.

Postface

Certains lecteurs croiront peut-être identifier un certain nombre d'îlots, bras de mer, rochers, écueils et personnages du présent récit. Pourtant, aucun archipel au monde ne correspond à la carte géographique et humaine que j'ai dessinée dans ces pages.

Je pense souvent, quand j'écris, à l'élévation du niveau de la mer, qui se poursuit progressivement, bien que nous ne puissions l'appréhender par nos sens. Un rivage est chose indéterminée, fluctuante, mobile. Il en va de même pour la fiction. Un récit entretient parfois, de loin en loin, une ressemblance avec la réalité. Cela n'annule pas la différence entre ce qui s'est produit et ce qui aurait pu se produire.

Il doit en être ainsi. Puisque la vérité est à jamais provisoire et changeante.

Henning Mankell
Antibes, mars 2015

Table

DU MÊME AUTEUR

Meurtriers sans visage
Christian Bourgois, 1994, 2001
et « Points Policier », n° P1122

La Société secrète
Flammarion, 1998
et « Castor Poche », n° 656

Le Secret du feu
Flammarion, 1998
et « Castor Poche », n° 628

Le Guerrier solitaire
prix Mystère de la Critique
Seuil, 1999
et « Points Policier », n° P792

La Cinquième Femme
Seuil, 2000
et « Points Policier », n° P877

Le chat qui aimait la pluie
Flammarion, 2000
et « Castor Poche », n° 518

Les Morts de la Saint-Jean
Seuil, 2001
et « Points Policier », n° P971

La Muraille invisible
prix Calibre 38
Seuil, 2002
et « Points Policier », n° P1081

Comédia Infantil
Seuil, 2003
et « Points », n° P1324

L'Assassin sans scrupules
L'Arche, 2003

Le Mystère du feu
Flammarion, 2003
et « Castor Poche », n° 910

Les Chiens de Riga
Trophée 813
Seuil, 2003
et « Points Policier », n° P1187

Le Fils du vent
Seuil, 2004
et « Points », n° P1327

La Lionne blanche
Seuil, 2004
et « Points Policier », n° P1306

L'homme qui souriait
Seuil, 2004
et « Points Policier », n° P1451

Avant le gel
Seuil, 2005
et « Points Policier », n° P1539

Ténèbres, Antilopes
L'Arche, 2006

Le Retour du professeur de danse
Seuil, 2006
et « Points Policier », n° P1678

Tea-Bag
Seuil, 2007
et « Points », n° P1887

Profondeurs
Seuil, 2008
et « Points », n° P2068

Le Cerveau de Kennedy
Seuil, 2009
et « Points », n° P2301

Les Chaussures italiennes
Seuil, 2009
et « Points », n° P2559

L'Homme inquiet
Seuil, 2010
et « Points Policier », n° P2741

Le Roman de Sofia
Flammarion, 2011

Le Chinois
Seuil, 2011
et « Points Policier », n° P2936

L'Œil du léopard
Seuil, 2012
et « Points », n° P3011

La Faille souterraine
Les premières enquêtes de Wallander
Seuil, 2012
et « Points Policier », n° P3161

Le Roman de Sofia
Vol. 2 : Les ombres grandissent au crépuscule
Seuil, 2012

Joel Gustafsson
Le garçon qui dormait sous la neige
Seuil Jeunesse, 2013

Un paradis trompeur
Seuil, 2013
et « Points », n° P3357

Mankell par Mankell
(de Kristen Jacobsen)
Seuil, 2013
et « Points », n° P4209

À l'horizon scintille l'océan
Seuil Jeunesse, 2014

Une main encombrante
Seuil, 2014
et « Points Policier », n° P4159

Daisy Sisters
Seuil, 2015
et « Points », n° P4306

Sable mouvant
Fragments d'une vie
Seuil, 2015
et « Points », n° P4494

RÉALISATION : NORD COMPO À VILLENEUVE-D'ASCQ
IMPRESSION : CPI FRANCE
DÉPÔT LÉGAL : JUIN 2017. N° 135852 (3022212)
IMPRIMÉ EN FRANCE